한국 근대시의 형성과 율의 이념

자유시 리듬의 문제

지은이

박슬기(朴슬기, Park Seulki) 연세대학교 인문학부를 졸업하고 서울대학교 대학원 국어국문학과에서 석사 및 박사학위를 받았다. 2009년 신춘문예 평론 당선으로 등단, 문학평론가로 활동 중이며, 한림대학교 국어국문학과 조교수로 재직하고 있다. 주요 논문으로는 「이광수의 문학관, 심미적 형식과 '조선'의 이념화」, 「김억의 번역론, 조선적 운율의 정초 가능성」, 「최남선 신시(新詩)에서의 율(律)의 문제」, 「한국 근대시의 새로운 리듬론, 리듬 음성중심주의를 넘어서」 등이 있고, 편주로는 『시가문학』(최남선 한국학 총서 12)(경인문화사, 2013)이 있다.

한국 근대시의 형성과 율의 이념 자유시 리듬의 문제

초판인쇄 2014년 2월 5일 **초판발행** 2014년 2월 15일

지은이 박슬기 **펴낸이** 박성모 **펴낸곳** 소명출판 **출판등록** 제13-522호

주소 서울시 서초구 서초동 1621-18 란빌딩 1층

전화 02-585-7840 **팩스** 02-585-7848 **전자우편** somyong@korea.com **홈페이지** www.somyong.co.kr

값 20,000원

ⓒ 박슬기, 2014

ISBN 978-89-5626-912-2 93810

한국 근대시의 형성과 율^律의 이념

자유시 리듬의 문제

The Formation of Modern Korean Poetry and The Idea of Rhythm

박슬기

소명출판

책머리에

그러나 자다깨면 님의 노래는

하나도 남김없이 잃어버려요

들으면 듣는대로 님의 노래는

하나도 남김없이 잊고 말아요

— 김소월, 「님의 노래」

　나는 오랫동안 하나의 질문에 매달려 있었다. 한국의 자유시에서 리듬이란 무엇인가. 여기에 답하기 위해서는 먼저 자유시와 리듬이 무엇인지를 해명해야 한다. 이러한 질문은 계속해서 끝없는 혼란만 낳았다. 대체 자유시가 무엇인가. 우리말에서 '자유시'란 우에다 빈의 번역어에서 비롯했다. 우에다 빈은 free-verse를 자유시로 번역했다. 그러나 verse는 운문이며, 운문과 시는 대체로 동일한 것으로 간주되긴 하지만 정확히 같은 것은 아니다. 운문이란 무엇보다도 엄격한 형식적 규칙에 부응하여 창작되는 것이기 때문으로, 운문은 시일 수 있으나 모든 시가 운문인 것은 아니다. 더 중요한 문제는 free-verse는 말 그대로의 의미대로, 엄격한 형식적 규칙에서 벗어난 운문을 의미한다. 일단은 규칙에서 벗어난 것을 운문이라 할 수 있는가하는 문제는 접어두자. 커비-스미스가 말했듯, free-verse는 하나의 시적 형식일 수는 있으나 그것은 형식 없음으로써만 정의될 수 있는 부정성에 불과한 것이기 때문이다. 어쨌든, 자율적 운문이 아니라 자유 '시'로 번역했을 때는 '시'에 대한 관념이 결부되어 있었던 셈이다. 이는 '시'란 무엇인가 하는 의문을 또한 낳는다.

말하자면 새로운 시란 무엇인가에 대한 탐구 속에서 1920년대 자유시론은 성립했다. '호흡률'과 '영률'과 같은 용어들, 흔히 내재율로 말해지는 이러한 형식 논의보다 더 중요한 것은 시란 무엇인가에 대한 그들의 인식이다. 그들은 시(詩)와 시가(詩歌)를 동일한 것으로 생각했다. 그러나 근대 인쇄술이 발명되고, 출판물이 광범위하게 유통되던 시대에 노래는 부르는 것이고 시는 쓰는 것이다. 이러한 상황에서 시와 노래의 근본적인 일치가 가능한 것인가?

나는 한국의 근대 자유시가 이러한 불가능한 과제를 지향하면서 태동했다고 생각한다. 1920년대 자유시론자들은 어떤 진퇴양난 속에 있었다. 그들은 서구와 일본에서 시를 배웠으나, 그 시는 조선어로서는 쓸 수 없는 시였다. 조선어로 된 시의 전통은 구전하는 노래에 있으니, 문자로 적어야 하는 시로서는 재현할 수 없었다. 그들은 조선어로 된, 그리고 조선인들의 삶에 스며들어 있는 노래의 전통을 노래가 아닌 것으로 혁신해야 하는 상황에 놓여 있었다. 그들에게 시는 여전히 노래였고, 새로운 민족시란 문자 언어로 근원적인 노래를 재현하는 것이었다.

최남선에서 김억에 이르는 시론의 전통은 한국 근대시에서 어떻게 노래를 문자 언어로써 되살릴 수 있을 것인가 하는 고뇌를 정면으로 담아왔다고 보인다. 최남선이 노래와 시 사이의 가장 중요한 차이를 발견했다면, 김억은 자신에게 주어진 것들 속에서 가장 멀리 나아갔다.

그는 명확히 그에게 주어진 언어가 "침묵하는 문자"임을 자각했고, 이 불구의 문자로써 근원적인 음악을 재현하고자 했다. 그리고 김소월과 이상화는 그들과 같은 고뇌 속에서 시를 창작했다. 이는 김소월과 이상화가 이들 시론가들의 영향을 받았음을 뜻하는 것이 아니다. 한국의 근대 자유시가 형성되는 과정 전체를 작동시키는 무엇, 모든 개별적 창작과 논의를 발생시키고 이 현상에서만 실현되는 어떤 원천이 거기에 있었기 때문이다.

나는 이 원천을 '율의 이념'이라고 명명했다. 이것은 굳이 번역하자면 리듬이지만, 언어적이고 경험적인 차원의 리듬은 아니다. 이 글에서 율을 '언어와 음악의 조화로운 관계'로 정의했지만, 이 정의는 사실 불충분하다. 그것은 근대의 시가 상실한 음악이며, 오직 잃어버린 흔적으로서만 시 속에 재현되는 것이다. 그렇다면 시 쓰기란 상실한 음악을 계속해서 실현해나가려는 충동, 실패하면서도 반복적으로 실현하고자 하는 충동이며, 시인 주체로 하여금 그렇게 하도록 하는 것, 이것이 율이다. 그리고 율은 1910년대와 1920년대의 다양한 현상들로서, 한국 근대시의 형성 과정이라는 일종의 성좌(constellation)로서만 떠오른다. 벤야민이 강조했듯, 아주 앙상한 형식 속에서조차 그것은 자신이 거기에 작동하고 있음을 드러낸다.

소월은 잃어버릴 수밖에 없는 "님의 노래"에 대해 말했다. "님의 노래"는 잊었기 때문에 내 속에서 살아난다. 그것은 잃어버리는 것으로서만, 다시 말해 이미 내게 없는 것으로서만 내게 존재한다. 소월의 "님의 노래"는 내가 이 책에서 말하고 싶었던 이념으로서의 '율'의 가장 정확한 이미지다. 그러나 이 책에서, 원래는 박사논문이었던, 다만 내가

할 수 있었던 것은 내게 주어진 학문적 언어로 온 힘을 다해 이 성좌 형세를 그리는 것이었다.

박사논문을 쓰는 동안엔 어쩐지 논문을 쓰고 나면 모든 것이 끝나버릴 것 같았다. 논문을 쓰고 난 후에도 나는 여전히 책상 앞에 있다. 내가 한 사람의 학자로 느리게라도 걸어갈 수 있도록 손을 잡아주신 모든 선생님, 선배님, 그리고 동료들에게 감사한다. 대학에서, 대학원에서 그리고 학계에서 나는 받아야 할 것보다 더 많이 받았고, 얻을 수 있는 것보다 더 많이 얻었다.

시인이자 학자이신 오세영 선생님께서는 시에 대한 비평적 열정과 학문적 냉정을 동시에 가르쳐주셨다. 열정과 냉정 사이에 아슬아슬하게 서 있을 때마다 나는 선생님의 가르침을 떠올린다. 신범순 선생님께서는 노래의 전통에 대해 사유할 수 있는 길을 열어주셨다. 선생님께서는 불쑥 찾아와 말도 안 되는 소리를 늘어놓는 제자에게 언제나 깨우침을 주셨다. 두 분 선생님께서 우둔한 제자에게 보내주신 한결같은 믿음에 감사한다. 그분들의 믿음으로 나는 책상 앞으로 돌아올 수 있었다. 방민호, 박성창, 김유중 선생님께도 이 자리를 빌려 감사드리고 싶다. 제자로, 한 사람의 연구자로 존중해주셨던 선생님들 덕분에 나는 좀 더 자신감을 얻을 수 있었다. 이 책에서 전개한 사유의 많은 부분은 조만영 선생님께 빚진 것이다. 철두철미한 학자이신 선생님께 존경과 감사를 드린다.

이 글을 쓰면서 나는 많은 우려와 의심의 목소리를 들었다. 나로 하여금 연구에 몰두할 수 있도록 해주었던 확신조차 어느 순간에는 가짜인 것처럼 느껴졌다. 그때 나를 잡아주고 지탱해 주었던 친구들에게 감사한다. 나의 두서없는 말을 들어주고 같이 고민해 준 현희에게 고마움을 전한다. 이 글은 그와의 대화가 없었다면 결코 나올 수 없었을 것이다. 태평양을 사이에 두고 우리는 온갖 문명의 이기를 이용해서 토론했다. 그는 나의 애매한 생각을 확신으로, 확신을 사유로, 사유를 글로 만들 수 있게 해준 동료다. 가깝게 있었던 친구 예리에게도 감사한다. 한 공간에서 괴롭고 즐거운 순간들을 그와 공유할 수 있었기 때문에 기나긴 시간들을 견뎌낼 수 있었다. 한가할 때만 찾는 못된 친구를 오래 만나준 명진과 지웅에게도 고마움을 전한다. 나는 그들에게서 휴식을 얻었다.

　매번 글을 쓸 때마다, 글쓰기의 운명을 생각해보곤 했다. 내 손을 떠난 글은 어떤 익명적 공간에 내동댕이쳐지고, 나의 글은 소월이 한탄한 것처럼 "쓸데없이 비인 하늘을 향하고 노래"하는 것에 지나지 않는 것처럼 보였다. 그러나 이 '비인 하늘'이야말로 내 글이 가닿을 수 있는 가장 안락한 곳이다. 출판을 제안해주신 박성모 사장님 덕분에 이 글이 세상에 나올 수 있었다. 무수한 익명의 독자들과 만나는 자리에 이 글을 내보내 주신 소명출판에 감사드린다. 더불어 한림대학교 국어국문학과 선생님들께도 감사드린다. 내게 오래 앉아 있을 수 있는 책상을 마련해주셨다. 언제나 배려해주시는 선생님들 덕분에, 앞으로도 오랫동안 나는 글을 쓸 수 있을 것 같다.

　그리고, 나의 가족들에게 감사한다. 내가 무엇을 하든, 그들은 내게 가장 든든한 지지대가 되어 주었다. 나의 첫 책을 어머니, 그리고 가족들에게 드린다.

2014.1. 박슬기

차례

1장

한국 근대시의 정립과 자유시라는 이데올로기

1. '근대시 = 자유시'라는 등식과 내재율이라는 허상

한국 근대시의 형성 과정은 일반적으로 전통시가에서, 장르 교착 현상을 보였던 개화기 시가를 거쳐 자유시의 출현으로 이행한 것으로 여겨진다. 이는 근대시를 '개인의 내면을 자유로운 형식으로 표현한 자유시'와 등치의 관계에 놓는 것을 전제한다. 즉, 형식적으로는 전통적인 '정형률'에 벗어난 것으로, 내용적으로는 집단적 주체의 공통 발화 양식을 벗어나 개인의 내면을 표현한 것으로 규정된다. 한국 근대시의 형성 기점에 대한 논의에서 '자유시'의 성취 여부는 중요한 기준으로 작용하고 있다.

한국 근대시의 형성 기점에 대해서는 크게 두 가지 차원의 논의가 있다. 하나는 조선 후기의 정치, 사회, 경제적 변화에서 근대시 형성의 토대를 찾는 것이다. 대표적으로 김윤식, 김현은 한국 근대 문학의 기점을 영정조 시대로 잡는다.[1] 그들은 근대 문학의 성립 토대를 근대 의식의 성장 속에서 찾음으로써 한국 근대문학이 외래 문학의 이식에 의해 형성되었다는 견해에 맞서 한국 근대문학의 내적 기원을 찾았다는 점[2]에서 그 의의를 지닌다. 그러나 근대 의식의 성장이 근대 문학의 성립의 필수 조건이기는 하지만, 충분조건은 아니다. 특히 근대시의 문제라면, 근대시 양식의 문제를 고려하지 않을 수 없기 때문이다. 그런 점에서 김용직은 당시의 시가가 전대의 시가와는 다른 변화를 보여 주었다고 하더라도 고전 문학 범주 안에서의 차이일 뿐이라며, 완전히 새로운 토대에서 나타난 새로운 시의 양식에서 근대시가 발견되지 않으면 안 된다고 단언한다.[3] 그의 관점에서 근대시는 개항 이후의 시가들에서 출발하는 것이다.[4] 근대시는 서구의 찬송가와 일본의 창가, 서구 문학의 유입과 같은 외적 충격과 조선 후기 사회에서 성장한 서민 계급의 문학이라는 내적 연속성이 결합한 토대 위에서 생성된 것이다.

그러나 개항 이후의 시가에서 근대시의 원천을 찾으려고 하는 견해가 조선 후기 기점론을 거부하는 것은 아니다. 근대시가 문학의 양식인

---

1 김윤식·김현, 『한국문학사』, 민음사, 1997. 이들은 조선 후기에 정치, 경제적으로 성장한 서민 계급의 문학에서 근대성의 징후를 포착했다. 이는 자유로운 감성의 발로, 정형화된 형식의 파괴, 문학의 대중화와 같은 요건이다.
2 『한국문학사』의 저자들은 이식문학론을 전개했던 임화의 견해나 근대화를 서구화로 못박고 근대 문학의 기점을 1920년경으로 잡은 백철의 견해를 비판하며, 근대 문학의 기점은 자체 내의 모순을 언어로 표현하겠다는 언어 의식의 대두에서 찾지 않으면 안 된다고 주장한다. 이 근대적인 언어 의식의 발현이야말로 한국 근대문학의 자체적 근원이라는 것이다(위의 책, 32~33쪽 참조).
3 김용직, 『한국 근대시사』, 학연사, 1986, 33~35쪽.
4 근대시의 기원을 개항 이후의 시가들에서 찾는 견해는 대표적으로 다음과 같다. 정한모, 『한국 현대시문학사』, 일지사, 1973; 김학동, 『한국개화기시가연구』, 시문학사, 1981.

한에서, '형식적 차원'에서 새로움이 나타나야 한다는 점을 강조한 것이기 때문이다. 즉 이 두 차원의 논의는 근대시를 규정하는 데 있어서 '근대성의 발현'을 우선적으로 고려할 것인지, '근대적 양식'을 중심으로 규정해야 할 것인지에 대한 문제에서 차이를 보인다. 이 지점에서, 김용직은 "근대시란 일차 구어체로 씌어진 자유시"[5]를 가리킨다며 근대시는 자유시임을 명확히 한다. 이 규정에 따라 그는 근대시사의 발전 가도를 전통 시가에서 개화기 시가의 과도기적 기간을 거쳐, 근대 자유시의 출현에 이르는 것으로 성립시켰다.[6] 개화기 시가는 의식적인 차원에서 근대성을 내포하고 있으나, 여전히 문어체를 사용하며 정형시의 틀을 벗어나지 못하고 있다는 점에서 과도기적인 것으로 여겨진다. 그의 견해는 한국 근대시사를 양식적인 관점에서 고구할 때 일반적인 것으로, 개화기 시가는 의식적인 측면에서의 근대성과 양식적인 측면에서의 근대성이라는 두 가지 요건으로 평가되어 왔다고 할 수 있다.[7]

이상 고찰한 바, 한국 근대시 기점론에서는 두 가지 요건을 충족시키는 것을 근대시로 규정했다. 말하자면 근대시는 자유로운 근대적 개

---

5 김용직, 앞의 책, 46쪽.
6 그러한 측면에서 근대시의 기원을 조선 후기의 사설시조에서 찾은 오세영의 견해는 다소 예외적이다. 일반적으로 사설시조를 비롯한 조선 후기 시가의 양식이 근대시의 '징후'를 보여주고 있으나 아직 근대시에 도달하지 못한 것으로 이해되었던 반면 그는 명백히 "사설시조가 이미 자유시"라며 사설시조를 자유시로서 정의한다. 말하자면, 여기에는 '사설시조 = 자유시 = 근대시'라는 등식이 성립하는 것인데, 이 파격적인 선언이 가능한 것은 근대시란 자유시형 혹은 자유율로 쓰인 시라는 전제에서 이 자유율의 현상(現像)이 사설시조에서 나타나는 것으로 증명했기 때문이다(오세영, 「자유시 형성에 있어서 사설시조와 잡가」, 『한국문화』 14집, 1993). 그러나 그 역시 사설시조를 완성된 형식의 자유시로 여기지는 않으며, 사설시조와 잡가는 자유시의 양식적 기원이라는 점을 강조하고 있다.
7 개화기 시가에 대한 많은 연구들은 기본적으로는 이러한 전제 위에서 개화기 시가가 보여주는 복합적인 성격을 다양한 측면에서 고구해 왔다.

인 주체가 자유로운 형식으로 자신의 내면을 표현한 자유시다.

이 중에서, '자유로운 개인 주체의 성립'은 조선 후기 이후의 정치 사회적인 토대에서, 또 문학과 문화의 현상 속에서 확인된다. 근대시 성립의 기점을 개항 이후로 잡는 논자들 역시 이를 주요한 조건으로 승인했다. '근대적 개인 주체'의 성립 여부는 한국 근대시의 기원을 논의할 때 가장 핵심적인 기준이었다.[8] 또 하나의 중요한 요건은 '자유로운 형식' 혹은 '자유율'이라는 자유시의 양식적 측면이다. 근대적 개인 주체의 시적 양식을 '자유시'로 규정할 때 한국의 근대시는 전통 시가의 흔적을 전혀 가지지 않은 시, 주요한의 「불노리」에서 본격적으로 출발한다고 평가되었다.[9] 이 주체의 성립이 '자유시'라는 시의 양식과 필연적으로 결부된다고 할 때, 한국 근대시는 '자유시'가 본격적으로 성립한

---

8 넓은 의미에서 한국 근대 문학의 기원을 조선 후기 사회에서 찾는 이유는 근대적 주체의 발생 토대가 이미 조선 후기 사회의 정치, 경제적인 징후에 있었다고 보았기 때문이다. 좁게 보면, 근대적 개인 주체가 문학의 본격적인 창작 주체로 등장한 것은 1919년 3·1 운동 이후의 일로 여겨진다. 동인지 문단이 활발하게 전개했던 '예술적 자아' 담론은 근대적 개인 주체에 대한 선명한 선언으로 평가된다.

9 최초의 자유시를 주요한의 「불노리」(『창조』 1호, 1919)로 보는 것은 일반적인 견해다. 그러나 주요한이 「노래를 지으시려는 이에게 (1)」(『조선문단』 3호, 1924.12)에서 언급했던 최초의 신시는 김여제의 「만만파파식적을 울음」이라는 시다. 오랫동안 주요한의 언급 속에서만 남아 있던 이 작품은 2003년 심원섭의 발견으로 실체가 알려졌다. 이때 발견된 김여제의 두 편의 시, 「세계의 처음」(『학지광』 8호)과 「만만파파식적을 울음」(『학지광』 11호)은 「불노리」보다 앞서 발표된 자유시이다(이에 대해서는 심원섭, 「유암 김여제의 「만만파파식적」과 「세계의 처음」」, 『문학사상』, 2003.7 참조). 그러나 사실 최초의 작품이 무엇인가 하는 규정은 상당히 조심스러운 일이 아닐 수 없다. 자유시에 대한 형식적 규정이 명확하지 않은 한에서 1910년대에 발표되었던 최남선의 상당수의 시가는 정형률을 지키지 않은 시이며, 개화기에 나타난 자유율적 형식을 채용한 시는 계속해서 학계에 보고되고 있기 때문이다.

이 글에서는 최초의 자유시가 무엇인가에 대한 본격적인 논의를 유보하며, 주요한의 「불노리」를 최초의 자유시로 보는 일반적 견해를 승인하고자 한다. 이는 '최초의 작품'이 시간적으로 가장 앞선 것을 의미하지는 않는다는 판단에서다. 먼저 발표되었다는 것보다 중요한 것은 그것이 제출됨으로써 시단에 미치게 된 영향력의 크기다. 당대의 작가들이, 그리고 후대의 작가들이 받아들인 바 주요한의 「불노리」가 최초의 자유시로 여겨진 만큼 이 당대의 감각을 승인하는 것 또한 의미 있는 일이라고 생각한다.

1919년 이후에 처음 나타난 것으로 여겨진다. 다시 말해, 전통 시가의 양식에서 얼마나 벗어났는가가 자유시의 성취 정도를 가늠하는 기준이 되었던 것이다. 이러한 관점에서 볼 때, 사설시조나 잡가, 개화기의 다양한 시적 양식들은 전통 시가의 양식에서 얼마나 '일탈'하고 있는가를 통해, 그 장르적 '자유도'를 평가 받았다. 이는 달리 말해 양식적인 차원에서 근대시를 규정하고자 할 때, '자유시'라는 양식은 '정형시가에서 탈피한 자유로운 형식'이라는 것으로만 설명되었을 뿐이라는 점을 의미한다.

근대시가 근대적 개인 주체의 창작물이라는 것은 의심할 여지가 없어 보인다.[10] 그러나 근대시의 양식이 반드시 자유시라는 점은 어떤 점에서 타당한가? 전통 시가에서 개화기 시가, 그리고 1920년대 시에 이르기까지 이 '자유시'라는 '장르'의 성취 여부는 한국 근대시의 발전 정도를 가늠하는 핵심적인 척도였다. '자유시적 요소'를 얼마나 내포하고 있느냐에 따라 '자유시'에 이르지 못한 것과 '자유시'에 이른 것 사이의 위계질서가 성립했다. 이러할 때, 한국 근대시사의 연구에서 '자유시'는 장르적 개념이었다기보다는 장르의 이념[11]으로서의 지위를 차지하고 있었

---

10 한국 근대 자유시의 형성 과정을 탐구한 정우택은 바로 이 점을 근대 자유시의 핵심적인 요소로 내세운다. 그는 기왕의 자유시 형성론이 지나치게 율격, 특히 음수율에 편중해서 논의되어 왔다고 비판하며, 근대 자유시는 근대 주체가 자기 정체성에 시적 형식을 부여하는 과정에서 발생된 것이라고 논의한다(정우택, 『한국 근대 자유시의 이념과 형성』, 소명출판, 2004).

11 여기서 이념이라는 용어는 이 글에서 논증하고자 하는 '이념으로서의 율'과는 다른 개념으로 사용한다. 여기서의 이념은 플라톤이 제기하고 아리스토텔레스가 확정한 존재의 유(類)라는 의미다. 플라톤의 철학은 대상이 모델이나 근거와의 고유한 관계 속에서 정의되는 영역을 정초했다. 플라톤적 모델은 '동일자'이며, 이것은 일차적인 존재로서의 근거에 대한 추상적인 규정이다. 복사물은 이차적인 존재인 지원자로서, 모델과의 유사성을 통해 인정을 받는다. 그러나 플라톤은 표상의 잠재력을 그 자체로 전개하지 않으며, 표상의 영역을 구획하는 데, 즉 경계선을 흐리는 모든 것을 배제하는 데 만족했다. 이를 비판하면서 아리스토텔레스는 플

던 것으로 보인다. 그것은 개별적인 시가 본받아야 할 형이상학적인 실체였기 때문이다. 이는 자유시에 대한 어떠한 형식적 규정이 없었다는 것으로 방증된다. 양식적인 차원에서 근대시를 자유시로 규정할 때 자유율은 정형률에서 벗어난 운율 / 율격이라는 방식으로 정의되었다.[12] 그러나 전통적인 '정형률'을 파괴하고 성립한 '내재율'이란 무엇인가? 내재율은 언제나 독자적으로 정의되지 못하고, 정형률의 대립항으로 규정되어 왔다. 즉, '정형적이지 않은 율' 혹은 '외재적이지 않은 율'[13]이라는 것이다. 그렇다고 할 때, 내재율은 정형률의 결여로서만 정의된다.

그렇다면 이러한 자유율 혹은 내재율의 개념은 두 가지 측면에서 문

라톤의 나눔의 방법을 '종화 / 특수화'라는 방법을 통해 가장 높은 유에서 가장 작은 종에 이르기까지 선별하고, 개별자들을 동일성에 귀속시킨다(G. Deleuze, 이정우 역, 「보론 1. 플라톤과 시뮬라크르」, 『의미의 논리』, 한길사, 2000 참조). 이러한 관점에서라면, 모든 현상들은 이념의 속성을 얼마나 분유받고 있느냐에 따라 위계화된다. 플라톤의 '이념'이 철학사의 전개에 따라 왜곡되었다면서, 벤야민은 '이념'을 현상을 규정하는 보편적인 본질이 아니라, 현상과는 다르지만 현상 속에 내포되어 있는 것으로서 설명하고자 한다. 이때 '이념'은 다양한 현상들이 각각의 고유성을 유지하면서 상호귀속되는 관계, 일종의 성좌(constellation)로서 떠오르는 것이다(W. Benjamin, 조만영 역, 「인식비판서설」, 『독일 비애극의 원천』, 새물결, 2008 참조). 그런 의미에서, 벤야민의 이념론은 플라톤의 현상과 이념이라는 이원론적 관점을 계승하지만, 현상을 통해서만 이념이 나타날 수 있다고 본다는 점에서 거꾸로 된 플라톤주의라는 평을 받는다. 이 글에서 '율이라는 이념'은 이러한 벤야민의 이념론의 맥락에 따라 사용한다.

12 한국 근대시의 기점에 대한 논의에서, 근대시의 형식적 지표는 정형률에서 얼마나 벗어났는가에 의해 설명된다. 개화기 시가를 근대시의 기원으로 보는 김용직의 경우, 개화기 시가가 보여주는 형식적 일탈이 전대의 시가와는 전적으로 다른 토대에서 성립했다고 보았다. 사설시조를 자유시로 놓은 오세영의 경우, 사설시조의 자유로운 형식이 전대의 정형시를 토대로 하고 있다 하더라도 그 변격의 자유로움은 근대시에 상응하는 가치를 가진 것으로 평가한 것이다(김용직, 앞의 책, 45~46쪽; 오세영, 앞의 글).

13 강홍기는 한국시에서의 '내재율'에 관한 논의를 총합하면서, 이 개념이 논자들마다 각양각색으로 제시되어 통일성이 없음을 지적했다. 여기서 그는 정형률을 청각률로 간주하고 이에 비해 내재율은 음운이나 음성적 요인이 아닌 요소에 의해서도 형성될 수 있는 것으로 지적하면서, 내재율을 "청각이나 시각과 같은 감각에 의해서는 변별될 수 없는 정서적이며 심리적인 반응에 의해서만 감지되는 내적 리듬 현상"이며, "한 작품을 만들고 있는 시어, 시구, 시행, 시연 등의 의미, 정서, 이미지, 구조, 문체, 구문"들로 이루어진 것으로 정의한다. 이 정의에 따르면, 정형률을 채택하지 않은 모든 시는 '내재율'을 지닌 것이다(강홍기, 『현대시 운율 구조론』, 태학사, 1999, 28~47쪽 참조).

제가 된다. 내재율이 '비정형적 율격'이라면, 이는 율격을 배제하고 성립하는 개념이 아니다. 한국시의 정형률이 정확히 어떤 것이었는지는 일단 논외로 하더라도, 정형적인 율격에서 벗어난 율격이라는 정의는 자유율 혹은 내재율에 대한 엄밀한 정의 방식이 아니다. 내재율을 '자유로운 개성의 운율'이라 규정할 수 있으나, 이 '자유로운'이라는 수사 자체는 독자적으로 성립할 수 없는 것이다. 또한 내재율이 그 규칙을 외부에 둔 것이 아니라, 내부에 둔 것이라고 한다고 하더라도 이 '내부'의 정확한 의미는 설명되지 않는다.[14] 말하자면, 내재율을 규정하기 위해서는 내재율이 아니라 정형률(외재율)을 먼저 규정해야 하며 이 규정을 다시 내재율에 적용하는 논리적 순환관계에 빠져버림으로써 내재율은 결코 설명할 수 없는 것으로 남는다. 비정형률이라는 규정만으로는 내재율을 설명할 수 없을 뿐만 아니라, 내재율을 독자적으로 설명하고자 하는 경우 정형률의 양상까지 의문에 부쳐진다.

또 하나의 문제는 내재율이 정형률(외재율)의 대타항으로 존재하는 개념이라면, 근대적 자유시는 전통적 정형시에 대립되는 것으로서만 정립된다는 점이다. 율격 형식을 규정하는 논리적 순환관계는 근대시 장르론에 확대 적용된다. 근대적 자유시의 형식적 특성은 전통적 정형시를 먼저 규정하고 나서야 설명될 수 있다. 즉, 근대시의 형식은 전통시가 형식의 결여태로서 규정된다. 이런 방식이라면 시사의 '근대적 전환'이라는 국면은 근대시의 독자적인 양식의 출현에 의해서가 아니라

---

14 이 점에 대해 장철환은 '내재율'이라는 개념이 마치 외적 규범체계가 시인과 시의 내부로 단순 이동한 것으로 인식되게 한다는 점에서 매우 조심스럽게 사용해야 한다고 지적한다(장철환, 「1920년대 시적 리듬 개념의 형성과정」, 『한국시학연구』 24집, 2009, 293쪽).

전통 시가 형식의 소멸로서만 설명될 수 있는 것이다. 문제는 한국의 근대시사가 이러한 직선적인 발전 과정을 거치지 않았다는 데 있다. 특히 1919년에 확립된 자유시는 자유시를 주창했던 그들 자신에 의해서 부정되며, 1920년대 중반에 그들은 민요와 시조라는 전통 시가의 형식, 정형률로 되돌아갔다.

일단 근대시의 유일한 이념적 형식을 자유시로 규정할 수 있는가 하는 문제는 여기서 유보하고자 한다. 무엇보다도 1920년대 초반의 한국의 근대시 담당자들은 '새로운 시', 즉 '신시'의 형식은 자유시임을 주장하고 있기 때문이다. 황석우는 "우리 시단은 적어도 자유시로부터 발족치 안으면 아니 되겠습니다"라고 선언하며, 그 율의 근거는 개성에 있다고 주장했다.[15] 또한 김억은 "시인의 호흡을 찰나에 표현한 것은 시가"[16]라고 선언한다. 이들은 새로운 시는 자유시이며, 자유시의 율적 양식은 시인의 개성과 호흡에 근거한다고 주장한 것이다. 황석우는 이를 영률(靈律)로, 김억은 호흡률로 명명하였으며, '시 = 내재율 / 자유시'라는 등식은 사실상 한국 근대시의 형성에 있어서 출발점이자 도달점이었다고 할 수 있다.

문제는 전대의 모든 전통을 부정한 폐허에서, 이전의 것과는 전혀 닮은 바가 없는 새로운 시를 성립시키려고 했던 자유시의 선구자들이 어느 날 갑자기 정반대의 방향으로 향했다는 것이다. 어느 순간 그들

---

15 황석우, 「조선시단의 발족점과 자유시」, 『매일신보』, 1919.11.10.
16 김억, 「시형의 음률과 호흡」, 『태서문예신보』, 1919.1.13(여기서는 박경수 편, 『안서 김억 전집』 5권, 한국문화사, 1987, 34쪽). 이하 김억의 텍스트를 인용할 때는 본문에 (제목, 전집의 권호 : 면)으로 표기하고, 최초로 인용되는 텍스트의 경우 원문의 출처를 각주로 밝힌다. 또한 전집에 수록되지 않은 텍스트는 각주로 출처를 밝힌다.

은 스스로 창조했던 자유시의 가치를 부정하고 정형시, 그것도 그동안 일고의 가치도 없으며 버려야만 하는 유산으로 강조했던 민요와 시조로 돌아간 것이다. 양주동은 "우리 조선시의 형식 운율은 음수율에 준거(準據)될 것"[17]이라며 7·5조 운율을 창작할 것을 권했으며, 김억은 "음률적 빈약을 소유한 언어에는 자유룹은 시형을 취하는 것보다도 음절수의 정형을 가지는 것이 음률적 효과를 가지게 되는 것"(5 : 423)[18]이라며 정형시 창작을 제안했다.

이들의 제안은 자신들이 주장한 자유시를 전면적으로 부정하는 것으로 보이며, 정형률의 주장은 한국 근대시의 발전 과정에서 반동이나 회귀로 이해되었다.[19] 이들이 시의 음악성을 시의 규칙적인 율격, 즉 정형적 음수율로서 이해했기 때문에 음악성을 실현하고자 하는 의지에 따라 정형률의 창안으로 나아갔다는 것이다. 그러나 이러한 평가는 이들의 율격 개념, 율과 음악성의 관계를 지나치게 '외적 형식'의 문제로 환원시켜 전통 시가의 정형률과 근대적 자유시의 내재율이라는 이항대립적 구도에 위치시켰던 것이 아닌가하는 의문을 지우기 어렵다.

보다 일반적인 관점은 정형률로의 회귀가 1919년 3·1운동 이후 촉

---

17 양주동, 「시와 운율」, 『금성』 3호, 1924, 71쪽.
18 김억, 「격조시형론소고 (3)」, 『동아일보』, 1930. 1. 18.
19 특히 김억이 후에 격조시로 이행한 것을 두고 이러한 평가가 내려졌다. 김용직은 "적지 않은 궤도의 이탈"로 표현했으며(김용직, 앞의 책, 314쪽) 조동구 역시 정형시로의 방향 전환으로 평가했다(조동구, 「안서 김억 연구」, 연세대 박사논문, 1989). 오세영 역시 이를 시대착오적인 것이라 비판한다(오세영, 『한국 낭만주의 시 연구』, 일지사, 1980, 257쪽). 이러한 시도가 자유시가 고전시가와의 단절로 말미암아 율격의 진공 상태에 빠졌다는 점을 인식하고 새로운 정형시를 확립하고자 한 것으로 평가하는 견해도 있다(대표적으로 임재서, 「민요시론 대두의 의미」, 한계전·홍정선 외, 『한국 현대시론사 연구』, 문학과지성사, 1998; 장부일, 「민요와 민요조 서정시」, 『한국 현대시론사』(향천 김용직박사 화갑기념논문집), 모음사, 1992).

발된 민족주의 의식의 문학적 실천이라고 보는 것이다.[20] 민요시 창작이나 시조부흥운동이 1920년대 국민문학론의 일환으로서 이미 상실한 국가(nation)를 문학의 차원에서 상상적으로 재구축하려는 시도이며, '국민 문학'으로서의 조선의 근대문학의 건설이라는 이상을 위해 전통 장르를 호출한 것이라는 것이다.[21] 율격이 전통적인 시가의 것에 한에서, 율격을 되살리려고 하는 시도는 전통 장르의 회복을 지향하는 것이다. 이러한 입장에서는 율격의 개념을 장르 개념으로 곧바로 치환하고 이를 다시 정치적 과제의 실천으로 환원한다. 즉, 여기에는 '민족문학 양식의 발견 = 국민국가의 성립'이라는 등치가 존재하고 있다. 이 관점은 무엇보다도 이들이 시의 원론에 대해 고민했던 것, 시란 무엇인가에 대해 입론하려고 애썼던 점을 간과한다. 말하자면, '자유시' 시론과 '민족시' 시론 사이를 관통하는 근대시 초창기 담지자들의 내적 일관성은 없는 것으로 보이는 것이다. 이러한 관점에서라면 문학의 장르 의식은 전적으로 외적 담론의 수용에 의해서 형성된 것이다.[22]

이 지점에서, 자유시와 내재율의 개념을 다시 한번 고찰해볼 필요가

---

20 오세영, 앞의 책, 23쪽.
21 1920년대 국민문학론의 실천으로서 민요시 창작이나 시조부흥운동을 파악하는 입장들이 그러하다. 박승희, 「1920년대 민요의 재발견과 전통의 심미화」, 『어문연구』 35집, 2007; 전승주, 「1920년대 민족주의 문학과 민족담론」, 『민족문학사연구』 24집, 2004; 오문석, 「한국 근대시와 민족담론」, 『한국 근대문학연구』 4권 2호, 2007; 구인모, 『한국 근대시의 이상과 허상』, 소명출판, 2008 등.
22 구인모는 김억을 비롯한 민요시론자들이나 시조부흥론자들이 민요나 시조라는 전통 형식에 관심을 표명한 것은 민족주의적인 열망에서 비롯한 것이 아니라고 지적한다. 그들은 조선의 문학을 보편적인 근대문학으로서 성립시키고자 했으며, 이에 따라 민요나 시조는 조선 '근대 문학의 정전'으로서 발견되었다는 것이다. 이는 기존에 1920년대 국민문학론을 일본 제국주의에 대항하는 저항적 민족주의의 실천이라고 본 입장에서 벗어나 문학 내적인 원리를 규명하고자 한 것이라 할 수 있다. 그러나 구인모는 이러한 발견과 성취를 전적으로 일본의 고쿠분가쿠(國文學) 담론의 즉각적 수용으로만 이해하는 한계를 보인다(구인모, 위의 책).

있다. '자유시'란 그들에게 혹은 우리에게 무엇인가? 이 용어에는 두 가지가 걸리는데, 자유—시의 결합이 그것이다. 잘 알려져 있다시피 자유시란 Ver-Liber(free verse)의 번역어로서 성립했다.[23] 그러나 free verse는 정확히 '자유—율', 즉 '관습적인 율격에서의 벗어난 모든 율격'[24]을 의미하며, 이는 시(poetry)의 하위 장르적 개념이라기보다는 시의 형식적 차원을 가리키는 개념이다. 그런데 이를 자유—시의 결합태로 번역한 것은 율적 양식의 문제와 함께 새로운 시의 창출이라는 과제가 결부되어 있었기 때문이다.

이들의 자유시 이론은 프랑스 상징주의를 수용하는 가운데서 제출된 것으로 정형률을 파기하는 '자유로운 내면율'의 수용에 집중되어 있었다. 이는 김억이 『태서문예신보』에 번역 수록한, 베를렌느의 「작시법」의 첫머리에 놓인 "무엇보다도 음악을!"이라는 구호로 집중될 수 있다. 김억은 "상징파시가에 특필홀 가치 잇는데 재래의 시형과 정규(定規)를 무시ᄒ고 자유자재로 사상의 미운(微韻)을 잡으랴하는 — 다시 말하면 평측이라든가 압운이라든가를 중시치 안이ᄒ고 모든 제약, 유형적(有形的) 율격을 바리고 미묘한 「언어의 음악」으로 직접, 시인의 내부생명을 표현하랴 ᄒ는 산문시다"(5 : 32)[25]라고 소개하며 상징주의

---

23 일본에 자유시라는 개념을 처음 도입한 사람은 우에다 빈[上田敏]으로, 시라토리 세이고[白鳥 省吾]는 「불란서 시단의 신성(新聲)」(明治 31년 7월)이라는 평론 중에서 베르 리베리스트라는 호칭이 보이며 베를렌느를 그 선구로 들고 있다고 설명한다(白鳥省吾, 『現代詩の研究』, 新潮社, 1924, 16쪽).

24 H. T. Kirby-Smith, *The Origins of Free Verse*, Ann Arbor : The University of Michigan Press, 1996, p.6. 커비-스미스는 free verse라는 용어가 성립하게 된 과정을 추적하면서, 이 용어는 명확히 구체적인 형식적 특징을 가리키는 것이 아니라 기존의 관습적인 운율법을 벗어난 것으로만, 즉 부정적으로만 정의될 수 있다고 설명했다.

25 김억, 「쯔란스시단」, 『태서문예신보』 11호, 1918. 12. 24.

시는 정형률에서 '언어의 음악'으로 옮겨간 것이라고 설명하고 있다. 말하자면, 김억은 상징주의 시의 핵심을 '음악성'에서 찾고 있다. 그러므로 그의 '신시' 혹은 '자유시'에서 가장 중요한 요건은 이 '음악성'을 어떻게 조선어로 표현할 것인가에 달려있다. 김억만이 아니라, 당대에 상징주의를 수용했던 양주동, 이상화, 박영희 등에게도, 기존의 전통시가 혹은 정형시가를 파괴한 자리에 조선어로 세워야 할 시는 마찬가지로 '음악성'을 표현한 시에 해당한다.

　여기서 그들은 이 '자유-율'을 어떻게 '조선어'로 구현할 것인가에 대한 문제에 직면하게 된다. 당대에 활발히 펼쳐졌던 '시란 무엇인가'에 대한 담론은 실질적으로는 이러한 '음악성'을 어떻게 표현할 것인가에 초점을 맞추고 있었다.[26] 이때 문제는 조선어와 프랑스어가 엄연히 다른 한에서 어떻게 조선어로 '음악성'을 표현할 수 있을 것인가 하는 것이었다. 내면율, 내재율, 영률, 호흡률, 내심율 등 다양한 용어로 지칭되었으나, 이 모든 용어가 가리키는 것은 시의 음악성이다. 다양한 용어 속에 내포된 율의 인식은 시에 대한 근본적인 인식과 맞닿아 있다. 그들에게 자유율이 규칙적인 소리의 반복이 아닌 운율이었다면, 소리와는 관계없는 문자로 어떻게 이러한 음악성을 표현할 수 있을 것인가 하는 원론적인 고민이 그들의 시론에 내재되어 있다.

　그렇다면 1920년대의 전통 형식으로의 '회귀'는 단순히 정형률로의 복귀가 아니라 조선어로 가능한 '음악성'의 형식을 모색한 것으로 이해

26　당시의 상징주의 수용의 분위기 속에서 창작된 많은 시들이 데카당을 받아들여 매우 퇴폐적이고 자기 폐쇄적인 시를 창작했다고 평가하는 것은, 이러한 시의 원론에 대한 논의가 '음악성'을 중심에 두고 펼쳐졌다는 점을 간과하는 것이다.

할 수 있다. 이는 1920년대의 민요나 시조가 '정형률'로의 복귀를 위해 발견된 형식이 아니라, 시의 노래화의 가능성을 보여 주는 장르였기 때문에 선택되었다는 점에서 확인된다. 시(詩)는 1920년대에도 시가(詩歌)였다. 그리고 이 개념의 혼종 상태는 1940년대까지 지속된다. 이는 장르 의식의 미분화이거나 일본의 담론을 직각으로 수용했던 탓이[27] 아니다. 오히려 전통적인 시와 가의 담론, 즉 시는 동시에 노래라는 인식이 계속 영향력을 발휘하고 있었다는 것을 의미한다. 이는 시는 내면의 음악이라고 정의했던 '자유시'시대, 초창기 신시 운동에서도 마찬가지이다. 전통 시가에서 개화기 시가로, 1920년대 자유시에서 다시 민요시 / 시조라는 전통 형식으로 나아갔던 한국 근대시의 형성 과정은 '시 = 시가'라는 인식론적 토대에 기반하고 있다.

이 글은 한국 근대시가 형성되던 기간(개화기 – 1920년대) 동안 발생하고 소멸했던 다양한 시적 실험을 관통하는 어떤 '이념'이 존재하고 있었을 것이라고 가정한다. 그것은 비언어적인 음악과 언어 형식 사이의 결코 통합될 수 없는 긴장관계에 내포된 것이다. 전통 시가에서 개화기 시가, 그리고 1920년대 자유시론에 이르기까지 한국의 시가 지향하는 바는 언어를 어떻게 배열할 것인가가 아니라, 이미 상실한 근원적인 음악을 시의 언어로 어떻게 실현할 수 있을 것인가 하는 문제에 결부되어 있었다는 점을 상기할 필요가 있다. 각 시대가 산출했던 시의 형식이 각각 달랐다고 하더라도, 이는 각 시대가 안고 있었던 조건이 달랐던 때문이지, '언어로써 가능한 음악'이라는 시의 이념이 변했던 탓은

---

27 대표적으로 구인모는 김억이 poetry의 번역어를 시가 아니라 시가로 사용하는 이유는 일본의 고쿠분가쿠 국민시가 담론을 수용한 때문이라고 설명하고 있다(구인모, 앞의 책, 42~45쪽).

아니다.

이러한 문제의식에서 이 글은 1920년대 자유시론에서 한국의 근대 시는 본격적으로 출발하였다고 판단한다. 정확히는 1919년에 제출된 김억과 황석우의 문제적인 글로부터다.

> 김억, 「시형의 음률과 호흡」, 『태서문예신보』, 1919.1.13.
> 황석우, 「시화―시의 초학자에게」, 『매일신보』, 1919.9.22.
> _____, 「조선시단의 발족점과 자유시」, 『매일신보』, 1919.11.10.

이 글들이 중요한 이유는 이 글에서 자유시의 형식과 이념에 관한 본격적인 인식이 보이기 때문이다. 그들은 자유시가 무엇인가에 대해 자각적이었다.[28]

근대적 자유시를 성립시킨 초창기 문학 담당자들은 이중적인 진퇴 양난의 상황 속에 있었다. 시(詩)는 가(歌)라는 전통적인 인식의 영향 아래에 있으면서도, 이미 노래할 수 없는 상황에서 어떻게 시를 노래하는 차원을 획득할 수 있는가 하는 문제다. 이미 전통 시가를 부정한 그들은 그 전범을 서구시의 율격에서 찾았으나, 곧 조선어로는 서구시의 율격을 그대로 실현할 수 없다는 점을 깨달았다. 그들은 조선어로, 조선어의 특징에 맞는 어떤 '양식'으로 전통적인 시가를 대체할 근대적인 시를 성립시켜야만 한다는 의무를 스스로에게 부여했다. 이들의 작업

28　1910년대 말에, 김여제, 최승구, 현상윤과 같은 이들이 선구적으로 자유시를 창작했다. 이 점이 한국 근대시의 형성기에 매우 중요한 것이기는 하지만, 이 글에서 중요하게 여기는 것은 자유시론이 김억과 황석우의 자각적인 인식에서 출발했다는 점이다.

이 결과적으로 어떤 성과를 내었는지와는 별개로 그들이 한국어로 실현하고자 한 시의 내재율(내면율 / 영률)은 근대시 성립자들이 직면하고 있던 진퇴양난의 토대에서 설명되어야만 한다. 자유시는 정형률의 결여태가 아니며, 동시에 기계적이고 추상적인 율격 체계로 설명될 수 있는 것도 아니다. 이들의 진퇴양난은 자유시의 율적 양식에 대한 고찰을 언어적 현상으로 보는 관점에서 언어와 음악의 연관관계, 말하자면 어떻게 언어적 형식으로써 비언어적 형식인 음악을 재현할 수 있을 것인가의 문제로 전환할 것을 요청한다. 한국 시에서의 율적 양식은 시에 대한 근본적인 사유와 별개인 추상적인 원칙으로 이해할 수 없으므로, 언어학의 차원에서 시학의 차원으로 관점을 전환할 필요가 있는 것이다.

2. 음수율 / 음보율의 허구성과 한국시 율격론 재고

이상의 고찰에서 확인한 바, 한국 근대시가 자유시이며, 이 자유시의 양식은 전통적인 정형률에서 일탈함으로써 성립된 자유율을 채용한 것이라는 일반적인 관점은 상당한 영향력을 발휘해 온 것으로 보인다. 그러나 앞서 언급했듯 자유율을 정형률에서 일탈한 것으로 정의하기 위해서는 한국 전통 시가에서 '정형률'을 먼저 정의해야 한다. 이 글은 지금까지 '율격'[29]이라는 용어로 논의되어 온 '정형률'에 대한 기왕의 논의들을 정리함으로써 정형률의 규정을 확인하고자 한다. 율격론에 대한 비판적 검토를 거친 후 '율'의 문제에 접근할 것이다.

한국시의 율적 양식에 관한 연구는 추상적인 율격 체계를 발견하고 확립하는 데 집중되어 왔다.[30] 성기옥은 한국시 율격론의 전개 과정을 3단계로 설정하였으며, 음절율에 입각하여 이해하려는 '자수율적 파악기'를 1기(1920~1940)로, 운율자질의 층형대립에 기반을 둔 '복합율격론적 파악기'를 2기(1950~1970)로, 그 형성의 원리를 음절의 등가적 대비에 둔 '단순율격론적 파악기'를 3기(1970년대 후반~)로 파악했다.[31] 이

---

29 한국시의 율적 양식을 설명하기 위한 용어는 율격, 운율, 리듬, 정형률, 자유율, 외재율, 내재율 등으로 상당히 다양한 편이다. 정형률 / 자유율, 외재율 / 내재율은 각각 정형시 / 자유시의 율적 양식으로 정립된 개념으로, 율격, 운율, 리듬이라는 시의 율적 양식의 하위 개념으로 제시된 것이다. 한국시 연구에서 정형시 / 자유시의 율적 양식에 대해서는 본격적인 고찰은 이루어지지 않았다. 이는 아직 그 상위 개념이자 개별 시의 현상을 규제하는 원리인 율격, 운율, 리듬이 명확하게 규정되지 않았기 때문이다. 한국시의 율적 양식에 관한 연구가 대부분 추상적인 체계(원리)를 해명하는 데 집중하고 있다는 점은 이를 방증한다. 또한 율격론에서 율격과 운율, 리듬의 개념은 사실상 큰 구별 없이 혼용되었다. 성기옥은 율격은 meter의, 운율은 prosody의, 율동은 rhythm의 번역어라고 밝히며 논의를 전개하고 있으나, 대부분의 연구에서는 이 개념들을 구별하지 않았으며 대개 운율과 리듬 개념을 '율격'에 흡수하여 논의하고 있다.

30 율격 체계라는 용어는 성기옥의 것으로, 그는 현상적으로 다양한 시에서 추출해낼 수 있는 양식으로서 율격 모형(metrical pattern)과 이를 규율하는 추상적인 원리로서의 율격 규범(metrical norm)을 포괄하는 용어로서 율격체계라는 용어를 사용한다(성기옥, 『한국시가율격의 이론』, 새문사, 1986). 또한 그가 지적한바, 한국 시가 율격에 관한 논의는 율격 체계의 수립에 집중되어 왔다. 이는 한국 시가의 율적 현상을 설명하기 위한 기본적인 틀을 확립하지 못하고 있었다는 점을 방증한다(같은 책, 58쪽).

31 초창기의 한국시 율격론은 그 기층 자질을 음절에 두면서 자수를 통해 한국 시가 율격을 설명하고자 했으며, 이는 당대에 일반적이었던 일본의 음수율적 연구와 개화기 시가 이후 일반화된 음절 정형적 규칙성의 영향을 받은 것이다. 음절적 정형성을 가지고 있지 않은 시에서 무리하게 음절적 정형성을 추출하는 것에 문제를 제기한 정병욱은 규칙성의 기준을 음절이 아닌 음보에 둠으로써 음보율을 제창했다. 그는 기층단위인 음보가 강음절과 약음절의 역학적 대립에 의해 형성된다는 강약율을 제시했고, 이는 율격 형성의 기저자질을 운율자질(운소 또는 비분절음소)에서 찾고 기층단위(음보)의 형성원리를 층형대립, 즉 운율자질의 역학적 대립으로 구성하는 계기가 되었다. 이 시기에 제출되었던 강약율(정병욱, 이능우), 고저율(황희영, 김석연), 장단율(정광)은 2기의 성과다. 성기옥은 강약율이나 고저율은 음운론적 기능을 가지지 못하는 음성적 현상이므로 율격의 기층단위로 보기 어려우며, 또한 율독에 의거하는 측정 방식은 자의적일 수밖에 없다는 점을 들어 2기를 비판한다. 이러한 비판에 입각한 3기의 경우, 한국 시가의 율격이 강약, 고저, 장단의 대립과 같은 층형대립의

정리에 따르면 사실상 한국시 율격론은 두 개의 입장이 상호적으로 작용하면서 형성된 것이다. 율격의 기층단위를 어디에 둘 것인가에 대한 판단이 하나의 입장이라면, 율격이 기층단위의 자질에 의해 형성되는가 그렇지 않으면 단위들의 복합적인 상호 효과인가에 대한 판단이 또 하나의 입장이다.[32]

첫 번째 입장의 경우, 한국시 율격론이 초기의 음수율적 견해에서 음보율적 견해로 전환되었다는 일반론을 지탱한다. 즉, 율격의 기층단위를 음절에 둘 때 음수율(자수율)을 승인하게 되고, 율격의 기층단위를 음절 / 음운의 결합태로 볼 때 음보율을 승인하게 된다. 그러나 음보율적 견해가 그 하위 단위로서의 음절 / 음운의 존재를 부정한 것은 아니다. 정병욱이 제시한 음보(foot)의 개념은 율격이 음운론적 자질에 근거한다는 점을 승인하되, 다만 음절수를 고정하는 것만으로는 한국시가

원리에 의해 형성되는 것이 아니라, 음절(또는 음절량)의 등가적 대비라는 선형대립의 원리에 의해 형성된다는 인식에 도달함으로써, 제 2기를 거부하고 제 1기와 같은 단순율격론의 입장으로 되돌아간다. 그러나 동시에 율격의 기층단위는 음절이 아니라 음보이며 그 등가성은 시간적 등장성에 의한다는 명제를 수용함으로써 1기를 거부하고 2기를 계승한다. 조동일, 예창해, 김대행 등이 그들인데, 조동일은 율격 형성의 기저자질을 문법적 휴지에 근거한 율격적 휴지로 설정하고 등시성을 음절수가 아닌 호흡의 균형에서 찾고 있다(위의 책, 59~63쪽). 성기옥의 이러한 정리는 이후의 연구자들에게도 계승되고 있으며, 특히 초기의 음수율적 견해가 정병욱에 의해 음보율적 견해로 전환되었다는 점에 대부분의 연구자들은 동의하고 있다. 다소 이견을 보이는 부분은 3기에 대한 평가인데, 이는 음보율의 계승과 부정에 관한 입장의 차이라고 볼 수 있다. 이는 본문에서 함께 논의하도록 한다.

32 일단 이 글에서는 율격의 계층적 구별에 대해서는 자세하게 논의하지 않는다. 기조 단위, 기저 단위, 기층단위, 기본 단위는 각각 음운, 시어, 음보, 구(행)에 상응하며 이는 시를 구성하는 언어 단위를 분할하여 계층적 질서를 세우는 것이다(이에 대한 자세한 논의는 홍재휴, 『한국고시율격연구』, 태학사, 1983 참조). 이는 사실 율격의 체계를 파악하는 데 매우 중요한 것이기는 하지만, 본격적으로 발전되어 한국시 율격의 체계로 확립되지 못했다. 한국시 연구사에서 율격론의 전개는 기조 단위와 기층단위의 설정 문제에 초점이 맞추어져 있었기 때문이다. 즉, 음운 / 음절을 율격의 기층단위로 하느냐, 음운 / 음절이 결합된 상위 단위를 기층단위로 보느냐의 사이에 율격론의 가장 중요한 국면이 개입되어 있다.

의 율격을 파악할 수 없으므로 그 상위 단위가 필요하다는 고찰에서 나온 것이다. 그의 견해에서 율격 형성의 자질은 기본적으로 음절의 성격에 있다. 음보가 강음절과 약음절의 역학적 대립으로 구성된 단위라는 규정은 이 상위 단위의 성격이 하위 단위의 성격에 근거하게 된다는 점을 전제한다. 정병욱은 다만 시가 운율의 측정에 있어서 기본이 되는 단위를 설정해야 한다면 그 단위는 음군(音群)의 시간적 등장성의 반복에서 찾아져야 하므로, 한국시 율격은 음보율로서 설명되어야 한다고 주장한 것이다.[33] 말하자면 음보율은 율격의 단위를 음보로 인정하지만, 이 단위를 음절의 성격에 기초함으로써 음절을 율격의 최소단위로 인정하고 있는 것이다.[34]

　이러한 음보 개념은 그것이 부정했던 자수율이 사실은 '음절의 수'에 국한된 것이 아니라는 점에서 음수율과 같은 맥락에 있다. 음수율을 확정했다고 알려진 도남의 「시조자수고」에서 도남은 단순히 '음절의 개수'가 율격의 기층단위라고 주장하지 않았다. 그는 우리말의 음절이 일본어와는 달리 모든 음절이 동일한 길이를 지니지 않으며 더구나 교착어인 우리말의 특성상, 어떤 음절과 결부되어 있느냐에 따라 각 음절

---

33 정병욱, 「고시가운율론서설」, 『최현배화갑기념논문집』, 사상계사, 1954; 정병욱, 「고시가운율론」, 『한국고전시가론』, 신구문화사, 1984.

34 이러한 관점은 음보율을 주장하는 이능우, 김석연, 황희영에게서 공유되고 있다. 이능우는 음보의 하위 단위로서 '율각'의 개념을 제시하고, 이 율각은 강음과 약음의 대립으로 구성된다고 주장했으며(이능우, 「우리 율문의 형식 헤아림에 있어서 그 자수고적 방법에 대하여」, 『국어국문학』 17집, 1957; 이능우, 「자수고대계」, 『서울대학교논문집』 7집, 1958). 또한 황희영은 한국어의 음절이 고조(高調)와 저조(低調)를 가지고 있다고 봄으로써 한국시의 율격은 고저율이라고 주장했으며(황희영, 『운율연구』, 형설출판사, 1969) 정광의 장단율(「한국시가의 운율연구시론」, 『응용어문학』 7권 2호, 1975.12) 또한 음절의 음성적 현상에서 그 형성의 최저단위를 파악하는 것이다.

의 음량이 달라지므로 일괄적으로 음절수를 세어서 율격을 확립하는 것은 불가능하다고 설명한다. 왜냐하면 실제 발화에서 하나의 음절의 발화가 또 다른 음절의 발화와 동일하지 않기 때문이다.[35] 그는 음절의 상위 단위를 제안하지는 않았으나 음절의 '개수'를 율격의 단위로 확정하지는 않았다. 음운이 아니라 음절을 율격의 기층단위로 간주한 것은 우리말의 성격상 음운이 하나의 독립된 음성 자질을 지닐 수 없다고 보았기 때문이다.[36]

기존의 음보 개념의 허구성을 지적하고 용어를 마디(오세영)나 모라(김대행), 율마디(조창환)로 교체하고자 한 연구들 역시 기층단위로서의 음절을 율격 형성의 기초자질로 여기고 있다는 점에서 같은 맥락에 있다. 오세영은 한국시의 율격은 기본적으로 음수율이라며, 율격의 기층단위를 음절로 보았다. 그는 음절이 결합하여 형성하는 상위 단위의 존재를 상정하고, 이를 '마디(colon)'로 제시한다. 이때 그의 마디 개념은 호흡적 등시성에 따른 것이기보다는 '응집력이 있는 단위군', 즉 통사론적 단위다.[37] 또한 김대행은 음절의 음 지속량에 근거하여 대체로 같은 발음 시간을 유지하고자 하는 경향에 따라 대개 4모라를 일반적인 것으로 설정할 수 있다고 설명한다.[38] 조창환의 경우에는 전통 시가

---

35 조윤제, 「시조자수고」, 『신흥』 4, 1930.11(여기서는 도남학회 편, 『도남 조윤제 전집』 4권, 태학사, 1988, 131~134쪽).
36 이는 초창기 한국 시 음수율에 대한 논의에서도 마찬가지이다. 이병기, 「시조란 무엇인고」, 『동아일보』, 1926.11.24~12.13; 이병기, 「율격과 시조」, 『동아일보』, 1928.11.28~12.1; 이은상, 「시조단형추의」, 동아일보, 1928.4.18~25; 이광수, 「시조의 자연율」, 동아일보, 1928.11.2~7의 논의가 대표적인데, 이들의 논의에서 역시 음절의 성격은 가장 중요한 요건으로 다루어진다. 다만 이 성격을 확정할 수 없으므로 음절의 '수'가 유일한 대안이 되지 않겠냐고 유보하고 있다.
37 오세영, 「한국 시가 율격 재론」, 『한국 근대문학론과 근대시』, 민음사, 1996, 71쪽.

까지 아우르는 한국 시가의 율격 형태를 해명하는 것보다는 현대시의 율격 체계를 해명하고 7·5조의 음수율을 인정하며 이 음절의 결합의 단위를 율마디로 규정하고자 했다.[39]

이러한 고찰로 미루어 보면 한국시 율격론에서 음보율적 전회는 사실상 전대의 율격론을 자수율로 고정함으로써 실현된 것이다. 음수율적 견해와 음보율적 견해는 율격을 형성하는 기초 자질을 음절, 특히 음절의 음성적 효과에 두고 있었다는 점에서 음운론적 관점을 공유하고 있다. 율격이 '규칙적인 반복의 단위'라고 한정하는 한에서, 이 단위를 '음보'라는 명칭으로 규정한 것을 감안할 때 마디나 모라, 율마디의 개념이 음보 개념에서 크게 벗어난 것은 아니다.

이러한 측면에서 음보율을 '호흡적 등시성'의 관점에서 고찰한 조동일, 예창해의 연구는 율격의 기층단위를 음운론적 관점에서 리듬 의식 및 관습이라는 관점으로 전환한 것이라 할 수 있다. 이들은 텍스트의 언어, 음운, 음절의 분석에 입각한 '과학적' 연구가 전통 시가의 수많은 현상적 다양성을 포괄하지 못한다는 점에 주목하여 율격을 전통적인 리듬 의식의 차원에서 해명하고자 했다. 대표적으로 조동일은 한국시

---

38 김대행, 「한국시가운율론서설」, 『한국시가구조연구』, 삼영사, 1976, 36쪽.
39 조창환, 『한국 현대시의 운율론적 연구』, 일지사, 1986. 기존의 율격론이 전통 시가를 주로 대상으로 하였던 점에 반해, 조창환의 이 연구는 현대시의 율격 체계를 밝히고자 했다는 점에서 상당한 의의를 지니고 있다. 그는 7·5조 음수율이 그간 외래적인 음수율이라는 점에서 전통적인 음보율을 배반하고 있다고 평가받았음을 비판하며, 7·5조 음수율이 현대시의 기본 율격 체계임을 밝히고자 했다. 조창환은 율마디가 율행 내부 단락의 경계표지인 쉼에 의해 분명하게 나뉘는 단어의 덩어리, 즉 어절임을 밝힌다(같은 책, 44쪽). 율마디가 어절인 이상 통사론적 경계와 분절을 기준으로 삼아 측정되어야 하지만, 실제 분석은 통사론적 분절보다는 율독의 자연스러움에 의거하여 수행되고 있다는 점에서 이 율마디의 개념은 상당히 자의적으로 적용되고 있다.

가의 율격을 율격적 휴지에 의해서 구분되는 '율격적 토막의 일정한 반복'으로 규정했다.[40] 율격적 토막을 결정하는 기준이 음운이나 음절이 아니라 율격적 휴지라는 점에서 이는 음운론적 관점과는 다르다. 이 '휴지'는 한국어의 음절 단위, 통사적 단위, 그리고 독서 관습에 의해 결정되며, 이는 언어 공동체의 다각적인 관습에 매개되어 있다. 예창해는 또한 기식(氣息 : breath group)이라는 용어로써 음보의 등시성을 설명했으며,[41] 이는 호흡적 등시성을 그 기준으로 삼는다는 점에서 조동일과 같은 맥락에 있다. 물론 관습적으로 2-4음절이 하나의 단위로 결합된다고 설명한다는 점에서 이들의 견해가 음절의 수나 성격을 전혀 고려하지 않은 것은 아니다. 그러나 이들의 입장에서 율격을 결정짓는 기준은 음절의 성격이 아니라, 음절을 운용하는 언어 공동체의 리듬 의식이다.

이렇게 고찰해 보면, 한국 시가 율격을 음수율에 정초할 것인가 음보율에 정초할 것인가를 확정하는 것은 상당한 난맥이 있는 것으로 보인다. 왜냐하면, 음수나 음보의 문제는 음운론적 관점에서 볼 때 크게 다른 것이 아니기 때문이다. 언어학적 분석에 의거하는 방법들은 서구의 미터론(metrics)에 토대를 둔 것으로, '음운의 일정한 결합 단위'인 미터를 우리 시가에 적용하려 한 것이다. 율격은 성기옥이 명확하게 한 바, meter의 번역어이며, 율격 체계는 metrical pattern을 번역한 용어이다. meter는 언어의 음운론적 특징에 기반하며, 운문에서 강세나 길이, 고저의 특성이 반복적으로 일어나는 것을 일괄적으로 측정(measure)[42]

40 조동일, 『한국민요의 전통과 시가율격』, 지식산업사, 1996, 219쪽.
41 예창해, 「한국시가운율의 구조연구」, 『성대문학』 19집, 1976.

한 것을 가리킨다. 그러므로 선행 연구들은 율격 체계를 확립하고자 하는 데 있어서 우리말의 음절, 음운의 특성에 집중했다. 그러나 우리 말 음운의 음성적 성격은 서구의 그것처럼 뚜렷하지 않다. 음보율을 주장했던 선학들이 음절의 수를 기반으로 한 음수율을 부정해 왔던 이유는, 음절이 그 자체로서 율격의 단위로 성립될 수 없기 때문이다. 그러한 차원에서 율격 체계를 언어 공동체의 리듬 의식에서 찾으려고 한 조동일, 예창해의 연구는 음보율이라는 용어를 사용하고 있지만, 전대의 음보율과는 근본적으로 다른 지점에서 율격을 고찰하고 있다. 그러나 이러한 관점은 언제나 율독의 자의성에 매개된다는 점에서 시 창작을 규제하는 율격 원리라고 보기 어렵다.

성기옥은 이 지점에서 문제점을 정확히 포착했다. 그는 기계적으로 음절의 수를 세는 방식의 음수율은 우리말의 특성에 맞지 않으나 호흡의 등장성에 의존하는 조동일의 음보 개념이 상당히 주관적이며 자의적일 수밖에 없다는 점을 지적했다. 그래서 그는 객관적이고 추상적인 율격 원칙을 확립하기 위해서는, 음보 단위를 인정하되 그 기층단위는 음절의 자질에 근거하는 것이어야 한다고 주장한다. 말하자면, 음보를 결정하는 원리가 독자의 율독에 의하는 것이 아니라 음절의 자질에 객관적으로 존재하는 것이어야 한다는 것이다.[43] 이는 매우 중요한 지적이라고 할 수 있는데, 음보가 독자의 자의적 율독에 근거한다면 이를 일러 한국시에 타당한 율격의 원리라 할 수 없고, 음절의 수가 아니라

---

42 Alex Preminger and T.V.F. Brogan ed., *The New Princeton Encyclopedia of Poetry and Poetics*, Princeton : Princeton University Press, 1993, meter 항목 참조.
43 성기옥, 앞의 책, 99쪽.

음절의 자질 ─ 가령 장단과 같은 ─ 에 근거하는 율격 원리는 성기옥의 지적대로 율격이 언어적 현상인 이상, 객관적이고 타당한 것으로 확립될 수 있기 때문이다. 그러나 그가 확정한 장음과 정음의 판단 기준은 상당히 모호해 보이며 이후의 실제 분석에서 적절한 기준으로 사용되었다고 보기 어렵다.

한국시 율격을 한국어의 음운 자질에서 정초하려 한 율격론은 두 가지 측면에서 문제를 지니고 있다. 하나는 이 연구들이 근거하고 있는 구조주의 언어학이 시의 언어를 음성적 차원에 국한시키고 있는 것은 아니라는 점이다. 이 연구들은 율격이 '언어의 음성적 자원'을 토대로 하고 있다는 율격론의 전제,[44] 그리고 이를 과학화하고자 한 야콥슨의 구조주의 언어학을 근거로 하고 있다. 야콥슨이 주장한 바, 운문이란 무엇보다도 '음형상(figure of sound)'의 반복이기[45] 때문이다. 그러나 그는 이러한 시의 특질을 단순히 율격이나 압운법 등으로 규정되는 시의 '음성 층위'에 국한시켜서는 안 된다고 주장한다. 시가 언어의 음성적 차원을 끌어들이고 있지만, 무엇보다도 이러한 음성적 자원, 즉 언어를 시적으로 만드는 것은 이러한 발화 음성에 대한 '자기 규정(self-determination)'에 해당하는 것이기 때문이다. 말하자면, 그는 이 자기 규정된 음성적 자원이 '시적 언어'이지만, 동시에 그것이 시를 '소리 형식'으로 환원시키거나, 의미의 상실을 의미하는 것은 아니라고 지속적으로 강조했다.[46] 그래서

---

44 리듬을 산출하는 언어적 형식을 프로조디로 규정하는 시학 사전에 따르면, 모든 프로조디는 인쇄된 문자를 대상으로 하는 것이 아니라, 발화되는 음성을 그 구성 요소로 한다(Alex Preminger and T.V.F. Brogan ed., *op.cit.*, prosody 항목 참조).

45 R. Jakobson, 신문수 편역, 「언어학과 시학」, 『문학 속의 언어학』, 문학과지성사, 1989, 74쪽.

46 R. Jakobson and Linda R. Waugh, *The Sound Shape of Language*, Berlin : Mouton de Gruyer, 2002, p.219.

그는 시의 구조적 원리를 "등가의 원리를 선택의 축에서 결합의 축으로 투사"[47]로 설명한다. 이는 율격을 형성하는 기본 원리이자, 시 자체의 구성 원리이기도 하다. 그러나 이 구조적 원리가 단순히 텍스트 표면의 언어 현상에만 국한되는 것은 아니며, 더구나 언어 단위의 반복을 의미하는 것은 아니다. 두 번째 문제는 한국어의 음운의 음성적 성격은 율격의 단위로서 체계화시킬 수 있을 정도로 규정되지 않았다는 점이다. 가능하다 하더라도 그것이 '시'의 원리로 작용할 수는 없다.[48]

음운의 성격을 확립하는 것 외에 또 하나의 문제가 율격론에 존재하고 있는데 그것은 당초에 우리 시가가 노래와 구별되기 어려운 것이었다는 점이다. 향가에서 고려가요, 시조, 가사에 이르기까지 그것은 시이기보다는 노래에 해당하는 것이며, 가(歌)의 사(詞)로서의 언어 텍스트의 율적 원리는 음악 혹은 가창의 규범과 밀접한 관계를 맺고 있다. 도남이 본래 가사(歌辭), 가사(歌詞)로 두 가지 용어로 사용되던 가사를 노랫말로서의 가사(歌詞)가 아니라 율문으로서의 가사(歌辭)로 확정한 이유는 우리 문학에서 시와 가를 어떻게 구분하여 확립할 것인가의 문제를 해결하기 위해서였다.[49] 말하자면 율격 체계를 확립하기 위해 사

---

47 *ibid.*, p.61.
48 한국어의 음성의 효과를 시의 율격에 관련시키고자 하는 음성학적 연구는 상당한 정도로 수행된 편이다. 그러나, 이 연구의 대부분은 한국어 화자의 낭독 결과를 데이터화한 것인데, 아직 이 다양한 현상을 총괄하는 원리는 제시되지 못하고 있다. 더구나 일상어에서의 음성 효과를 연구한 결과물이 시의 작법과 연결되기는 어려워 보인다. 대표적으로, 곽동기, 「운율단위에 의한 국어 음운현상의 분석」, 서울대 박사논문, 1992; 이현복 외, 「한국어의 운율 리듬에 관한 연구」, 『한글 및 한국어 정보처리 학술발표 논문집』, 1993; 김현기 외, 「한국 현대시 운율의 음향 발현」, 『음성과학』 11권 3호, 2004 등.
49 이는 가사(歌詞)와 가사(歌辭)의 명칭이 혼용되었다는 사실에서 잘 알 수 있다. 한국문학의 전통을 확립하는 과정에서 조윤제는 가사의 언어적 성격을 규정하여 장르 명칭을 가사(歌辭)로 통일시켜서, 가사의 노래적 성격을 배제하고 문학으로서 확립했다. 그는 가곡에 대한

용한 텍스트인 고전 시가는 순수한 언어 텍스트라고 보기 어려우며 이 텍스트의 율에 관여하는 노래의 영향을 배제할 수 없다는 점에서 언어의 배열 관계만 놓고서 율격 체계를 확립하기는 어렵다.

이 점이 서구시와 비교할 때, 한국 시가의 특수성이라 할 수 있다. 서구시의 경우 확립된 율격 양식(metrical pattern)은 그것의 종류의 다양함을 불문하고 언어 텍스트에 규제적 원리로 작용한다. 율격 양식의 지배력은 개별적인 시의 텍스트에 강하게 작동한다. 서구시, 특히 영시에서 일반적인 약강 오보격(iambic pentameter)이 지배적인 영향력을 발휘한 것은 그것이 이미 영어의 발화 습관과 밀접하게 관계가 있기 때문이며[50] 이로써 약강 오보격(iambic pentameter)은 시의 지배적인 율격 양식 중 하나로서 자리 매김할 수 있었다. 그러나 이미 노래의 원리가 텍스트의 발생 차원에 개입되어 있는 한국의 전통 시가의 경우, 이 노래의 원리를 배제하고서 텍스트의 율격 원리를 확립할 수는 없다.

이러한 점에서 서구의 율격론(metrics)에 의거한 율격 체계를 우리 시가에 적용하여 율격 체계 혹은 원리를 확립하고자 했던 시도는 두 가지 문제점을 지니고 있다. 하나는 이를 통해 추출한 정형률의 원리가 과연 타당한 것인가 하는 것이다. 정형률은 하나의 완강한 원리에 지배

가사(歌詞)와도 혼동될 염려가 있으니 가사(歌辭)로 쓰자고 주장하며, 이는 순전한 운문으로 "사사조의 연속체"라고 설명한다(조윤제, 『도남 조윤제 전집』 2권, 143쪽). 최근의 연구는 가사의 언어와 음악의 결합 양상을 규명함으로써, 가사의 노래적 성격을 회복하는 데 초점을 맞추고 있다. 이와 관련해서는 조규익, 『가곡창사의 국문학적 본질』, 집문당, 1994 참조.

50 Halle와 Kesyer는 영시에서의 약강 오보격(iambic pentameter)의 운율이 어떤 방식으로 영어권에서 지배적인 운율이 되었는지를 추적하면서 미터리컬 라인과 언미터리컬 라인 사이의 긴장이 가장 율격적으로 느껴졌기 때문이라고 주장했다(Morris Halle and Samuel Jay Keyser, "Chaucer and the Study of Prosody", *College English* Vol. 28 No. 3, Dec. 1966).

되는 것이며, 이 원리는 강력하게 창작을 규제한다. 의식의 심층에서 창작을 규제하는 것이기 때문에 서구의 자유시 창작자들은 끊임없이 자신을 침범해 오는 '율격 체계'와 심각한 고투를 벌여야 했다.[51] 그러나 음수율, 혹은 음보율이라 명명된 이러한 정형률의 양식이 모든 시 창작의 심층에서 규제적 원리로 작용했던 것이라고 보기는 어렵다.

또 하나는 음수율과 음보율이라는 용어의 문제다. 고찰한 바, 음수율은 '음절의 수'의 고정, 음보율은 '반복 단위'의 고정이라는 맥락에서 사용된 것이라는 점을 확인할 수 있었다. 그러나 '반복 단위' 역시 음운 / 음절의 성질에 의거하고 있다는 점에서 결국 음운 / 음절의 음성학적 성질에 따라 설정된다고 할 수 있다. 이 단위의 종류가 다양할 수는 있으나, 동일한 단위 내부의 자율성이 허락된다면 율격이라고 보기 어렵다. 단위 내부의 다양성을 전적으로 인정한다면, 고정된 단위라는 것은 사실상 무의미한 개념이기 때문이다.

이 글은 선학들의 이러한 용어가 무의미하다거나 잘못되었다고 판단하지 않는다. 전통 시가 텍스트의 광범위한 스캐닝을 통해 귀납적인 방식으로 발견된 이 율격 원리들은 확실히 타당하며 많은 텍스트의 현상을 설명할 수 있다. 그러나 이는 창작을 규제하는 원리라기보다는 민족 공동체가 공유하는 리듬 의식의 차원에 속하는 것으로 보인다. 일정한 단위의 반복이 민요의 구전 전승을 가능케 하고, 언어 공동체에서 향유될 수 있는 강력한 힘을 발휘했기 때문이다. 이는 전통 시가에서 노래의 원리를 규율하는 것이기도 하다. 이런 점에서 민족 공동체

---

51 T. S. Eliot, "Reflection on vers libre", *Essays by T. S. Eliot*, Tokyo : Kenkyusha, 1953. 여기서는 성기옥, 앞의 책, 295쪽에서 재인용.

의 리듬 의식을 기반으로 하는 '율격적 토막'의 개념은 상당한 시사점을 던져준다.

조동일은 '율격적 토막'을 구성하는 원리를 두 가지로 제시했다. 하나는 호흡에 균형을 맞추는 것이며, 또 하나는 첫소리를 강하게 내는 것이다. 그런데 그는 첫소리를 강하게 내는 것이 자연스러운 말의 억양에 의거하는 것이 아니라고 설명한다. 율격적 휴지 다음에 오는 강음만 율격적 강음이고 그 밖의 것은 율격과는 무관한 음성적 강음이라는 것이다.[52] 그는 율독의 차원에서 논의했지만, 이는 전통적인 노래의 방식인 어단성장(語單聲長)과 닮아 있다. 어단성장은 전통시가의 창의 원리로, 첫 음을 강하게 내어 의미를 전달하고 여음을 길게 빼어서 노래를 하는 것으로[53] 강한 첫소리를 율격적 강음으로 보는 것은 이 율격적 토막이 사실상 노래의 단위와 유사할 수 있다는 점을 암시한다.

즉, 조동일의 분석이 보여주는 것은 각각의 텍스트를 규율하는 규제적 창작 원리가 아니라, 공동체가 노래를 향유하는 '방식'이다. 시가와 시가 구별되지 않았던 시대, 대부분의 글과 말을 길게 늘여서 향유하던 시대에 시는 노랫말이었으며 이 때 노랫말을 규율하는 것은 공동체의 리듬 의식이다. 그런 점에서 전통 시가의 원리를 '4·4조 음보율'로서 승인할 수 있지만, 이는 공동체의 리듬 의식인 것이지 텍스트의 창작 원리가 아니다. 개화기의 다양한 율문체 양식들에 대해서도 같은 설명을 할 수 있다. 음절적 정형성은 악곡의 박자와 장단의 원리에 비해 부차적인 것이다.[54]

---

52 조동일, 앞의 책, 218쪽.
53 유세기, 『시조창법』, 문성당, 1957, 56쪽.

그러나 이를 율격 체계이자 창작을 규제하는 원리로, 또한 언어 텍스트에서 측정 가능한 율격(meter)으로 환원할 때 문제가 발생한다. 이는 전통 시가를 '문학'으로서 확정하고자 하는 의지와 결부되어 있는 것으로 보인다.[55] 즉, 이 견해들은 율격을 지나치게 텍스트의 언어 배열 원리로 한정한다. 이는 운문(verse)의 양식일 수는 있으며, 도남이 가사에서 발견했던 것은 운문의 양식이었다. 그러나 율문으로서의 운문과 시의 양식은 다르다. 무엇보다도 이를 한국시의 율적 원리로 승인하고자 할 때에는, 우리의 '시'의 개념을 둘러싸고 있는 여러 가지 층위를 세심하게 검토하지 않으면 안 된다. 이는 개화기의 시가에서도 마찬가지이지만, 특히 근대 자유시에서 내재율 / 자유율의 위상을 검토할 때 반드시 거쳐야만 하는 문제다. 특히 전통 시가의 율적 형식이 리듬 공동체가 공유하는 리듬 의식의 차원에 결부되어 있다면, 이는 언제나 텍스트를 향유하는 공동체의 내부에서 가능하다. 그러나 이 공동체는 사실상 개화기 이후에 소멸한 것처럼 보인다. 다시 말해, 더 이상 시를 소리내어 부르지 않는 시대, 종이 위에 인쇄된 문자 텍스트를 향유하는 시대에 시에서의 리듬은 음성 효과에만 의존하는 것은 아니기 때문이다.

그런 점에서 그간의 율격론이 음성 언어의 패턴화에만 기대고 있었다는 점을 비판하며, 새로이 '리듬'의 개념을 정립하고자 한 일련의 연

---

54 노동은은 리듬과 장단을 고려하지 않고 시가의 율격을 설명할 수 없다고 주장한다(노동은, 『한국 근대음악사』 1권, 한길사, 1995, 627쪽).

55 정병욱은 음보의 시간적 등시성을 악곡과 관련해서 설명했다. 음악의 기본 단위인 소절이 3 강 8정으로 되어 있다는 점을 확인한 후, 가사는 이에 맞추어 배치되어 있다는 것이다. 그러므로 그의 음보의 시간적 등장성은 율독에 의거하는 것이라기보다는 전통 음악의 원리에 따른다(정병욱, 앞의 글, 1984). 그러나 정병욱은 이를 '문학의 원리, 가사(歌詞)의 원리로 확정하고 있으며 후대에 음보율은 음악과는 별개로 언어 텍스트의 원리에 국한되어 왔다.

구들을 주목할 수 있다. 이들은 기존의 율격론이 개별 시들의 음성-의미의 상응관계를 무시하고, 지나치게 기계적이고 추상적인 율격 체계를 찾으려고 했다고 비판하면서 음성-의미의 조응관계로 확립될 수 있는 새로운 리듬의 형식을 찾으려고 했다. 이들은 대개 기존의 율격론이 현대의 자유시에는 적용되지 않는다는 점을 전제로 하여, 자유시에서 나타나는 내재율을 해명하고자 한다.

특히 장철환은 김소월 시에서의 리듬 분석을 통해 새로운 리듬의 요소로서 압운, 프로조디, 휴지, 템포, 억양 등을 제시했다. 그는 음운, 음절, 문장의 층위에서 이를 각각 분석함으로써 김소월 시의 리듬이 음운론, 통사론, 의미론을 결합하는 하나의 매개라는 점을 밝혀내었다. 그는 외형률과 내재율이라는 기왕의 이항대립적인 개념 대신에 음운론적 차원에서 운율(韻律), 통사론적 차원에서 호흡률, 의미론적 차원에서 선율(旋律, melody)을 제시했고, 운율의 자질로 압운과 프로조디, 호흡률의 자질로 휴지와 템포, 선율의 자질로 억양을 제시했다.[56] 그의 연구는 외형률과 내재율이라는 이항대립을 거부하고, 내재율을 독자적인 자질 요소를 가진 율격의 차원으로 올려놓았다. 이를 통해 사실상 자유율, 혹은 정의할 수 없는 혹은 실체를 가지지 않은 율격이었던 내재율, 즉 자유시의 리듬의 존재 형식을 텍스트의 차원에서 증명하고자 했다는 점에서 기왕의 율격론이 내재하고 있던 모순을 해결하고 있다고 할 수 있다.

그러나 장철환의 논의에서 운율, 호흡률, 선율의 세 층위로 구분된 리듬의 구조는 실제로는 두 층위다. 운율이 음운론적 차원이며 텍스트의

---

56 장철환, 「김소월 시의 리듬 연구」, 연세대 박사논문, 2009.

구성 원리라면, 이는 시인의 순수한 창작의 차원에 있다. 그러나 호흡률과 선율은 실제로는 율독의 차원에 매개된다.[57] 장철환은 이를 율독하는 자의 자의성, 그리고 창작과 율독을 규율하는 언어 공동체의 리듬 의식을 따른다는 차원에서 이해하지 않으며 시의 리듬의 형식적 실체로서 확정함으로써 리듬의 외부적 성격을 김소월의 시에 내재하는 형식 원리로 환원한다. 그렇다면, 장철환의 구도 속에서 온전히 시 속에 '내재'한 리듬이란 음운론의 차원에만 존재하는 것이다. 그러나, 메쇼닉의 '자음과 모음의 계열체로서의 프로조디' 개념을 원용한 이 논의는 서구의 음운론을 일괄적으로 한국어에 적용할 때 발생하는 문제에서 자유롭지 못하다. 메쇼닉의 자음과 모음의 계열체는 모음의 악센트(accent / accentual rhythm)와 자음의 반악센트(counteraccent / consonant counterrhythm)가 교차 조직되어 일종의 악센트의 '위계'로서 이해되는 것이다.[58] 그러나 우

---

57 휴지와 템포는 율독하는 사람, 낭송하는 사람의 자의성에 좌우된다. 시행의 휴지와 통사론적 휴지의 불일치는 확실히 문제적이지만, 이를 일괄적으로 끊어 읽기의 차원에 결부시킨다면 이는 율독/낭송하는 독자의 문제로 이행한다. 시의 낭송에 익숙한 화자라면 시행의 분절과 휴지를 중시하여 낭독하겠지만, 일반적인 한국어 화자라면 통사론적 배열을 더 우선시하게 될 것이다. 억양 역시 마찬가지인데, 우리말에서 억양은 심리적인 강세이므로 반드시 의미론적 강세와 결부되어 있다. 억양은 의미와 조응하는 것이라기보다는 의미 해석의 결과로 결정될 가능성이 농후하다. 다시 말해, 강조하고 싶은 의미는 강한 템포와 억양과 결부되고, 강조되지 않는 의미는 느린 템포와 억양과 결부된다. 템포와 억양이 율독하는 사람의 수행(율독)에 의거하여 결정된다면, 이는 시인의 창작 의도의 차원을 넘어서서 동일한 발화 관습을 공유하는 공동체의 문제로 돌려진다. 이는 자유시의 리듬을 또 다른 불확실성의 영역에 밀어 넣는 것이다. 이런 방식이라면, 이 리듬은 김소월의 시에 '내재'한 것이 아니라 공동체의 '리듬 의식' 속에 놓여 있는 것이다.

58 메쇼닉의 자음과 모음의 계열체는 프랑스어라는 특수한 토대에서 나온 것이다. 메쇼닉은 영어의 미터 분석을 프랑스어에 적용할 때, 프랑스어의 자음이 지니고 있는 악센트의 특징을 무시하게 된다고 주장했다. 즉, 영어의 미터 단위가 강세 음절과 비강세 음절의 결합으로서 성립된 것이라 할 때, 사실상 비강세 음절이 지니고 있는 강세 자질은 강세 음절에 비해 약하거나 없는 것으로 여겨진다. 영어의 미터 분석을 프랑스어 시에 일괄 적용하면 이 프랑스어의 음절이 산출하는 이 음성적 위계를 간과하게 된다는 것이다. 그에게 자음과 모음의 계열체는 자음과 모음의 음성적 대위가 산출하는 악센트의 어떤 역동적인 모음이다(Gabriella Bedetti,

리말의 경우 이러한 악센트의 역동적인 상호작용이 발생하기 어려운데도,[59] 반복되는 자음과 모음의 계열체로서만 리듬을 설명하는 것은 모음의 '율적 성질'과는 별개로 음운의 존재만으로도 음성적 리듬이 형성될 수 있다고 간주하는 모순에 빠지게 된다.

이는 리듬에 관한 도저한 음성중심주의라 하지 않을 수 없다. 리듬이 음성적 효과 혹은 음성의 결과로서 이해된다면 그것이 아무리 가상적인 청각이라고 하더라도 언제나 시는 낭송의 텍스트로 놓이게 된다. 시의 리듬은 시에 내재한 것이 아니라 시를 낭송하는 독자의 의식에 의해 창출된다. 그럼에도 불구하고 이를 독자의 경험으로 설명하지 않고 텍스트의 원리로 환원한다면, '과학적'인 프로조딕 분석이 시인 개인의 개별적인 수행과 이에 대한 독자들의 개별적인 수행이 만들어내는 어떤 개별적 차이들을 허용할 수 없다는 비판에서 자유롭지 못하다.[60]

이러한 점에서, 외형률의 자질은 음성이며 내재율의 자질은 의미라고 구분한 후,[61] 내재율을 의미율로 규정한 강홍기의 연구는 리듬의 음

"Henri Meschonnic : Rhythm as Pure Historicity", *New Literary History* Vol. 23 No. 2, 1992 참조).

59 우리말의 경우 악센트의 자질이 희박하여, 악센트의 조직을 통해 리듬의 음성적 구조를 창출하는 것은 매우 어렵다. 이 점을 염두에 두고, 악센트가 아니라 자음과 모음의 성질을 통해 압운의 가능성을 창출한다고 해도, 이는 한국어의 또 다른 특성에 부딪치게 된다. 우리말은 자음과 모음이 독자적으로 어떤 음성적 혹은 의미적 자질을 가지기 어렵다. 우리말은 자음+모음, 자음+모음+자음으로 구성되어 하나의 음절을 구성하며, 각 음절이 상호적으로 작용하여 발음된다. 우리말의 경우 자음과 모음이라는 음운은 음성적으로도, 의미론적으로도 독자적인 운율의 기층단위로서의 역할을 할 수 없다. 우리말에서는 자음과 모음의 결합체인 하나의 음절이 최저단위로서 설정되어야만 하는 것이다. 이는 율격의 체계를 확립하고자 했던 선학들이 깊이 인식했던 문제이며, 우리말의 율격의 기층단위를 음운이 아니라 음절로 설정했던 이유는 여기에 있다. 그럼에도 불구하고, 음운을 운율 혹은 리듬의 자질로서 수용할 때에는 자음과 모음의 문자적 형상이 아니라, 결합되었을 때 발음되는 발음 기호를 수용해야만 한다. 연음현상과 분음현상이 언어의 음성적 자질로 수용되어야 할 것이다.

60 C. Dworkin, "Introduction", M. Perloff and C. Dworkin ed., *The Sound of Poetry / The Poetry of Sound*, Chicago : The University of Chicago Press, 2009, p.2.

성중심주의에서 탈피하여 시에 내재한 리듬의 '구조' 자체를 리듬으로서 이해할 수 있는 가능성을 보여 주었다. 그는 외형률을 직접적인 감각의 자극, 즉 시각이나 청각을 통한 감각적 지각으로 보고, 내재율은 의미, 정서, 구문 등의 구조가 내면에 율동을 일으키는 심리적인 운율로 규정한다.[62] 강홍기는 내재율을 청각적 지각에 의거하는 것이 아니라 일종의 내면적 청각에 의거하는 것으로 이해한다. 특히 내재율을 추출할 수 있는 핵심 요소로서 시의 '구조'를 발견했다는 점에서 리듬에 대한 새로운 차원을 제기했다.

그러나 그는 이를 리듬 그 자체로 봄으로써 텍스트 중심주의에 빠졌다. 이러한 방식이라면, 리듬은 다만 언어의 구조에 해당하는 것 이상이 되기 어려우며, 리듬의 경험과 표현의 차원에 접근하기 어렵다. 더구나 이 언어의 구조란 모든 개별 시인들의 모든 개별 작품에서 다르게 나타나는 것으로, 이를 리듬이라고 한다면 리듬은 다만 산재한 언어의 덩어리 이상으로 이해되지 않을 것이다. 그렇다면 어째서 1920년대 초창기 근대시 담당자들이 이 리듬을 작시의 원리로서, 시의 근본 구조로서 추구했던 것인지를 해명하기 어렵게 된다.

이러한 고찰을 바탕으로 이 글은 정형률 / 자유율, 외재율 / 내재율이라는 개념이 한국시의 율적 양식을 파악하는 데 큰 도움이 되지 않는다고 판단한다. 이는 그 상위의 개념이자 원리인 율격 개념이 우리의 시가에 적절히 원용되지 못하고 있기 때문이다. 서구의 미터론이 각 언어의 특수성에 맞게 발전된 것이라는 점에서, 미터의 원리를 우리 시

---

61 강홍기, 앞의 책, 49쪽.
62 상세한 분류는 위의 책 참조.

에 곧바로 적용할 수 없다. 또한 우리 시가는 노래와 밀접한 관계를 맺고 있었다. 서구의 시가 노래와 결별한 이후 오랫동안 미터 규칙을 확립함으로써 율적 양식을 성립시켰다면, 우리 시의 경우 자유시가 창작되던 시점에서도 노래와 밀접한 관계를 맺고 있었다.

나아가 전통 시가에서 개화기, 그리고 근대적 자유시에 이르기까지 시가 근본적으로 음악과 연결되어 있다는 점은 언제나 중요한 문제였다는 것이다. 그것은 단순히 텍스트의 음성적 차원으로 환원되어서는 안 되며, 시를 창작하는 시학의 차원에서 이해되어야 할 성질의 것이다. 우리의 전통적 의식에서 시는 노래와 동일한 것으로 여겨졌고 그 원리가 근대적 자유시에서도 유지되고 있었다. 근대에 더 이상 시가 노래로서 향유되지 않음에도, 이러한 음악성을 언어적으로 재현하고자 하는 의식이 고집스럽게 한국 시사의 발전 과정에 내재하고 있었던 것이라면 이 음악성은 단순히 음성적 차원에 있는 것과는 다른 것이다. 그런 의미에서 이 글은 시의 음성적 차원에 한정되어 있는 율격과 운율이라는 개념 대신에 율의 개념을 사용할 것을 제안한다.

율격과 운율은 사실상 개념의 엄밀한 구별 없이 미터(meter)와 프로조디(prosody)를 동시적으로 가리키면서 사용되었다는 점에서 일차적으로 한계를 지닌다.[63] 전통적인 의미에서 프로조디는 시에서 음성적

---

63 엄격한 의미에서 율격은 meter의 번역어이며, 운율은 prosody의 번역어이다. 즉 프로조디는 율격의 상위 개념이며, 이는 비단 언어의 음성적 차원을 가리키는 것이 아니라 시작(詩作)의 전반을 규율하는 원리로서 이해되어야 한다. 그러나 지금까지 율격론에 대한 논의들은 운율을 프로조디의 번역어임을 명시하면서도 실제로는 미터에 한정하여 설명해 왔으며, 율격론은 미터의 범위를 넘어서 프로조디의 차원에 놓음으로써 미터를 원리화한 것이라 할 수 있다. 말하자면 율격과 운율은 사실상 원어와는 별개로 규정되어 한국시에 적용되어 왔으며, 이러한 측면에서 보면 율격과 운율은 사실상 동일한 개념으로 사용되어 왔다고 할 수 있다.

언어를 배열하는 방식, 즉 작시법(作詩法)을 의미한다. '음성적 언어'에는 다양한 요소가 포함된다. 각 언어의 특징에 따라 악센트, 동모음(同母音), 음절의 길이와 같은 것들 중 하나가 프로조디의 요소로 선택된다. 그러나 미터는 언어의 음성적 자원의 배열 규칙에 해당하는 것으로, 음운론적 / 음성론적 요소들을 선택하고 배열하는 원리다. 무엇보다 미터는 이 배열의 자율성을 허용하지 않으며, 음운의 선택을 엄격히 제한한다. 이 두 개의 용어가 별다른 층위 구분 없이 사용되었음을 고려하면 지금까지의 연구에서 율격과 운율은 '언어의 음성적 요소의 배열 원리'를 의미하는 동일한 개념으로 사용된 것이라는 점을 확인할 수 있다.

이 개념들은 1920년대 자유시론에서 가장 중요한 개념인 '리듬'의 원리를 설명할 수 없는 것으로 보인다. 율격과 운율이 프로조디에서 리듬까지 포함하는 개념으로 사용되면서, 리듬의 현상을 프로조디의 현상으로 환원해 왔기 때문이다. '율격'에 대해 가장 집중적으로 논의를 펼쳤던 1910년대에서 1920년대에 이르는 기간 동안에 논의된 바, '율격'은 시 창작의 규칙이라기보다는 시의 '음악성'을 내포하는 언어의 '성격'으로서 간주되었다. '호흡률'이나 '영률'과 같은 개념들은 단순히 언어의 규칙적 배열 원리도, 음성 효과에 국한된 것도 아니다. 김억이 제기한 바, '호흡률'이 "음악적이 되는 것도 또한 할 수 없는 하나하나의 호흡을 잘 언어 또는 문자로 조화"(「시형의 음률과 호흡」, 5 : 34)시키는 것이라 할 때, 이는 '시인의 호흡'이라 하는 비언어적인 세계를 '언어 혹은 문자'로 조화시키는 것을 의미한다. 음악성은 이 점에서 언어의 잘 조율된 배열에서 드러나는 '음성 효과'에 국한되는 것이 아니라 보다 근원적인 차원에 있는 것이다. 즉, 시인의 호흡이나 신의 말이라는 비언어적이며 형이상학적인 세계가 어떻게 '언어를 통해서' 나타날 수 있는가에 대한 의문이 여기에 걸려 있다.

　언어의 음성적 현상 혹은 효과로서의 율격을 언어의 음악적 지향이라는 근본적인 시의 원리인 율(律)로서 이해함으로써, 이 글은 두 가지 효과를 기대한다. 하나는 이 율(律)이 한국 근대시를 추동하는 이념이자, 원천으로서 존재하고 있다는 점을 증명하는 것이다. 이는 자유시라는 장르적 이념이 아니라 한국 근대시가 성립하던 시기에 나타난 모든 시의 현상들이 발생하고 소멸하는 토대다. 이를 통해 그간 단절적인 것으로 이해되어 왔던 한국 근대시사의 과정에 내재적 연속성이[64] 있음을 증명하고자 한다. 또 하나는 이를 바탕으로 한 시의 성립을 외부적 이데올로기의 '문학적 표현' 혹은 '담론의 수행'의 층위로 보는 것을 거부하는 것이다. 이는 현상으로서의 시가 필연적으로 '공동체 담론'과 연결되지만, 그것은 효과이자 결과이지 원인은 아니라는 것이다. 이 점이 증명될 때, 1920년대 국민문학론 다시 말해 '근대적 내셔널리즘'에 복무했다고 보이는 1920년대 문학은 그 자체의 원리로서 이해되며, 그 결과는 무한히 다양한 방향으로 열리게 될 것이다.[65]

64　외적으로는 불연속적으로 보이지만, 내적으로 연속성이 있다는 것이다. 다양하고 많은 개별적인 작품들은 외적으로 불연속적이다. 우리 시 장르의 역사에서 전통시가가 끝나자, 신체시가, 그리고 자유시가 등장했다고 보는 것처럼, 장르의 역사는 개별 작품들의 차이를 단일한 장르라는 개념 속에 위치시키고 이들 사이를 관통하는 연속성이 발전적으로 나타나고 있는 것으로 간주한다. 그러나 이러한 장르의 생성과 소멸은 다만 불연속적일 뿐이며 이 불연속이 계속된다는 점에서만 연속적이다. 내적인 연속성은 이러한 다양한 작품들이 드러낸 차이들이 보여 주는 불연속의 연속성, 이를 통해 구성되는 차이들의 공통성을 가리키고자 사용한 용어다. 이는 W. Benjamin, 조만영 역, 앞의 책, 32~36쪽 참조.
65　이 지점에 대해서는 신범순의 입론을 참조하고자 한다. 신범순은 초창기 근대시가 어떤 공

동체를 지향하고 있으나 '국가 만들기'라는 정치적 과제에 복무하고 있지 않다고 주장했다. 그는 이 공동체를 '국가'와 '나라'라는 개념으로 구별했다. 나라란 '혐오스러운 국가 바깥으로 빠져나가기'이며, 그러한 국가를 관통하면서 여전히 살아 있는 '나라 안으로 가기'라고 말할 수 있는데, 이 나라는 노래의 수사(秀史)를 통해 가능하다는 것이다(신범순, 『노래의 상상계』, 서울대 출판부, 2012, 261~262쪽). 여기서 신범순은 노래의 전통에서 면면히 이어지는 '공동체'에 대한 담론을 상정하고 있다. 이 글은 이 '나라' 개념을 둘러싼 신범순의 입론을 적극적으로 수용하면서 공동체에 대해 논의할 것이지만, 그것을 규정하지는 않을 것이다.

시의 이념으로서의 율과 율의 개념 체계

1. 시, 노래, 음악의 조화 원리로서의 율

'율'의 개념은 시의 음악성인 동시에, 이 음악성을 산출하고자 하는 언어의 지향점이다. 이 용어는 시와 노래에 대한 인식의 근간을 이루었던 『서경』「순전」편의 다음과 같은 구절, "詩言志 歌永言 聲依永 律和聲(시는 뜻을 말한 것이요, 노래는 말을 길게 읊는 것이며, 소리는 길게 늘어뜨린 말에 의한 것이며 율은 소리를 조화시키는 것이다)"[1]에서 얻은 것으로, 말 그대로의

---

1 원문과 번역은 이기동 역해, 『서경강설』, 성균관대 출판부, 2007, 82쪽. 『서경』의 역해본들을 검토해 보면, 일반적으로는 "시는 뜻을 말한 것이요, 노래는 말을 길게 읊는 것이며, 소리는 가락을 따라야 하고, 음률은 소리와 어울려야 한다(차상원 역저, 『新完譯 書經』, 명문당, 1984, 48쪽)"로 번역되고 있는 것으로 보인다. 문제는 뒷부분, "聲依永 律和聲"의 해석이다. 일단 영(永)은 영(詠)과는 다른 것으로, 영언(永言)은 말을 길게 늘인다는 뜻이며 노래를 가리킨다. 영언(永言)은 노래를 가리키는 말로 굳어진 반면, 영(詠)은 한시의 향유 방식과 같은 것으로 여겨진다. 따라서 영(永)은 노래의 방식, 즉 '말을 늘이는 것'과 관계가 있으며 이는 악기의 가락과는 구별해야 한다. 또한 율(律)이 음률(音律)과는 다른 뜻으로 사용되어 온 점, 소리를 조

의미로 돌아간 것이다. 이 구절은 조선 후기의 가집과 문집의 서(序), 발(跋)의 저자들이 전개하는 시가일도론의 근본 토대이며, 조선의 악률을 확립한 『악학궤범』에서도 중요한 준거점이다. 『악학궤범』의 서(序)에서 성현은 "노래는 말을 길게 하여 율에 맞추는 것"[2]이라고 적고 있다. 율은 소리의 조화이되, 본래 음악을 지향하는 것이다. 이를 구체적으로 이해하기 위해서는 음과 악, 소리(聲)에 대한 전통적인 견해를 참조할 필요가 있다.

전통적으로 한국의 시와 노래에 대한 인식의 근간을 이루는 것은 『악기』의 다음 구절이다.

> 人心之動 物使之然也 感於物而動 故形於聲. 聲相應 故生變. 變成方, 謂之
> 音. 比音而樂之, 及干·戚·羽·旄, 謂之樂.
>
> 인심이 외물에 느껴 움직이면 성으로 드러나고 성이 서로 호응하여 변화를 낳으
> 며 그 변화가 문장을 이루면 그것을 음이라 한다. 음을 나란히 안배하여 악기로 연
> 주하고, 간과 척, 우와 모를 쥐고 춤추면 그것을 악이라 한다. [3]

외물(外物)에 느끼는 감정이 소리로 나타나며, 소리의 변화가 일정한 형태를 이루면 음(音)이 된다. 이 음을 악기에 얹어서 연주하고, 춤을 추면 무용이 되는데 이 모든 것들이 음악(樂)이라는 것이다. 여기서 중

화시키는 원리이자 규칙으로 이해되어 온 점을 감안할 때, '율은 소리를 조화시키는 것'이라는 이기동의 해석을 받아들이고자 한다. 이 점에 대해서는 본문에서 논의할 것이다.

2 歌所以永言而和於律 성현, 이혜구 역주, 『신역 악학궤범』, 국립국악원, 2000, 34쪽(원문 : 1012쪽).

3 『악기』 「악본」, 원문과 번역은 김승룡 편역주, 『악기집역』, 청계, 2002, 75쪽.

요한 것은 "故生變, 變成方, 謂之音"인데 이 음(音)은 단순한 소리를 가리키는 것이 아니라, 조화된 소리이자 말을 동시에 가리킨다. 제가의 주석에서, 방(方)은 문장(文章 : 결진 무늬)이나 법도로 이해되는데 형체가 없던 자연의 소리가 미적 형식을 갖추게 된 것을 음이라 한다는 것이다.[4] 마음의 움직임에서 발로하는 소리(聲)는 노래로, 또한 시어(詩語)로 정련되므로, 이때 음은 시어인 동시에 노랫소리를 가리키는 것이 된다.[5] 음은 단순한 가락이 아니라, 소리의 미적 형식이며, 이 소리는 사람의 말소리, 사람의 마음에서 근원하는 것이다. 『시경』에서도 "시는 뜻이 가는 것을 나타낸 것이니, 마음속에 있는 것을 뜻(志)이라 하고, 말로 나타내면 시라 한다. 정이 심중(心中)에 동하면 말(言)에 나타나니, 말로 부족하기 때문에 착탄하고, 착탄으로 부족하기 때문에 길게 노래 부르고, 길게 노래 부르는 것이 부족하면 자신도 모르게 손으로 춤을 추고 발로 뛰는 것이다. 정은 성에서 나타나니, 성이 문(文)을 이룬 것을 음(音)이라 한다"[6]라고 적고 있다.

고대의 악이 시, 가, 무를 포함하는 종합예술의 성격을 띠고 있었으며, 악의 근원은 사람의 마음(心, 情)에 있다는 점에서 시와 노래, 춤은 사실 동일한 원리를 공유하고 있다. 따라서 성(聲)과 음(音)의 관계에서 볼 때, 『서경』「순전」편의 '律和聲'에서 '율'은 소리를 조화시키는 원리인 동시

---

4 제가의 논의는 위의 책, 77~84쪽 참조.
5 한흥섭은 『악기』에서의 성(聲)의 개념 분석을 통해, 성(聲)은 사람의 목소리, 노랫소리, 악기소리 세 가지로 해석될 수 있으며, 이때 노랫소리와 악기소리는 동시에 음(音)을 의미하는 것이라고 설명하고 있다. 그는 『시경』의 해석을 통해, 音(음)은 동시에 시어(詩語)를 나타내는 것이라고 분석했다(한흥섭, 「혜강의 「성무애락론」 연구」, 홍익대 박사논문, 1995, 16~24쪽 참조). 『악기』의 성, 음, 악의 개념에 대해서는 이 글 참조.
6 위의 글, 17~18쪽에서 재인용.

에 음(音)의 원리이기도 하다는 것을 알 수 있다. 또한 앞서 살펴본 바, 악(樂)의 표현 형식인 시와 노래는 같은 원리를 공유하고 있다. 즉, 성(聲)은 율(律)의 작용 하에서 음(音)으로 변화하므로,[7] 율(律)은 음으로 구성된 미적 형식을 조화시키는 원리이자 규칙으로 이해할 수 있는 것이다. 따라서 『문심조룡』의 「악부」의 다음 구절, "樂府者 聲依永 律和聲也(악부라 하는 것은 소리가 가락에 따르는 것이며, 율로서 소리를 조화시킨 것이다)"[8]에서 '律和聲也'는 악부의 창작 원리를 가리키는 것이다. 고대의 악부시는 음악과 시(가사)가 합치되어 있었던 것이므로 유협의 이 구절은 악부시에서 발전해 온 한시의 율격 양식이 근본적으로 음악에 있는 것[9]임을 말해 준다.

　이 글에서 율(律)을 고대의 악론과 시론에서 논의하고자 한 것은, 근본적으로 음악과 노래 그리고 시가 일치되어 있었던 시대에 율은 엄격한 제도이거나 규칙이라기보다는, 우주의 조화로운 질서를 반영하고 이를 인사(人事)에 적용시키는 매체이자 적용된 현상이었다는 점을 강조하기 위해서다.

7　최진묵, 「중국 고대 악률의 운용과 예제(禮制)」, 『동양사학연구』 89집, 2004, 4쪽.
8　유협, 최동호 역, 『문심조룡』, 민음사, 2008, 107쪽. 이 부분에 대한 최동호의 역은 "악부(樂府)라고 하는 것은 오음(五音)을 사용해서 음률을 길게 늘어 놓은 것이며, 또한 음률(音律)을 사용해서 소리를 조화롭게 한 것이다"로 되어 있다. 이 글에서는 율(律)과 성(聲)의 고대적 용법을 통해서 한국 근대시에서 율의 개념이 가능한지를 검토하고자 하므로, 고대적 용법에 따라 해석을 달리 하였다.
9　본래 「악부」란 한무제 때 설립한, 국악을 관장하고 그것을 연주하는 관서의 명칭인데, 이 악부에서 사용한 가사를 악부 혹은 악부시라 한다. 악부시란 음악의 곡에 맞추어 짓는 것이어서 일정한 형식이 없으며, 다만 적용되는 악곡에 따라 구언(句言)이 결정되어 장단이 고르지 못하였다. 이 악부시는 고려에도 영향을 주었으나, 당시에 사람들이 중국의 음률을 알지 못하므로 짓지 못하다가 익제 이제현이 중국에 다녀와서 그 음을 배워 「익제소악부」를 지을 수 있었다고 한다(박성의, 『한국가요문학론과 사(史)』, 집문당, 1974, 272~273쪽 참조). 이와 더불어, 한시의 장르 명칭인 사(詞)나 시(詩), 곡(曲)과 같은 것들이 모두 본래 음악과 밀접한 관계를 지니고 있다는 점은 우리의 한시 전통이 음악과 밀접한 관계를 맺고 있음을 알려 준다.

후대의 발전 과정 속에서, 본래 악의 원리였으며 나아가 정치와 사회, 인간과 우주의 조화를 가리키던 율은 시율(詩律)과 악률(樂律)로 구별되어 시의 언어와 악의 음을 규율하는 일종의 제도로서 확립되었다. 음악에서 율(樂律)은 소리를 조화시키기 위한 기준(律制)[10]이 되었다. 오음육률, 오음십이율 등과 같은 율계로서 악기를 조율하거나 소리를 맞추게 하였다. 또한 율(律)은 율려(律呂)로, 악기를 조율하거나 제작하는 일종의 척도[11]로서도 이해되었다. 율이 제도화되는 것은 시율(詩律)의 경우에도 마찬가지다. 악부시와 같이 음악과 밀접한 관계를 지니고 있던 고체시(古體詩)가 음악과의 분리를 통해서 근체시(近體詩(格律詩))로 변모하며 성립한 한시의 대표적 양식인 절구(絶句)와 율시(律詩)는 평측압운법을 확립하여 시 창작의 규율로 삼았다. 평측압운법은 중국어의 성조(聲調)와 중국의 음률(音律(5音))을 체계화[12]시키면서 발전된 것이다.

---

10 율학에서는 율을 율제(律制)를 구성하는 기본 단위로 본다. 여러 가지 율이 정밀한 규정에 의하여 일정한 체계를 형성하는 것이 율제다(繆天瑞, 『律學』, 북경 : 인민음악출판사, 1983. 여기서는 남상숙, 「율학의 연구성과와 연구방향」, 『한국음악사학보』 32집, 2004, 116~117쪽에서 재인용). 율제에는 십이율, 삼분손익계산법, 평균율 등이 있다. 대표적으로 오음십이율에서 5음을 조율하는 원리인 12율(황종-중려)은 삼분손익계의 방법으로 계산된 것이다. 삼분손익계는 한 옥타브를 이루는 두 음을 기준으로 조율하는 희랍식 체계와는 상반되는 체계로 하나의 으뜸음(황종)을 기준으로 조율하는 체계다.

11 황종의 음을 확립함으로써 악기 제작의 척도로 삼았다. 이와 관련하여서는 홍대용의 「황종고금이동지의(黃鍾古今異同之疑)」를 참고할 수 있다. 홍대용의 저술에서 황종(12율(律)의 첫째 율이자 양률(陽律). 12율을 산출하는 삼분손익법(三分損益法)의 기준음)이 고금에 다른 것인가를 의문시하며, 황종을 결정하는 방법에 대해 논의하고 있다. 그는 이 글에서 기장을 사용하는 법, 율척을 만드는 법 따위를 설명하고 있는데, 이때 율은 악기의 음을 조율하는 데 기준으로 삼을 수 있는 척도다(원문과 번역은 전통예술원 편, 『조선 후기 문집의 음악사료』, 민속원, 2002).

12 임종욱 편, 『동양문학비평용어사전 – 중국편』, 범우사, 1997, 460~462쪽 성률(聲律) / 성률설(聲律設) 항목 참조. 이는 중국의 말소리를 사성으로 확립하고, 이를 시의 각 음절에 적용함으로써 시의 음률을 만드는 일종의 방법론으로 이해된다. 이 성률은 당나라 근체시 형성에 결정적인 작용을 하였으나, 이후에 지나치게 소리의 형식에 얽매이는 폐단을 낳기도 했다. 특히, 노래로서 향유되기도 했던 절구에 비해, 시율의 경우 지나치게 이 평측 압운법에

그러나 이 발전 과정 속에서도, 율(律)의 본래 성격이 변화했던 것은 아니다. 『문심조룡』에서는 소리의 조화에 대해 "소리의 설계에 따라 아름다움과 추함이 있으므로, 이는 읊음에 기대며, 읊음의 맛은 문장의 아래에 흐른다"[13]라고 설명했다. 소리의 배열과 설계가 이를 읊을 때 나타나는 소리의 아름다움을 결정한다. 언어의 각 소리를 율의 원리에 따라 배열하여, 이를 음영(吟詠)할 때 나타나는 아름다움, 이것이 한시에서의 율의 미적 표현이었다고 할 수 있다. 이때 시의 향유 방식인 음영을 통해 나타나는 '소리의 아름다움'은 문자가 내포한 소리 그 자체다. 유협이 악기의 소리를 외청(外聽)으로, 말소리를 내청(內聽)으로 구별한 것은[14] 이 음의 발생 위치를 구별한 것에 해당한다. 그는 외부의 가락에 의존하는 것이 아니라 문자 자체가 품은 소리를 강조함으로써, 시율(詩律)이 언어의 조화로운 소리에 있음을 강조했다. 악부시가 토대하고 있던 외적인 음악으로서의 악률(樂律)을 내적인 문자의 시율(詩律)로서 율(律)의 발생 위치를 옮겨 놓은 것이다.

그러나 이러한 중국의 시율(詩律) 개념을 우리의 근대시에는 물론이거니와, 전통 시가에도 적용하기는 어렵다. 이는 중국의 문자가 지닌

얽매여 말의 유희로 떨어지기도 했다 한다.

13　是以聲畫妍蚩, 寄在吟詠, 吟詠滋味, 流於下句(최동호 역, 앞의 책, 399쪽). 최동호 역은 "그러므로, 문장에서 성운(聲韻)의 아름다움과 추함은 그것을 운율에 맞추어 부를 때에 나타나고, 문장의 향취는 적절하게 배치된 구절들로부터 흘러나오며"이다. 여기서는 성조(聲調)의 조화가 매우 중요하며, 이를 잘 배열하지 않으면 읊어서 부를 때에 아름다움이 느껴지지 않는다는 점을 강조하기 위해서, 조금 바꾸어서 옮겼다.

14　위의 책, 398쪽(「聲律」). "故外聽之易, 弦以手定, 內聽之難, 聲與心粉, 可以數求, 難以辭逐이런 까닭에, 악기의 소리를 들을 경우에는 우리의 손으로 악기의 줄을 조정하지만 내부의 목소리를 들을 경우에는 마음의 일이라 조정이 어렵다. 악기의 음은 수학적 척도에 의해 다룰 수 있다. 그러나 이것을 언어표현에 적용할 수는 없다."(부분 수정)

고유한 소리의 높낮이를 이용한 것인데, 우리말은 각 음절이 이러한 높낮이를 지니고 있지 않기 때문에, 성조에 기반한 율(律)을 창출할 수 없기 때문이다. 『화원악보』의 「가요발」에서 "우리나라 사람은 음률을 이해하지 못하므로 옛부터 악부가사를 짓지 못하고 다만 이어(俚語)로서 청탁(淸濁)에 맞추고 고저(高低)를 화합하여 지을 뿐이다"[15]라고 언급하는 것이나 『대동풍요』의 「서」에서 홍대용이 "조선은 진실로 동방의 오랑캐이다. 풍기가 좁고도 얕으며 방언이 특별하여 시율의 공교함이 진실로 중화에 아득히 미칠 수 없다. 사조(詞藻)의 체는 더욱 들을 것이 없다"[16]라고 말한 것은 이러한 말과 글자의 차이로 인해, 중국의 시율을 따를 수 없음을 말하는 것이다. 그러나 구은과 홍대용이 사실상 이 차이를 안타깝게 여기는 것은 아니다. 중국의 시율을 따르는 것이 말과 글자의 차이로 인해 어려우며, 이는 단순한 어려움에 그치는 것이 아니라 시의 도에도 맞지 않다고 논의하고 있기 때문이다. 그들은 이 차이에서 우리의 말과 글자로 가능한 '노래'를 시와 동등한 지위에 올려놓는 것으로 나아간다.

말과 글자의 차이는, 노래를 시로서 옮기고자 할 때 이미 발견된 것인데, 『균여전』의 「보현십원가 역서」에서 최행귀는 "즉 시는 중국말로 지었으므로 오언칠자(五言七字)로 이루어졌고, 가(歌)는 우리말로 배열했으므로 삼구육명(三句六名)으로 이루어졌다"[17]라고 말하고 있다. 즉

---

15 我東方之人 不解音律 自古不能作樂府歌詞 祗以俚語 合淸濁吐高低而作 「花源樂譜」歌謠跋. 여기서는 김영욱, 「조선 후기 악론 연구」, 영남대 박사논문, 2002, 80쪽에서 재인용.
16 朝鮮 固東方之夷也 風氣褊淺 方音侏㒧 詩律之工 固已遠不及中華 而詞藻之體 益無聞焉 (홍대용, 「大東風謠 序」, 원문과 번역은 열상고전연구회 편, 『한국의 서·발』, 바른글방, 1993, 278쪽).

여기에는 시의 경우 '자(字)'로서 구축될 수 있으나, 우리의 노래는 '말의 배열(排鄉語)'에 의존하고 있다는 차이가 발견된다. 이러한 말의 배열에 대해, 신위는 「소악부병서」에서 "처음부터 질서 정연한 평측과 구독(句讀)하는 운(韻)이 없고 다만 후음(喉音)의 장단과 반치음의 경중(輕重)으로 혹은 빠르게 거두고 혹은 끌어서 펴며 그 가사(歌詞)의 각수(刻數)에 기준하였다"라며, 이 배열이 자(字)의 운(韻)에 의하는 것이 아니라 노래의 장단과 급완, 고저에 의존하고 있음을 설명한다. 그리하여, "이제 그 사(辭)를 뽑아 시로 옮기려 해보니 어떤 것은 그 구를 길거나 짧게 해야 하고 어떤 것은 운자(韻字)를 달리해야 할 때도 있다"[18]라며 시의 경우, 앞에서 논의한 바와 같은 문자의 소리로서 가능하나 우리의 노래는 말의 배열이 노래의 가락에 의존하고 있다는 점에서 우리말과 한자의 다름을 토로하고 있다. 즉 우리의 아름다운 노래가 글로 기록되어 남겨지지 못함을 안타깝게 여기고, 이를 문자로 기록하고자[19]할 때 노래의 양식과 시의 양식의 차이가 사후적으로 발견된 것이다.

그러할 때, 가(歌)가 아니라 시(詩)로서 가능한 우리말의 율(律)은 어떤 방식으로 확립될 수 있을 것인가? 비록 우리말을 기록하는 문자로서

17　然而詩構唐辭 磨琢於五言七字 歌排鄉語 切磋語三句六名. 원문과 번역은 최철 · 안대회 역주, 『역주 균여전』, 새문사, 1986, 59쪽.
18　원문과 번역은 손팔주, 『신위연구』, 태학사, 1983, 6~7쪽.
19　김문기 · 김명순, 『조선조 시가 한역의 양상과 기법』, 태학사, 2005, 19~21쪽 참조.
　　그러나 노래의 기록이라는 측면보다는 19세기의 노래 우위의 분위기 속에서, 한시로서의 영역을 더욱 확고히 하고자 하는 의도를 보인다는 조해숙의 지적은 타당해 보인다. 그의 지적대로, 기록이 목적이라면 이미 삼대 가집이 편찬된 시점에서 시조를 한역할 필요는 없을 것이다. 조해숙은 신위의 소악부가 시조의 내용과 분위기를 온전히 재현하는 방식의 한역이아니라, 시조를 일종의 배경과 소재로서 다루며 절구의 형식 및 수사법과 언어 배치 등 표현방식을 중시한다는 점에서 엄격한 근체시 형식을 고수하고 있다고 평가한다. 이에 대해서는조해숙, 『조선 후기 시조한역과 시조사』, 보고사, 2005, 180~181쪽 참조.

언문이 발명된 이후라 하더라도, 근본적으로 우리말은 성조가 없는 언어이기에 노래가 아니라 시로 '기록'하기가 어렵다. 그렇다면 이 시율(詩律)은 어떤 방식으로 획득할 수 있겠는가? 이 점에 대해서는 아직 말하기 어려운 것으로 보인다. 다만, 여기서 주목되는 것은 여암 신경준이 「시칙」에서 전개한 성률론이다. 그는 시의 강령에서 체, 의, 성을 시의 세 가지 요소로 들었다. 시의 가장 중요한 요소는 성(聲)인데, 성률은 5음과 12율이 상응하여 조화를 이루는 것이라 하였다. 그는 성(聲)을 5음과 12율로 세분하여, 시어(詩語)마다의 성(聲)을 5성(聲)으로 배분해 보려고 했다. 그런데 이 오성(五聲)은 통념적인 한자의 청탁법에 의한 것이 아니라,[20] 인간의 호흡에 근본적으로 관련이 되어 있다. 즉, 그가 "시의 성(聲)을 분변하려면 먼저 나의 호흡 기운을 살펴야 한다 내쉬는 숨은 올라가는 기운이고, 들이마시는 숨은 내려가는 기운이다"[21]이라 하며, 이를 궁·상·각·치·우라는 오음(五音)의 성격에 연결시켰다.

물론, 이는 여러 문제가 있는 것으로 보인다. 그러나 이 글에서 중요한 것은, 여암이 시를 창작할 때 소리의 중요성을 강조하며 이 소리를 중국어와는 다른 체계 속에서 확립하고자 했다는 점이며, 그의 성률론은 우리 말소리의 성격 규명을 통해 시와 노래가 일치할 수 있는 방법을 찾아내려고 했던 창작론이라는 것이다.[22] 이러할 때, 율(律)은 평측

---

20 『시칙(詩則)』에서의 오성(五聲)이 중국의 사성(四聲)과 다르다는 점에 대해서는 최신호, 「신경준의 「시칙」에 대하여─성의 문제」, 『한국한문학연구』 2집, 1977 참조.

21 欲辨詩聲 先審吾呼吸之氣. 원문과 번역은, 허호구, 「'역주' 여암 신경준의 「시칙」」, 『한문학논집』 4집, 1986, 309쪽.

22 조선에서 한시의 창작론이 없었던 것은 한시 자체가 중국에서 온 것이기 때문에, 중국의 법칙에 따르면 되었으며, 시의 수사학적인 측면보다는 도(道) 위주의 내용을 중시하는 경향이 있었기 때문이다(박명희, 「여암 신경준의 시론고」, 『한국언어문학』 35집, 1995, 301쪽). 실

압운법이라는 형식의 차원이 아니라 언어와 음악의 상관관계라는 본래의 원리로서 이해된다. 노래를 기록하고자 했던 가집(歌集)에서 시와 음악이 불가분의 관계가 있음을 강조하며, 그리하여 노래를 문자로 옮기면 시가 된다며 기록하고 있는 것은 이 관계의 본질성을 강조하고자 하는 의도로 보인다.

이 지점에서 『서경』 「순전」편의 "詩言志 歌永言"은 시와 노래가 근본적으로 다르지 않다는 점을 증명하는 원리로서 다시 발견된다. 음과 악의 근원을 마음(情)에 두었던 『악기』의 사상은 민족의 삶과 정신으로부터 멀어진 시를 비판하고 노래를 옹호하는 근거로서 재호출되는 것이다. 홍대용은 『시경』의 시가 본래 당대에 유행하던 노래(風謠)였음을 강조하며, 노래들은 본래의 천기를 지닌 것이었다는 점에서 오늘날의 노래와 다르지 않다며 유행하는 우리의 노래를 시와 동일한 위치에 올려놓는다.[23] 특히 그는 노래를 따로 정의하지 않고 시의 연장선상에서 시와 동등한 가치를 가진다는 방식으로 노래를 정의하던 방식에서 벗어나, 노래만을 정의함으로써 노래의 독자적 가치를 강조하고 있다.[24]

가집의 편찬자들은 『시경』이 국풍의 기록이라는 점을 강조하며, 시가일도론(詩歌一道論)을 주장했다. 『청구영언』의 서에서의 "율에 부합

제로 한시의 음악성은 평측법과 각운이면 되었는데, 신경준의 이와 같은 5성 12률의 배분은 당시의 한국시단에는 없었던 새로운 시도였다(최신호, 앞의 글, 13쪽).

23 조선 후기의 천기론은 인격의 수양과 성인의 지향을 강조하던 기존의 도중심의 문학에서 정의 자연스러운 발로를 긍정하고자 하는 맥락에서 발전된 것이다. 『악기』의 성, 음, 악의 근원으로서의 정(情)이라는 논의를 적극적으로 재평가한 것은 이러한 맥락에서 일어났다. 조선 후기의 악론과 시론에서의 천기론에 관해서는 이동환, 「조선 후기 '천기론'의 개념 및 미학이념과 그 문예, 사상사적 연관」, 『한국한문학연구』 28집, 2001 참조.

24 이에 관해서는 박미영, 「「대동풍요 서」에 나타난 홍대용의 가론(歌論)과 의미」, 『진리논단』 6집, 2001 참조.

하는 시를 악부라 하였으나, 이는 우리말에 맞지 않으며 그럼에도 노랫말을 짓고자 하는 자는 성률(聲律)에 정통하지 않으면 안 된다"는 언급에서, 이 율(律)은 언어와 노래의 조화 상태로 나타나고 있는 것이다. 그리하여, "옛날에 노래하는 사람은 반드시 시를 썼다. 노래를 글로 쓰면 시가 되고 시를 악기에 맞추면 노래가 된다. 그러므로 노래와 시는 하나인 것이다"[25]와 같은 구절에서, 노래와 시의 일체 상태를 선언한다.

가집의 편찬자들이 노래를 긍정한 것은 그것이 진정한 마음의 소리라고 보았기 때문이다. 『시경』에 실린 시들이 대부분 국풍(國風)이며, 이는 당대에 유행하던 민중의 노래였음을 강조한 것은, 이 노래가 마음에서 우러난 소리이기 때문에 이상적인 시의 반열에 들 수 있었다고 보았기 때문이다. 오늘의 노래는 오늘의 민중들의 진정한 마음의 소리이다. 이것이 시와 노래를 동등한 것으로 놓는 주된 논거였다. 이러한 조선 후기의 경향은 음악에서 고악(古樂)을 회복하려던 경향과 관계있다. 정조 때의 고악 회복 운동이 시대의 변화를 거부하고, 성인의 음악으로 되돌아가려던 반동적인 시도였다고 보는 견해도 있지만, 좀 더 근본적인 차원에서는 악(樂)의 본래의 의미로 되돌아가려는 사상적 경향으로 보인다.[26] 또한 노래의 긍정은 중세 보편문학에서 민족문학을 인식하고 높이 평가하던 당대의 경향과도 관련이 있다.[27]

---

25 古之歌必用詩歌而文之者爲詩詩爲者被之管絃爲歌與詩固一道 원문은 황순구 편, 『시조자료총서』 1권, 한국시조학회, 1987; 번역은 윤영옥, 「『청구영언』의 서·발과 『소대풍요』」, 『시조학논총』 16집, 2000, 18~20쪽 참조.
26 이에 대해서는 송지원, 『정조의 음악정책』, 태학사, 2007, 79~84쪽; 김남형, 「조선 후기 악률론의 일국면」, 『한국음악사학보』, 2권 1호, 1989 참조.
27 19세기의 시조 한역과 한시현토형 시조의 등장은 당시의 시와 노래의 교섭관계 및 노래의 융성 현상을 잘 보여 준다. 한시현토형 시조의 경우 18세기 후반 이후 19세기까지 음악성에

그러나 율의 측면에서 볼 때, 조선 후기의 시가일도론은 중국어와 한국어의 차이 속에서, 각 언어의 차이가 빚어내는 율의 차이를 인식하고 우리말로 된 노래의 원리를 긍정함으로써 언어와 음악 사이의 근본적인 관계를 회복한 것으로 여겨진다. 즉, 율(律)은 시(詞)와 노래를 조화시키고자 하는 원리를 가리킨다. 그것은 노래의 원리인 것만도 아니며, 시의 원리인 것만도 아니다. 가집의 편찬자들이 끊임없이 노래와 시가 동일한 것임을 주장했던 것은, 노래의 원리를 시의 원리로 여기며 동시에 언어를 통해 반향하는 음악이 시임을 주장하고자 한 것이다. 조선 후기 시가일도론에서 율(律)은 시 창작의 엄격한 규칙이라기보다는 언어와 음악을 조화시키는 원리로 회복된다.[28]

이런 측면에서 주의를 끄는 것은, 19세기 말의 화서학파 유학자인 유중교의 성률론이다. 그는 「현가궤범」의 서에서, "모든 일에는 근본이 있고 말단이 있다고 생각하는데, 악(樂)의 근본은 뜻에 있을 따름이다. 시는 뜻을 말하는 것이요, 노래는 말을 읊조리는 것이요, 소리(聲)는 읊조림에 의지하는 것이요, 율(律)은 소리를 어울리게 하는 것이요, 팔음(八音)은 사람의 목소리를 도와 장(章)을 이루는 것이다"[29]라고 쓰면서 시와 노래에 관한 근본적인 관점으로 되돌아간다.

경도된 전문 가객의 모방적 산물이었던 반면, 시조의 한시화는 17세기 이전부터 한문학적 소양을 갖춘 사대부들에 의해 지속적으로 이루어져 왔다. 특히 19세기의 시조 한역인 소악부시들이 한시적 재구에 훨씬 몰두하는 경향을 나타내며, 대구의 세련과 정경화를 성취하고자 했던 것은 노래의 영향 속에서 한시단의 자극과 장르적 재충전을 위한 것이었다고 할 수 있다(조해숙, 앞의 책, 225쪽).

28 시조와 가곡의 실제적인 연행에서 중요한 원리는 "어단성장"이다. 이는 여음을 늘어서 노래하는 것으로, "詩言志 歌永言"의 한국어적 이론화에 해당한다(김영욱, 앞의 글, 137쪽).

29 유중교, 「현가궤범 서」(원문과 번역은 전통예술원 편, 앞의 책). 역자에 의하면 여기서 팔음은 악기를, 장은 노래(曲)를 의미한다.

유중교는 "시의 체제가 변했으면 그 음향도 시대를 따라 절주를 해야" 한다며, "근체시로 노래할 만한 것을 얻으면, 곧 이 악률에 의거하여 금을 타서 절주하고 노래하는 것"[30]이라 주장하고 시율과 악률을 일치시키려고 한다. 여기서 그는 시율신격(詩律新格)으로 10가지 종류의 시율[31]을 규정하는데, 이 시율은 중국시를 노래할 때와 한국어로 된 시를 노래할 때의 차이를 고려하여 정한 것이다. 그는 "우리나라 사람들이 문자(漢文)를 읽는 법은 예를 들어 구절이 끊어지는 곳에서는 '토음(吐音 : 우리말– 역자 주)'의 '구결(口訣)'이 있으니, 이제 4언의 악장을 노래할 때는 아울러 구결을 쓰지 않지만, 오직 5언과 7언의 근체시에는 모름지기 써서는 안 될 곳과 쓰지 않을 수 없는 곳이 있다. 이것은 그때에 임하여 스스로 결정해야 하는 것이다. 만약 노래에 구결을 쓰게 되면 금을 탄주하는 사람도 구절이 끊어지는 곳에서는 이에 마지막 글자의 소리를 써서 한두 소리를 거듭 탄주하여 상응하게 한다"[32]라고 쓰고 있다. 보수적인 유학자였던 유중교의 시율이 정확히 어떤 것이었는지는 알 수 없다. 그러나 이제 말과 문자의 차이는 시의 차이로 나타나며, 시율 역시 우리말의 성격과 긴밀한 관계 속에서 창출되어야 한다는 인식이 확립되었다는 점을 알 수 있다.

19세기의 시론과 악론에서 시율과 악율은 소리의 조화라는 근본 원

---

30 한국고전번역원 편, 『성재집 별집』 권 4(한국문집총간), 한국고전번역원, 28쪽. 여기서는 금장태, 「성재 유중교(省齋 柳重教)의 음악론(樂論)」, 『종교와 문화』 13집, 2007, 205쪽에서 재인용.

31 7언4언율격(七言四律格), 7언절구율격(七言絶句律格), 7언장편율격(七言長篇律格), 5언4율격(五言四律格), 5언절구율격(五言絶句律格), 5언장편율격(五言長篇律格), 장단구율격(長短句律格), 4언율격(四言律格), 부율격(賦律格), 각체시율격(各體詩律格)

32 한국고전번역원 편, 앞의 책, 43쪽; 금장태, 앞의 글, 205쪽에서 재인용.

리를 공유하고 있다. 시와 노래의 일체를 주장했던 시가일도론은 말과 글자의 차이에 대한 인식을 선명하게 하고 있었다. 중국의 평측압운법은 우리말에 맞지 않으며, 우리말로서는 노래할 수밖에 없는 것이라면, 시와 노래의 일체를 통해 시의 율은 노래의 율과 동일한 것으로 이해할 수 있는 것이다. 따라서 이 글이 선조들의 기록에서 정초하고자 하는 율(律)의 개념은, 그것이 문자의 배열의 원리가 아니며 기록된 문자가 지닐 수 있는 음악성이라는 것이다. 언어가 내포한 음악성, 이를 율(律)로서 성립시키고자 한다. 이는 음악성과 언어 형식의 관계를 지칭하는 것인 동시에, 이 관계를 통해 형성되는 이념적 형상이다. 이는 단순히 율격이라는 문자의 배열 원리도 아니며, 동시에 언어와는 무관한 '음악'도 아니다. 이러한 고찰에서, 율은 시와 노래, 음악을 조화시키는 원리이자, 지향점으로서 존재하고 있음을 알 수 있다.

2. 리듬의 두 층위, 이념으로서의 율과 그 언어적 형상

선조들의 율의 원리는 쓰인 시와 불리는 노래가 일치할 수 있었던 시대의 원리다. 유통하는 노래를 시로서 옮겨 놓았던 가집(歌集)이 근본적으로는 '노래책'이었다는 것은 이를 증명한다. 그러나 한국의 근대시 혹은 자유시는 완전히 노래에서 이탈한 것으로 여겨진다. 그렇다면, 노래의 흔적도 남아 있지 않은 이 시들에서 어떻게 율이 성립할 수 있겠는가? 서구에서 기존의 율격론(metrics)를 비판하는 자리에서 성립한 리듬론은 바로 이 문제를 핵심적으로 제기한다. 즉, 음악이라고 하는 비언어적인 영역을 어떻게 언어적(verbal / writing) 차원에서 성립시킬 수 있느냐 하는 문제이다. 이들 역시, 기존의 엄격한 운율법이 사라진 자리에 등장한 다양한 시적 형식들을 무엇으로 시라고 부를 수 있겠는가 하는 문제의식에서 출발했다.

여기에 프로조디에 대한 새로운 해석이 놓인다. 미터나 라임과 달리 프로조디는 배열을 중심에 놓으며, 여기서 중요한 것은 라임이 토대하는 바와 같은 어강세(語强勢)가 아니라, 구강세(句强勢)다.[33] 이 프로조디 개념은 무엇보다도 시에서의 소리, 혹은 음성의 현상이 그 의미와 밀접하게 관련을 맺는다는 점을 강조한다. 말하자면, 어강세의 경우 이미 구성된 발화 관습의 지배를 받지만, 구강세의 경우 개별적인 발화자(낭독자)의 의도에 따라 달라질 수 있다는 것이다. 이렇게 해석된 프로조디는 전통적인 라임과 미터법을 사용하여 작시하지 않은 자유시나 산문시의 리듬을 설명하는 데 동원되었다. 자연적인 언어의 강세를 따르는 것이 아니라 중요하다고 생각하는 구절에 강세를 둘 때, 중요한 것은 발화자(낭독자)나 창작자의 '의도'며, 이 때문에 프로조디에서는 '수행의 원칙(the rule of performance)'이[34] 강조된다. 이 새로운 프로조디 개념은 시

---

33 Ruth M. Weeks, "Phrasal Prosody", *The English Journal* Vol. 10 No. 1, 1921, p. 12.

34 Joseph C. Beaver, "A Grammar of Prosody", *College English* Vol. 29 No. 4, 1968, p. 310. Beaver 는 Halle와 Kesyer의 연구에 기반하여, 프로조디의 원리에 발화자의 수행의 원칙이 하나 더 추가되어야 할 것이라고 주장한다. 그는 영시의 기본 운율이 강세와 미터로 구성되어 있다고 할 때, 그것을 발화하는 발화자가 어디에 강세를 두느냐에 따라 운율이 달라질 수도 있다고 설명한다.

에서의 음악성을 단순히 언어의 음성적 효과에 국한시키는 것이 아니라, 의미까지 포함시킨다. 의미는 발화자(낭독자)에 의해서도 재창조될 수 있는 것이다. 그런 의미에서, 프로조디는 언어 텍스트에 한정된 율격론에서 시학의 차원으로 개념을 넓힌 것이라 할 수 있다.

프로조디의 이러한 성격을 담론의 차원에 연결시킨 메쇼닉은 이를 통해 리듬 개념을 새롭게 정의하고자 했다. 메쇼닉은 리듬을 세 가지 다른 용어와 구별한다. 하나는 독자에게 들리는 소리(the oral)이며, 또 하나는 발화 소리(the spoken), 나머지는 쓰인 문자(the written)인데, 이러한 구별을 통해 메쇼닉은 구어와 문어 혹은 음성과 문자 사이의 전통적인 구분을 폐지한다. 그에게 리듬은 무엇보다도 음성과 문자, 즉 들리는 것과 보이는 것이 연결된 상태에서 떠오르는 것[35]이다. 리듬은 언어와 음악, 음성과 문자 사이의 관계에 대한 독자의 경험에서 나오는 것이다. 여기서 '문자'와 '문자의 경험'의 중요성이 등장한다. 현대시가 귀로 듣거나 노래로 부르는 방식이 아니라, 눈으로 읽는 방식으로 향유된다고 할 때, 문자의 형상과 소리의 형식 사이의 관계는 분리해서 이해할 수 없다. 무엇보다도 우리의 1910~1920년대 시인들에게도 '노래'는 '쓰는 것'이었다는 점은 중요한 문제다. '노래-쓰기'의 행위는 종이 위에 갇힌 문자로써, 문자 언어의 한계를 넘어서는 '시-노래하기'를 지향한다는 것, 이 사실에서 필연적으로 문자의 한계와 가능성이 재고찰될 수밖에 없다.

---

35 메쇼닉에 관한 논의는 Gabriella Bedetti, 앞의 글 참조. 이는 벤야민 흐루쇼비치가 리듬은 물리적이고 기계적인 청각적 지각에 존재하는 것이 아니라 '청각적 상상력'으로 존재한다는 것과 유사한 의미로 이해할 수 있을 것이다(벤야민 흐루쇼비치, 「현대시의 자유율」, 박인기 역, 『현대시의 이론』, 지식산업사, 1989, 124쪽).

이런 점에 유의하여, 로보(Jacques Roubaud)는 시가 두 개의 외적 형식과 두 개의 내적 형식이라는 네 가지 형식의 통합체라고[36] 주장했다. 두 개의 외적 측면은 쓰인 형태(the written form)와 구술 형태(the oral form)이다. 이 둘은 어떤 규율 요소들로 고정되어 있다. 그리고 두 개의 내적 측면이 있는데, 그것을 그는 "율독 형태(the wRitten form)"와 "청언(聽言) 형태(the aural form)"[37]라는 신조어로써 규정했다. 앞의 두 용어가 개별적인 개인의 경험과는 관계없이 외적으로 나타난 것을 의미한다면, 뒤의 두 용어는 외적으로 존재하는 텍스트를 수용하는 개별 독자의 내적 경험을 강조하는 것이다. 율독 형태와 청언 형태의 존재는 시가 단순히 외적인 형식만으로 산문과 구별되는 것이 아니라, 독자와 작가 사이에 존재하는 내적인 경험의 특수성에 의해 구별된다는 점을 명시한다. 로보는 이러한 내적 경험을 리듬의 존재론으로 연결시키지는 않았다. 그러나 그의 용어는 외적인 형태에 있어서 산문과 구별되지 않는 것처럼 보이는 산문시가 어떻게 시로서 성립할 수 있는가에 대한 유효한 관점을 제공해준다. 즉, 문자로 쓰인 텍스트를 율독하는 독자의 마음의 이미지인 청각적 / 구술적 텍스트를 강조함으로써 리듬이 단지 음성적 효과에만 있는 것이 아님을 보여 주는 것이다. 그는 그러므로, 소리가 아니라 텍스트에 기입된 시각적 요소(visual element)를 강조하는데, 이

---

36 J. Roubaud, "Prelude : Poetry and Orality", M. Perloff and C. Dworkin ed., *op. cit.*, p.19.
37 the wRitten form과 the aural form을 각각 '율독 형태'와 '청언 형태'로 옮긴 것은 이것이 독자와 청자가 경험적으로 구성하는 텍스트임을 강조하기 위해서이다. the wRitten form은 쓰인 텍스트를 읽을 때 독자가 구성하는 청각적 텍스트이며, the aural form은 낭송된 텍스트를 듣고 말할 때 구성하는 구술적 텍스트이다. 이는 둘 다 문자와 소리, 시각과 청각이라는 네 가지 요소의 상호 작용을 통해 구성되는 것으로 일종의 '텍스트'에 해당한다.

때 음악은 이 기호의 이면에서 나타나는 일종의 '유령 효과(ghost-effect)'로서 존재한다. 이러한 기원적 음악을 간직하고 있는 시각적 요소, 즉 문자란 소리의 '흔적 기호'인 것이다.

이러한 전회는 사실상 시의 향유가 낭송 이전의 독서 경험에 매개되어 있다는 점을 확인한다. 말하자면 인쇄된 시를 대할 때 독자는 소리 내어 읽기 이전에 눈으로 먼저 읽게 된다. 이는 시의 언어의 시간적 흐름이 언제나 공간적 이미지에 매개된 것으로서 독자에게 경험된다는 것을 의미한다. 일반적으로 언어의 유연한 흐름이 지속성과 연쇄성이라는 속성을 지니고 있으며, 경험적으로 지각하는 시간의 차원이라고 할 때, 시간적 차원은 공간적 차원과 결부된 것으로만 경험될 수 있다는 것이다. 즉 지속적이고 연쇄적인 시간의 경험은 인쇄된 문자 텍스트에 내포된 동시적이고 불연속적인 공간의 경험과 결부되어 있다.[38] 미첼은 이러한 독자의 경험의 차원에서부터 리듬의 경험은 시-공간적인 경험이며, 리듬은 단순히 음성의 유연한 흐름에 거주하는 것이 아니라 인쇄된 문자 텍스트의 공간적 형태와 결부된 것이라고 설명한다. 시가 읽기의 대상이 되면 읽기의 경험은 시의 행을 따라서 움직이는 시선의 동선과 결부되며, 따라서 이러한 읽기는 통사적인 흐름에 따라 일어나게 된다.

말하자면 낭송-듣기의 청각적 차원 이전에 쓰기-읽기라는 시각적 차원이 개입하며, 시의 리듬이란 우선적으로 쓰기의 과정과 읽기의 과정을 거치고 나서야 독자의 지각에 이르는 것으로 간주할 수 있다. 이

---

38 W. J. T, Mitchell, "Spatial Form in Literature : Toward a General Theory", *Critical Inquiry* Vol.6 No.3, 1980, p.542.

러한 읽기의 경험, 다시 말해 시에서의 시-공간적인 형태를 강조한다면 시를 읽는 독자가 마주하게 되는 리듬의 경험은 일차적으로는 언어의 공간적 형태에서 출발하며, 이를 청각적인 것으로 바꾸는 것, 다시 말해 공간적인 것을 시간적인 것으로 재구성[39]하는 경험과 결부되어 있다. 이는 음성적인 결과 혹은 효과로서 간주되어 왔던 리듬, 다시 말해 시간적 구조로서 이해되어 왔던 리듬이 쓰인 텍스트의 차원에서는 공간적 구조와 결부되어서 이해되어야 한다는 것이다. 따라서 텍스트 차원에서 리듬은 시-공간적 패턴(temporal-spatial patterning)[40]으로 구현된다. 문자로 된 텍스트를 읽음으로써 지각하게 되는 리듬은 시공간적으로 구축된 것이다. 따라서 문자 텍스트에서의 리듬의 요소는 이미지, 문자의 배열, 통사론, 문법론을 포괄하는 영역, 즉 타이포그래피(typography)의 양상에서 확인될 필요가 있다.

리듬의 개념을 공간적인 양상으로 끌어당길 수 있었던 것은 어원의 재해석에 힘입은 바 크다. 그리스어 ῥυθμός(rhythmos)는 '흐르다'라는 뜻으로 물결의 규칙적인 움직임에서 온 단어로 여겨져 왔다. 이 해석은 시간의 흐름과 동일한 시간 단위의 반복이 리듬이며, 리듬이 시간적 구조라는 인식의 근거가 되었다. 그러나 벤베니스트는 ῥυθμός(rhythmos)의 분석이 잘못된 자료에 근거한 것이라며, 사실 ῥυθμός는 형태를 의미하는 것이며, 그것은 항상 변별적인 형태, 전체 속에서의 부분들의 특징

---

39 *ibid.*, p.550. 미첼은 물질적 텍스트(physical text)는 "응집된 데이터의 질서"이며, 읽기 과정은 이러한 공간적 형태를 시간적으로 변형시키는 과정이라고 설명한다. 이 과정은 각 언어의 통사적 관습과 언어 기호의 특성에 따른다.

40 *ibid.*, p.548.

적인 배열이라는 의미의 '형태'라고 설명했다.[41] 춤, 노래, 낭독, 노동 등의 인간의 전 활동에서 박자에 의해 분해되는 연속적 활동은 리듬으로 설명되며, 이것이 일반적으로 문학 특히 시에서 시간적 요소로 설명되었다. 이는 시가 음악과 밀접한 관계를 지니고 있었기 때문이며, 그런 점에서 근본적으로 시간 예술에 속한다는 장르적 특성이 확립된 것이다. 그러나 음성과 직접적으로 연결되지 않는, '눈으로 읽는' 시의 경우에는 시간만이 아니라 공간적 배열까지 포함시켜서 이해할 필요가 있다.

타이포그라피는 주로 문자의 조형성을 강조하는 것으로 알려져 있으며,[42] 미첼 역시 문자 기호의 도상성에 중요한 의미를 부여했다. 그

---

41 É. Benveniste, 황경자 역, 『일반 언어학의 제문제』 1권, 민음사, 1992, 475쪽. 벤베니스트는 본래 '형태(변별적 형태, 배열, 균형)'를 뜻하던 ῥυθμός가 움직임 속의 질서, 박자와 결합된 육체의 여러 자세의 조화로운 배열의 전 과정이 된 것은 플라톤의 영향이라고 설명한다. 플라톤은 여전히 형태의 뜻으로 사용하면서도, 리듬에 수의 법칙을 적용하여 측정 가능한 것으로 전환한 것이다. 아리스토텔레스의 시학에서 리듬이 일정한 움직임에 의해 측정되는 것이라고 정의된 것은, 이후에 리듬을 '규칙적이고 반복적인 움직임'으로 규정하게 된 계기가 되었다(같은 책, 480~482쪽 참조).

42 타이포그라피(typography)는 활판 인쇄술라는 뜻으로 통용되어 왔다. 이는 그리스어의 typos와 graphein의 결합어로서, 구텐베르크의 활자 인쇄술의 발명 이후로, typos(type)는 활자(movable type)라는 말을 의미하게 되었고, 타이포그라피는 "활자로 쓰는 법" 즉, "활판 인쇄술"을 뜻하게 되었다(안상수, 「타이포그라피의 관점에서 본 이상(李箱) 시에 대한 연구」, 한양대 박사논문, 1995, 3~4쪽). 오랫동안 타이포그라피는 문자의 시각적인 형상화, 조형화와 관련되어 왔으며 이를 텍스트의 근저에 있는 구성 원리로서 보게 된 것은 비교적 최근의 일이다. 타이포그라피는 단순히 '아름다운 글꼴' 혹은 '조형화된 문자'를 의미하는 것이 아니라, 구술 / 청각의 감각에서 독서 / 시각의 감각으로 넘어간 이후에 발견된 일종의 텍스트 구성론과 인식론에 근본적으로 연결된다. 그럼에도 불구하고, 언어학이 이 타이포그라피를 경시해 온 것은 서구의 음성 언어 중심주의에서 문자는 부차적인 것, 음성 언어의 모방으로서 이해했기 때문이며, 나아가 문자로 된 텍스트가 음성-문자의 선형적인 나열로서 이루어져 있다는 오해 때문이었다고 뒤르샤이트는 지적하고 있다(Christa Dürscheid, 김종수 역, 『문자언어학』, 유로, 2007, 339~340쪽). 특히 그는 Groß와 Krämer의 논의를 참고하여, 독서 태도에 대한 경험적 연구를 발판으로 텍스트는 결코 선형적인 연쇄가 아니라 공간적, 적어도 이차원적이지만 대개 위계에 의해 다층적으로 조직된 구조체라는 사실에 무게가 실리게 되었다고 확정한다(같은 책, 340쪽). 이 글은 타이포그라피의 개념이 문자의 조형성의 실현으로 통용되고 있다는 사실을 유념하지만, 이것이 근본적인 층위에서 글쓰기, 문자에 의거한 텍스트 구성 원리였다는 차원이었음을 더 중요하게 인식한다.

러나 각기 다른 크기의 문자의 배열, 다양하게 장식된 문자 기호, 그림 혹은 도상을 사용하여 텍스트의 시각적 효과를 강화하는 것만이 타이 포그라피는 아니다. 그것은 본래 글쓰기 그 자체를 의미했다.[43] 서구 시에서 타이포그라피의 전통은 중세의 이콘, 바로크의 형상 문자, 16세 기의 형이상학파 시인들에서 찾을 수 있다. 그러나 이들의 타이포그라 피는 글쓰기 자체에 직결되어 있었다기보다는 시각적 효과의 극대화 를 위해 시각적 요소들을 배치하는 것에 가까웠다.[44] 고전적인 율격에 저항하며 자유시를 주창했던 상징주의자들, 그 이후의 모더니스트들 은 시각적 요소들을 활용하기보다는 통사적이고 문법적인 문장의 질 서에 교란을 일으키는 일들을 행한다. 여기에는 의도적으로 철자를 틀 리게 쓰기, 철자의 자리 바꾸기, 단어의 의도적 누락, 치환 등이 포함된 다. 이러한 타이포그라피는 '상형문자법(ideogramatology)'으로, 시각적 효과에 의존하지 않으나 문법과 통사의 질서에 종속되지 않는 문자의 독자성과 매체성을 강조하는 것이며, 이는 전대의 엄격한 율격에 대한 저항으로서 나타난 것이다.[45] 커비-스미스는 타이포그라피의 시도가 전대의 엄격한 율격에 대한 일종의 대타의식이었음을 강조하며, 따라 서 진정한 의미에서의 'free verse'라기보다는 비틀어진 미터, 교란된 율 격이라고 주장했다.

---

43 근본적으로 그리스어 typos는 '흔적'을 의미하며, 이는 모든 특징적인 것과 개별적인 것의 '배 후'에 있는 보편적인 것을 의미한다. 그리스어 graphein은 또한 새기다, 파묻다의 뜻으로, 이 둘의 결합어는 '파내는 새기기(Grubengraben)', '문자기호 쓰기(Schhriftzeichenschreiben)' 등으로 번역될 수 있는 하나의 중복어법이다. 달리 말해 '글쓰기' 그 자체로서 이해할 수 있는 것이다(Vilém Flusser, 윤종선 역, 『디지털 시대의 글쓰기』, 문예출판사, 1996, 94~95쪽).
44 서구 시에서의 타이포그라피의 전통에 관해서는 H. T. Kirby-Smith, *op. cit.*, pp. 211~213 참조.
45 *ibid.*, p. 250.

라쿠 라바르트는 역시 타이포그라피를 일종의 글쓰기로 파악했으나, 좀 더 주체의 문제에 초점을 맞춘다. 그는 모든 글쓰기란 기본적으로 자기-글쓰기(auto-biography)이며, 완결된 자기 서술을 방해하는 것으로서 반복적으로 끼어드는 타자의 목소리를 음악(haunting melody)으로 이해했다.[46] 타이포그라피는 이러한 자기-서술과 중단의 반복이라는 것이다. 라쿠 라바르트의 독특한 타이포그라피의 개념을 이해하기 위해서는 서구에서의 글(logos)과 음악(madness) 사이의 대립과 갈등의 역사에 대해 이해할 필요가 있다. 이 대립은 니체적 구조, 즉 아폴론적 음악과 디오니소스적 음악의 대립에서 연원하는 것으로, 디오니소스적인 음악은 광기의 타자로서 배제되고 억압되어야 할 것으로 간주되어 온 것이다. 즉, 라쿠 라바르트는 리듬에 대한 사유의 핵심에서 니체적 전통을 따르고 있다. 음악적 혹은 리듬적인 것은 사회적, 언어적, 사유하는 주체에 선험적인, 그리고 주체의 밖에 있는 존재의 상태라는 것이다.[47]

그러므로 라쿠 라바르트에게 음악이 드러나는 장소는 명시적으로 서술이 중단되는 순간, 어떤 공백이 노출되는 순간이다. 라쿠 라바르트는 이를 휴지(caesura), 절단(scission), 순수한 단어 등 다양한 용어로 설명했으며 이는 문장의 통사론적 연쇄에 끼어들어 통사론적 의미와 완결성을 파괴하는 것들이다. 라쿠 라바르트는 전통적인 미터론에서

---

46 P. Lacoue-Labarthe, "Typography", "Echo of Subject", *Typography*, Stanford : Stanford University Press, 1989(reprint, 1998), pp. 140~146 참조.

47 Amittai F. Aviram, *Telling Rhythm*, Ann Arbor : The University of Michigan Press, 1997, pp. 197~198.

리듬을 파괴하는 것으로 여겨졌던 것들을 리듬의 현상으로서 불러들이는 것이다.[48] *Typography*의 서문을 썼던 데리다는 이 공백의 존재를 "텍스트를 찢어 놓기(a certain breaking apart of the 'text')"[49]라며 좀 더 명료하게 표현했다. 즉, 단어의 생략, 통사론적 휴지와 같은 통사의 중단이나 단절을 배치하는 의식적 혹은 무의식적 글쓰기 행위 전체가 타이포그라피이다. 이는 단순히 문자를 시각적인 것으로 배치하는 것이 아니라, 어떤 '배치'를 통해서 문자의 형상(figure)들이 이미지로 전환되지 않으면서도 어떤 시각적인 형상(vision)을 상기시키는 문자의 중단과 계속을 의미하는 것이다.[50]

논의를 더 진행하기 전에, 타이포그라피의 개념에서 리듬이 현상적으로 나타나는 첫 번째 층위, 즉 텍스트적인 층위이자 문자적 층위를 분석하기 위한 틀을 얻을 수 있다. 추상적이고 형이상학적인 음악성이 언어로 실현될 때, 어떤 방식으로 문자 속에 나타나는가는 텍스트적인 층위다. 표면적인 차원에서, 리듬은 중단과 연쇄의 반복이다. 다시 말해, 리듬은 텍스트 속의 중단(pause)에 도입되는 것이다. 율격 체계를 확립하고자 했던 선학들은 이 중단을 '율격 휴지'라는 개념으로 파악하고 이를 율격이 형성되는 핵심적인 지점에 놓았다. 다만 이를 율독의 차원에서만 이해함으로써 문자로 쓰인 텍스트의 리듬 현상을 파악할 수 없었다. 현대시에서 '휴지'는 리듬이 언어 속에 현상적으로 나타나는 핵심적인 지점으로 보인다. 이를 '낭독의 휴지'로서 파악하기보다는

---

48 P. Lacoue-Labarthe, *op. cit.*, 1989, p. 234.
49 J. Derrida, "Introduction", *ibid.*, p. 19.
50 *ibid.*, pp. 202~203.

좀 더 구조적이고 통사론적인 분절로서 이해할 필요가 있다. 즉, 한 문장의 통사론적 연쇄가 종결되거나 파괴되는 지점, 즉 쉼표, 마침표, 띄어쓰기와 같은 모든 문법적 '중단'의 표지이다. 행과 연의 분절 역시 이에 포함된다.

그러나 텍스트의 스캐닝을 통해 발견되는 것들, 즉 쓰기(writing)의 차원에서 나타나는 언어적 요소의 배열 그 자체가 리듬이라고 오해해서는 안 된다. 아브라함은 이 점을 경계했는데, 리듬의 기원이 그 대상(object)에 있다는 것만큼 많이 퍼진 오해는 없다면서, 리듬은 대상의 속성 혹은 성질이 아니며 대상은 다만 '매개'일 뿐이라는 점을 강조했다.[51] 그는 소음과 소음의 리듬화는 다른 것이라며, 철도의 휠의 소리처럼 규칙적으로 반복되는 소음 그 자체가 리듬이 아니라, 소음을 반복적 리듬으로 인식함으로써 소음은 리듬으로서 경험된다고 설명한다. 말하자면 리듬은 소음 그 자체의 성질이나 속성이 아니라 리듬화 의식에 의해서 리듬으로서 나타난다. 이는 외적인 세계에 대한 일종의 지각이지만, 리듬 자체를 지각하는 것이 아니라 지각을 리듬화하는 의식이 만들어내는 것이다. 그러나 일단 지각의 리듬화가 일어나면, 소음과 리듬은 나에게서 결코 분리될 수 없는 통합된 것으로 인식된다. 그러므로 아브라함에게 리듬은 대상과의 관계에서 내재적인 동시에 초월적인 것이다.[52]

달리 말하면 텍스트의 타이포그라피들은 그 자체로서는 리듬이 아

51 N. Abraham, B. Thigpen and N. T. Rand trans., *Rhythms : On the Work, Translation, and Psychoanalysis*, Stanford : Stanford University Press, 1995, pp.67~68.
52 *ibid.*, p.74.

니며 리듬은 그 이면에 존재한다. 그러나 언어가 없다면 리듬 또한 결코 드러나지 않을 것이다. 리듬은 언어 그 자체의 속성은 아니며 동시에 언어를 떠나서는 존재할 수 없다. 다시 말해 리듬은 표상 가능한 실체적 대상에 내포되어 있는, 동시에 초월해 있는 표상 불가능한 것들을 의미한다. 이것이 리듬의 이념적 지위다. 리듬이 근본적으로 이러한 표상과 표상의 불가능성을 둘 다 드러내는 것이라는 점에서 이는 주체의 사유와 밀접한 관계를 가진다.

이러한 점들은 리듬에 대한 보다 근본적인 차원으로 사유를 확장한다. 즉 시인이 언어를 통해 리듬을 표현(표상)하는 순간 실패함으로써 역설적으로 리듬을 드러내는 과정이 시이며, 시쓰기라고 할 수 있다. 시가 발생론적으로 지니고 있던 근본적인 운명, 어떤 음악 / 멜로디의 재현은 형이상학적인 재현(representation)의 문제와 결부되어 있었다. 즉 시, 포에시스(poesis)는 현전(presence)의 빛 속에 숨겨진 것들을 만들고, 재생산하는 것을 의미했다. 그 이전에는 없던 어떤 것을 존재(existence)하게 하는 것이 포에시스라고 플라톤은 말한다. 다시 말해, 이러한 내적인 그리고 외적인 세계를 전적으로 변형(transfigure)하는 강제적인 임무가 시에 주어져 있는 것이다.[53]

사실상 라쿠 라바르트의 리듬론은 시론이기보다는 철학이며, 시쓰기에 국한되는 것이 아니라 글쓰기 전체로 확대되어 쓰기 행위로써 구

---

53 G. D. Astrachan, "Dionysos, Mainomenos, Lysios : Performing madness and ecstasy in the practices of art, analysis and culture", *Journal of Jungian Scholarly Studies* Vol.4 No.4, 2009, p.13. 그러므로 정신분석학적인 관점에서 리듬은 무의식의 억압과 해방의 움직임이라는 점에서 꿈의 원리와 동일한 것으로 여겨진다.

축된 사유 체계 전반에 이른다. 라쿠 라바르트는 주체의 배후에서 끊임없이 침입하는 음악(haunting melody)이 주체 서술을 방해하지만 동시에 주체의 서술은 이에 반응하여 진행된다는 점 또한 강조했다. 디오니소스적인 음악, 즉 아폴론적 음악에 끼어드는 무의식적 음악이 주체의 사유에 끼어들며, 주체는 이에 반응하는 자이다. 라쿠 라바르트는 이러한 주체를 리듬적 주체로 성립시켰다. 문제는 중단하고, 계속하는데 이 중단과 계속을 추동하는 근본 원리가 무엇인가 하는 것이다. 즉, 서술하는 주체는 언제나 자기를 파괴하는 충동에 이끌리며, 이는 근대적인 주체의 고립성과 개별성을 파기하고 집단적이고 기원적인 음악 속에서 소멸되고자 하는 것, 일종의 죽음 충동에 해당한다.

그런 의미에서, 리듬의 경험은 언어에서 울려나오는 어떤 음악을 감각적으로 경험하는 것이 아니라, 언어가 내포하지 못하는 음악, 언어의 이면에 어떤 흔적으로 남겨진 일종의 어떤 '잔여'와 마주치는 것이다. 그런 점에서 라쿠 라바르트는 시적 경험이 인식론적으로는 아무것도 아닌 것, 즉 부재(不在)하는 것들에 대한 경험이라는 점을 강조했다.[54] 그것은 주체의 소멸과 마주치는 경험이다. 안전한 질서에 끼어드는 어떤 단절인 리듬이 아폴로적인 조화를 파괴하는 디오니소스적인 광기로서 설명되었던 것은, 이러한 음악이 상징적 통일이란 가상에 불과한 것임을 증명하는 일종의 외적 공격에 해당하는 것이기 때문이다. 라쿠 라바르트는 리듬의 형식이나 리듬을 증명하기보다는, 리듬에 매여 있는 주체의 강박과 사유의 철학이 무너진 자리에 존재하는 주체를 문제

---

54 P. Lacoue-Labarthe, A. Tarnowski trans., *Poetry as Experience*, Stanford : Stanford University Press, 1998, p.20.

삼았다. 그래서 그는 리듬을 '주체의 반향(echo of subject)'이라고 불렀으며, 이는 오랫동안 서구의 인식론의 기반을 이루는 진리를 현시하는 주체의 사유를 부정하는 것이다.

최근의 리듬론은 언어학적 영역에서 정신분석학적 영역으로 이동했다. 라쿠 라바르트는 상실된 기원을 반복적으로 호출하고자 주체가 구성하는 글쓰기행위(writing) 그 자체를 리듬으로 지칭한다. 그는 '자기기술적 충동(autobiographical compulsion)'과 '음악적 강박(musical obsession)'[55] 이라는 두 용어를 통해, 이러한 주체의 무의식적 충동이 기원의 음악을 지향하는 것임을 논증했다. 즉, 이미 상실된 것 혹은 억압된 것을 되살리려는 주체의 끊임없는 반복이 글쓰기로 실행되며 이것이 리듬이라는 것이다. 이것이 그가 리듬을 타이포그라피로 설명하는 이유다. 반복적으로 중단과 계속을 반복하는 쓰기-주체의 충동이 특정한 타이포그라피를 만들어낸다. 이는 텍스트의 현상과 인식을 만들어 내는 어떤 주체의 무의식적 충동의 결과다. 이런 지점에 나아갈 때 텍스트의 언어적 효과, 혹은 언어의 음성적 차원으로서의 리듬에 대한 사유에서 벗어나 본격적으로 음악과 시, 그리고 시인과 독자를 둘러싸고 있는 근본적인 매개로서의 리듬을 논의할 수 있다.

리듬은 어떤 텍스트적인 실체가 아니다. 그것이 언어를 매개로 하며, 언어를 떠나서 성립될 수 없는 것이지만 언어 그 자체가 리듬인 것은 아니다. 말하자면, 리듬은 세 가지 층위를 지닌 것으로 논의되어야만 한다. 먼저 텍스트 차원에 언어적 현상으로 드러나는 리듬이 존재

---

55 P. Lacoue-Labarthe, *op.cit.*, 1989, p.141.

한다. 이를 문자적 리듬이라고 부를 수 있으며, 이는 리듬의 존재 형식적 차원이다. 그러나 그것은 그 자체로 리듬이 될 수 없으며, 이 공간적인 문자의 배열로부터 시간적인 흐름으로 독자에게 인식될 때, 다시 말해 '경험'될 때 리듬은 '시각의 청각적인 인상'으로 독자에게 존재한다. 경험으로서만 실재하는 리듬은 이런 것이며, 시의 언어와 독자의 마음 사이에서 리듬은 일종의 매개 역할을 하고 있다. 시의 창작자와 이를 향유하는 독자, 그리고 이 개별적이고 주관적인 관계를 연결하는 매개로서의 역할 말이다. 이렇게 경험의 차원에 존재하는 리듬을 리듬의 인식론적 차원, 즉 인식으로서 존재하는 리듬이라고 부를 수 있을 것이다. 세 번째 층위는 텍스트 차원의 리듬을 산출하는 주체의 충동이며, 주체로 하여금 계속해서 쓰고 중단하게 만드는 이 충동을 리듬의 이념적 차원으로 볼 수 있을 것이다.

일단 이 글에서 인식론적 차원에 대해서는 논의를 유보한다. 왜냐하면 이는 독자의 주관적이고 개별적인 경험에 해당하는 것이므로, 결코 확인할 수 없는 것이기 때문이다. 물론, 인식론적 차원은 리듬의 공동체가 공유하는 노래의 향유와 결부시켜 이해할 수 있다. 노래로 불리었던 시는 공동체의 산물인 동시에, 공동체를 생성하는 것이다. 전통 시가의 향유 방식이 공동체적이었다는 점, 또한 이 노래의 공유를 통해 개인들이 일종의 소속감을 느낄 수 있었다는 것은 공동체의 생성이 노래의 향유와 밀접하게 연결되어 있다는 점을 증명한다. 동일한 리듬의식을 공유하는 공동체의 일원들은 이 리듬의식에 따라 창작하고, 낭송한다. 그러나 시를 더 이상 노래하지 않는 시대에 시는 불특정 다수를 대상으로 하는 매체에 기록된 것으로 존재한다. 독자는 시를 혼자서 읽는다. 시인과 시, 그리고 독자는 단절된 상태에 놓인다. 이 고립된 장소에서도 시를 매개로 시인과 독자는 하나의 공동체를 형성할 수 있으며 독자는 시인의 의도와 감정에 공명할 수 있다. 그러나 이 공명은 모든 독자들 사이에서 공유될 수 있는 것은 아니며 동시에 그것이 시인의 의도이자 감정이라고 확신할 수도 없다. 말하자면 시 텍스트를 둘러싼 시인과 독자, 독자와 독자의 공동체는 생성되자마자 깨지거나 아예 생성되지 못하는 것이다. 이런 점에서 근대시에서 리듬의 공동체는 블랑쇼와 낭시의 문학적 공동체에 접근한다.

전통적인 리듬 공동체이건, 근대시의 리듬 공동체이건 이 리듬을 '경험'하는 차원은 확인할 수 없다. 리듬의 실재는 오직 경험을 통해서만 거기에 있는 것으로 간주된다. 말하자면, 리듬이 존재하므로 그것을 경험하는 것이 아니라 경험되었으므로 본래 있는 것으로 추정되는 것이기 때문이다. 이러할 때, 리듬의 인식론은 아무래도 매우 사후적인 것이 된다. 말하자면, 경험으로 존재하는 리듬이란 실제로 그것이 인식 가능한 것이기 때문이 아니라, 규정할 수 없기 때문에 '경험적'인 것이며 그것은 언제나 규정하고 인식하려는 순간 계속해서 우리의 사유를 빠져나가는 것이다.

세 번째 층위인 주체의 충동은 시쓰기를 추동하는 근원적인 원리며, 잃어버린 음악을 회복하려는 충동이다. 리듬이 근본적으로 음악적인 성격을 지닌다는 점은 일종의 상식에 해당한다. 동양에서 시가 음악과 연결되어 있었던 것처럼, 서양에서도 시는 음악의 언어화로서 출발했다. 고대의 축제에서 음악은 하늘과 땅, 그리고 사람의 근원적인 합일을 나타내는 것이었다. 니체는 민요에서 이러한 기원적인 음악을 찾아내며, 이 음악은 최초의 것이자 보편적인 것이라고 강조한다. 그리고 민요의 가사는 이 음악을 모방하기 위해 긴장하고 있으며, 이는 시와 음악, 언어와 음조 사이의 유일하게 가능한 관계[56]라는 것이다. 니체의 이러한 시와 음악 사이의 관계에 대한 논의를 이어받아, 아비람은 이 긴장관계가 리듬이라고 설명한다. 시의 언어는 이미 이러한 음악과의 밀도 높은 연결성을 상실했다. 그러나 시는 그 자신의 언어를 통해서 상실한 음악을 지속적으로 재현하고자 한다는 것이다. 아비람이 시는 리듬이 내포하는 기원적 음악에 대한 알레고리라고 정의할 때,[57] 그는 시의 언어 그 자체가 지니는 기원의 음악에 대한 끊임없는 충동을 문제 삼고 있는 것이다.

글쓰기의 문제와 결부되어 있는 리듬의 문제는 '반복'을 핵심적으로 하지만 이 '반복'이 단순한 소리의 반복이 아니라 기원적 음악을 회복 하려는 시도임을 보여 준다. 그러나 논의한 바, 이미 언어가 이러한 기원적 음악에서 근원적으로 분리되어 있기 때문에 이러한 리듬은 결코 기원의 음악 그 자체를 성취할 수 없다. 그런 의미에서, 리듬은 기원적 음악 그 자체가 아니라 그를 지향하되 끊임없이 실패하는, 음악에 대한 알레고리로서 존재하게 된다. 알레고리에 대한 고전적인 정의는 "다른 것을 말하기 / 다른 식으로 말하기"[58]이며, 이에 따라 알레고리는 늘 자신이 아닌 다른 것을 지시하는 것으로 이해되어 왔다. 알레고리에 대

---

56 F. Nietzsche, 박찬국 역, 『비극의 탄생』, 아카넷, 2007, 102~104쪽 참조.
57 Amittai F. Aviram, *op. cit.*, p.223.
58 J. Withman, "On the History of the Term 'Allegory'", *Allegory : the dynamics of an ancient and medieval technique*, Cambridge : Harvard University Press, 1987, p.263.

한 고전적인 견해가 알레고리적 기호가 '무엇'을 지시하는가에만 집중해 왔다면, 현대적인 관점은 알레고리가 '지시 불가능성'에 빠져 있음을 주목한다. 즉, 우의적 표현과 그것의 지시물 사이에는 환원될 수 없는 차이가 항상 존재하기 때문에, 알레고리에서 이 지시물은 여전히 낯선 것으로 남아 있다.[59] 이것이 알레고리가 끊임없이 서사화(narrative)되는 이유이기도 하다.

이 글은 이상과 같이 정리한 리듬론에 따라 리듬을 두 층위로 나누어 고찰할 것이다. 하나는 텍스트 차원에 존재하는 리듬의 존재 형식, 타이포그라피의 층위다. 여기에서 중요한 것은 통사론적 연쇄에 도입되는 중단, 단절, 종결과 같은 요소들이며, 이 문법론적이고 통사론적인 지표들을 통해 시간적 흐름이 아니라 공간적 직조의 패턴에 대해 논의할 수 있을 것이다. 그러나 강조한 바, 언어의 형식, 타이포그라피 자체가 리듬은 아니다. 그것은 언어에 매개되며 언어를 통해서만 드러나지만, 언어의 속성 그 자체인 것은 아니다. 여기에 걸리는 것은 '표현'과 '경험'이라는 두 주체의 작동이다. 즉, 시인 주체는 쓰기를 통해 '리듬을 표현'하고자 하며, 독자 주체는 읽기를 통해 '리듬을 경험'한다. 그러나 언어, 특히 문자 언어가 지니고 있는 근본적인 한계 때문에 이 '쓰기-표현'과 '읽기-경험'은 언제나 완전히 포섭될 수 없는 낯선 잔여에 마주치게 된다. 그러나 이 '표현'과 '경험'은 논의한 바, 주체의 매우 비주체적인 행위, 즉 주체일 수 없는 자들의 무의식적 강박과 연결이 되어 있으며, 언제나 이 포섭할 수 없는 '잔여'에 대한 끝없는 충동을 설명하지 않

---

59 T. M. Kelley, *Reinventing Allegory*, Cambridge : Cambridge University Press, 1997, p.5.

고서는 이를 설명할 수 없다. 말하자면, 표현과 경험은 그 때문에 있는 것으로 가정되는 것들, 실재하는 것이라고 믿어지는 것에 대한 일종의 충동과 결부되어 있으며, 이 충동에 의해 생성되는 것들이기 때문이다.

여기에서 진정한 의미의 리듬이라고 불릴 수 있는 것은 이러한 사유의 강박에 해당하는 것임을 알 수 있다. 말하자면, 그것은 상실한 것을 계속해서 회복하려는 주체의 강박적 충동이며 문자 언어의 흔적 속에서 이를 회복하려는 충동의 흐름이 리듬이라는 것이다. 이 리듬은 언어의 배후에 있지만 언어 그 자체는 아니며, 그러나 언어가 없다면 결코 나타날 수 없는, 언어 속에 내포되어 있는 것으로서만 존재할 수 있기 때문에 이념이라고 불릴 수 있는 것이다. 그것은 언어를 규제하는 이데올로기도 아니며, 언어의 현상으로서만 나타나는 것이다.

이 글은 전통 시가관과 서구의 리듬론을 참고하여 '이념으로서의 율'을 논의했으며, 리듬이라는 용어 대신 율이라는 용어를 사용하고자 한다. 앞서 논의한 바, 리듬은 세 가지 층위가 복합적으로 얽혀 있는 개념이다. 이 층위를 구별하지 않고 일괄적으로 리듬이라고 지칭할 경우, 이 글에서 강조하고자 하는 리듬의 이념적 층위가 잘 드러나지 않는다. 이 글은 리듬을 문자적 차원과 이념적 차원으로 구별하고 논의를 진행하고자 하는데, 이를 통칭하여 리듬이라고 규정할 경우 논의의 혼란이 생길 우려가 있다. 따라서 이 글에서는 리듬의 이념적 차원을 가리켜 율(律)이라는 용어를 사용했다.

율은 선조들의 시론과 악론에서 빌어온 것으로, 음과 언어의 조화의 원리이지만 동시에 그 자체는 아니라는 점에서 리듬의 이념적 차원을 보여주는 데 가장 적합한 용어로 판단된다. 율과 비슷한 개념으로 신범순의 놀의 개념[60]을 들 수 있다. 노래의 원어인 '놀애'에서 기원한 이 개념으로 신범순은 현대의 자유시가 잃어버린 노래의 영역을 가리키는 것으로 사용했다. 그러나 이 개념이 보다 노래 쪽으로 기울었다는 점에서 글쓰기와 노래하기 사이의 분열과 긴장을 가리키기는 어렵다. 또한 이 개념이 사실상 민족의 정신사로 확대되는 개념이라는 점에서 이 글의 논의 범위를 벗어난다. 그런 의미에서, 이 글에서는 '율'이라는 개념을 사용하기로 한다.

동시에 이 글은 텍스트에 현상으로서 나타나는 리듬, 문자의 리듬을 가리키기 위해 성률(聲律)과 향률(響律)이라는 두 개의 개념을 제시, 사용하고자 한다. 이 용어는 라쿠 라바르트가 제시한 두 개의 용어, '소리의 현상(acoustic phenomenon)'과 '반향의 현상(catacoustic phenomenon)'[61]이라는 용어를 참조한 것으로 라쿠 라바르트는 타이포그라피의 이면에서 울려나오는 원음악(haunting melody)을 강조하기 위해 이 용어를 사용했다. 그는 리듬의 형식을 확정하고자 하지 않았으며, 리듬과 사유의 관계로 더 기울었기 때문에 이에 대해서는 자세한 논의를 하지 않았다. 성률은 언어의 음성적 효과와 그 지각에 근거하며, 낭송을 통해 구체적으로 실현된다. 향률은 문자의 율이며, 문자의 시공간적 배열에 의거하는 것이다. 성률과 향률이라는 용어는 율의 두 가지 언어적 형상이다.

---

60 신범순, 『노래의 상상계』, 서울대 출판부, 2012, 350쪽.
61 P. Lacoue-Labarthe, *op.cit.*, 1989, pp.145~146. catacoustic은 불어의 catacoustique의 영어 번역어로서, 그는 이 문자의 형태들(typography)의 이면에서 울리는 음악을 가리키기 위해 이 용어를 사용했다.

그러나 이 글의 목적은 이를 통해 율의 양식을 확립하고자 하는 것이 아니며, 성률과 향률의 계보를 추적하고자 하는 것이 아니다. 1920년대의 자유시론이 시의 본질의 문제로 육박해 들어간 것이라면 문제는 율의 체계를 세우는 일이 아니라 음악과 언어 형식 사이의 '관계'에 주목하는 것이다. 그리고 이 '관계'가 한국의 근대시 형성에 있어서 어떻게 작동하고 있는지를 밝히는 것이다.

3장

개화기 시가의 율적 양상과 새로운 율의 모색

1. 개화기 시가에서 노래와 시의 관계,
가창(歌唱)의 율과 음영(吟詠)의 율

개화기 시가는 상당한 장르 교착 현상을 보였다. 시가의 양식적 차
원에 국한한다면, 전통 시가의 '고정된 율격 형식'을 탈피하는 과정에
서 창가와 찬송가 등의 외래적 요소의 영향으로 우리 시가는 점진적으
로 전통 시가의 강력한 장르적 영향에서 벗어나 새로운 근대적 시로 향
하는 과도기적 단계를 거치고 있었다.[1] 율격적인 차원에서 이는 4 · 4

---

1   김영철은 개화기 시가의 전면적인 검토를 통해, 개화기 시가가 전통 양식의 계승과 외래 양
식의 수용 과정에서 독자적인 양식을 개척했다고 평가했다. 특히 찬송가의 다양한 리듬이
전통적인 정형률의 변조에 영향을 주었으며 이는 자유시의 창작으로 이어진다고 평가하고
있다. 또한 문체 변이나 조사법의 형성은 우리 시가가 노래와의 밀접한 관계를 청산하고 근
대적인 시의 양식으로 이행한 표지로서 이해한다(김영철, 「한국 개화기 시가 장르의 형성과
정 연구」, 서울대 박사논문, 1986 참조).

조의 전통적인 음보율과 새로운 음수율(특히 7 · 5조)의 출현이 혼종되어 나타나는 것으로 평가된다.[2] 특히 음수율의 출현은 소리의 연속성에 의거하는 전근대적인 시가양식에서 문자의 분절성에 의거한 근대적 시양식으로의 변모를 보여 주는 것이라 할 수 있다. 그러나 이 분절성은 찬송가나 창가의 곡에서 탄생한 것이라는 점에서[3] 외부의 곡조를 배제하고서는 음수율의 실체를 해명하기 어렵다. 특히, 개화기 시가에 나타나는 7 · 5조, 6 · 5조, 4 · 5조 등의 다양한 음수율적 정형성이 창가와 찬송가라는 악곡에 매개되어 있지 않다고 확언할 수는 없기 때문이다.[4] 그렇다면 개화기 시가의 양식적인 측면은 시가의 양식에 영향을 주고받았던 악곡(樂曲)과 결부되지 않으면 완전하게 해명되기 어렵다. 즉, 개화기 시가가 전통 시가의 정형률을 타파하고 자유시의 율적 양식으로 이행하는 과도기적 단계를 보여 주고 있다는 평가를 확인하기 위

---

2 김윤식은 4 · 4조와 7 · 5조라는 두 개의 리듬 의식의 차이야말로 개화기 율문양식(노래체)의 해명의 관건이라는 점을 지적했다(김윤식, 「개화기 시가고」, 『한국 현대시론비판』, 일지사, 1986, 223쪽).

3 특히 행과 구의 분절에 관해서 찬송가의 영향이 뚜렷하게 지적되어 왔다. 외국의 곡조에 우리말 가사를 붙이는 과정에서, 한 음표에 한 음절을 대입시키는 방법이 확산되었고, 노래의 한 절은 연에, 한 소절은 행에 대응되는 방식이 일반화되었다. 김병철은 이를 음수율의 출현이라고 확언하지는 않지만, 한 음표에 한 음절을 대응시키는 방식에 찬송가가 절대적인 역할을 했음을 꼼꼼히 분석했다(『한국 근대번역문학사 연구』, 을유문화사, 1975, 120~151쪽 참조). 김교봉 · 설성경은 이에 동의하면서도, 개화기의 대부분의 시가에서 4음보 율격이 파괴된 것은 아니었다고 유보하고 있다(『근대전환기 시가연구』, 국학자료원, 1996, 93쪽). 이처럼 약간의 이견이 있기는 하지만, 대개 곡에 가사를 붙이는 과정에서 호흡 단위의 율격이 음절 단위의 율격으로 변모한 것에 대해서는 대부분 동의하고 있다. 이에 관련한 상세한 연구로는 김병선, 『창가와 신시의 형성 연구』, 소명출판, 2007 참조.

4 김영철은 이 음절수의 자유로운 변조가 찬송가의 영향을 받은 것이며, 양곡의 국문 현사 과정과 밀접한 관계가 있다고 평가했다. 그는 이를 선곡후사(先曲後詞)의 양상으로 보았으며, 점차적으로 가사를 먼저 짓고 곡을 붙이는 사주곡종(詞主曲從)의 양상으로 이행하고 있다고 판단한다. 이는 음악성이 우선되는 단계에서 문학성이 강조되는 단계로 발전하고 있다는 점을 보여 준다는 것이다(김영철, 『한국 개화기 시가 연구』, 새문사, 2004, 224~229쪽 참조).

해서는 텍스트의 음절 분석만으로, 즉 '율격'의 차원만을 규명하는 것
만으로는 불충분하다.

개화기의 시의 양식을 해명하기 위해서는 이 시들이 노래의 강력한
영향 아래에서 창작되었으며, 노래로 가창될 수 있는 가능성을 염두에
두고 제작되었다는 점을 고려해야 한다. 개화기에는 인쇄 매체가 등장
하였으며, 신문 / 잡지를 매개로 대중들과 소통하기 시작했다. 그러나
글을 '읽'는 것은 글을 '듣'는 것과 같은 것이었으며, 쓰인 글을 '듣는 방식'
으로 향유하는 것[5]은 개화기의 가장 중요한 소통 양상이었다. 이러할
때, 시는 음악의 영향과 별도로 성립할 수 없다는 점에서 음악과의 관련
성 속에서 '가사(歌詞, 노랫말)'의 실체가 해명되어야 한다. 개화기 신문 잡
지에 실렸던 많은 시가들이 노래로서 불렸을 것이라는 점을 추정할 수
있는 증거는 여러 선학들에 의해 발견된 바 있다. 특히 김병선은 『독립
신문』 소재 시가들이 가창되었을 것이며, 이 곡조가 전래의 타령조, 혹
은 찬송가, 창가이었을 것이라고 추정한다.[6] 일단 이 시가들이 정확히
어떤 곡을 배경으로 하고 있는지는 여기서 중요해 보이지 않는다.

이 글의 관심은 김병선의 추정처럼 『독립신문』 소재 시가들이 가창
혹은 음송으로 연행되었다는 점이 확실하다면, 시가의 텍스트의 언어
배열 양상만을 두고 텍스트의 율적 원리를 설명할 수 있는가 하는 의문

---

5   홍정선, 「근대시 형성과정에 있어서의 독자층의 역할 연구」, 서울대 박사논문, 1992, 53쪽.
6   김병선, 앞의 책, 118~119쪽. 그는 이 시가들이 상정하고 있는 곡에 대한 꼼꼼한 추적 끝에,
    이 노래들의 가창 / 음송 방식이 한 종류의 곡에 집중되어 있지 않다는 점을 증명했다. 그는
    이 시가들을 두 가지 종류로 연행되었을 것이라며, ① 한 도막 이상의 형식으로 된 가요 양식
    에 적합한 창가, ② 음송에 적당한 창가로 나눈다. 이 가요 양식에는 찬송가, 창가, 외국 노래
    (대표적으로 Auld lang syne) 등이 있을 것이라고 추정한다. 독립신문 소재 시가와 부곡의 관
    련 양상에 대해서는 이 책 2장 「창가의 탄생과 『독립신문』」 참조.

이다. 또한 당시의 사설들이 여러 다양한 곡조에 얹혀서 불렸다는 점을 감안할 때, 사설의 율은 가사에 있다기보다는 곡조에 있는 것으로 보아야 할 것이다. 이는 당대에 유행하던 노래를 배제하고 이해할 수는 없는 것이다. 그러나 이 글은 가사와 악곡 사이의 결합 관계를 엄밀하게 추정함으로써 개화기 시가에 숨겨져 있는 악곡을 밝히는 것을 목표로 하지 않는다. 또한 창가와 찬송가의 악곡상의 구별을 통해 어떠한 악곡이 우리 시가에 영향을 미쳤는지 밝히고자 하는 것이 아니다. 여기서 중요한 것은 개화기 시가에 나타난 음수율적 정형성이 어떤 방식으로 확립되었는가 하는 것이다.

음수율적 정형성에 대한 논의는 최남선의 신체시를 중심에 두고 수행되어 왔다. 확실히 '신체시'의 작자 최남선이 특히 7음절과 5음절의 결합으로 이루어진 7·5조를 가장 적극적으로 창작했으며 다양한 음수율을 실험했다는 것은 틀림없다. 이것이 일본의 7·5조를 즉각적으로 수용한 것이든, 창가의 영향을 받은 것이든 간에 후행하는 '5음절'이라는 단위 자체가 매우 생소한 것이었기 때문이다. 7음절이 3·4 혹은 4·3으로서 분절될 수 있으며, 이는 전통 시가의 4·4조와 대응시켜서 분석할 수도 있지만, 우리의 고시가에서 5음을 고스란히 유지한 채로 하나의 단위를 나타내는 경우는 거의 없다.[7] 이런 점에서 노래의 차원

---

7   윤장근, 「개화기시가의 율성에 관한 분석적 고찰」, 『아세아연구』 39집, 1970.9, 123쪽.
    물론 이는 한시의 5언구와 전통적인 시가의 율 단위를 별개로 파악하는 관점에서 그러한 것
    이다. 그런 의미에서, 이러한 5음절의 기원을 한시에서 찾고자 하는 연구가 있다. 이규호는
    5언을 기반으로 하는 한시가 개화기에 변용되는 양상을 섬세하게 추적하면서, 이 7·5조가
    일본의 신체시보다는 한시의 영향을 받았을 것이라고 주장한다(이규호, 「개화기 한시의 양
    식적 변모에 대한 연구」, 서울대 박사논문, 1986, 74쪽). 특히 이규호는 언문풍월과 한시의
    계승관계를 주목하였는데, 이에 대해서는 본문에서 논의할 것이다. 이는 근대 계몽기에 시

에서라면, 후행하는 5음절은 외부로부터 도입된 것이라고 할 수 있을 것이다. 그러나 최남선의 창작시 전반을 검토해보면 이 음수율적 정형성을 확정하는 것은 어려워 보인다.

> 우렁탸게 토-하난 긔덕소리에
> 남대문을 드ㅇ디고 써나나가서
>
> —「경부텰도노래곡됴」, 부분인용

「경부텰도노래곡됴」에 실린 것을 보면, 최남선은 "토-하난"과 "드ㅇ디고"를 3자가 아니라 4자로 인식했음을 알 수 있다. 최남선의 엄격한 음수율적 실험에서 "-"와 "ㅇ", "…", "ㅅ" 등은 오히려 하나의 율격적 기호로, 더 정확히는 이 기호들이 주는 청각적 인상을 강조하기 위한 것으로 보인다.

그는 이음표 기호를 자주 사용하고 있다. 『대한학회월보』에 실렸던 것을 수정하여 다시 수록한 「막은물」(『소년』, 2년 6권)에서는 "드러가던지", "마음대로"처럼 이음표를 붙임으로써 이를 한 음절로 율독할 것을 표시한다. 「우리님」(『소년』, 2년 7권)에서는 "자랑하지아니하오", "난홀째에빗안내오" 등으로 나타나며, 특히 『소년』의 후반으로 갈수록 많이 나타나는 경향을 보인다. 이는 음절과는 구분되는 기호를 넣으면서까지 음수율을 고집했다고 보기는[8] 어렵다. 글자 수를 맞추려고 했다면,

---

와 가에 대한 인식을 고찰하고 나서야 논의할 수 있는 문제로 보이기 때문이다. 즉, 노래의 측면에서 보자면 5음절은 '새로 도입된 것'이지만, 시의 측면에서는 전통적 음수율의 계승이라고 볼 수 있다.

음절의 어느 부분에 이음표를 넣어도 상관없었을 것이다. 특히 곡보를 첨부한 「단군절」(『소년』, 2년 10권)에서 "공손히업듸여" 부분의 악보를 보면 '♩.(2분 점음표)'에 대응하면서 "뎌―"로 줄어 있음을 알 수 있다. 이는 「경부텰도노래곡됴」에서 "―"와 "○"이 '♪(16분 음표)'에 상응하는 것과 같은 역할을 하고 있다. 즉, 이음표의 기능은 음절수를 맞추는 데 있었던 것이 아니라 그에 상응하는 곡조를 상기시키는 것이었다고 할 수 있다.

　곡보를 붙인 것보다는 붙이지 않았던 시가가 더 많았던 점, 전적으로 인쇄된 문자에 이 음악의 연상을 의존해야 했다는 점에서 이러한 율격 기호가 사용되고 있었던 것으로 보인다. 그러나 율격 기호들은 다만 부수적인 역할에 그쳤을 것이며, 더 중요한 것은 이러한 노래들의 '문자 배열' 자체가 외부의 곡조를 호출하고 있다는 것이다. 그것이 당대인들이 즉각적으로 연상하는 전통적 곡조이든, 외래적인 곡조이든 간에 이 시가들은 이 문자의 배열이 지니고 있는 청각적 기억을 상기시킨다. 이는 쓰인 시가의 율독에 의해서 현상하는 것이 아니라, 문자의 배열 자체가 자신의 외부에서 호출하는 일종의 곡조이다. 그런 한에서만, 이들이 노래의 영역에 속한다고 할 수 있을 것이다.[9] 즉, 이러한 최남선 시에서의 율격 양상을 살펴보면 텍스트의 언어 배열만으로 이를 규정할 수 없음을 알 수 있다.

8　정한모, 『한국 현대시문학사』, 일지사, 1973, 194쪽.
9　최남선의 음수율적 정형성에 대한 분석과 논의는 박슬기, 「최남선 신시(新詩)에서의 율(律)의 문제」(『한국 근대문학연구』 21집, 2010)의 1장을 요약한 것이다. 이 글에서 필자는 최남선의 음수율적 정형시는 언어 텍스트 외부에 있는 악곡을 상기시키려는 의도에 귀속된 것이라고 판단했다. 전통적인 노래들을 상기하는 것은 × · 4조, 외래의 곡조를 상기하는 것은 × · 5조로 분류하였다.

이는 개화기 시가의 장르적 양상을 논의할 때도 마찬가지이다. 개화기 내내 강력한 영향력을 발휘했던 노래의 양식이 가사(시)에 영향을 미쳤다면, 이 음악의 문제를 배제하고 순수한 텍스트의 언어적 형식만으로 율격적 정형성을 성립시킬 수 있는가 하는 문제를 배제할 수 없다. 또한 이는 시가와 시, 그리고 가의 개념에 대한 개화기적 인식과도 밀접한 관계를 지니고 있을 것이라고 가정할 수 있다. 이를 검토하기 위해서는 먼저 개화기 시가의 장르 구별에 대한 논의를 살펴볼 필요가 있다.

개화기 시가를 장르적으로 구분하려는 노력은 어느 정도 성과를 이룬 것으로 보인다. 창가와 신시로 구분했던 초기의 견해가[10] 당대에 강력한 영향을 발휘했던 가사 장르를 배제하였다는 점에서 김용직은 개화기 시가를 개화가사, 창가, 신체시로 삼분[11]하고자 했다. 그는 『독립신문』 등에 실린 애국가류를 일괄적으로 창가로 보지 않고, 개화가사를 창가와 구별하는데 그 기준은 가사의 일반적 율격이라 여겨지는 4·4조의 단위다.

그는 개화가사로 "잠을쒜세 잠을쒜세 스쳔년이 꿈속이라 / 만국이 회동ᄒᆞ야 스희가 일가로다 // 구구셰졀 다ᄇᆞ리고 샹하동심 동덕ᄒᆞ세 / 늠의부강 불어ᄒᆞ고 근본업시 효빈ᄒᆞ랴"(『독립신문』, 1896.5.26)와 같은

---

10 백철은 창가의 시초를 찬송가로 보아, 두 노래를 같은 계열로 이해했다. 찬송가가 교회와 학교를 넘어서 창가라는 이름으로 신문지상에 등장한 것은 『독립신문』의 『애국가』가 발표된 1896년의 일이라는 것이다. 이 창가는 처음에는 4·4조의 전통적 양식의 영향을 받았으나, 최남선의 『경부철도노래』이후, 7·5조로 전환된 것으로 보고 있다. 이러한 창가의 양식은 기본적으로 부르는 노래라며, 신시의 경우 눈으로 읽는 시로 이해할 수 있다고 하였지만, 그는 신시의 구체적인 양상을 지적하지는 않았다(백철, 『신문학사조사』, 신구문화사, 1983, 31~40쪽 참조).
11 김용직, 앞의 책, 49쪽.

「동심가」를 예로 들고, 4·4조 또는 3·4조의 자수율을 가지는 것으로 분석한다. 창가의 예로 들고 있는 「애국가」의 경우, "셩ㅈ신손 오빅년 은 우리 황실이요 / 산고슈려 동반도는 우리 본국일세 / (후렴) 무궁화 삼천리 화려강산 / 대한사람 대한으로 길이 보전ㅎ세"인데, 이 둘 사이에 양식상의 차이는 분명하다. 앞의 것은 4음보로 율독할 수 있다. 각 단위의 음절수가 3-4개로 고정되어 있으며, 3-4개의 음절로 구성된 하나의 단위가 반복되며 이 단위 4개가 한 행을 이룬다. 후자의 「애국가」의 경우에는, 행 자체가 하나의 단위다. 즉 「애국가」는 앞의 「동심가」처럼 한 행을 4개의 단위로 분절할 수 없고, 행의 한 단위로서 반복되고 있다. 이러한 차이가 발생하는 것은, 후자의 「애국가」가 어떤 곡의 가사로 불렸기 때문일 것이다. 행 자체가 하나의 단위로 반복되는 것은 개화기에 널리 향유되었던 찬송가와 창가의 영향이다. 주로 4소절로 된 찬송가를 부르면서, 한 소절의 악곡에 한 행의 가사를 붙이는 것이 일반화된 방법이다.[12] 이를 확정하는 것은 '(후렴)'이라는 표기다.

이로 미루어 볼 때, 개화가사의 경우 창곡을 가지고 있지 않은 것으로, 창가의 경우 창곡, 특히 외래의 곡과 결부되어 있는 것으로 해석할 수 있으며,[13] 이는 일괄적으로 4·4조를 모두 창가로 본 것에 비해 진일

---

12 행과 구의 분절에 관해서 찬송가의 영향이 뚜렷하게 지적되었다. 노래의 한 절은 연에, 한 소절은 행에 대응되는 방식이 일반화되었다(김병철, 앞의 책, 145~151쪽 참조).

13 이 애국가류의 경우 일부는 창가로서 실제로 가창되었음이 확실해 보인다. 이에 대해 김병선은 이들이 대부분 곡의 영향 아래 있었을 것이라며, 이 곡을 찬송가, 창가, 재래의 민요로 구별한 바 있다(김병선, 앞의 책 참조). 가령, '학부 쥬스 니필균' 씨가 지은 노래로 소개되어 있는 애국가류는 가운데 '합가'라는 표기가 있어서 아마도 교창 형식으로 불렸을 것이다. 이 점에서 『독립신문』 소재의 대부분의 애국가류가 실제로 불렸을 것이라는 주장도 있지만 이는 정황상 확인하기는 어렵다. 다만, 여기서 〈경성학당 교가〉(1899.6.16) 〈배재학당 무궁화 노래〉(1899.6.29)와 같은 노래의 경우, 행사에 쓰였기 때문에 노래로 불린 것이 확실해 보인

보한 것이라고 볼 수 있는 것이다. 그러나 김용직은 이 가사체 작품들을 세분화하지는 않았다. 개화가사의 대표적인 양식이라 할 수 있는 『대한매일신보』의 시사평론가사의[14] 경우, 상당한 분량의 길이로 전개되고 있다는 점에서 가창을 전제로 하고 있다고 보기는 어려울 것이다. 〈동심가〉와 시사평론가사는 그 양식상의 공통점에도 불구하고, 아마 다른 방식으로 향유되었을 것이다. 또한, 『대한매일신보』의 국문판에 실린 시가들의 경우, 이를 가사로 칭하기는 어렵다. 특히, 〈담박고타령〉(1907.7.5)을 비롯하여, 〈동요〉라는 부기를 달고 있는 17편의 시가들은[15] 비록 그것이 4음보로 율독이 가능하다 하더라도 가사라기보는 민요로 보는 것이 타당한 것으로 보인다. "○○의 동요"라는 부기로 보아 이는 항간에서 불리는 노래를 채록한 것일 터이다. 또한 그러한 점을 감안하지 않더라도, 이 시가들은 동일한 구절의 반복, 내는 구절 등 집단적으로 구송하기 위해 민요가 도입했던 여러 가지 형식적인 특성들을 잘 보여 주고 있기 때문이다.

다. 『독립신문』의 애국가류가 곡의 영향 아래 있었던 것이라고 한다면, 율독이나 음송을 지향한 것은 문경호의 〈성몽가〉를 들 수 있다. 이 노래에 대해 김병선은 전형적인 조선조 가사의 모습을 보인다고 하며, 4·4조 4음보 진행이라는 율조만 지키며 일정한 단위로 묶어지는 시상의 긴밀성은 없이 작자의 생각을 서술조로 완만하게 전개해 나가고 있으며, 이것이 장형 시가 장르로서의 가사가 가진 특성이라고 하고 있다(같은 책, 84~85쪽).

14 『대한매일신보』에 실렸던 이러한 가사체 평론은 "사회등 가사" 혹은 "대한매일신보 가사"라는 명칭으로도 불리는데, 신범순은 이 가사의 목적이 '시평(時評)'에 있음을 강조하여 '시사평론가사(時事評論歌辭)'라는 용어를 사용하였다. 이 글에서는 이 용어를 따른다(신범순, 『한국 현대시의 매듭과 혼』, 민지사, 1992, 23쪽).

15 〈스랑가〉(1907.7.11), 〈거누구타령〉(1907.7.1214), 〈이리화상가〉(1907.7.18), 〈念佛〉(1907.7.20), 〈잘왓군타령〉(1907.7.23), 〈당타령〉(1907.7.27), 〈아르랑타령〉(1907.7.28), 〈매화타령〉(1907.7.30), 〈만세밧이〉(1907.8.11), 〈에누다리〉(1907.8.14·15), 〈농부가〉(1907.8.20), 〈활동가〉(1907.8.22·23), 〈흥타령〉(1907.8.29·30), 〈검가〉(1907.8.31), 〈등장가자타령〉(1907.9.1), 〈방에타령〉(1907.9.4), 〈슈심가〉(1907.9.5)

담박고야담박고야 동리나건너담박고야

너이국은엇더타고 우리대한에나왓는야

금을주러나왓는야 은을주려나왓는야

금도은도주기는커나 보는것마다다쎄앗네

큰일낫네큰일이낫네 우리들살기큰일이낫네

여보시오형님네들 눈을쓰고살펴를보오

풀지말고풀지를말소

집이나짱을낭풀지들말소

— 〈담박고타령〉, 『대한매일신보』, 1907.7.5 부분인용

▲셰월이여류ᄒ야 류회이년도라오니 풍우시절 다 보내고 명랑일월 다시
본다 셰계도 문명ᄒ고 산쳔도 빗치나니 대한텬디 새롭도다

▲하늘이 감동ᄒ샤 국운이 통틱ᄒ니 풍진이 간졍되고 익회가 다 지낫다 독
립국긔 놉흔곳에 츙신렬ᄉ 너러니 대한인민 새롭도다

— 시ᄉ평론, 『대한매일신보』, 1908.1.1

이 둘을 4음보로 율독하려면 할 수 없는 것은 아니지만 〈담박고타
령〉의 경우, "담박고야"의 반복이나 "금을주러나왓는야 은을주려나왓
는야" 등 비슷한 통사 구조의 반복, 또 "여보시오 형님네들"과 같이 말
을 내는 방법 등 민요가 지닌 요(謠)로서의 특징을[16] 지니고 있다. 민요

16　고정옥은 가(歌)와 요(謠)를 구별하면서, 가(歌)는 악기의 반주와 함께 부르는 노래이며 요
　　(謠)는 반주 없이 부르는 노래라고 설명했다. 반주 없이 구전전승될 수 있기 위해서는 이러
　　한 여음이나 후렴 같은 반복어구가 필수적이라는 것이다(고정옥, 『조선민요연구』, 수선사,

는 잘 알려져 있다시피, 악기의 반주에 의존하지 않으면서 집단적으로 구전전승된 노래다. 가창을 규율할 수 있는 악보가 없는 상태에서, 급격한 변화없이 비슷하게 노래하기 위해서는 가창하는 사람들이 특정한 율조를 관습적으로 공유하는 일이 필요한데, 여음이 그 역할을 한다. 즉, 사설에서 내용이나 가락의 변화가 일어나더라도 그것이 동일한 형식으로 가창되기 위해서는 동일한 구절의 반복이 필요하다. 여음, 혹은 받는 노래로 불린 이러한 구절의 반복이 민요가 정해진 곡이 없이 또 정해진 율격이 없이도 구전되면서 최초의 민요에서 크게 멀어지지 않는 범위에서 가창할 수 있게 해주기 때문이다.

반면에 인용한 시사평론가사의 경우, 이러한 반복적 특징이 거의 보이지 않는다. 즉, 시사평론가사가 율독을 목적으로 하는 규방가사적 특징을 지니고 있다면, 〈담박고타령〉은 가사라기보다는 민요로 보아야 할 것이다. 선학들이 이러한 점을 지적하지 않은 것은 아니지만, 이를 가사체에 수용된 민요적 특징으로 봄으로써, 이를 가사라고 명칭하는 일은 포기하지 않는다. 각각의 행이 4·4조 혹은 4음보로 율독이 된다고 하더라도, 〈담박고타령〉의 언어 텍스트를 규율하는 것은 민요의 원리, 즉 외적인 노래의 원리다. 그럼에도 불구하고, 이를 지속적으로 '가사'로 칭하는 것은 4·4조라는 가사의 율격적 특징을 완강하게 적용함과 동시에 이 '타령'이 환기하는 노래의 성격을 배제하고 있다.

이는 가사를 일괄적으로 '4·4조의 연속체'로서 이해했기 때문인 것으로 보인다. 가사는 기본적으로 "시가의 말, 노래의 사설 곧 노랫말"을

1979, 97~102쪽 참조).

뜻하는 것인데, 전통적으로 한시와 구별되는 우리말 시가를 가리키는 큰 범주로 사용되었다. 조윤제는 이러한 노랫말에서 율문체 산문을 구별하여 이를 가사(歌辭)로 명명했다.[17] 그는 노래로서의 가사(歌詞)와 음악의 제약을 받지 않는 가사(歌辭)를 구별하면서, 이 가사(歌辭)의 율격을 "사사조의 연속"[18]으로 규정한 것이다. 이러한 도남의 규정은 이후의 연구자들에게도 강력한 영향을 행사한 것으로 보인다.

그러나 도남이 처음부터 가사의 율격을 '사사조의 연속체'로 확정한 것은 아니다. 『조선시가사강』에서 영남의 규방가사를 토대로 이를 "가사(歌詞)라기보다는 '사설적 노래'라는 의미의 '가사(歌辭)'가 아닐까 한다"[19]면서도, 그는 이를 시가문학 속에 포함시켰다. 연구가 진행된 후에 그는 1949년의 『국문학사』에서, 가사(歌辭)를 "순전한 운문으로서 4·4조의 연속체"라고 확정하고 있다. 도남은 영남의 규방가사나 조선 후기의 기행 가사들이 노래로서의 특징을 보이고 있지 않으며 이 가사들이 특히 '4·4조의 반복'으로 이루어져 있다는 점을 논증하여 이를 독자적인 율문체 양식으로 확립한 것이다. 도남의 기획은 시가의 특징과 가사의 특징을 구별하여, 가사의 양식을 확립한 것인데 이는 오히려 모든 가사의 율격적 양식을 정형화하는 결과를 불러 온 것이다.[20]

---

17 조윤제, 「가사문학론」, 『도남조윤제전집』 4권, 태학사, 1988a, 117쪽. 그는 『조선시가사강』에서 자신이 가사를 시가문학 속에 넣기는 하였지만, 아무래도 모든 가사를 일괄적으로 시가 문학으로 보기는 어렵다고 하면서, 가사(歌辭)로 용어를 바꿀 것을 제안했다. 이 용어를 사용하면서 조윤제는 그러나 가사를 '가사(歌詞)'로 부르든 '가사(歌辭)'로 부르든 우리의 가사문학 자체의 성격이 변하는 것은 아니라고 주장한다. 다만 '가사(歌詞)'라는 용어가 일방적으로 가사를 시가문학의 일종으로서 환기하기 때문에, 가사가 지닌 서술적 성격을 나타내지 못한다고 하여 '가사(歌辭)'로서 고쳐 놓는다고 밝히고 있다.
18 위의 글, 125쪽.
19 조윤제, 「조선시가사강」, 『도남조윤제전집』 3권, 태학사, 1988b, 235~236쪽.

이러한 기획은 1920년대 이후 한국 고전문학의 정전화 작업의 일환으로 노래와 시라는 장르적 교착 현상에서 노래로서의 특징을 배제하고 한국의 고전 시가를 '문학'으로 확립하고자 했던 시도의 결과물로서 보인다. 실제로 도남이 가사(歌詞)와 가사(歌辭)를 구별하고자 할 때, 먼저 시가라는 용어의 애매성을 문제 삼은 것은 이 때문이다. 노래와 밀접한 관계가 있는 가사(歌詞)와 율문체 양식인 가사(歌辭)를 구별하고자 한 것은 "국문학에 있어서 시와 가를 구별하는 문제"[21]가 매우 중요한 것이었기 때문이다. 그는 고래로 조선의 시가가 사실상 노래와 분리될 수 없으며, 시(詩)로서 규정할 수 있는 어떤 객관적인 지표가 존재하지 않음을 계속적으로 확인하면서도 시조와 가사를 비롯한 조선의 시가(詩歌)가 국문학의 연구 영역에 포섭될 수 있기 위해서는, 노래와는 별개로 독립하는 시를 텍스트로서 확정하지 않으면 안 된다고 여겼다.

가사의 율격체를 4·4조의 연속체로서 이해할 때, 이는 본래 외부의 곡조의 리듬이었던 것을 텍스트 내부의 율격으로 고정시키는 효과를 낳는다. 이러한 문제는 『대한매일신보』와 『대한민보』에 집중적으로 발표되었던 '개화시조'에서도 적용된다.

　　三千里도라보니。天府金蕩이아닌가

　　片片沃土우리江山, 어이차고늠줄손가.

20　가사(歌詞)와 가사(歌辭)를 구별하고, 가사의 율격적 형식을 4·4조로 일괄 규정해서는 안 되며, 창곡과의 관련 속에서 가사의 율적 특징을 규명해야 한다는 주장이 등장하고 있는 것은 이런 점 때문이다. 이에 관해서는 성호경, 「'가사(歌辭)'의 개념에 대한 반성적 고찰」, 『한국시가의 유형과 양식 연구』, 영남대 출판부, 1995 참조.
21　조윤제, 앞의 글, 1988a, 22쪽.

출ᄋ리, 二千萬衆다죽어도, 이疆土를

　　　　　　　　　　　— 「자강력」, 『대한매일신보』, 1908.11.29

土壤이泰山되고, 細流모혀河海다▲

二千萬衆團結하면, 獨立富強非難事ー니▲

願컨대, 우리同胞님들, 合心同力

　　　　　　　　　　　— 「대단결」, 『대한민보』, 1909.9.15

(一) 우리大韓帝國基礎磐石ㅈ치굿고

　　文明之運富強之期潮水ㅈ치미러

　　萬國中에頭等으로永遠無窮

(二) 우리大韓太極旗號日月ㅈ치놉고

　　禮義之風敎育之化星辰ㅈ치펴져

　　八域內에同一ᄒ게安樂無窮

　　　　　　　　— 이원익, 「애국가」, 『태극학보』 10호, 1907.5

이는 시조의 변형 갈래로 알려져 왔으며, 이를 '시조'로서 볼 수 있는 이유는 그것이 3장의 형식으로 구성되어 있기 때문이다. 대개 가곡이 5장으로 창을 하는 것이라고 할 때, 시조는 3장으로 창을 하며 이 창에서는 대개 종장의 마지막 구가 생략되는 경우가 허다하다. 개화기 시조의 경우, 이 마지막 구의 생략이 하나의 양식으로 정착된 것으로 보이는 바이는 창(唱)으로서 향유되었던 것으로 여겨야 할 것이다.[22] 시조(時調)

는 알려져 있다시피, 본래 장르적 명칭이 아니라 가곡에서 파생된 음악으로, '유행하는 노래'를 가리키는 명칭[23]이었다. 가집이 단순히 노랫말의 목록이 아니라, 일종의 연창대본으로서 편집되었다는 것은[24] 시조가 노래의 양식임을 증명한다. 그렇게 본다면, 시조에서 나타나는 자수의 급격한 증가나 급격한 감소의 경우, 창법의 차이에 의한 것이지 텍스트상의 파격이나 변종이라고 보기는 어려운 것이다. 시조가 장르적인 명칭으로 규정된 것은, 최남선의 「조선 국민문학으로서의 시조」로 알려져 있다.[25] 『가곡원류』를 텍스트로 삼아, 시조의 형식을 특정한 자수율을 지닌 엄격한 정형시로 확립한 도남은 이 가집에서 노래를 분리하여 하나의 문학 텍스트로서 다루고자 했던 것이다. 그러할 때, 이때 확립된 시조의 정형률은 사실상 가사가 그러했던 것처럼 고전 시가를 '문학'의 정전으로서 확립하고자 한 시도의 일부라고 볼 수 있는 것이다.[26]

---

22 김영철, 앞의 책, 297쪽.

23 시조와 가사는 가곡 창법의 두 종류였으며, 같은 노랫말을 두고 3장으로 창하는 것을 시조로 5장으로 창하는 것을 가곡으로 이해했다. 이러한 시조창이 확립된 것은 19세기의 일로, 초창기에는 시조 역시 5장 형식으로 기록되어 있다(권오경, 「19세기 고악보 소재 시조 연구」, 한국시가학회 편, 『시가사와 예술사의 관련 양상』 II, 보고사, 2002). 이 창의 종류는 조선 전기에는 평조, 평조계면조, 우조, 우조계면조의 4종류가 있었던 것으로 보이나, 조선 후기로 가면서 우조와 계면조 두 가지로 줄었다고 한다(성무경, 『조선 후기, 시가문학의 문화담론 탐색』, 보고사, 2004, 37~38쪽).

24 신경숙, 「18~19세기 가집, 그 중앙의 산물」, 한국시가학회 편, 위의 책 참조.

25 조규익, 앞의 책. 조규익은 시조가 장르 명칭으로 규정하게 된 담론의 전개를 추적하면서, 1922년에 출판된 안자산의 『조선문학사』에서는 가집 소재의 노래작품들을 '가사(歌詞)'라 하고, '시조(時調)'라는 명칭을 사용하지 않았음을 들어, 이 명칭이 장르를 지칭하는 것으로 사용된 것은 최남선의 「조선 국민문학으로서의 시조」(『조선문단』 16호, 1926.5)가 처음일 것이라고 주장한다.

26 유행하는 노래로서의 시조를 문학의 한 장르로서 확정한 「조선국민문학으로서의 시조」에서 최남선은 시조를 조선의 문학으로, 그리고 현재 이어받아야 할 문학 유산으로서 규정한 이유를 "구조, 음절, 단락, 체제의 형식을 가진 유일한 형성문학"이기 때문이라고 주장했다. '문학이 없었던 조선'에서 우리가 이어받아야 할 것을 찾는다면 그것의 '형식' 때문이라는 것이다. 이때 다른 모든 문학적 유산들은 그 형식의 불완전성 때문에 부정된다. 이는 시조가

당대에 '시조'를 일종의 노래로서 이해했다는 것은 『대한민보』의 분류 명칭에서도 보인다. 『대한민보』는 '사조(詞藻)'란을 통해 한시를 게재하다가, 1909년 9월 15일에 '가요(歌謠)'란을 설정해 시조 작품을 싣기 시작했다. 『대한민보』에서는 '사조(詞藻)'로서 한시를, '가요(歌謠)'로서 시조를 구별하여 계속 싣고 있는데, 이는 한시와는 별개로 시조를 일종의 노래로서 다룬 것이다. 이 란의 명칭은 1910년 1월 5일(165호)부터 '청구신요(靑丘新謠)'로 바뀌었으나, 이 역시 노래의 개념 범주를 벗어나는 것은 아니다. 「혈죽가」가 『대한매일신보』에 발표된 이래, 이러한 시조가 일정한 장르적 명칭을 갖지 못하고 '가', '사', '시가', '가곡', '구곡신조', '시조' 등으로 다양하게 불리었다는 것은 이를 당대에 '노래'로서 이해했다는 점을 의미한다.[27]

지금까지 이 글이 '개화가사' 혹은 '개화시조'라는 명칭에 대해 의문을 제기한 것은, 이 시가들이 시조나 가사가 아니라는 점을 증명하기 위한 것이 아니다. 또한 시조나 가사가 텍스트상의 정형성을 지니지 않았다는 점도 아니며, 이러한 정형성을 전적으로 외부의 곡에 의존하고 있다는 것은 아니다. 다만, 이 글에서 중요한 것은 이 텍스트가 지닌 율적 형식과 음악 / 노래와의 상관관계이다. 노래의 강력한 영향을 배제하

가창의 한 부속물임을 거부하고 독자적으로 문학적 양식을 지닌 것으로서 인정함으로써 가능한 것이다.

27 조운은 "종래의 시조들은 지으려고 지은 것이 아니라 부르려 지은 것이다. 그러므로 대개 그 의미보다는 음조가 볼 만한 것이다"(「병인년과 시조」, 『조선문단』 19호, 1927. 2)라고 하고 있다. 사실상 시조의 본령은 그 가사보다는 노래에 있는 것이므로 형식을 굳이 확정하여서는 안 된다고 하는 논의가 형식을 확정하려는 논의에 팽팽하게 맞서 있었다는 점은 이를 증명하고 있다. 가령 손진태는 시조의 형식을 평시조(단형 시조)로 확정하려는 견해가 옳지 않다며, 시형의 구속이 시조의 자유로움을 퇴색시킨다고 주장하고 있다(손진태, 「時調와 詩調에 표현된 朝鮮사람」, 『신민』 15호, 1926. 7).

고서는 이 텍스트들의 율적 양식을 설명할 수 없다. 이를 가사로 혹은 시조로 명명할 경우, 후대에 확립된 문학의 양식 규정이 당대의 텍스트를 역으로 결정하는 효과를 나타낸다는 점을 우려하는 것이다.[28]

『대한매일신보』에 수록된 일종의 타령조들은 '타령' 자체가 어떤 악보, 말하자면 반주를 상정하지 않는 특징을 지니고 있으므로 타령의 본래 형식인 구의 반복을 그 형식상의 원리로 삼는다. 찬송가나 창가의 곡을 지니고 있었던 경우, 텍스트상에서의 구의 반복은 텍스트의 음조를 규율하는 음표 / 음장단의 구속력에 비해 그 율격상의 의미가 중요하지 않다. 시가 텍스트의 향유 방식과 텍스트적 특성에 대한 최근의 연구에서 이러한 외적 곡조의 강력한 영향을 지적하고 있음에도 불구하고, 이들 연구에서조차 전통 시가의 텍스트상의 정형적 율격이라는 담론적 원리는 상당히 강력하게 작용하고 있다. 다시 말해, 우리의 전통 시가가 시와 가의 결합물임을, 즉 노래의 양식과 결코 분리할 수 없는 것이라는 점을 인정하면서도, 이 노래의 영향을 텍스트에서 배제하고자 한다. 전통시가의 율격 문제를 음악에서 텍스트의 원리로 전환한 것은 노래의 양식을 시의 양식으로, 즉 '문학'으로서 확립하고자[29] 했던 1920년대 이후의 담론의 영향이다.

---

28 반면에, 〈시사평론가사〉의 경우, 처음부터 노래가 아니라 텍스트의 율적 반복을 통해 낭송과 기억, 재생산을 염두에 두고 있다는 점에서 규방가사의 특징을 계승하고 있다. 그렇다고 할 때, 이는 사실상 노래와는 별개의 양식으로 이해해야 할 것이다.

29 안확은 1940년에 출판된 『시조시학』에서, "시조시(時調詩)"라는 명칭을 사용했다. 그는 본래 '시조'라는 것은 시조 문구와 그 문구에 짝한 곡조를 합칭한 명사라며, 시조라 명칭하는 경우 그 문구를 가리키는 것인지 곡조를 가리키는 것인지 알 수 없으므로, 이 문구만을 따로 일러 '시조시'라고 이름한다고 설명했다. 이는 시조에서 노래의 영향을 배제하고, 시의 양식으로 확정하고자 한 의도의 발현이다(안확, 『시조시학』, 교문사, 1949, 3쪽).

그러나 당대에 시와 시가를 구별하던 전통적인 장르 의식은 상당한 영향을 지니고 있었다. 이때, 시라는 개념이 주로 가리키는 것은 한시에 해당하는 것인데, 이 시와 가의 구분은 그것이 율을 산출하는 방식의 차이에 의거한다. 이는 시와 가의 구별에 대한 전통적인 견해와 일치하는 것이다. 퇴계의 「도산십이곡」 발문에서 나온 유명한 구절, "今之詩而於古之詩 可詠而不可歌也[지금의 시는 옛날의 시와 달라 읊을 수는 있으나 노래할 수는 없다]"나 "如欲歌之必綴以俚俗之語 蓋國俗音節所不得不然也[노래하고자 하는 자는 이속의 말로서 엮을 수밖에 없으니, 이는 국속의 음절이 그럴 수밖에 없기 때문이다]" 등의 언급을 살펴보면 시는 '영(詠)'의 방식으로 향유되는 것으로 노래의 방식과는 다른 것으로 이해되고 있다는 것을 알 수 있다. 우리말로써 창작되는 것은 '노래'인데, 이는 우리말의 성격이 그럴 수밖에 없기 때문이라는 것이다. 영(詠)은 시의 향유방식으로 제안되고 있다. 한시 작시법의 기본은 평성과 측성을 교대로 운자로 삼음으로써 낭독을 통해 자연스럽게 음률을 형성하는 것이라고 할 때, 조선어로서 어떻게 이러한 일을 가능하게 할 것인가. 이에 대한 고심이 국문풍월 혹은 언문풍월의 등장이라고[30] 할 수 있다. 이는 언문풍월이 처

---

30 국문풍월 혹은 언문풍월은 1901년에 등장하여, 1917년에 소멸되었다고 알려졌으나(김교봉·설성경, 앞의 책, 258쪽; 김영철, 「언문풍월의 장르적 특성과 창작 양상」, 『한중인문학연구』 13집, 2004. 12, 54쪽. 대개 소멸의 기준은 『언문풍월』(1917)의 발간으로 잡는다), 실제로는 상당 기간 이후에도 창작되었던 것으로 보인다. 1918년 1월에 『천도교회월보』는 「언문풍월공부」라는 제목으로 언문풍월을 짓는 법에 대한 글을 실었으며, 1923년 11월 9일자 『신한민보』에 「무엇고마와」라는 제목으로 총 5수의 국문풍월이 게재되었음이 확인된다. 또한 1939년 6월에 『한글』(7권 6호)에서 「언문풍월법」이라는 제목으로 언문풍월을 짓는 법을 소개한 후 예를 들어 놓은 글을 확인할 수 있다. 『한글』에 수록된 이 「언문풍월법」은 1917년 4월에 『조선문예』에 수록되었던 「언문의 문예」라는 글과 내용이 거의 같은 것으로 보아, 이 글을 재수록한 것으로 보인다.
물론, 1939년의 시점까지 언문풍월 혹은 국문풍월이라는 명칭의 국문시가 활발하게 창작되

음 실린 『황성신문』에 나타난 정황에서 알 수 있다.

一美人曰君言이 政合孤意나 以琴則淸絃을 難調오 以歌則芳喉가 易咽이니
各吟短篇ᄒ야 以伸雅懷가 不亦可乎아 一美人曰子眞詩家語矣로다 然이나 諺
文風月이 是我本分이니 以爲詩吟이 未知何如오 一美人曰君言이 亦復佳矣나
騷壇墨幟에 不可無賞罰이니 限十秒詩成에 賞以一大白ᄒ고罰이冷水一大碗
ᄒ되 犯題者罰ᄒ고 曳白者罰이니라 羣仙이 齊聲唱諾ᄒ고 以中秋賞月로 爲題
ᄒ고 展薛濤玉葉牋ᄒ고 押香奩集韻ᄒ니 有自號翠蘭堂이 先吟一頁曰

눈셥처럼가는게 져구롬만안씨면
거울갓치둥굴다 자키붉고묽깃나

팔월보름한가위 하누님이곰아와
밤이붉아낫갓지 우리놀기졍좃치

여권붉아좃치만 하눌밧 비바롬

었다고 보기는 어렵다. 그 시점이라면 이미 조선어로서 가능한 시의 최대치가 이미 실행되
었던 시기이기 때문이다. 그러므로, 『한글』에 수록된 이 글은 아마도 한글로서 가능한 시의
형식 중 하나를 소개한 것이라고 보아야 할 것이다. 또한 「언문의 문예」에서는 훨씬 다양한
양식을 소개하고 있었음에 비해, 「언문풍월법」에서는 두 구와 네 구, 즉 2행과 4행으로 된
언문풍월의 예만을 소개하고 있다는 점에서 이미 창작의 풍부한 토양 속에서 나온 것이라고
보기는 어렵다. 아마도 1939년의 시점에서 국문풍월은 이미 하나의 '유물로서의 가치'만을
지닌 것이었을 것이다. 그러나 이를 단순히 과도기의 일시적인 실험이라고 치부하기는 어려
운 것은, 1939년의 시점까지 국어로서 가능한 시의 형식으로서 호출되고 있다는 사실이다.
이는 언문풍월이 전통적인 시의 양식을 계승한 것이라는 의의를 당대의 학자들이 인정하고
있다는 점을 의미하는 것이다.

님계신데붉을지 먼데싱각국어위

놀기좃타붉은밤 오늘보덤더붉기
어두짜바른근심 축원ᄒ세동무님

(…중략…) 好事者―記其詩ᄒ야 同附望海調詞一則ᄒ야 使金陵紅拂拂로
拍玉琵琶而唱之云이러라

—『황성신문』, 1901.9.27

　한가위를 맞아 여러 명이 모여 달을 감상하는 연회를 열었는데, 어
찌 풍류가 없을 것인가 하고 한 사람이 말하는 바, 악기로 아름다운 소
리를 내기 어려우며 노래로 아름다운 소리를 내기 어려우니 시를 읊어
보는 것이 어떠하겠냐고 주장한다.("各吟短篇") 이에 다른 사람이 화답
하기를 "언문풍월이 우리의 본분"이니 언문으로 시를 짓는 법에 대해
배운 적은 없지만 한번 해 보자고 말한다. 이때 언문풍월은 한시의 양
식을 국문으로서 가능하게 하는 것으로 고안된 것이다. 여기에는 물론,
'국문'에 대한 개화기의 의식이 개입되어 있다. 동시에, 노래와 악기의
반주를 배제한 음송(吟誦)의 양식으로서 시를 이해하고 있는 점이 보인
다. 이 글에서는 그 방법을, "중추상월"을 주제로 하고 운을 맞추는 것
으로 제안한다. 이에 각각 돌아가면서 한 수씩 읊는 것이 다음에 나오
는 언문풍월이다.
　여기에서 주목되는 것은 "各吟短篇ᄒ야"와 "有自號翠蘭堂이 先吟一"
이다. 여기서 음(吟)은 이 언문풍월의 주된 향유 방식을 가리키고 있다.

음(吟)은 한문학의 향유 방식인 음송(吟誦)과 밀접한 관계가 있는데, 음송(吟誦)은 중국의 시, 사, 문을 읽는 전통적인 방법으로, 성조를 이용하여 절주감을 살려 읽는 것이다. 음송은 음(吟)과 송(誦)의 합성어로 음(吟)은 음영(吟詠)을, 송(誦)은 송독(誦讀)을 의미한다. 따라서 음영(吟詠)의 대상은 시나 사이며, 송독(誦讀)의 대상은 문과 부이다. 따라서 "各吟短篇ㅎ야"는 시를 읊어 보자는 것으로 이해할 수 있다. 여기서 '吟'은 소리를 길게 뽑아 마치 노래를 부르는 것같이 '읽는' 방식[31]인 것이다. 이는 한시의 특징적인 향유 방식으로, 음악의 가락에 얹는 것이 아니라 문자 자체를 '읽음'으로써 음악을 만들어내는 방식이다. 음(吟)은 소리를 길게 끌어 노래 부르는 것처럼 읊조리는 것이지만, 노래 부르기와는 다르다.[32] 여기에 걸리는 가장 중요한 요소가 성조며, 소리의 차이가 낭독에서 일정한 음악적 효과를 낳는다. 이 인용이 보여주는 바는 언문풍월의 향유 방식이 영(詠)으로서의 음(吟)에 있으며, 이는 외부의 곡조에 의존하지 않고 율격을 산출하는 한시의 방식을 도입하고 있는 것으로 이해할 수 있는 것이다.

그러나 한시의 율격이 단순히 모음의 동음에서 성립하는 것이 아니라 사성(四聲)의 실현을 통해서 성립하는 것이라고 할 때, 모음의 동일

---

31 陳少松, 『古詩詞文吟誦』, 社會科學文獻出版社, 1999, 1~9쪽. 여기서는 이제우, 「성율(聲律)과 중국고전산문의 감상」, 『중국어문논역총간』 8집, 2001, 2쪽에서 재인용.

32 음영은 일반적으로 유동적인 음계와 곡조가 있으나, 송독은 거의 대부분 음계와 곡조가 없다. 따라서 음계 곡조의 유무에 따라서 음과 송을 구별한다. 그러나, 음의 경우, 노래 부르는 것처럼 읊조리는 것이지만 결코 노래와는 다르다. 또한 자연스럽게 읽어나가는 동안 일정한 노래의 효과를 얻는 방식이므로, 자연언어보다는 더 강한 음악적 미감을 지닌 언어(樂語)에 의존한다. 음과 송의 연행 방식에 대한 자세한 논의는 이찬욱, 「음송의 연원과 양상」, 『시조학논총』 33집, 2010 참조.

성만으로는 율격이 성립하지 않는다. 언문풍월의 작시법은 국어의 이러한 한계를 인식한 가운데서 성립한다. 『조선문예』 1호(1917.4)에 실린 「언문의 문예」에서는 언문풍월의 압운법에 대해 "염은보지 아니ᄒ되, 운은다러짓ᄂ니"라고 설명하고 있다. 말하자면, "가령지이라든지, 가나라든지, 각난이라든지, 갓혼운으로만, 글귀ᄯ주에, 다라짓고"라고 하며 이 압운법이 모음의 동음에 기반하는 한시의 압운법을 따르고 있음을 천명하고 있지만, 염(簾), 즉 평측법을 따지지 않겠다는 것이다. 이는 어떤 의미에서는 당연한 조건인데, 우리말이 한시를 따라 모음의 동음으로 압운[33]을 한다하더라도 이 동음에서 소리의 고저가 나타날 수는 없기 때문이다. 또한 우리말은 한 음절이 하나의 뜻을 지니는 단음절 문자가 아니므로, 문자를 나열한다고 할 때 소리와 문자의 조화를 이루는 것이 상당히 어렵다. 그러므로 사실상 이러한 성조는 우리말에서 실현될 수 없으므로, 남는 것은 엄격한 '모음의 동음'에 의한 기계적인 압운법밖에 남지 않는 것이다.

위에 인용한 언문풍월의 경우, 게, 면, 다, 나 / 위, 와, 지, 치, / 만, 람, 지, 위 / 밤, 기, 심, 님 으로 압운하고 있는데 이 압운법이 제대로 된 것으로 보기는 어렵다. 그런데, 1917년에 발간된 『언문풍월』에 일등작으로 수록된 「蠶」은 "옷업다는말마오 / 뽕만만히심으고 / 나를힘써기르면 / 치운사람잇겟소"[34]로, 오 / 고 / 소의 압운을 제대로 지키고 있다. 이는 17여 년 동안 이러한 국문풍월이 한시를 대체하는 하나의 시 장르로 활발히 창작되어 왔으며, 이 창작법을 지속적으로 확립해 온 결과로 보인다.

---

33 王力, 배규범 역, 『한시 율격의 이해』, 보고사, 2004, 12쪽.
34 이종린 편, 『언문풍월』, 고금서해간, 1917.

102 한국 근대시의 형성과 율의 이념

「언문의 문예」에서 제시했던 형식, "일곱ᄌ호귀에, 두마듸말노, 어울너말이되도록" 하는 7언의 형식은 이후에 창작되지 않는다. 다만, 이러한 '압운법'만큼은 이후에도 계속 실험적으로 창작되는데, 이광수가 『청춘』6호에 발표한 「한그믐」은 금, 늠, 뜸, 름이라는 압운 형식을 시험하고 있다.

다달앗다 또한그믐 지나노나 스믈세금
압뒤생각 잠못일세 悉을친다 하늬늠늠
지나온길 헤어보니 치업는배 大洋에뜸
늣기는것 그무엇고 일더대고 세월빠름

이 작품이 4 · 4조를 유지하면서, 압운을 맞추고 있다는 점에서 조동일은 '압운 가사'라고 명칭했으며, 글자 수와 운자를 인위적으로 맞추어서 언문풍월과 가사의 각자의 특색을 상실했다고 평가했다.[35] 그러나 이 작품의 실패성은 논외로 하더라도, 여기서 더 중요한 것은 이러한 '노래'의 양식과 '시'의 양식을 결합하고자 했다는 지점을 중요하게 생각해야 할 것으로 보인다. 말하자면, 언문풍월이 목표했던 것은 우리말로서 어떻게 '영'을 가능하게 할 것이었냐는 것이며, 이는 한시에서의 율을 산출하는 핵심적인 요소인 평측법을 우리말로 옮겨놓고자 하는 의도에 있었다고 보아야 할 것이다.

이는 음수율만으로 형성되었던 우리의 정형률에 압운을 이용한 음위

---

35 조동일, 『한국문학통사』 4권, 지식산업사, 2005, 290쪽.

율을 정립시켜 보려는 시도이며[36] 국문의 한시 패러디 양식이라고도[37] 할 수 있다. 그러나 한시라는 기존의 장르를 국문으로서 실현하려고 했다는 것보다는 한시를 '시'로서, 국문의 시를 '가'로서 이해했던 전통적인 인식에 따라 국어로 '시'를 실현하고자 한 것으로 보는 것이 더 타당할 것이다. 그런 의미에서 「천희당시화」에서의 국문7자시에 대한 비판은 단순히 한시의 모방을 지적한 것이 아니다.

帝國新聞에 즉 國字韻 (날발갈·닝징싱 等)을 懸하고 國文七字詩를 購賞하였으니 此七字詩도 或 一種 新國詩體가 될가.

曰 否라. 不可하다. 英國詩는 英國詩의 音節이 自有하며, 俄國詩는 俄國詩의 音節이 自有하며, 其他 各國詩가 皆然하나니, 萬一 甲國의 詩로 乙國의 音節을 效하면 是는 鶴膝을 鳧脚으로 換하며 狗尾를 黃貂로 續함이니, 其孰長孰短 孰善孰惡은 姑舍하고 狀態의 不類가 엇지 可笑치 아니리오. 試하여 此國文七字詩를 一讀하라. 其難삽함이 果然 何如하뇨 且堂堂獨립한 國詩가 自有하거늘 何必 支那律體를 依倣하여 龍鍾崎嶇의 態를 作하리오. 又或 近日 各學校에서 日本音節을 效하여 十一字歌를 製하는 者—間有하니 此亦 國文七字詩를 製하는 類인져. 余도 일찍이 某校學生의 託을 爲하여 此十一字歌를 製給한바 追後에 此를 悔悟하였으나 往事라 可追할 바 아니로다. 萬一 該校學生이 余에게 改製를 구하면 余가 補過하기 爲하여 此를 不辭하겠노라.

— 신채호, 「천희당시화」, 『대한매일신보』, 1909.11.17

---

36 정한모, 앞의 책, 226쪽.
37 김영철, 「언문풍월의 장르적 특성과 창작 양상」, 『한중인문학연구』 13집, 2004.12, 53쪽.

언문풍월이 '신국시체'가 될 수 없다는 주장은 단순히 언어민족주의적 견해에만 기반한 것은 아니다. 여기서 지적하는 것은, 각각의 언어의 고유성에 따라 시의 실현 방식이 달라질 수밖에 없는데 우리말과 근본적으로 다른 중국어의 시 창작 원리를 그대로 우리말로 실현할 수 없다는 것이다. "학슬(鶴膝)을 부각(鳧脚)으로 환(換)하며 구미(狗尾)를 황초(黃貂)로 속(續)함"이라고 할 때, 이는 한시의 평측법이 우리말로 실현되는 순간 그 가치를 상실할 수밖에 없다는 것을 지적하는 것이다. 그러므로, 국문7자시의 시적 성취 수준은 말할 것도 없고, 이는 국문으로서 가능한 시의 형식이 될 수 없다는 것이다. 이는 일본의 11자시를 모방하는 '11자가(十一字歌)'의 시도에서도 마찬가지로 적용되는 비판이다. 신채호가 "개동국시(蓋東國詩)가 하(何)오 하면 동국어(東國語), 동국문(東國文), 동국음(東國音)으로 제(製)한 자(者)"[38]라고 하며, 조선시의 요건을 조선의 말, 조선의 문자, 조선의 음으로 제작된 것으로 제시한 것은 우리말에 걸맞은 시 형식의 창안을 요구한 것이라고 할 수 있다.

그러할 때, 이 '새로운 국시'가 시조창 형식을 닮은 개화기 시조나 개량된 민요에 머물고 있다는 점을 들어 단순히 복고 혹은 국수적인 이해로 판단할[39] 수는 없다. 아직 여기에는 시와 가의 분리에 관한 전통적 관념이 작동하고 있기 때문이며, 전통적인 관점에 설 때 우리의 '시가'는 여전히 '가'에 가까운 것이었기 때문이다. 또한 언문풍월이 외부에서 강제되는 율격을 벗어나 자유시를 성취하고자 했던 한국 근대시의 발전 방향에 역행함으로서, 중세적 가치관을 지지하는 집단의 완유물

38　신채호, 「천희당시화」, 『대한매일신보』, 1909.11.20.
39　이규호, 앞의 글, 42쪽.

로 전락하고 말았다고 평가[40]할 수는 없다. 외부의 율격에 의존하는 가와 텍스트 내부에서 율을 산출하려는 시와의 사이에서, 국어로서 가능한 '시'의 형식을 실험하고자 한 것이기 때문이다. 그러나, 두루 지적한 바, 이러한 압운법으로는 조선어로 된 시의 율격을 창출할 수 없으므로 '언문풍월'은 실패하고 소멸했다. 그러나 이러한 '시'를 창작하고자 시도했다는 점은 매우 의미 있는 일로 받아들여야 할 것이다.

2. 최남선 신시 실험과 문자의 율의 모색

그렇다면 실패하고 소멸한 언문풍월은 근대시사에서 어떤 의미를 지닐 수 있는가? 노래가 아닌 시를 우리말로 창작하고자 했던 시도였다는 점에서 높이 평가할 수 있을 것이다. 언문풍월의 실험은 실패했다. 그러나 이를 통해 국어로서 평측압운법을 실현할 수 없으며, 동일 자를 반복한다고 해서 시율을 실현할 수 없다는 점을 인식하게 되었다. 최남선의 '격조 의식'은 '새로운 시'의 가능성이라는 측면에서 '시 쓰기'의 과제와 결부된다.

△ 新體詩歌大募集 ▽

---

40 정우택, 『한국 근대 자유시의 이념과 형성』, 소명출판, 2004, 74쪽.

○ 語數와 句數와 題目은 隨意.

○ 아못조록 純國語로 하고 語義가 通기 어려운 것은 漢字를 傍付함도 無妨하고

○ 篇中의 措辭와 構想에다 光明·純潔 剛健의 分子를 包含함을 要하고.

○ 技巧의 點은 別노 取치아니함.

최남선은 『소년』 2년 1권(1909.1)에 '신체시'를 모집하는 광고를 내었다. 이 광고에 제시한 4개의 항목 중에서 앞의 세 가지 항목이 '신체시'의 요건을 밝히고 있다. 일단 "어수(語數)와 구수(句數)와 제목은 수의(隨意)"라는 항목은 여러 논자들의 견해대로 율격적 자유를 명시한 것에 해당한다. 음과 구의 '수'를 자유롭게 하라고 한 것은, 일정한 수의 음과 구를 취하되 다만 수 자체는 자유롭게 정할 수 있다고 밝힌 것이다. 즉, 자유율의 원리를 열어 놓은 것이 아니라, 격조를 요구하되 그 격조의 형식이 무엇이든 상관없다는 뜻으로 이해할 수 있을 것이다.[41]

그리고 세 번째 항목은 시를 구성하는 방식, 즉 표현 방식에 대한 주의를 환기하는 것이고, 네 번째 항목은 세 번째 항목에 대한 부연이다. 세 번째 항목은 "조사(措辭)와 구상(構想)"에 광명하고 순결하고 강건한 '분자'를 담으라는 것인데, 이 '광명, 순결, 강건'은 『소년』지가 추구하던 미래지향적이고 긍정적인 소년의 기상을 표현하는 것이다. 그러나 이것이 신체시의 '내용'에 한정되는 것이라고 보기는 어렵다. "조사(措辭)"의 항목 자체가 시의 언어를 선택, 배열하는 일 즉, 표현법을 의미하는 것이기 때문이다. 즉, 밝고 순결하며 강건한 내용을 강조한 것이

---

41 서영채, 「최남선 시가의 근대성에 관한 연구」, 『민족문학사연구』 13권 1호, 1998, 255쪽.

라기보다는 시의 언어에 그 '분자'를 담으라는 것, 즉 시의 문자가 그런 '느낌'을 주도록 해야 한다는 것으로 해석할 수 있다. 이 점은 두 번째 항목과 결합할 때 특별한 의의를 부여받게 된다. "아못조록 순국어로" 할 것이라며, 사용 언어를 설정한 것이 두 번째 항목인데 이는 당대의 순국어로 글쓰기라는 일이 상당히 지난한 일이었다는 점을 감안하고서 이해해야만 한다. 실제로 이 모집 공고는 그 어떤 응모작도 출품되지 않아 불발로 돌아간다. 반면에, 『매일신보』에서 모집했던 한시의 공모는 연일 성황을 이루었다.

최남선이 요구한 것은, 순국문으로 '글쓰기'에서 한 발 더 나아간 순국문으로 '시 쓰기'이다. 이러한 신체시의 요건 앞에는 전대의 언문일치 운동이 지녔던 난점이 고스란히 녹아 들어가 있다. 이를 이해하기 위해서는 전대의 언문일치 운동이 열어 놓은 순국문으로 '글쓰기'가 지녔던 담론적 차원의 충격성을 이해해야만 할 것이다. 한문을 배격하고, 한문이 차지한 자리를 국어로 대체하기 위한 열정적인 노력인 언문일치 운동의 배경에는 근대적 국가의 형성의 열망이 자리하고 있다. 또한 그것은 자연 발생적인 것이 아니라 일본어, 중국어, 혹은 영어라는 다른 '국가'의 언어에 접속함으로써 발생한 것이다. 그런 의미에서, 언문일치 운동이란 실은 언어적 차원에서 국가를 형성하고자 하는 정치적 운동에 다름 아니다. 언문일치가 단순히 구어에 문어를 일치시키는 일이 아니라, 정치적인 운동으로 이해할 수 있는 것은 이 때문이다.[42]

여기서 또 하나 주목할 만한 것은, 언(言)이라는 조선말의 양식과 문

---

42 황호덕, 『근대 네이션과 그 표상들』, 소명출판, 2005, 458쪽.

(文)이라는 국어의 글쓰기 양식이 조화롭게 통일되어 있지 않았다는 점이다. 당대의 우리의 언어 체계는 진문(眞文)으로서의 한문과 속어(俗語)로서의 조선어가 공존하고 있었다는 점에서 이원적인 체계였다. 존재하는 소리로서의 언어가 있으며, 한글이라는 우수한 표음문자가 있음에도, 정확히는 한글의 표음성을 그토록 높이 평가했으면서도[43] 실질적으로 이 소리로서의 언어와 문자로서의 언어를 일치시키는 작업은 상당히 어려운 일이었다. 언문일치가 거의 완전하게 실현된 현대에도 소리 언어와 문자 언어를 완벽히 통합시키는 일은 거의 불가능하다. 문자는 음성 언어를 '재현'하는 기호체가 아니기 때문이다. 문자는 음성 언어를 배반하고, 발화하는 주체를 배반하면서 그 스스로 확산해 나간다. 음성이 진리의 형상이라는 위치를 지니고 있고, 문자는 그 진리의 음성을 포착하고 기록하는 것에 불과하다는 서양의 경험에서 문자, 더 정확히는 소리를 문자로 기록하는 일은[44] 글쓰기 자체의 속성에 의해 음성중심주의를 해체하는 경향을 지닌다.[45] 이는 음성 언어와 문자 언어가 긴밀하게 통합되어 있다는 인식을 해체하는 것인데, 우리의 경우 애초에 이 음성 언어와 문자 언어는 이원적 체계였다는 점에서 상황이 다르다. 한문이라는 진문(眞文)이 진리를 내포한 의미의 영역을 굳

---

43 이에 대해서는 위의 책, 413~418쪽 참조.
44 데리다의 에크리뛰르는 이 지점을 가리킨다. 그것은 쓰인 글, 문자가 아니며 동시에 쓰는 행위만을 지칭하는 것도 아니다. 불어의 écrit라는 단어가 내포하고 있는 것처럼 쓰는 행위이면서 동시에 쓰인 문자를 가리키는 것이다. 영어판 번역의 경우, writing으로 번역하며, 문자를 의미할 때는 script, scription 등을 사용한다. 특히 이 문자의 도상성을 강조할 때는 graphie로 쓰기도 하는데 이 글에서 용어의 문제는 크게 중요하지 않으며, 다만 소리 언어를 기록하는 행위로서의 글쓰기가 쓰인 문자와는 다르다는 점, 이 글쓰기 자체가 소리와 문자 사이의 간극을 표상하고 있다는 정도로만 수용하기로 한다.
45 J. Derrida, 김웅권 역, 『그라마톨로지에 대하여』, 동문선, 2004, 61~85쪽 참조.

건히 담보하고 있는 상황에서, 음성 언어로서의 조선어와 표음 문자로서의 한글을 일치시키려는 작업 자체는 한글이 한문이 점유하고 있는 위치를 점하려는 시도가 아니었기 때문이다.

그러나 그런 조건이었기 때문에 오히려 한글이라는 '문자'의 형상이 '소리'의 물질성을 재현하고 있지 못하다는 사실이 더욱 예민하게 감각되었을 것이다. 서양의 언어 체계에서 '소리'는 그 자체로서보다는 그 소리가 담지하고 있는 '의미', 소쉬르적 용법으로는 청각적 영상이 상기시키는 사물의 본연적 기의를 내포하고 있는 것이며, 이를 문자라는 기표로 재현하는 일이 문제였다. 그러나 이미 그 두 영역을 조화롭게 통일시켜 내포하고 있는 한문이라는 문자가 존재하고 있었다는 점에서 언문일치 운동에 나선 당대의 지식인들에게는 이 문제가 별로 중요하지는 않았을 것이다. 위의 광고에서도 "어의(語義)가 통(通)키 어려운 것은 한자를 방부(傍付)함도 무방"하다는 유보 사항을 달았던 것도 순국문이 모든 의미를 충실히 내포할 수는 없다는 한계를 인식하고 있었기 때문이다.

유통되는 소리로서의 조선어를 문자로 기록하려고 할 때, 두 가지를 고려해야 한다. 하나는 한 글자 혹은 한 단어에서 소리와 의미를 조화롭게 통일시킨 문자가 존재하지 않는다면, 최소한 조선어가 전달하고자 하는 일상적인 의미를 어떻게 기록할 수 있을 것인가 하는 문제다. 두 번째는 이 문자 언어로 진리를 겨냥하거나, 재현할 수 없다면 이 문자 언어가 어떻게 문학어로서의 위상을 점할 수 있을까 하는 문제다. 전자의 경우 매우 실용적인 관점에서 문법적 정돈을 요한다. 그러나 실제로 사용되고 있는 '말'의 경우 명확하고 문법적인 질서를 가지고 있지 않으므로, 기록된 언어의 정돈이 다시 구어의 정돈에 영향을 주는 상호 관계가 성립한다. 조선어학자들이 간 길은 이 길이었다.

문학 / 예술의 영역에서 중요한 것은 실용적인 관점에서 '의미가 통하는' 것보다는 이 문자 언어가 어떤 방식으로 미학적 효과를 산출할 수 있느냐 하는 문제이며, 나아가 어떻게 미학적인 이념을 드러낼 수 있는 가 하는 문제다. 최남선이 한참 후에서야 자신의 작업을 두고 "시 그것으로야 무슨 보잘 것이 잇겟습니까마는, 다만 시조를 한 문자유희의 굴형에서 건저 내어서 엄숙한 사상의 일용기(一容器)를 맨들어보려고"[46] 했다고 한 것처럼 그의 문학의 언어가 추구하고 지향하는 것은 이 '사상'의 영역에 있다. 이 문학적 언어가 지향하는 지점을 「천희당시화」에서 국시(國詩)라는 개념의 전격적 사용을 통해 밝힌바 민족의 언어와 시형으로 민족적 사상을 담는 일이라고 할 수도 있고, 개화기의 최남선의 역할과 관련해서 계몽적 진리라고 할 수도 있지만 이 문학의 언어가 지향하고 내포하고자 하는 이념이 정확하게 '무엇'인가는 그렇게 중요한 문제가 아니다. 중요한 것은 이미 한문이라는 언어가 그것이 지향하고자 하는 이념을 담보하는 최상의 문자 언어로 자리매김 되어 있는 상태에서, 순국문의 그것은 매우 초라한 것으로 보였으며 나아가 그다지 가능한 것으로 보이지 않았다는 점이다. 언어가 뜻을 다 담아내지 못하면, 한자를 보충해서 쓰면 된다. 그렇다면, 조선어의 문자로서의 순국문이 어떤 차원에서 미학적 가능성을 보여줄 수 있을 것인가.

유통되는 소리로서의 언어에서 '의미'의 영역을 빼어버렸을 때, 남는

---

46 최남선, 「자서」, 『백팔번뇌』, 동광사, 1926, 2쪽.

것은 소리의 물질성이다. 억양이나 어조, 언어의 느낌과 같은 것들이 더 중요하게 여겨졌을 것이다. 문자는 어떻게 이러한 소리 언어의 느낌을 재현할 수 있을 것인가. 그런 의미에서, 세 번째 항목으로 "조사와 구상에다 광명·순결 강건의 분자를 포함"을 요청한 것은 소리의 물질성을 문자 속에 담고, 또한 이 문자의 배열과 조직을 통해서 새로운 어떤 것을 창출할 것을 기대한 것이다. 여기에는 또 하나의 참조 사항이 걸린다. 한시가 지니고 있었던 문자 자체의 율성과 관련된 것이다. 한시 교양이 일반화된 시기, 한시의 향유는 다만 운 맞추기에 집중되어 있었던 것은 아니다. 중국어가 지니고 있는 4성까지는 수용하지 않았지만, 평성과 측성만큼은 살려서 자(字)를 구성하는 것이 일반적인 한시 교양이었고, 이는 뿌리 깊게 의식 속에 박혀 있는 것이었다. 순국어를 주장하면서도 조선어의 옆에 방점을 찍으려고 했던 주시경의 사례를[47] 보아도 이는 명백하다.

그렇다면 한글이라는 '문자'의 형상이란 더욱 낯설 수밖에 없다. 자연적이고 유연하게 이어지는 음성 언어, 소리의 유연성을 한글이라는 문자가 다 담고 있지 못했을 뿐 아니라 나아가 의미의 내포라는 관점에서도 한글은 한문이 지니고 있는 풍부한 내포에 이르지 못하고 있었던 것이다. 그런 의미에서, 한글이라는 문자와 조선어라는 소리 사이의 분리 상황에서 이 둘을 일치시키려는 시도는 어떻게 한글이라는 문자로 조선어의 소리를 재현할 수 있을 것인가라는 근원적인 의문을 파생시킨다. 즉, '신체시가 대모집'의 근저에 있는 것은, 연속적인 소리로서의 국

---

47 황호덕, 앞의 책, 438쪽.

어와 이와는 전적으로 분리되어 있는 것처럼 보이는 '국문'이 어떻게 통합될 수 있을 것인가, 문자는 어떻게 이 '소리'를 재현할 수 있을 것인가에 대한 것이다. 이것이 순국문으로 '시쓰기'에 걸려 있는 문제다.

문자에 내재한 소리에 의존하는 한시와는 달리, 우리말로 어떻게 텍스트 내부에서 발생하는 율을 실현할 수 있을 것인가에 대한 고뇌가 최남선의 '격조 의식'에 내재되어 있다. 결과적으로 언문풍월은 실패했다. 최남선 역시 7언으로 된 시를 창작하기는 했으나, 이는 곧 포기된다. 이런 점에서, 최남선이 『대한학회월보』에 발표한 일련의 시들은 매우 흥미로운 지점을 보여 준다.

『대한학회월보』에서는 '사림(詞林)'이라는 기명을 1호에서 사용했지만, 이를 곧 폐기하고 '문예'라는 포괄적인 명칭을 사용해서 문학예술 작품을 수록했다. 비슷한 시기의 다른 학술지나 신문과 비교해 볼 때, 『대한학회월보』의 '문예'란은 상당한 특이성을 보여 준다. 국문으로 발표된 시가 혹은 시들이 2구 1행 구성을 정식화한데 비해, 여기에서는 행을 특이한 방식으로 배열한다. 가령, 「모르네나는」의 경우, 2구 1행과 1구 1행을 반복적으로 교차해서 배열하는데, 1구 1행은 2구 1행이 처음 시작하는 곳에 위치하는 것이 아니라, 2구 1행의 시작과 끝 가운데에 위치함으로써 시각적인 효과를 뚜렷하게 보여 주고 있다.(다음 장의 그림 참조) 이는 『독립신문』의 애국가의 끝 두 행의 배열과는 상당히 다르다. 「모르네나는」뿐만 아니라, 「어서밧시도라오셰」[48]의 경우에도, 각 행이 시각적인 효과를 보이도록 배열하고 있다.

---

48 최명환, 『대한학회월보』 2호, 1908.3.

大韓學會月報

물만마시면 목이ᄆᆞᆯ음을
모르네나는
해만번하면 세상인ᄃᆞᆯ을
모르네나는
돈만만ᄒᆞ면 근심업난ᄃᆞᆯ
모르네나는
벼슬만하면 몸이귀함을
모르네나는
디식만ᄒᆞ면 마음ᄆᆞᆰ음을
모르네나는
우리구함과 우리ᄐᆞᆺ난것
이ᄲᅮᆫ아닐세
여러가디다 모다긴하고
ᄯᅩᆼ요로우나
갑뎔더한것 ᄯᅩ잇난ᄃᆞᆯ을
아나모르나
밥과마실것 돈과벼슬은

五十四

엇디못해도
낙과영화와 몸과목숨은
이러바려도
나의댜유는 보뎐ᄒᆞᆯ디며
댜댜올디니
댜유한아만 댜유한아만
갓디못하면
그의세상은 아모것업고
캄캄하리라
하날우에서 나려다뵈는
모든영화를
다ᄃᆞᆯ디라도 아니밧구네
나의댜유와
ᄯᅡᄯᅳᆺ한댜유 잇난곳에만
성물이살고
해가ᄯᅭ이고 별이돌아서
목뎍일우네

〈그림 1〉「모르네나는」1

第 一 號

댜유이댜유　발셜슨어셔
볼수업스면　근심회댱이
두려움댱막　내몸을덥고
가시숀가딘　모딘마귀가
딜거움에셔　걱뎡속으로
편한안에셔　곤훈밧그로
그럴쎄에는　미러내티네
밥은헤디고
물은마르고
해가빗엄고
돈이힘엄고
낙이감퇴고
영화살아뎌

〈그림 2〉 「모르네나는」 2

　비슷한 시기의 다른 매체와 비교해 볼 때, 이러한 시각적인 배열은
『대한학회월보』에서만 나타나는 것으로,[49] 당시로서는 상당히 파격적
인 시도다. 그런데 이러한 시도는 최남선의 관여에 의한 것으로 보인
다. 이 매체의 '문예'란의 특징은 최남선이 귀국한 이후의 권호에서는
나타나지 않으며, 다른 학술지와 마찬가지로 한시 중심으로 되돌아가
고 있기 때문이다.[50] 『대한학회월보』에 실린 시들에서 보여 주는 형태
상의 특징은 문자 배열에서 시각적 효과를 강조하는 것이다. 이는 『소
년』지 초반에 실린 「★셩진★」이나, 「우리의 운동장」과 같은 시에서

49　이외에도 발견되는 것은, 『대한흥학보』 제 4호의 '사조(詞藻)'란에 실린 「적배공문(吊裵公文)」
　　연작시 중 하나인데 이는 1909년 6월의 시점에 발표된 것이라는 점에서 1년 이상 늦다.
50　『대한학회월보』는 1908년 2월에 창간되어 1908년 11월에 종간되었는데, 제 1호에서부터 '大
　　夢 崔'의 이름이 보인다. 1908년 4월, 최남선의 귀국을 위해 '문예'란에서 일종의 화답이 이루
　　어지는데 이후, 5월(4호)부터 종간호인 9호에 이르기까지, 6호에 「아해들노래」라는 창가가
　　실렸을 뿐, 나머지 호에는 모두 한시만이 수록되고 있다. 이는 이 '문예'란이 보여 주고 있는
　　특징이 최남선의 의도와 밀접한 관련이 있음을 시사하고 있다.

도 이어진다. 특히 『소년』이 다른 기사에서도 이러한 시각적 효과를 보여 주고 있는 것은 최남선이 '문자의 시각성'에 대한 남다른 인식을 지니고 있었음을 증명한다.[51]

시사(詩史)의 측면에서 볼 때, 문자의 시각성에 대한 강조는 최남선 고유의 인식인 것으로 보인다. 한시의 율적 특성, 즉 읊는 것만으로도 가능한 율격적 특성을 국문으로 실현하고자 했던 언문풍월의 시도는 낭송으로 향유되는 상황 속에서만 성공할 수 있다. 그러나 이미 매체에 실린 '텍스트'로서 시가 독자에게 도달할 수 있는 방법은 '시각'밖에 없다는 점에서, 언문풍월은 그 향유 방식을 실현할 수 없다. 최남선의 이러한 문자의 시각성에 대한 실험은 종이 위에 인쇄된 시의 존재 조건에 대한 자각에서 나온다.

그러므로 최남선에게 '시 쓰기'의 과제는 필연적으로 두 가지 방향으로 파생된다. 하나는 소리의 차원에서, 또 하나는 문자의 차원에서의 근본적인 조선어의 '음악성'을 재현하는 일이다. 『소년』지 소재 시가가 크게 두 차원에서 이루어지고 있다는 점은 이를 방증한다. 하나는 율격적 휴지와 음절의 반복을 통해서 문자 외부의 율성을 호출하는 것이다. 이 차원에서 시는 노래로 통합된다. 또 하나는 외부적 율을 배제하고 문자의 내부에서 산출되는 음향의 배열을 통해 파편적인 상태로나마 가능한 시의 한계를 실험하는 것이다.[52]

『대한학회월보』와 『소년』지에서 실험한 이 '배열의 시각적 효과'에

---

51 『소년』지가 보여 주는 현란한 시각성에 대해서는 윤세진, 「『소년』에서 『청춘』까지, 근대적 지식의 스펙터클」, 권보드래 외, 『『소년』과 『청춘』의 창』, 이화여대 출판부, 2007 참조.
52 이에 대한 자세한 논의는 박슬기, 앞의 글 참조.

대한 실험은 오래 지속되지 못했다. 그는 『청춘』 이후에는 오직 창가를 짓는 일에 관심을 기울였다. 그런데, 『소년』에 수록된 신체시, 창가, 산문시의 다양한 창작을 살펴보면 그에게 시의 근본은 텍스트 내부의 율격에 있다는 점, 또한 인쇄된 문자로 된 시의 율격의 가능성과 불가능성에 대한 무의식적 인지가 있었다는 점이 증명된다. 말하자면, 오랫동안 소리의 감각이었던 율성(律性)이 쓰인 문자 자체로서는 현현될 수 없다는 인식이 최남선에게서 처음으로 등장하고 있는 것이다. 이러한 인식의 최대점은 『소년』에 '시'라는 명칭을 붙이고 게재한 산문시다.

최남선이 문장을 불규칙하게 배열해 놓은 '산문'에 처음으로 '시'라는 장르 명칭을 붙인 것은 『소년』 3년 3권(1910.3)에 실린 「쓰거운 피」다. 바로 전 호에서 「태백산의 사시」, 「태백산부」(3년 2권, 1910.2)를 산문시 형태로 창작하였지만, 그는 이를 시로 명명하지 않았다. 이후에 실린 산문시들은 모두 시로 표기되는데,[53] 이 산문시들은 그가 시로 명명하지 않았던 「태백산의 사시」, 「태백산부」와 형식상 큰 차이를 보이지 않는다. 최남선은 창가나 시조와 같은 작품을 종종 시로 명명했고, 이는 그가 아직 시와 노래를 분리해서 인식하지 못했기 때문으로 여겨졌다.[54] 그러나 그가 산문을 '시'로 명명한 시기는 시와 창가, 그리고 시조를 명확하게 구분하고 있었던 시기에 해당한다.[55] 또한 이 시기는 『소

---

53 최남선이 시로 명명한 산문시는 다음과 같다. 「나라를 써나난 슯흠」, 「태백의 님을 이별함」(3년 4권, 1910.4), 「화신(花神)을 찬송하느라고」(3년 5권, 1910.5), 「썩긴솔나무」(3년 6권, 1910.6), 「녀름ㅅ구름」(3년 7권, 1910.7), 「천주당의 층층대」(3년 8권, 1910.8)

54 정한모, 앞의 책, 160쪽.

55 『소년』 3년 5권에서 3년 8권(1910.5~1910.8)에 나타난 시가의 분류는 시와 창가, 그리고 시조를 명확히 구분하고 있다. 이에 대해서는 권오만이 정확히 지적했다. 그는 이 시기에 장르의 삼분법이 나타난다고 하며, 이는 오늘날의 장르 구분에 비추어보아서도 손색이 없다고 주

년』지 목차에 '창가'라는 장르 명칭이 기재되는 시기이기도 하다. 말하자면, 최남선은 이 시기에 창작한 산문시를 명확히 '시'로 인식하고 있었다는 것이다.

世上사람이 말큼다 나불나불한 닙살과 산뜻산뜻한 생각과 귀쳐진 눈과 싲들닌 鬚髥을 가지고 분분하게 되고 못될 것을 말하더라도

그는 그오 나는 나다!

나는 그런 料量이 當初부터 업슴을 多幸으로 아노나.

우리의 血管으로 도라다니난 것은 通長所집힌 가마ㅅ물보담도 더 쓰거운 피.

우리의 胸宇에 그득한 것은 限업난 動力으로 거칠 것 업시 나가난 汽車와 갓흔 前進心이로다.

—「쓰거운 피」, 『소년』 3년 3권, 1910.3

사실상 그의 산문시는 시라기보다는 산문에 가까운 것으로, 여기서 시를 통일적으로 규제하는 원리로서의 율은 완전히 소멸된다. 과도한 영탄법, 하나의 문장을 분절하여 행갈이 한 것 등이 산문의 규율에서 벗어나 있는 것으로 보일 뿐, 이를 시로 볼 수 있을 만한 어떠한 표지도 발견되지 않는다. 여기서 문자는 그의 창가와 같이 외부에 존재하는 악곡을 상기시키기 위해 배치되어 있지 않다. 문장과 여백이 교차 배열되어 있다는 것만이 이 산문시가 가지는 유일한 시적 형식이다.

이 산문시가 실패했다는 것은 의심할 여지가 없어 보인다. 그러나 여

장한다. 그러나 약 4개월의 짧은 기간 동안만 지속된 이 삼분법은 그의 산문시의 실패로 말미암아 파탄을 맞는다고 평가했다(권오만, 『개화기시가연구』, 새문사, 1989, 215~232쪽).

기서 더 여기서 중요한 것은 산문을 시로서 명명한 최남선의 의식 그 자체다. 최남선은 이러한 산문시를 결국 시로서 인정한 것 같지는 않다. 그는 『청춘』에서 시라는 명칭을 일관되게 창가에 부여했다. 『청춘』의 목차를 살펴보면, 시라는 장르적 명칭을 부여한 것은 권두시 뿐인데,[56] 7·5조의 노래의 양식인 이 권두시에는 대부분 악보가 첨부되어 있다.

최남선의 산문시는 노래와 시의 양식 사이에서, 우리말로 가능한 시를 창작하려는 실험의 극단으로서 등장한 것이다. 문자의 소리에 근거한 시율은 우리말로서는 실현하기 어려운 것으로 보였다. 나아가 시가 무엇보다도 '인쇄 매체'를 통해서 유통된다고 할 때 이러한 시 혹은 시 창작자는 독자 혹은 청자와 절대적으로 분리 상태에 놓이기 때문에 시의 향유 방식을 의도한 대로 규정할 수 없다. 즉, 시의 율이 낭독을 통해 실현되는 것이라 한다면, 여기에는 낭독을 동일한 방식으로 실현할 수 있는 관습이 확립되어야 한다. 그러나 전통적인 리듬 의식을 배제할 때, 이 향유 방식을 어떤 것으로 고정할 수 있을 것인가. 이러할 때, '소리'의 율(律)에서 '문자'의 율(律)로 방향을 전환할 필요성이 제기된다. 노래의 경우에도 사정은 마찬가지다. 『청춘』의 권두시에 꼬박꼬박 악보가 첨부되었다는 것은, 가창의 규범을 세우고자 했다는 것을 의미한다. 말하자면, 악보를 제시함으로써 이 시를 노래로서 모든 독자가 동일한 방식으로 가창할 수 있도록 만들고자 한 것이다. 이는 역설적

---

56 『청춘』에서 시의 양식으로 볼 수 있는 작품들은 상당히 많이 발견된다. 대표적으로 한흰샘의 창작인 것으로 보이는 일련의 시가들이 있는데, 이는 장르적으로 모호한 면이 있지만 대개는 당시에 유통되던 시조의 형식을 지닌 것으로 보인다. 그런데, 이러한 시 혹은 시가를 게재하는 데 있어서 『청춘』지는 어떠한 장르 명칭도 부가하고 있지 않다.

으로, 매체와 독자 사이의 분리를 암시한다.

다시 말하면 그는 근대시가 독자와 전적으로 분리되어 있는 상태에 놓여 있다는 점을 발견한 것이다. 신체시, 창가, 민요, 시조, 산문시에 이르기까지 다양한 장르를 넘나드는 이 시적 실험들의 목적은 이미 근대시가 가창의 공동체에서 분리되어 고립된 지면에 놓였을 때, 어떻게 노래의 효과를 창출할 수 있을 것인가 하는 것이었다. 물론 이는 계몽주의자로서의 그가 대중을 계몽하고, 하나의 민족적 공동체로서 결속시키기 위한 하나의 전략이었던 것이지 새로운 근대시의 형식을 완전하게 창안하고자 했던 것은 아니었다. 그의 말대로 그는 시학자이거나 시인은 아니었던 셈이다.

그러나 계몽주의자 최남선이 시, 다시 말해 종이에 구속된 노래로써 창출하고자 했던 공동체는 창출할 수 없는 것임이 드러났다. 이것이 근대시가 처해 있는 근본적인 존재 조건이다. 시는 노래를 상실했고, 어떤 방식으로든 종이 위에 인쇄되어 대량으로 유통되는 상황에서는 '향유의 공동체'를 형성할 수 없다. 낭독을 규제할 수도, 가창을 규제할 수도 없는 상황에서 그럼에도 불구하고 여전히 시가 시이고자 한다면, 더구나 우리말로 된 시이고자 한다면 그것은 종이 위에 배열된 문자의 형상성으로서만 가능한 것으로 남겨진다.

최남선은 이를 발전시키지는 않았다. 논의한 바, 그의 관심은 이미 시의 불가능성에서 노래의 가능성으로 이동했기 때문이다. 그러나 이러한 토대, 즉 시와 가의 분리와 우리말로서의 시의 가능성, 소리의 율에서 문자의 율로서의 방향의 전환은 그에게서 발견된 것이다. 이런 점에서 최남선은 근대시사에서 예외적인 실험의 수행자가 아니라, 이후의 근대적 자유시론의 원천으로서 자리매김한다.

한국시의 발전 과정에서 1910년대에 창작된 다수의 산문시(자유시)들 역시 1920년대 자유시에 지대한 영향을 끼쳤음은 틀림없다. 특히 『학지광』을 중심으로 발표된 최승구, 김여제, 현상윤의 시들은 주요한의 「불노리」보다 앞서서 자유시의 형식을 선취한 것으로 여겨진다. 그러나 자유시론의 탄생에, 즉 자유시를 주창하게 된 것에는 어떤 자각적이고도 의식적인 무엇이 개입되어 있다. 그런 측면에서 최남선이 신시 실험에서 보여 주고 있는 율에 대한 인식은 누구보다도 자각적이고도 본격적이다. 최남선은 문자에서의 율에서 가창에서 발생하는 율로, 다시 말해 '노래'로 나아갔지만 이러한 분리의 의식에서 1910년대 후반의 자유시론이 출발하게 되는 것이다.[57]

---

57 이 점은 이광수가 지적한 것이기도 한데, 그는 애국시가 시대에 이어 등장한 것은 "최남선의 산문시 시대(이광수, 「최근 조선의 전변 25년간─(문학) 조선문학의 발전, 경수(庚戌) 이래 이십오년간」, 『삼천리』 6권 7호, 1934.6, 70쪽)"라며, 이를 애국시가와 신체시의 중간 단계로 위치시키고 있다. 물론 그가 최남선의 산문시와 신체시의 창작 시기를 혼동하고 있으며, 최남선의 산문시가 한 시대의 시가 양식을 규정할 수 있을 만큼의 영향력을 발휘하지 못했음을 감안할 때 그의 평가는 과도한 점이 있으나 중요한 것은 이광수의 저술에서 최남선의 '산문시'는 분명한 시사적 의의를 부여받고 있다는 점이다. 즉, 그는 최남선의 산문시가 내용상으로는 애국시가의 내용을 계승하고 있으면서도 형식적인 전환을 모색했다는 점을 중요하게 지적했다. 이광수의 글에서 특히 문제적인 부분은 "약언하면 단순한 4·4조나 7·5조의 천편일률적 애국시가에 대한 불만으로 최남선의 산문시가 나오고 그 산문시의 너무나 산문적 불만으로 좀 더 整理된 좀 더 구속적인 신체시가 나왔다"인데, 문제는 그가 이 신체시의 계승자로 "주요한 김안서 박월탄 김소월 김파인 등"을 들고 있다는 것이다. 말하자면 그는 신체시를 최남선이 유일한 작자인 과도기적 시 장르로서 파악하지 않으며, 다분히 '새로운 시'라는 함의로서 이를 가리키고 있다. 그에게 이러한 개념 규정이 가능했던 것은, 그가 전통적인 시 장르로서의 '시조'와 이에 대립되는 '새로운 시'의 구도를 1934년의 시점에서 작동시키고 있었기 때문이다. 이 새로운 시의 토대로서의 '산문시'를 들고 있다는 점, 이것과 신시와의 관계는 1920년대 초/중반에 펼쳐졌던 문학의 장르론과 밀접한 관계를 맺는다. 그것은 '민족'이라는 내용과 문학의 이념에 가려져 있었던 '문학 형식'의 문제이며, 이는 율격 개념과 율의 개념의 탄생과 밀접하게 관계되어 있다. 이에 관해서는 박슬기, 「한국 근대시의 형성과 최남선의 산문시」, 『한국근대문학연구』 26집, 2012.10 참조.

한국 근대시의 이념으로서의 율의 성립

개화기 시가에서 우리말로 가능한 시의 율이 탐색되었다. 이때의 율은 노래의 율과는 달리 언어 텍스트 내부에서 발생하는 율의 가능성이었다고 한다면, 이는 두 번의 전회를 거친 것이었다. 첫 번째 전회는 한자가 아니라 국어로써 가능한 음영의 방법을 발견하고자 했던 것이며, 율의 가능성은 국어의 '소리'에 기대고 있었다. 그러나 언문풍월의 실패가 보여 준 바, 국어에서 이러한 '소리의 반복'으로서의 율은 불가능한 것으로 판명되었다. 공동체의 구성원들이 공유할 수 있는 낭송의 규칙이 시에서는 여전히 성립하지 못하며, 나아가 신문과 잡지라는 '매체'가 창작자와 독자 사이에 개입되어 이제 독자에게 직접적으로 전달될 수 있는 것은 '시'라는 명칭을 가진 '문자 텍스트'밖에 없다고 할 때, 시에서의 율의 가능성은 소리보다는 쓰인 문자 그 자체의 문제로 돌려진다. 산문시와 창가를 양극단으로 하는 최남선의 시적 실험은 이 문제를 전면화한 것이다.

서구 시론과 일본의 문학담론의 전적인 영향하에 성립한 것으로 여겨져 왔던 1920년대의 자유시론은 전대로부터 이러한 과제를 물려받았다. 그것은 더 이상 낭송으로 향유되지 않는 시에서 어떻게 음악성을 산출할 수 있을 것인가 하는 문제다. 이 지점에 그들의 '율격' 개념이 걸려 있는데, 이를 이해하기 위해서는 율에 대한 담론의 지형도를 살펴볼 필요가 있다.

　　1920년대 자유시의 내재율에 대한 견해가 한국 문단에 처음 제출된 것은 잘 알려져 있다시피, 김억의 「시형의 음률과 호흡」이다. 그는 여기서 "인격은 육체의 힘의 조화이고요 그 육체의 한 힘, 호흡은 시의 음율을 형성하는 것"(「시형의 음률과 호흡」, 5 : 35)이라며, 음률을 시인의 호흡에 연결시켰다. 이는 단순히 시에서의 율격의 양상을 각 개인에게 고유한 것으로 맡겨 놓은 것은 아니다. 그는 이 글의 후반부에서, "한데 조선사람으로는 어떤 음율이 가장 잘 표현된 것이겠나요. 조선말로의 엇더한 시형이 적당한 것을 몬저 살펴야 합니다"(「시형의 음률과 호흡」, 5 : 35)라고 하며, 이러한 시인의 범위를 '조선사람'으로 확대하고 있기 때문이다. 김억에게 시의 음률은 처음부터 개인 주체의 호흡에서 나오는 것이기보다는 공동체의 일원들이 공유하는 것이었다.

　　그렇다면 이 '호흡'이란 어떤 지점을 가리키는 것인가. 그것이 '육체의 한 힘'이라는 점에서, 매우 생리적인 것으로 이해될 수 있으나 이는 김억의 고유한 견해는 아닌 것으로 보인다. 일본의 구어자유시론자들 역시 이러한 견해를 보여 주고 있기 때문이다. 일례로 핫토리 요시카[服部嘉香]는 호흡을 그대로 옮겨 놓는다고 해서 리듬이 나타나지는 않는다며, 육체의 호흡과 고동을 언어에 일치시켜야 한다고 주장한다.[1]

그리고 이를 일본 민족의 호흡과 연결시키는데, 각 민족에게 고유한 호흡이 있으므로 각기 다른 시형이 존재한다고 보는 것이다.

도식적으로 볼 때, 둘의 견해는 상당히 닮아 있다. 그러나 근본적인 지점에서 차이가 있는데, 핫토리 요시카의 글에서 호흡은 몸의 건강 상태에 따라서도 달라질 수 있는 매우 생리적인 것이라면, 김억에게 호흡은 오히려, "시인의 정신과 심령"으로서 고양되는 것이라는 점이다. 김억이 비록 "혈액 돌아가는 힘과 심장의 고동에 말미암아서도 시의 음율을 좌우하게 될 것임은 분명"(「시형의 음률과 호흡」, 5 : 34)하다고 했을지라도, 이러한 생리적인 힘이 "시인의 정신과 심령의 절대가치"에 접근하는 것은 아니다. 또한 핫토리 요시카가 호흡과 음률의 관계를 호흡에서 음률이 나오는 일방향적인 것으로 위치시켰다면, 김억의 이 글에서는 '조선말', 즉 언어의 성격을 먼저 고려하고자 한다는 점에서 다르다.

김억이 명시적으로 도식화하지는 않았지만, 그의 '음률' 개념에는 호흡과 언어라는 두 가지 국면이 개입되어 있다. 시인의 심령과 일치되는 호흡, 그리고 조선의 언어가 그것이다. 이러한 두 가지 국면은 1920년대 율의 토대를 이해하기 위한 기본 전제다. 특히 황석우가 "영률(靈律)" 개념을 제시하면서 "율이라 홈은 기분의 직목(織目, 오리메)를 이름일다"[2]라고 언급했지만 이 '기분'은 단순히 개인의 감정에 국한되는 것은 아니었다. 그는 1920년에 새롭게 「시화」[3]를 발표하면서 이 '기분'에 "마음의 한 적은 몽롱한 환등"이라는 주석을 붙인다. 이 모호한 언급은

---

1 服部嘉香, 「詩のリヅムと呼吸」, 『早稲田文學』, 早稲田文學社, 1911.1, 297~298쪽.
2 황석우, 「시화」, 『매일신보』, 1919.9.22.
3 황석우, 「시화」, 『삼광』, 1920.4. 15쪽.

"어느 미지한 세계를 구할 한 기위기(氣圍氣)"[4]라는 표현에서, 개인의 주관적인 감정이라기보다는 현실과 개인을 넘어서는 형이상학적인 세계와 마주치는 감각임이 분명해진다. 이 '영률'의 개념은 김억의 '호흡률'의 개념처럼, 언어의 이면에 존재하는 절대적인 세계의 언어적 표현으로 이해할 수 있다. 이들에게 '율'은 시의 형식이라기보다는 시의 장르적 본질에 가까운 것이다. 이러한 점을 전제로 1920년대의 시의 율의 개념에 대한 논의를 세심하게 살펴볼 필요가 있다.

1. 1920년대 시론에서의 율의 문제, 시의 형식과 본질

근대시 형성의 초창기에 가장 중요한 문제는 '시란 무엇인가'라는 원론적 질문이었다. 전통시가의 형식이 더 이상 유효하지 않다면, 조선의 새로운 시가란 어떤 형식이 될 수 있을 것인가에 대한 고민과 밀접하게 관련을 맺고 있는 질문이기 때문이다. 이에 대한 지형도를 가장 잘 보여 주는 것은 1920년 『개벽』지 상에서 벌어진 현철과 황석우의 논쟁이다. 논쟁의 발단은 『개벽』 5호에 실린 황석우의 월평, 「최근의 시단」의 끝머리에 "다만 공간을 비워놓기 뭣해서"[5] 편집자 현철이 '시란 무엇인가'에 대한 간략한 글을 실은 것에서 비롯되었다. 현철이 주장하

---

4 위의 글, 15쪽.
5 현철, 「비평을 알고 비평을 하라」, 『개벽』 6호, 1920.

듯, "백 사십 여자"로 시의 본질에 대해 본격적으로 논의하기는 어려울 것이고, 그리하여 그는 다만 한 사전(신문학소사전)에서 간략한 정의를 빌어온 것일 뿐이었다. 사전적 정의가 그렇듯, 그것은 논의의 토대일 뿐이지 그 정의에 대해 논란이 있을 수는 없다. 시인도 비평가도 아닌 현철로서는 "詩란 것의 總括的辭解", "비평할 것도 업고 답변할 것도 업"는 사전적 정의를 소개한 것일 뿐인데, 시가 무엇인지에 대해 적극적으로 해명하게 된 처지에 놓인 것이다.

> 詩라고 하는 것은 무엇인가
>
> ① 詩라고 하는 것은 韻文을 가르쳐 말한 것이니 그 特色은 노래로 부를 만한 音調를 가진 것과 또 形式이 緊張한 것과 普通의 文章과 比較하여 顚倒되어 잇는 것이나 以上三種의 性質中 어쩌한 것이던지 一種만 具有한 것이면 詩라고 할 수 잇는 것이다.
>
> ② 歌詞와 時調는 朝鮮古來의 詩요 近者新體詩는 西洋詩를 模倣한 것이요 漢詩는 支那의 詩이다.
>
> ─『개벽』 5호, 1920.11(번호표시 ─ 인용자)

현철의 의도와는 달리 이 간략한 소개는 미세와 황석우에게서 가열찬 항의를 받게 된다.[6] 미세와 황석우는 서로 다른 지점에서 문제를 제기했다. ①은 일본의『신문학소사전』의 정의를 소개한 것이고, ②는 현

---

6 이 논쟁의 흐름에 대해서는, 김춘식, 「초창기 잡지의 시 월평과 신시론의 전개」,『한국어문학연구』50집, 2008; 신지연, 「신시논쟁(1920∼1921)의 알레고리」,『한국 근대문학연구』18집, 2008 참조.

철이 여기에 부가한 것이다. 원문을 확인하기 어렵지만, 미세는 이 정의에 의문을 제기했고, 황석우는 일단 ①의 견해를 부정한 다음, ②에 의문을 표했다. 그러므로 현철의 응답은 두 가지 방향으로 전개되는데 하나는 미세에 대응하여 "시는 운문이다"라는 명제를 해명하는 것이고, 또 하나는 황석우에 대응하여 "신체시는 서양시를 모방한 것이다"라는 명제를 해명하는 것이다. 즉 현철은 두 개의 명제를 해명하게 된 것인데, 문제는 이 두 명제가 사실상 초점이 다르다는 데 있다.

 "시는 운문이다"라는 점을 해명하기 위해 현철은 "미태군의 운문이라고 하는 것은 한시·부의 구말(句末)에 부티는 운자(韻字)를 가지고 말하는 것 갓다. 다시 말하면 운문(韻文)과 운각(韻脚)을 혼동하는 것과 갓다. 그러나 나의 운문은 율격을 가르처 한 말이엇다"[7]라고 쓴다. 이 지점에서 현철은 운문을 해명하고자 한다. 이때 운은 기계적인 운자가 아니라 '율격'을 의미한다는 것이다. 이는 사실, 근대시 초창기 시론의 가장 중요한 주제에 해당하는데, 시가 운문이라 한다면 기왕의 정형시와는 다른 '율격'을 어떻게 창출할 수 있느냐가 해명되어야 하기 때문이다. 그는 운문은 율문이며, "어떠한 형식을 가지고 언어가 규칙 있게 배치된 문장"이라고 하면서, 여기서 규칙은 5언이나 7언과 같은 '자수'를 의미하는 것이 아니라 '음향'을 포함하는 개념이라 설명한다. 즉 현철은 문자의 배치에 더하여, 문자의 음성적 효과까지 고려해서 율격을 설명하고 있다. 그가 부정하는 운각이란 문자의 배열에 입각한 것으로, 율격의 한 형식일 수는 있으나 그것으로만 율격이 형성되는 것은 아니다.

---

7   현철, 앞의 글, 95쪽.

그가 이 개념을 『신문학소사전』에서 빌려왔듯, 문자의 음성적 효과, 즉 음향까지 고려하는 것은 당대 유입되었던 서구와 일본에서의 시의 음악성에 관한 원론을 받아들이는 것이다. 단적으로 삿사 세이세쓰[佐々醒雪]는 일본의 시가를 단순히 문자의 배열로 보아, 7자 혹은 5자로 나누는 것은 타당하지 않으며, 서구의 시가 토대하는 음악성과 같이 그 문자의 배열 혹은 문자 자체의 음향을 고려하지 않으면 그 아름다움을 논의할 수 없다고 주장했다.[8] 이는 일본이나 조선에서나 둘 다 중요한 문제로, 성조가 존재하는 한시와 달리 성조가 존재하지 않는, 즉 문자의 차원에서 뚜렷한 음악적 효과를 얻기 어려운 일본어나 조선어의 시가에서 어떻게 '음악성'을 찾을 수 있을 것인가 하는 근본적인 문제를 제기한 것이다.

그렇다면 음향이란 무엇인가? 『신미사학』에서는 음향을 언어의 소리(聲音)이되, 소리의 높낮이(音度, pitch)와 소리의 길고 짧음(長短, length)을 포함하는 것으로 설명한다.[9] 음향 자체는 언어의 기본적인 성질로, 이것이 어떤 리듬적 효과를 창출하기 위해서는 음향의 배열을 중심으로 한 언어의 배열이 필요하다. 그러므로 현철이 음향을 고려할 것을 주장한 것은, 다분히 일반적이고도 기본적인 것이었다고 할 수 있다. 단순히 문자의 배열에서만 음악적인 효과를 얻을 수 없다면, 어떤 '무엇'이 더 보충되어야 할 것이다.

---

8 佐々醒雪, 「新體詩に就て」, 『新聲』, 1906. 7. 여기서는 白鳥省吾, 『現代詩の硏究』, 新潮社, 1924, 43～44쪽에서 재인용.
9 島村抱月, 『新美辭學』, 早稻田大學出版部, 1922, 34～35쪽. 시마무라 호게츠의 이 책은 1902년에 처음 출판되었으며, 그의 이론이 광범위한 영향을 끼쳤음을 감안할 때, 당대의 수사학／미사학을 논의하는 데 이 책은 일종의 기준이 되었다고 볼 수 있다.

여기에 보충되는 것은, "운문은 운각이 아니라 율격"이라는 것이다. 현철이 참고하라고 충고한 미사학에서는 "율격이라는 것은 소위 시형이다. 어음(語音)을 음악적으로 이용하는 것을 최고로 진행시킨 것으로서 앞에서 열거했던 성음(聲音)의 제방면 중 음위(音位), 음도(音度), 음장(音長), 음수(音數)의 네 개를 형식미의 원리에 근거하여 여러 가지로 조합시킨 것이다"[10]라고 정의하고 있다. 시마무라 호게츠는 율격이 시형이며, 언어의 소리를 음악적으로 이용하는 것임을 명확하게 한 것이다.

그런데 이에 덧붙여, 시마무라 호게츠는 율격을 형식적 음조(音調)의 한 특수한 형태로서 규정하고 있다. 그는 음조를 언어의 소리가 문장과 잘 조화를 이루는 것이라고 규정하며, 이를 어세적(語勢的) 음조와 형식적 음조로 구별한다. 어세적 음조는 말의 의의(意義)와 밀접한 관계를 맺으며 이를 강화하거나 보충하는 것이다. 형식적 음조는 어세적 음조와는 달리 의의(意義)와는 관계없이 "단지 음수의 안배 형식에 의해 음악적 결과를 부여하는 것"이라는 것이다. 그리고 이 형식적 음조는 일반적으로는 모든 문장(文辭)에 두루 존재하는 것이요, 특수한 음조는 문장 중에 특수한 형식을 이루는 것이라고 설명하고 있다.[11] 말하자면, 시마무라 호게츠는 율격이 언어의 의미와는 별개인, 특수한 규칙에 의해 배열된 언어의 음성적 효과라는 점을 명확하게 한 것이다. 그러므로 현철이 운문을 율격과 동일한 것으로 놓을 때, 그는 언어의 음성을 다양하게 조합하는 규칙으로서 율격이라는 개념을 사용한 것이다.

그러나 현철의 논의가 단지 『미사학』에 근거하고 있는 것만은 아니

---

10 위의 책, 279쪽.
11 위의 책, 260~268쪽.

다. 현철은 '율'의 문제를 세심한 구별 없이 다양한 용어로서 지칭했다. '율문', '율격', '율어'라는 용어를 두루 쓰면서, 모두 '운문'을 지칭하는 데 사용한다. 현철이 구분하고 있지 않지만, '율어'는 운문에 사용된 문자를, '율문'은 율어가 규칙적으로 배열된 문장인 운문을 가리키며, 이 율문에서 나타나는 일종의 리듬이 '율격'이다. 이 용어를 구별하는 일은 당대의 율의 의미를 규명하는 데 매우 중요한데, 정형률을 타파한 자유시에서의 '율격'이 어느 층위에 존재하는가하는 문제이기 때문이다.

앞 장에서 논의한 바와 같이, 단순한 문자의 배열 혹은 반복에서만 율격이 존재한다면, 그것은 현철이 구분한바 일종의 '운각'의 문제다. 이는 텍스트 기술의 차원에 해당하는 것이다. 그런데 음향을 가진 문자의 존재 여부라고 하면 사정이 조금 달라지는데, 이는 텍스트의 근본 층위인 '문자'라는 단위 자체에 율격의 가능성이 내재하고 있다는 점을 인정하는 것이다. 이는 음성론적 혹은 음운론적 관심의 대상이다. 그러나 문자, 문자의 배열, 그리고 문자 구성의 효과까지 통틀어서 '율격'이라고 한다면 차원이 다르다. 현철이 무의식중에 정리하는 바, '율격'이 '율문'이며 이것이 동시에 '운문', 즉 '시'라고 한다면, '시 = 율격'이라는 등식이 성립하는 것이기 때문이다.

현철의 설명은 바로 다음에서 어떤 문제를 파생시키는 데, 그는 운문과 시는 또한 다르다고 한 것이다. '운문 = 율격 = 시형'의 등식에 따르자면, 운문은 시의 형식이며 단순한 운문이 시가 되기 위해서는 '시취(詩趣)'가 필요하다. 현철의 설명에 따르면 시취란 시의 내용으로, '정(情)'에서 성립하는 것이다. 말하자면, 율격은 음운론적 차원도, 텍스트적 차원도 아니다. 그것은 '정의 표현'으로서의 시의 본질에 접근하는 것이다. 그런 한에서 율격을 '시형'으로 보느냐, 아니면 '시' 그 자체로서 보느냐가 중요한 문제로 대두한다. 황석우의 비판은 이 점에 놓여 있다.

황석우는 인용한바, ②의 문제, 즉 "신체시는 서양시의 모방"이라고 한 주장에 대해 자못 "분개를 이기지 못하"야 항의를 제출한다. 그는 메이지 이후의 신체시가 그러할지는 모르겠지만, 지금 일본의 창작시나 조선의 시는 그렇지 않다고 전제한 후, "시형과 시는 달다"[12]라는 말을 덧붙인다. 그러나 현철은 이 말에 대해 "아모리 생각하여도 그 뜻을 알 수 업다"며, 아마도 "시형과 시상이 달다는 말인 듯하다"[13]라고 썼다. 이로 미루어 보았을 때, 현철은 시를 시형과 시상의 결합태로 파악하고 있다. 시를 내용과 형식으로 구분하는 것인데 현철의 논지대로 하면, 시에는 '정'의 요소가 있어, 형태만 가지고는 시가 되기 어렵다. 여기에는 이 시상을 어떻게 형식적으로 '표현'할 것인가 하는 문제가 걸린다.

이는 사실 일반적인 논의이지만, 앞에서 전개한 현철의 설명대로 하자면 모순이 생긴다. 그는 산문시는 운문이 아니므로, 시에서 제외되겠느냐는 미세의 의문에 맞서, 산문시라 하더라도 "운각의 형식에서만 벗어낫지 정열에서 나오는 것은 다른 시와 다른 것이 업"[14]으므로 그것은 또한 운문이라고 할 수 있다고 주장했다. 또한 그는 "정열에는 이미 리씀(절주)이 있고, 형상으로 율격 즉 운문을 가진 것"[15]이라고 덧붙인다.

12 황석우, 「희생화와 신시를 읽고」, 『개벽』 6호, 1920.12, 91쪽.
13 현철, 앞의 글, 104쪽.
14 위의 글, 97쪽.
15 위의 글, 97쪽.

이 말대로 하자면, 시를 시이게 하는 것은 '情'이며, 이 정은 현철의 용어대로 하면 '시취'다. '정'의 언어적 표현 형식이 시인 것인데, 문제는 그 다음 구절 "정열에는 이미 리듬이 있"다라는 말에서 생긴다. 그렇다고 한다면 이 리듬의 언어적 형상이란 시상과 구별된 자리에서 나타나는 것이 아니다. 말하자면, 두 개의 별개의 요소가 있어서 이 둘의 결합태가 시인 것이 아니라, 정이 먼저 존재하고 그것의 표현으로서의 언어가 존재하게 되는 것이기 때문이다. 그러할 때, 시형과 시가 다르다는 황석우의 말을 현철이 이해할 수 없는 것은 이러한 '정의 표현'으로서의 시의 개념이 그에게 명확하지 않았다는 것을 의미한다. 시상과 시형과는 별개의 차원에 존재하는 '시'의 존재 여부를 이해할 수 없었던 것이다.

그러나 이에 대한 황석우의 설명은 충분하지 못하다. 그는 이렇게 설명한다.

> 「詩形과 詩는 딸다」는 것은 詩形을 가추지 아니한 詩가 잇다는 것이 아니요, 그 의의 곳 詩의 의의와 詩形의 의의가 달다는 것이요. 다시 알아듯기 쉽게 말하면 詩形은 漢詩形이나 西詩形을 빌더래도 우리의 말 또는 우리의 독립한 감정(정서)사상으로써 綴한 者이면 곳 우리의 독립한 詩라 하는 말이요. 그러니까 日文詩(俳句와 和歌는 除하고)나 朝鮮文詩가 비록 詩形 뿐은 西詩形을 모방하엿다 하더래도 그는 의연 日人의 詩, 조선인의 詩란 말이요.[16]

말하자면, 시형은 하나의 껍데기에 지나지 않는다. 여기서 그는 조선

---

16 황석우, 「주문치 아니한 시의 정의를 일러주겟다는 현철군에게」, 『개벽』 7호, 1921.1, 114쪽.

어로 된 시가 시형을 모방하였다고 하더라도, 그것이 "우리의 말 또는 우리의 독립한 감정"을 형상화한 것이면 우리의 '시'라고 할 수 있다고 주장한다. 충분히 설명하지 않았지만, 여기서 그는 시가 다만 시형과 시상의 결합으로 성립하는 것으로 보지 않는다. 시형은 말 그대로 시의 '형식'인데, 이 시의 형식은 그 '언어'와는 별개의 문제라는 것이다.

황석우와 현철의 두 번째 논쟁의 국면은 이렇게 시의 '언어' 문제로 전환된다. 현철에게 시는 '내용'과 '형식'의 결합태다. 여기에는 내용으로서의 시상이, 형식으로서의 시형이 걸린다. 그러나 황석우는 형식의 차원을 세분화한다. 시형은 시의 언어의 본질적 성격과 언어의 배열 문제가 복합적으로 얽혀있는 형식이다. 물론 현철이 언어의 본질적 성격을 고려하지 않았던 것은 아니지만 그가 시를 시형과 시상의 결합태로 생각했다는 것은 이 차원이 현철에게는 그리 중요하지 않았던 것임을 의미한다. 그러므로 현철이 "시형을 모방하였으니 시의 모방이 아니냐"라고 주장한 것은 황석우의 입장에서는 받아들이기 어렵다. 언뜻 보기에 타당한 것처럼 보이는 현철의 발언에 황석우가 민감하게 반응한 것은, 그 자신이 새로운 시의 창작자였기 때문이기도 하지만 그에게 '언어'의 문제는 현철에게서처럼 단순한 것이 아니었기 때문이다.

황석우가 이 글에서 이를 명확하게 인식한 것 같지는 않다. 그는 국민시가의 요건으로는 반드시 "국민이 소유한 독특한「랭궤지」"가 필요하다고 주장하며, 소위 "렝궤지"와 "문자"를 구별했다.

이「랭궤지」와 文字와는 달소. 文字는 어느 民族이 發明한 文字던지 이것은 족음도 相關업소. 文字는 비록 支那人의 한자나 라틴 글자나 印度 梵字나

朝鮮正音이나 日本人의 假名됨을 不問하고「랭궤지」가 朝鮮人의 랭궤지나 英人의 랭궤지나 佛人의 랭궤지면 그만이요, 決코 文字를 가지고 國民 詩歌의 區別을 가르킴은 아니요. 그러나 이것도 다못 랭궤지의 獨立우에 立한 國民生活의 存續할째까지의 一時的 條件에 不過하지, 랭궤지를 超越한 國民生活 곳 一語에 統一된 國民生活이 實現될째는 이 要件은 곳 抹除될 것이요.[17]

위와 같은 설명에서 보면, 문자는 다만 각 민족에 고유한 '렝궤지'를 전달하는 것일 뿐이며 따라서 민족의 구별은 문자에 의해서가 아니라 '렝궤지'에 의해서 가능한 것이다.

이때 렝궤지란 결국 단순한 의사소통의 도구로서의 언어가 아니라, 이미 그 안에 '민족성'을 담고 있는 언어를 뜻한다. 그렇다고 한다면, '렝궤지'는 단순한 도구가 아니라, 이미 그 안에 민족성을 내포한 것이다. 그러므로 유비적으로 볼 때, 시의 언어는 단순한 '감정의 표현태'인 것이 아니다. 이 언어 속에 이미 '감정'이 내포되어 있으므로, 시의 언어와 시의 사상은 별개의 존재로 독립되어 있지 않다. 말하자면, 황석우에게서 '시'는 이 시형과 사상의 결합태인 것이 아니라, 시형과 사상이 서로 상호귀속되는 자리에서 떠오르는 일종의 형상이다.

그러나 황석우는 이에 대해서 더 설명하지 않는다. 오히려 그가 부가한 말에서, 이 렝궤지는 "시에 재(在)한 물적 재료 곳 그 사상, 감정을 발표하는 한 그릇에 지내지 못하는 것"[18]이므로 영어나 불어로 쓰인 시라도 그것이 조선인 혹은 일본인이 그 민족의 독립된 사상과 감정을 표

---

17 위의 글, 114~115쪽.
18 위의 글, 116쪽.

현한 것이라면 일본인과 조선인의 국민시가라고 할 수 있겠다고 함으로써, 그의 언어관에 대해 다소의 혼란을 야기한다. 황석우의 이 발언이 그의 언어관과 관계가 없거나 혹은 모순적인 것은 아니다. 그러나 이를 이해하기 위해서는, '언어'에 대한 당대의 담론과 황석우의 용어법을 정립하고 나서야 평가할 수 있을 것이다.[19]

현철과 황석우의 논쟁을 길게 정리한 것은, 이 논쟁에서 시와 시의 율에 대한 1920년대 입장의 가장 중요한 국면이 나타나 있기 때문이다. 이 논쟁에서 시는 율문이며 동시에 정의 표현이라는 것이 합의된다. 다만 이 '율'이 어떤 것인가, 그리고 이것이 시와 어떤 관계를 맺는가에서 차이를 보인 것인데, 이는 시형과 시가 같은 것인가 다른 것인가 하는 문제다. 현철에게 시형은 시의 형식에 해당하는 것이며, 율격은 또한 형식의 문제다. 황석우에게 율격은 단지 시의 형식인 것이 아니라 시의 장르적 본질과 관계되는 문제다.

당시에 새로운 시의 형식을 확정하고자 한 시론가들에게 이 문제는 상당히 중요했다. 이 점은 1923년 말에 창간된 시 전문지 『금성』 동인들의 주된 고민이기도 하다. 시의 형식에 대한, 혹은 시의 본질에 대한 사유가 더 일찍 창간된 『창조』나 『백조』가 아니라 『금성』에서 제기되고 있는 것은 초창기의 이론적 혼란을 정리할 시간이 필요했기 때문일

---

19 신지연은 현철과 황석우의 언어관을 구별하면서, 황석우의 언어관은 '도구'로서의 언어라고 평가했다. 그리고, 이 도구로서의 언어관은 결국 민족어와 제국어의 관계 문제와 마주치게 된다(신지연, 앞의 글). 그는 그 근거로서 "랭궤지는 그 시에 재한 물적재료 곳 그 사상, 감정을 발표하는 한 그릇에 지내지 못하는 것"이라고 한 황석우의 서술을 들고 있는데, 이는 지나치게 문자 그대로 독해한 것이다. 이는 '표현의 그릇으로서의 언어'라는 1920년대 시론가들의 독특한 용어법과 관련해서만 이해할 수 있는 구절로 보인다. 이에 대해서는 김억의 언어관과 함께 논의할 것이다.

것이다. 더하여 "시가의 새로운 길, 새로운 정열, 새로운 형식을 발견하여야 하겟"[20]다는 사명감이 『금성』 동인들에게는 매우 뚜렷한 자의식으로 존재하고 있었기 때문이다. 그리고 이 중심에 양주동이 있다.

양주동은 "더구나 「말」과 「소리」의 結合한 것 — 리씀이라 할는지, 內在律이라 할는지 — 을 根本義로 삼는 詩"[21]라고 시를 정의했다. 시의 근본 조건을 내재율로 본 것인데, 내재율이라는 개념은 확인 가능한 범위에서 황석우가 처음 사용했다.

> 律이라 홈도이 自由詩의 或 性律을 일음임니다. 이 律名에 조흐야는 사람의게 依흐여 各々個內容律, 或內在律, 或內心律, 或內律, 心律이라고 呼함니다. 그러나 이는 모다 自由律게 곳 個性律을 形容흐는 同一意味의 말임니다. 나는 此等種々의 名을 包括흐여 單히 『靈律』이라 呼흐려 홈니다.
> — 황석우, 「조선 시단의 발족점과 자유시」, 『매일신보』, 1919.11.10.

황석우는 이 용어를 일본의 자유시 담당자들의 용어로부터 가져왔으나, 이를 영률(靈律)이라고 칭한 것은 앞서 살펴본 바와 같은 맥락이 있었던 셈이다. 즉 황석우는 이 내재율, 내용율을 '영률'으로 바꾸어 놓음으로써 시의 형식적인 차원을 넘어서 있는 율을 논의한다. 황석우에게 '음향'의 문제가 중요하지 않은 것은 아니었으나, 그것은 시의 한 음악적 요소에 불과했다. 그는 음악적 요소만큼이나 회화적 요소도 중요하다고 강조했다. 음악적 / 회화적 요소들은 다만 기교일 뿐 그것 자체

---

20 「육호잡기」, 『금성』 1호, 1923.11, 49쪽.
21 양주동, 「근대불란서시초 (1)」, 『금성』 1호, 1923.11, 15쪽.

가 율은 아니다. 황석우에게 율은 다만 말과 소리의 결합체가 아니며, 그 결합의 배후에 있는 어떤 '영적인 움직임'이었다. 그러나 양주동은 내재율을 "말과 소리의 결합"으로 명확하게 규정한다. 이때 내재율의 개념은 황석우가 사용했던 '영률'의 개념과 동일한 것이 아니라 형식에 대립되는 내용의 운율로서 이해된 것이다. 내재율은 외재율의 대립어로서 시의 형식에 한정되는 개념이다. 이를 본격적으로 설명한 글은 6개월 뒤, 『금성』 3호에 발표된다.

(자유시의 운율은 — 필자 삽입) 內容的 韻律(或은 內容律, 內在律, 心律)임니다. 形式韻律이 傳習的, 型式的 音律임에 反하야, 內容韻律은 個性的, 內容的입니다. 內容律은 곳 詩人 그 사람의 呼吸이오, 生命입니다. 普通 우리가 리뜸이라 할 째에는 勿論 音數律의 意味도 包含되는 것이지만, 그 主體는 이 內容律을 가릇침이 되리라고 생각할치만치, 現代 自由詩와 內容律과는, 密接한 關係가 잇습니다. 참으로 內容律을 無視하고는, 詩의 內容 — 그 思想感情, 呼吸生命을 알 수가 업슬 것입니다. (…중략…) 詩에 반듯이 內容律이 잇서야 할 것은 勿論이어이와, 그 內容律이 詩의 內容 그것과, 꼭 드러마저야 하겟습니다. 리뜸과 詩想이 빈틈업시 完全히 調和되고 吻合하여야, 비로소 조흔 詩의 갑이 잇겟습니다. 朝鮮詩의 內容律은 語音과 語勢 이 두 가지에 잇다고 나는 생각합니다. (…중략…) 詩想과 맛는 內容律을 쓰라면, 爲先 말의 소리브터 잘 생각하야 쓸 필요가 잇습니다. 다음에 語勢, 이것이 實로 內容律의 主眼임니다.

— 양주동, 「시와 운율」, 『금성』 3호, 1924.5(중략 — 인용자)

양주동은 이 글의 첫머리에서 운율을 시의 음악적 요소로 설명했다. "시에 가장 중요한 것은 음악적 요소요, 음악적 요소는 시의 운율 가온 대 그의 대부분이 포함되어잇"[22]다며, 음악적 요소로서의 운율을 형식 운율과 내용 운율로 구분한다. 형식 운율을 평측법, 압운법, 음수율로 나눌 수 있다고 하고, 이를 "전습적(傳襲的)"인 것으로 여긴 것으로 보아 형식적 규칙을 따르는 정형시의 운율로 여기고 있다. 이는 소리의 일정 한 반복으로 형성되는 것으로 일반적으로 정형률로 알려진 것이다. 이 는 현철이 율격이라고 부른 것과 동일한 것인데 양주동 역시 이 형식 운율을 "형식적(型式的)"인 것이라며 이것이 시의 형식의 차원에 걸려 있는 것이라는 점을 명확하게 하고 있기 때문이다. 그러니 자유시가 형 식적 규칙을 파괴하고 나온 것이라 할 때, 이는 정해진 형식에서의 자 유를 의미하는 것이지 리듬에서의 자유를 의미하는 것은 아니다. 그는 그래서 그것이 시인 이상 운율이 없을 수 없다며 자유시의 리듬을 '내 용 운율'로 설명하고자 한 것이다. 여기서 중요한 것은 양주동이 '내용 운율'을 어떻게 이해했는가 인데, 그는 내용율을 내재율, 심률과 동의 어로 놓고 있다.

"내용율은 시인의 호흡이오 생명"이라고 말할 때, 그는 리듬에 대한 당시 일반화되었던 용법을 따른다. 가령, 리듬을 "시로 하여금 생명잇 게 하는—힘을 주는—호흡이며 펴며 뛰는 심장이외다"[23]라고 유춘 섭이 적었을 때, 그는 당시 상징주의 이론과 일본의 자유시 운동에서 유입된 리듬에 관한 일반론을 따르고 있다. 그러나 대부분의 시인과

---

22 양주동, 「시와 운율」, 『금성』 3호, 1924.5, 79쪽.
23 유춘섭, 「시와 만유(萬有)—시를 쓰려는 벗님들에게」, 『금성』 1호, 1923.11, 47쪽.

시론가들이 그것의 구체적인 언어화 형식을 논의하지 않았던 반면에 양주동은 이를 형식적 개념으로 명확히 규정하고자 했다. 그는 내용율을 구성하는 언어적 요소를 어음(語音)과 어세(語勢)로 보았다. 어음에 관해서는 "흰, 히-얀, 하-얀 갓흔 말을 보드래도 백(白)이란 형용사의 본뜻은 동일하나, 그 백(白)의 강도에는 경정(逕庭)이잇슴니다"[24]라고 하거나 "운다"와 "통곡한다"가 같은 뜻이지만 "우리에게 주는 기분이 대단히 다르"[25]다라고 설명하고 있다. 즉, 그에게 어음은 단순히 말의 소리의 차이라기보다는 말의 소리가 주는 뉘앙스의 차이를 나타내 주는 것으로 인식되고 있다.

어음은 어세를 이루는 요소다. 어세는 말의 의미를 말의 밖에서 보충하거나 강화하는 것으로서, 어음을 이용하여 의미와 소리를 통합시키고자 하는 것이다. 시마무라 호게츠는 이 어세적 음조를 모성어(模聲語)를 이용하는 것과 음취(音趣)를 이용하는 것으로 나눈다. 모성어란 의성어와 의태어를 말하는 것으로, 의성어와 의태어는 그 말이 완전히 소리나 형태를 모방한 것이므로 여기에서는 의미와 소리가 분리되지 않는다. 기법적으로 더 의미 있는 것은 음취를 이용하는 것인데, 음취란 그 단어가 가지고 있는 말의 성질을 이용하여 다른 단어에 덧붙여 표현을 강화하는 것이다. 시마무라 호게츠는 다음과 같이 설명한다. "左右左, 左右"라 한다면, 그 "さ(사)"라는 음과 "ゆう(い ゛ / 유우)"라는 음에 이미 춤추는 소녀가 옷소매를 좌우로 펼치는 모습을 나타내는 정취가 있다. 또한 이를 중첩하여 그 뜻을 한층 강하게 한다.[26] 우리말의 경

---

24 양주동, 앞의 글, 1924.5, 84쪽.
25 위의 글, 85쪽.

우라면 '그윽한 그림자'와 같은 수사법이 그 예라고 할 수 있겠다. 아득하게 드리우는 그림자의 깊이를 강화하기 위해 '그윽한'을 선택하는 것은 '깊은' 혹은 '희미한'이라는 유사한 다른 단어를 선택하는 것과는 다르다. 그러므로 시마무라 호게츠에게 어세는 대상을 표현하기 위해서 유사한 소리를 선택하되, 이 소리의 유사성이 어의에 덧붙어 그 뜻을 강화하는 수사법이라고 할 수 있다.

"내용율이 시의 내용 그것과 꼭 들어맞아야" 한다는 양주동의 언급은 정확히 이 어세의 이용을 적극 권유하고 있는 것이라고 할 수 있다. 어세의 예로서 제시한 자신의 시, "난대업는 一陣狂風이 黑布帳을 휘날니고 / 주린가마귀 어지러히 쌔울음울자 / 모래우에 山갓치싸인 髑髏들은 / 一時에이러나 춤추고 노래하며 痛哭하도다"[27]에서, 그는 어세의 완급을 부호로 표시했다. "난대 업는", "흑포장"과 같은 것은 어세가 완만한 곳, "일진광풍"이나 "휘날니고" 같은 것은 어세가 급한 곳이라는 것이다. 그러나 이는 어세라기보다는 한국어 발음의 예사소리와 거센소리와 관계있고, 자음의 소리들이 의미를 보충하거나 강화한다고 보기에는 무리가 있다. 어세는 한 음의 발화에서 일어나는 것이 아니라, 음의 조화 혹은 배합에서 일어나는 것이며, 음과 의미의 조화가 그 단어의 의미에 덧붙어 특별한 강세를 발생시키는 것을 가리킨다. 시마무라 호게츠가 어음과 어세를 구별하여 어세를 음조의 항목에 넣었던 것은 그가 명백히 어세를 말의 배치에 관한 법, 수사법으로 이해하고 있었다는 점을 의미한다.

---

26 島村胞月, 앞의 책, 264쪽.
27 양주동, 앞의 글, 1924. 5, 85쪽.

말하자면, 양주동은 어세를 정확한 의미에서 이해하고 있지 못하고 있다. 오히려 의미와 음의 조화를 가리키는 어세를 적극적으로 구현하고자 했던 사람은 그와 번역을 두고 논쟁했던 김억이다. 김억과 양주동의 논쟁에서 두 사람이 대립각을 세운 부분은 형용사와 부사의 번역이었다. 김억이 양주동의 번역을 지적하면서, "「곱은 꼿이 피엿다」 할 것을 「곱게 꼿이 피엿다」 하여서는 엄청나게 그 뜻이 다"(5 : 221)[28]르다고 한 것은 양주동이 반발한 것처럼 다만 문법적 규칙을 엄수하는 차원을 가리키는 것이라고 보기는 어렵다. 문법이 '꽃'이라는 한 단어를 둘러싸고 있는 방식을 규정한다는 점에서 '고운 꽃'과 그냥 '꽃'은 전적으로 다르며, '피었다'와 '곱게 피었다'는 다른 것을 나타내는 표현이기 때문이다.

　　김억은 의미가 단어에 고정되어 있는 것이 아니라, 각각의 단어들을 둘러싸고 있는 여러 다른 요소들, 강세나 몸짓과 같은 요소들 사이의 관계 속에서 그 언어가 내포하고 있는 진정한 의도가 드러나게 된다고 여겼다. 즉, 언어는 "의미 이외의 고유미"(5 : 612)[29]를 가진 것으로, "의미와 음조 두 가지의 혼일된 조화"[30]로서만 언어는 올바르게 전달될 수 있다고 보았다.[31]

　　김억은 이를 어세라는 용어로 지칭하지 않았다. 그에게 의미와 음조

28　김억, 「시단산책, 『금성』 『폐허』 이후를 읽고」, 『개벽』 46호, 1924.4.
29　김억, 「언어의 임무는 음향과 감정에까지 (1)」, 『조선중앙일보』, 1923.9.27.
30　김억, 「언어의 순수를 위하야 (3)」, 『동아일보』, 1931.4.1.
31　김억의 '창작적 의역'이라는 개념은 개별 언어가 내포하고 있는 내적 의도를 정확히 옮기는 것을 목표로 하고 있었다는 점에서 '진정한 직역'이라고 부를 수 있다. 김억의 번역론이 언어론과 예술론과의 관계 속에서 도출되고 있다는 점에 대한 자세한 논의는 박슬기, 「김억의 번역론, 조선적 운율의 정초 가능성」, 『현대문학연구』 30집, 2010.4 참조.

의 조화는 시마무라 호게츠와는 달리 시의 형식적 차원이 아니라, 시 언어의 본질적 성격에 해당하는 것이었기 때문이다. 본래 언어가 지닌 의미와 음조의 혼일된 조화는 문자로 표기할 때 손상된다. 그의 번역론에서 특유한 번역불가능성에 대한 사유는 이 지점에서 나온다. 그러나 양주동의 설명에서 어세는 어음과 다르지 않으며, 그의 내용율은 어음의 차원에 한정되고 귀속된다. 약한 음은 약한 정(사상)에, 강한 음은 강한 정과 사상에 부합한다. 양주동이 남성적 리듬과 여성적 리듬을 구분한 것은 다만 어음의 강약에 의한 것이다.

양주동이 어세(어음을 이용한)로 내용율을 완전히 실현할 수 있다고 믿었던 것 같지는 않다. 나아가 이를 시인 개인에게 고유한 개성적인 것으로서 자유시의 리듬의 독자적인 형태로 승인할 수 있었던 것 같지 않다. 양주동에게 어세가 개별적 언어의 음의 배치에 해당하는 것이라면, 이 음의 조화를 위한 어떠한 규칙도 설정할 수 없기 때문이다. 어세는 무수히 많은 개별적 조합의 우연 속에서 이루어지는 것이며, 단순히 같은 음의 반복과 유사한 음운의 병치 대립으로선 그 완성된 구조를 쉽게 드러낼 수 없다. 그러므로 어세를 기저 자질로 하는 내용율은 양주동에게 시적 형식의 원칙으로서 승인될 수 없었다. 그가 이 글을 "시의 초학자들에게 도움을 주려"고 서술한 것인 만큼, 형식의 지도적 원리를 제시할 필요를 느꼈기 때문이다.

시의 형식에 대한 이론을 확립하고자 하는 강박은 완전히 모순되는 제안을 가능하게 한다. 그는 이 글의 말미에 "내용율과 형식률의 조화"가 있어야 할 것이라며 "시상이 형식적으로 — 예하면 칠오조적 기분으로 된 것은, 물론 칠오조의 형식률을 쓰는 것이 당연할 것"이며, "파

격의 자유시에도 그 이면에는 형식률(음수율)이 숨겨 잇는 것을 잊어서
는 안 된다"[32]고 말하고 있다. 양주동의 이 글 속에서, 그리고 당대의 미
사학의 관점에서 내용율과 형식율은 언어의 음이라는 동일한 요소를
사용하는 것이지만, 둘은 그 토대가 완전히 다른 것이다. 형식율이 의
미와는 상관없이 음의 배치를 규정하는 것이라 할 때, 이 율의 원리는
규정된 음의 성질에 따른다. 내용과 조화를 이루어야 한다고 할지라도,
언어의 의미는 규정된 음의 규칙에 선행하는 것은 아니다. 그러나 내
용율은 음과 의미의 조화에서 나오는 것이며, 이때 음은 의미를 보충하
거나 강화하는 것이지 음 그 자체로 독립된 규칙을 형성하지 않는다.
말하자면 내용율의 원리는 의미에 있다. 그러므로 내용율은 외재율에
대립되는 내재율도 아니며 동시에 형식율과는 아무런 관련을 맺고 있
지 않다.

   '칠오조'라는 형식이 있을 수는 있으나 '칠오조적 기분'이란 있을 수
없다. 7·5조라는 형식 자체가 어떤 미적 형상을 드러낼 수는 있으나,
7·5조적 기분에 의해서 7·5조라는 형식이 생겨나는 것은 아니기 때
문이다. 양주동이 7·5조적 기분이라고 한 것은 7·5조라는 형식 그 자
체에서 발생하는 것이라기보다는 7·5조 형식이 오랫동안 또한 광범
위하게 창작되면서 축적하게 된 것이다. "아릿아릿한 기분"이니 하는
것은 누구라도 객관타당하게 인식할 수 있도록 그 형식에 이미 내포되
어 있는 것은 아니다. 우리 시가에서라면, 본래 4·4조라는 형식이 있
고, 4·4조에 해당하는 기분이 있어서 이 규칙에 따라 민요와 같은 전

---

32   양주동, 앞의 글, 1924.5, 85~86쪽.

통 시가가 창안된 것은 아니다. 오히려 민족의 리듬 의식이 오랫동안 정련되면서 4 · 4조라는 형식을 창안했으며, 이 4 · 4조의 형식이 광범위하게 창작되면서 보편적인 감정을 획득하게 된 것이다. 말하자면, 형식이 내용에 선행하는 형식율은 시작(詩作)을 규율하는 규칙으로 가능하지만, 형식율에서 적용되는 형식과 내용의 선후관계를 내용율에 적용할 수 없다. 그러나 양주동은 내용율을 형식율을 내재화한 것이라고 보았기 때문에 "파격의 자유시에도 그 이면에는 형식율(음수율)이 숨겨져 있다"라고 발언한 것이다.

양주동이 보여주고 있는 이러한 혼란은 내재율 / 외재율, 내용율 / 형식율이라는 후대의 개념의 혼란과도 일치한다. 이는 자유시의 리듬을 형식화, 이론화하고자 했던 담론의 결과로 보인다. 혼란은 1920년대 초반의 자유시 이론가들이 율적 형식을 확립하고자 할 때 보여 주는 혼란과 다르지 않다. 이들은 상징주의 시와 일본의 자유시 운동의 영향으로 조선어로 가능한 새로운 율을 만들고자 했다. 시의 장르적 본질로서의 율과 시의 형식적 차원의 율격은 혼동되고, 율을 율격으로 확정하고자 할 때 율의 본질과는 무관한 규칙이나 원칙을 부여하게 된 것이다. 그러나 외적인 규칙을 확정할 수 없으므로, 내재율은 규칙의 부재성, 그리고 규칙의 결여태로서 이론화된다.

이상과 같은 논의에서 본 바, 율격과 율은 혼재된 상태에서 마치 같은 것처럼 또 혹은 다른 것처럼 인식되고 있었다. 율격은 일관되게 형식의 문제로 다루어지고 있는 반면, 율은 표현 / 내면의 문제와 밀접하게 연결되어 있다. 율격이 시의 '형식'이라면, '율'은 형식과 내용을 결합한 '시' 그 자체로 이해된다. 현철의 글에서도 나타난 바인데, 어음과 어세가 언어의 관습적 / 자연적 성격이라고 보기 어렵고 규범화와 체계화가 가능한 현상이 아니라는 점에서 즉각적으로 '말의 소리'로 연결되기는 어렵다. '내용율'로 지칭하고 있는 율의 개념은 음성 언어의 규칙적 배열이라기보다는 언어가 표현하고자 하는 사상 혹은 시상이 지니고 있는 음악적 요소에 해당한다. 이러할 때, 내용율은 앞서 논의한 김억과 황석우의 호흡률과 영률의 개념에 다가간다.

2. 김억의 예술론과 언어론, 시의 이념으로서의 율의 성립

1920년대 초반, 『개벽』지상에서 펼쳐진 시 원론에 대한 각축은 당대에 각자 펼쳤던 '새로운 시'에 대한 논의가 지면 위로 떠오른 것이다. 사전의 한 구절 때문에 논쟁에 휘말린 것은 현철로서는 우연하고도 억울한 일이었지만, 황석우나 미세를 비롯하여 근대시의 이론을 확립하고자 애썼던 당대의 시론가들로서는 이를 적극적으로 공격할 필요가 있었다. 이 논쟁의 과정에서 각자가 입장을 정리하게 되었으며, 시에 대한 근본적인 개념의 차이를 토대로 서로 다른 '시'를 형성하고자 하는 흐름이 뚜렷해지기 때문이다. 일단 1920년대 시론에서 시는 '정의 표현'임이 공식화되었다고 할 수 있다. 시 창작의 원리로서 음성적 규칙은 율격으로 이해되고, 율은 시의 본질로서 이해되었다. 다만 이 율을 형식화하는 과정에서 논쟁이 야기된 것이다.

시를 감정의 표현형식이라고 할 때, 이 개념이 다만 '정'이라는 내용을 '율격'이라는 외형으로 표현한 것을 의미하는 것은 아니다. 현철의 글에 황석우가 반발했듯, 정과 율격은 상호귀속적인 상태에 있는 것이다. 이를 이해하기 위해서는 현철이 말한 "이미 정열에는 리듬이 있"다는 말을 이해할 필요가 있다. "정"의 개념은 우리 시단에서는 김억이 열성적으로 발전시킨 개념으로, 그의 예술론은 이를 해명하는 데 집중되어 있다. 그가 발표한 최초의 글인 「예술적 생활」에서 예술과 인생을 동일한 것으로 놓을 때, 그의 논점은 예술은 무엇보다도 자연의 생명력의 모방이며, 이 모방은 예술가의 생명과 공명할 때 가능한 것으로 설정된다.[33] 이때 자연이 초월적인 '이상적 상태'로 설정된다는 점에서, 그는 낭만주의를 계승한 상징주의의 예술관을 토대하고 있다.

낭만주의의 명제는 흔히 '힘찬 감정의 자발적 흘러넘침'[34]으로 규정되어 왔으며, 이때 감정은 근대적 개인에게 고유한 내면의 형식으로서 이해된다. 그러나 여기서 '고유한'이라는 수사는 하나의 보충 설명을 필요로 한다. 즉 모든 개인들을 서로 다른 존재로 구별 짓는 내면성을 의미하는 것이 아니라, 신성한 단 하나의 내면을 분유받고 있다는 점을 의미한다는 것이다. 벤야민은 이 점을 강조하면서, 이러한 개인성은 '반영의 매개'라는 점을 고려하지 않으면 안 된다고 설명한다.[35] 즉 낭

---

33 이에 대한 자세한 논의는 박슬기, 앞의 글, 2010.4 참조.
34 Wordsworth & Coleridge, R. L. Brett and A. R. Jones ed., *Lyrical Ballads*, London : Methuen, 1968, p.237.
35 W. Benjamin, "The Concept of Criticism", Marcus Bullock and Michael W. Jennings ed., *Walter Benjamin : Selected Writings* Vol.1, 1913~1926, Cambridge : Belknap Press of Harvard University Press, 1996, p.168.

만주의 예술에서 더 중요한 것은 이 일상적인 개인의 내면이 신성한 저 너머의 초월적인 세계와 '일치'한다는 것이다. 그러므로 낭만주의 예술에서 이상적인 시란 "그 자체로서 자연이자 생명"[36]이다. 이것이 낭만주의 예술에서 추구한, 진리를 보여 주고 지시하는 "상징적 형식으로서의 초월적 시"에 해당한다. 그렇다고 한다면 낭만주의 예술은 사실상 고전주의 예술의 등식, '진리는 아름답다'는 등식을 공유하고 있다고 볼 수 있다.[37] 다만 고전주의 예술에서 진과 미의 일치를 가능하게 하는 것이 인격의 도야였다면, 낭만주의 예술에서는 예술을 통해서 가능한 것으로 여겨진다. 이러한 지점에서 김억의 예술론이 도출하는 예술과 인생의 일치는, 이광수의 예술과 인생과 도덕의 일치에 대한 견해와 같은 지점을 공유한다.[38]

그러나 이는 비단 김억에게 고유한 견해는 아니다. 무엇보다도 1920년대 동인지의 담론이 자연과 인생과 자아의 일치를 모토로 걸었다는 점이[39] 이를 방증한다. 이들의 '자아'가 '자연'과 동시적으로 발견되었으며, 자연과 자아의 일치를 통해서 자아의 내면이 신성성을 부여받게 되는 것은[40] 동인지 담론에서 일반적인 것으로 이해할 수 있다. 그러므

---

36 *ibid*., p.170.
37 W. Benjamin, 조만영 역, 『독일 비애극의 원천』, 새물결, 2008, 208쪽.
38 다만 이광수에게 있어 인생의 미화(美化)와 예술의 인생화가 선(善)을 매개로 하여 진리에 도달한다면 김억에게 있어서는 예술의 미(美) 자체는 도덕이 없어도 이 진정한 자연, 즉 진리로서의 자연에 도달할 수 있는 것으로 여겨진다(이에 대해서는 박슬기, 「이광수의 문학관, 심미적 형식과 조선의 이념화」, 『한국문학이론과 비평』 30집, 한국문학이론과비평학회, 2006.3 참조).
39 차승기, 「'폐허'의 시간—1920년대 초 동인지 문학의 미적 세계관 형성에 대하여」, 상허학회, 『상허학보』 6집, 2000.
40 최현희, 「1920년대 초 한국문학과 동인지 『폐허』의 위상」, 『규장각』 31집, 규장각 한국학연구소, 2007, 291쪽.

로 김억이 지속적으로 강조하는 '정'의 개념은 근본적으로 이러한 자연의 이상과 일치된 상태다. 단순히 개인의 개성을 의미하는 것은 아니라, 이러한 이상과 일치된 것으로서 신성함을 내포한 '감정'이라고 볼 수 있는 것이다. 김억의 '정'의 개념은 그런 의미에서, 황석우의 '영(靈)'의 개념, 그리고 김소월의 '혼(魂)'의 개념과 연결된다. 정, 영, 혼의 개념은 근대적 자아의 존재 상태의 핵심적인 조건으로 등장했다는 점[41]에서 같은 맥락에 놓여있다.

이는 김억이 상징주의 사조를 제대로 이해했는가 하는 문제와는 별로 관계가 없다. 김억이 상징주의에서의 언어의 음악성을 표면적으로 이해하여 받아들였다는 일반적 평가는[42] 김억의 정의 개념에 내재한 본질적 측면을 간과하는 것이다. 앞서 논의한 바, '내면의 신성성'이라는 것은 고전주의에서 낭만주의, 그리고 상징주의에 이르는 사조들의 기본적인 인식론적 토대에 해당하는 것이기 때문이다. 김억이 다양한 상징주의 작가들을 소개한 점, 황석우가 상징주의에 경도되었다는 점은 무엇보다도 사조 수용의 올바름 혹은 그름의 문제에 해당하는 것이 아니다. 동인지 담론에 대한 많은 연구들이 증명했듯, 상징주의 사조는 예술을 인생과 일치시키는 지점에서 그들의 문학론을 출발시키기 위해 도입된 한 범례에 해당하는 것이기 때문이다. 그들이 상징주의 영향을 받지 않았다는 것은 아니지만, 그 수용의 폭과 깊이를 과장하면 결국 김억과 황석우를 비롯한 초창기 근대시 입론가들의 내적인 의도

41　이철호, 「근대적 자아의 비의－1910년대 후반기 근대문학에 나타난 '영(靈)'의 문제」, 상허학회, 『상허학보』 19집, 2007.
42　박은미, 「일본 상징주의의 수용 양상 연구」, 『우리문학연구』 21집, 2007, 342쪽.

는 과소 평가하게 된다.[43]

　김억에게 더 중요한 것은 신성한 자연과 언어가 맺는 관계이며, 이 지점에서 그는 낭만주의에서 상징주의에 이르는 언어적 전회에 대해 깊이 다가가게 된다. 김억을 상징주의 수용의 입장에서 평가한다면, 이 지점에 집중해야 한다.

　　이는 卽, 善의 熱烈한 憧憬者이기 째문에, 딸아 忠實한 惡의 奴隷되게 됨이며, 理想的이기 째문에, 現實的 아니될 슈 업는 善과 惡의 混合인 絶對者임으로써라. 그러기에, 瞬間々々의 生活은 悔恨이며, 悲愁며, 恐怖며, 暗悶이며, 追求的追懷的 쓴 心情을 맛보는 不安이리라. (…중략…)

　　現實의 音, 色, 形 — 이들은 靈魂을 無限世界에 잇끌어가는 象徵이 아니고 그것들 自身이, 곳 靈魂이며, 그것들自身이 곳無限이라고 생각하엿다. 이와 갓치 그의 求하는 바가 熱烈하엿기 째문에, — 惡을 노래하며 그를 求하며, 醜을노래하며, 그을 求하게 된 것이 아니고 그의 求한 것은 善이며, 美며, 神이 엿다 — 그의 惡의 찬美은 善을 엇드랴고 하다가 엇지 못하야의 悲哀의 心情 — 卽 이 世上의 美가 死人의 얼골에 粉 바른 것만에서, 더 아니 보이도록 초현세적 미을 차엿스며, 악을 찬미치아니코는 못 견지리만큼 열렬하게 선을 사라하며 그립워하며 구하멋스며 죽음을, 노래하지 아니코는 못 견지리만큼 열렬하게 생을 사랑하며 구하며 그립워하엿다.

　　　　　　　　　　　　　— 「요구와 회한」, 『학지광』 10호, 1916.9.4

43　김억이 데카당파와 베를렌느의 '세기말적 퇴폐주의'에 경도되었던 이유를 그의 '감상적'인 기질적 태도에서 찾는 견해는 대표적이다(김은전, 『한국 상징주의 시 연구』, 한샘, 1991, 21쪽).

김억의 초기 예술론 중 하나인 「요구와 회한」에서, 그는 베를렌느와 보들레르의 악마적 미학을 옹호한다. 이는 "미를 구하다가 얻지 못하야의 추, 진을 찾다가 찾지 못하야의 위, 선을 구하야다 얻지 못하야의 악, 이들을 맛보게 되며 또는 거기에 동경하게 된"(「요구와 회한」, 5 : 12) 결과로 나타났다는 것이다. 김억의 이러한 지적은 상징주의의 핵심을 겨냥한다. 진과 선의 미를 일치시키는 이상, 즉 절대성을 구하는 것과 현실 사이의 깊은 심연에 주목하는 것이기 때문이다. 말하자면, 김억은 상징주의에서 절대성의 추구와 거기에 도달하지 못하는 좌절의 관계를 주목한다. 이는 상징주의, 특히 보들레르 시학에서 핵심적인 요건에 해당하는데 상징주의 시학이 낭만주의 시학과 다른 것은 신비로운 영혼에 의해 절대성과 현실이 통합되는 것이 불가능하다고 인식한 데 있기 때문이다. 낭만주의에서 상징주의에 이르는 전회를 김억이 이해했다고 보이는 이유는 그가 이 글에서 '상징'의 개념을 상징주의 시학에 타당한 용법으로 이해하고 있기 때문이다.

김억은 "현실의 음, 색, 형 — 이들은 영혼을 무한세계에 잇끌어가는 상징이 아니고 그것들 자신이, 곳 영혼이며, 그것들 자신이 곳 무한이라고 생각하엿다"라고 덧붙이는데, 이는 상징의 개념에 대한 상징주의적 전회에 해당한다. 미학에서 상징은 그것이 지시하는 더 큰 무엇에 '참여'한다는 점에서 다른 기호와 구별된다. 상징은 전체성의 한 유비로서 존재하며, 그러할 때 상징은 하나의 기호 안에 전체와 현상의 완전한 통일성이 성취된 미학적 상태로 여겨진다. 이는 독일 낭만주의 예술의 기본적인 개념으로, 그들에게 '상징'은 초월적인 절대성과 친연성을 가진 것이며 이 상징을 통해 나와 초월성은 절대적으로 하나 될 수 있다. 그러할 때, 무한한 자연의 본성을 지향하는 상징의 기호는 자연의 본성과 동일한 것이라는 점에서 그 가치를 얻는다. 낭만주의 예술에서 언어는 이러한 상징의 지위를 점유하는 것으로, 이때 언어로 표현된 예술은 상징을 통해 무한한 자연의 본성과 일치할 수 있는 것으로 여겨진다. 그렇다고 한다면, 여기에서는 심연이 발견되지 않는다. 초월성과 현실의 언어가 일치하는 지점, 상징의 순간은 '신비로운 영혼'의 능력에 의해 발견되는 것이다. 그러나 이 글에서 김억은 '상징이 아니라 그것들 자신이 영혼이며 무한'이라고 설명한다. 이는 흔한 오해처럼, 상징'화'된 기호의 존재태를 의미하는 것은 아니다.

이에 대해서는 조금 더 설명이 필요한데, 상징주의 시학은 낭만주의의 포에지 개념에 없었거나, 중요하지 않았던 어떤 심연의 발견으로부터 확장된다. 이 심연은 초월성과 현실 사이에 존재하는 깊은 간극이며, 심연의 발견은 언어에 대한 인식의 변화에서 비롯된다. 보들레르는 언어가 자연 본성의 유비인 것이 아니라, 자연이 언어 속에 이미 내포되어 있는 것으로 이해했다. 이 개념은 보들레르의 만물조응 사상에서 발전된 것인데, 만물조응 사상은 모든 것은 서로 대화하는, 즉 '말하는 존재'로 인식하는 것을 전제한다. 모든 것들은 "서로서로에게 대답하는 존재"들이다. 이 '대답하다'라는 언어적 은유가 제안하는 바는, 최소한 시에 반영되는 세계를 구성하는 사물들이 언어의 요소라는 점을 의미한다.[44]

상징은 더 큰 실재에 참여하는 것을 목표로 한다. 상징주의자들에게 이는 상징화된 것으로 가정된 실재를 언어의 요소 속에서 가상적으로

---

44 William Franke, "The Linguistic Turning of the Symbol", Patricia A. Ward ed., *Baudelaire and the Poetics of Modernity*, Nashvile : Vanderbilt University Press, 2001, p.18.

창출해 내게 된다는 것을 의미한다. 언어 속에 도입된 모든 실재는 상징주의자들의 비전을 해명하는 핵심적 전제다. 이러한 근본적인 전제는 사실 모순적이다. 한편으로 모든 것이 전체성 속에 융합되어 버리므로 실재는 더 이상 남지 않는다. 또 한편으로, 모든 언어 실재의 붕괴는 이 실재를 담고 있다고 여겨지는 언어를 허공으로 만들어버린다. 즉 언어의 너머에 있는 것, 언어의 본질이자 언어가 지칭하는 더 큰 전체에 뿌리박지 못하는 언어는 하나의 빈 그릇에 지나지 않는 것이다. 이것이 상징주의가 발견한 심연이다. 언어가 자연을 지칭하는 것이 아니라, 언어에 자연이 내포되어 있다고 한다면, 언어 밖의 초월적 실체는 존재하지 않게 된다. 말하자면, 초월적 실체란 언어에 의해 가상적으로 창조된 어떤 허상에 지나지 않게 되어버리는 것이다. 여기에 상징주의의 이중적 속성이 존재한다. 시인 개인은 고립된 존재로 여기면서, 상징적 언어를 통해 "잃어버린 통일성"을 획득하고자 하는 경향이 있기 때문이다.[45]

　김억이 겨냥하고 있는 것은 상징주의 시학이 초월성과 언어 사이의 관계에서 발견한 무한한 심연이다. 김억이 프랑스 상징주의의 이론을 그대로 베껴오지 않았으며, 상징주의 시학에서의 추구와 도달의 이중 관계에 주목하고 있음은 러시아 상징파 작가인 쏘로굽과 투르게네프 등을 소개할 때도 이 지점을 중점적으로 논의했다는 점을 보아도 알 수 있다. 이는 그가 상징파 예술, 나아가 예술 일반을 절대성의 추구와 거기에 도달하지 못하는 좌절의 관계로 파악하고 있다는 것을 의미한

45　Paul de Man, "The Double Aspect of Symbolism", *Yale French Studies* No.74, 1988, p.13.

다.[46] 절대성의 추구와 그 일치는 이상이다. 그러나 그것은 아마도 현실의 예술에서는 불가능할 것이다. 그것은 언어가 지닌 한계와 가능성 때문이다. 김억의 언어관은 이러한 점에 주목하여 검토해 볼 필요가 있다.

김억은 자신의 시가 "시상 그것보다는 말 맨들기에 고심초사한다"라는 월탄의 평에 대해 "표현의 기교가 업서서는 그 사상은 표현되지 못합니다"(5 : 202)[47]라고 하며, 항의했다. 기교에 너무 집착한다는 월탄의 평에 기교의 필요성을 주장하는 것인데, 그 이유는 "사상의 표현에 대한 가능의 문자가 업"기 때문이라는 것이다. 이는 월탄이 기교를 언어를 꾸미는 기술 정도로 생각한 반면에, 김억은 언어의 한계를 인식하고 있었기 때문에 발생한 생각의 차이라고 할 수 있다. "사상은 완전"하지만, "언어와 문자는 불완전"하다. 여기에는 인간의 언어가 완전한 사상의 세계를 표현하기 어렵다고 보는 시각이 깔려 있다. 이 사상의 세계란 물론 예술의 절대성의 세계, 즉 자연의 세계를 의미한다. 즉, 월탄에게 '사상'이란 단순히 시인의 의도였던 반면에, 김억에게 이 '사상'은 절대적으로 초월적인 세계이므로 김억에게서 사상과 언어 사이의 격차는 월탄에 비해 훨씬 큰 것으로 발견된다. "문자라는 완전치 못한 형식을 시상이 밟을 째, 어쩌케 시상 그것이 완전한 표현을 어들 수가 잇겟습니까"(「무책임한 비평」, 5 : 203)라는 항변은 사상의 완전성과 문자의 불완전성에 대한 그의 인식을 보여 준다. 이는 언어를 단순히 인간의 개인적 감정 표현의 '도구'로서 본 것이 아니라, 사상의 '표현' 그

---

46 그런 점에서, 김억을 비롯한 초기 상징주의 수용자들이 세기말의 퇴폐주의를 받아들여, 자기 안으로 침잠했다는 것이 일종의 감상성에서 비롯한다는 평가는 지양되어야 할 것이다.

47 김억, 「무책임한 비평」, 『개벽』 32호, 1923.2.

자체로서 본 것이다. 이것이 그가 언어를 성어(聖語)와 일상어로 구별하는 인식론적 토대다.

이러한 언어의 불가능성은 번역론을 통해 발견된 것이다. 김억은 외국어의 음과 뜻을 그대로 재현할 수 있는 조선어가 없다는 점을 한탄했는데, 이는 물론 조선어가 지닌 언어상의 한계와 연결된다. 주요한이 조선어에 리듬이 없음을 지적한 것이나, 양주동이 조선어에는 악센트가 없으니 음수율을 사용하자고 제안한 것도 모두 조선어가 가지는 음악적 성격의 결여를 인식한 것이다. 김억 역시 이러한 견해를 이들과 공유하고 있다. 그러나 그가 조선어에 한계가 있다고 생각한 것은, 단지 주요한이 말한 바와 같이 "조선어의 본질로 보아 일고일조(一高一低)가 업고 쏘 운을 밟을 수가 업서 시형의 완전을 기하기 어렵"(5 : 374)[48]기 때문이 아니라, 조선어에는 "형용사와 부사가 부족"하여 원시의 정조를 전달하기에 어렵기 때문이라는 것이다. 이 형용사와 부사의 문제는 양주동과의 논쟁에서도 중요한 주제로 등장하는 바, 김억이 조선어에 한계를 느끼는 것은 순수히 문법적인 차원의 문제이거나 조선어의 음성 요소에 해당하는 것은 아니다.[49] 왜냐하면, 그에게는 '시의 언어'라는 언어의 이상이 존재하기 때문이다.

그러나 나는 刹那刹那의 靈의 情調的 音樂이라고 하겠습니다. 그 갓튼 때에

---

48 김억, 「『□□시형에 관하야」를 듯고서 (1)」, 『조선일보』, 1928. 10. 18.
49 김□□의 번역론의 결정체라 할 수 있는 『잃어진 진주』의 서문에서, "죽을힘을 다하야 싸□□면서 번역의 고충과 어려움을 토로했다. 그 이유를 김억은 "형용사와 부사의 부족"을 지적하고 있다(이에 대한 자세한 논의는, 박슬기, 앞의 글, 2010. 4, 참조).

한 靈의 정조는 다른 靈의 情調的 音樂이라고 하겟습니다. 이리케 말을 하면 엇던 이는 가르처, 써 文字的 遊戲라고 할 이가 잇을지는 몰으겟습니다. 만은 相對的 詩는 存在할 수 잇으나 絶對的 詩는 存在치 못한다고 나는 생각합니다. 웨 그러냐 하면 詩의 用語는 人生의 文字나 言語에는 업는 聖語입니다. 그러고 비록 詩는 잇다고 하여도 그것은 內部의 情調대로 남아잇을 뿐이고, 決코 밧그로 나아올 것은 못됩니다. 웨 그러냐 하면 詩가 文字라는 形式의 길을 밝게 되면 벌서 그 表現될 바의 表現을 잃은 第二의 詩입니다. 가슴속에 '詩想'으로 잇는 그때의 詩가 眞正한 詩입니다. 그것이 人生의 거츨고 表現의 不完全한 文字의 形式에 나타나면 발서 眞正한 詩의 生命은 잃어진 것입니다.

—「서문대신에」, 『잃어진 진주』, 1924[50]

이 글에서 김억은 시와 언어를 각각 두 가지로 나누고 있다. 하나는 '절대적 시'이며, '진정한 시'이다. 이에 대응하는 것이 '상대적 시'이며, '제2의 시'인 것인데, 이상적인 시가는 "내부의 정조대로 남아"있는, "가슴속에 '시상'으로 잇는" 시에 해당한다. 이러한 시를 표현하는 언어는 "인생의 문자나 언어에는 업는 성어"라고 주장하고 있다. 다시 말해, "시가 문자라는 형식의 길을 밝게 되면", 다시 말해 '불완전한 문자의 형식'으로 언어화된다면 이미 그 절대적 시의 신성성은 상실되고 시는 가치하락을 겪게 된다. 이는 그가 「시단의 일년」에서, 시를 세 단계로 구별한 것과 동일한 생각에 해당하는데, 그에게 시는 진정한 예술의 절대성에 해당하는 것이므로, 인간이 가지고 있는 언어의 한계로서는 도

---

50 역시집 『잃어진 진주』는 1924년에 출간되었으나, 서문은 1922년 1월 25일에 쓰였다. 여기서는 『안서 김억 전집』 2-1권, 463쪽에서 인용.

저히 담아내기 어려운 것이다.

　따라서 시의 구별은 또 다른 구별을 전제하고 있다. 언어의 구별이 그것인데, 그에게 언어는 성어(聖語)와 현실의 언어로 구별된다. 이 성어의 개념은 "말은 한우님이 잇은 다음에 잇는 것이 아니고, 한우님과 함끠 잇섯습니다, 하야 말은 한우님이라 한 것을 우리는 2천 년 전(二天年 前)에 使徒 요한에게서 들엇습니다, 그럿습니다"(5 : 206)[51]에서 명확하게 표현되어 있다. 이는 그가 언어를 단순히 의사소통의 도구로서 파악하고 있지 않다는 것을 의미한다. "언어라는 신성한 것으로 말미암아서 사상과 감정을 표현할 수 잇지 아니함닛가 이 점에서 언어란 하느님이며 하느님은 언어라고까지 생각하고 십습니다"[52]라고 말할 때 그에게 언어는 신성한 생명에 해당하는 것으로 확인된다.

　언어에 대한 부르주아적 사용에 반대하여, 유대적 전통에서 언어의 신성을 복권하려고 했던 벤야민은 언어를 타락 이전의 아담의 언어와 타락 이후의 언어로 구별했다. 아담의 언어란 '이름짓기'의 언어로서, 이는 사물의 말을 듣고 그에 말을 번역하는 일에 해당한다. 즉, 본래 사물은 그 자신을 전달하려는 본성이 있다는 점에서 모두 언어이다. 이는 보들레르에게서 '서로 대답하는 사물'의 개념과 연결된다. 다만, 그것이 인간의 언어와 구별되는 점은 '발화'되지 않는다는 것뿐이다.[53]

　인간의 언어는 이러한 사물의 언어를 '듣고' 그것에 이름을 붙임으로

---

51 김억, 「시단의 일년」, 『개벽』 42호, 1923.12.1.
52 김억, 「현시단」, 『동아일보』, 1926.1.14.
53 W. Benjamin, "On Language as Such and on the Language of Man", *Walter Benjamin : Selected Writings* Vol.1, pp.62~63.

써 그 사물의 본성을 전달한다. 여기에 인간의 언어의 속성으로서의 '매개'의 성격이 드러난다. 벤야민이 "모든 사물의 언어적 본질은 그것들의 언어이다"라고 말할 때, 이는 동어 반복이 아니다. "모든 정신적 존재에서 전달 가능한 것은 그것의 언어이다"라고 표현되기 때문이다. 사물의 언어적 본성은 사물 속에 본래 내재하고 있는 것이 아니라, 인간의 언어를 통해 번역되는 과정 중에 원래 있었던 것으로 드러난다. 다시 말해, 사물의 언어적 본성은 인간의 언어로써 번역되는 과정 그 자체다. 인간의 언어는 이 사물의 언어적 본성을 '번역'하는 행위라는 점에서, 벤야민에게 인간의 언어란 근본적으로 '번역행위'다. 즉 사물의 언어적 본성은 인간의 언어에 매개되어서, 인간의 언어에 내포된 것으로서만 나타나는 것이다.[54]

이러한 언어론을 거치고 나서야 김억의 성어(聖語)는 자연의 본성으로서의 언어, 즉 사물의 언어적 본질을 가리키는 것으로 이해된다. 김억은 '절대적 시의 용어'로서 성어를 논의하면서, 이 '성어'가 인간 언어의 형태가 아니라는 점을 계속해서 강조한다. "웃음소리도 몸짓도 손짓도, 다 언어다"[55]라고 주장한 것은 언어를 다만 인간의 언어로 한정시키지 않고 있다는 점을 의미한다. 또한 김억은 인간의 언어가 근본적으로, 이 '성어'의 전달체에 불과하며, 그러나 임무를 완수할 수 없는 언어임을 체득하고 있다.

---

54 자연과 언어의 이러한 관계에 대한 천착이 김억의 번역론에 존재한다. 그의 '창작적 의역'이라는 개념은 외국어로 된 원문을 조선어로 '번역'하는 일이 아니라, 외국어로 된 원시와 조선어로 된 번역시가 동등하게 공유하는 시상, 즉 자연의 절대성을 번역하는 일을 가리키는 일이다. 이에 대한 자세한 논의는 박슬기, 앞의 글, 2010.4, 참조.
55 김억, 「언어」, 『동아일보』, 1925.4.26.

이는 이후에 그가 "한마디로 말하면 문자는 언어를 부호로 표시하는 것이며 언어는 다시 인생의 사상과 감정을 표현식히는 것"이라고 정의하고 사도 요한의 말을 빌어 "말슴은 하느님이요 또한 인생의 생명"[56]이라고 말할 때 확실히 표현된다. 문자는 언어를 '부호'로 표시한 것이며, 이 언어는 생명이 있는 것으로서의 언어다. 그러므로 그가 "문자에도 생명과 정신이 잇서 우리가 예술적 작품을 읽을 때에 단순히 그 의미만 읽지 아니하고 그 속에 흘으는 문자의 생명과 정신까지 읽"[57]어야 한다며 주장하는 것은, 이 인간의 언어에 내포된 생명과 정신, 즉 성어를 인식해야 한다는 요청이다.

벤야민의 언어론을 따라 김억의 성어론을 읽어보면, 인간의 언어의 가능성과 불가능성에 대한 성찰이 감지된다. 인간의 언어는 타락했으므로, 자연의 본성을 전달할 수 없다. 그러나 그러한 언어가 없다면 자연의 본성은 아예 없는 것이다. 그러므로 그는 다만 '표현의 수단'으로서 언어를 이해하지 않았다. "시구에 담긴 언어 그 자신이 곳 사상이며 감정이며 목적이며 가치입니다. 하야 이것은 둘이면서 하나로 어데까지든지 떠나서는 존재할 수 업는 것"(「현시단」, 5 : 345)이라 주장할 때, 언어는 이 사상을 내포하고 있는 것으로 이해되고 있는 것이다.

그렇다면, 진정한 시란 언어와 사상의 일치체로서 떠오르는 것이 아닐 수 없다. 시란 사상만으로도, 언어만으로도 되는 것이 아니다. 이 언어가 사상을 여실하게 표현함으로써만, 사상은 비로소 떠오른다. 시는 사실상 언어적 형태를 가리키는 것이 아니며, 시의 근본적 지향점을 가

---

56 김억, 「에쓰페란토와 문학 (1)」, 『동아일보』, 1925. 3. 16.
57 위의 글.

리키는 것이다. 김억은 절대적 시상의 세계와 언어의 현상계가 분리되어 있다는 사유에 입각해 있으면서도, 절대적 시라는 시의 이념이 언어의 현상 속에서만 나타날 수 있다고 여긴다. 즉, 이때 '절대시'는 그것이 '존재'라는 점에서 이념적인 것이지,[58] 초월적이라는 의미가 아니다.

김억의 예술론, 번역론, 언어론을 관류하고 있는 어떤 좌절의 감각은 바로 이 지점에서 나온다. 그는 언어의 한계를 인지하면서도, 언어로서 가능한 최대 지점을 탐구하고자 끊임없이 노력했다. 이 접점에서 김억의 리듬 개념이 도출된다. 자연은 자신의 호흡으로 이루어져 있고, 그것은 하나의 '리듬'이다. 김억은 단호히 시를 "찰나찰나의 영의 정조적음악"(「서문 대신에」, 2-1 : 463)로 정의했다. 생명의 리듬을 언어로 표현하는 것, 이것이 시의 언어에서 최대의 과제에 해당하는 것이다. 이러할 때, 다음과 같은 구절 "시인의 호흡과 고동에 근저를 잡은 음률이 시인의 정신과 심령의 산물인 절대가치를 가진 시가 될 것"(「시형의 음률과 호흡」, 5 : 35)은 단순히 율의 근거를 개인의 개성에 둔 것만이 아니며, 시의 리듬을 생리적인 차원으로 환원한 것도 아니다. 이는 그 언어의 한계와 가능성에서 산출되는 것이기 때문이다.

김억의 이러한 언어론을 거치고 나서야 자유시의 초창기에 중요한 율에 관한 가장 중요하고도 모호한 두 개의 개념을 다시 논의할 수 있다. 김억은 이 율을 '호흡률'이라고 불렀고, 황석우는 '영률'이라 지칭했다. 김억은 호흡률을 음률, 정조라는 개념과 동일한 것으로 사용했고, 황석우는 영률을 내재율, 심률과 동일한 용어로 사용했다. 김억은 지

---

58 W. Benjamin, 조만영 역, 앞의 책, 15쪽.

속적으로 자신의 개념을 명확히 해 나갔지만, 황석우는 자신의 생각을 명확하게 이론화하지는 않았다. 내재율이 황석우의 글에서 본격적이고도 최초로 사용되었다는 점에서 황석우의 '영률'의 개념의 함의는 다시 고찰해 볼 필요가 있다.

황석우는 '영률'을 다만 "기분의 직목(오리메)"이라고 말했을 뿐, 이를 명확하게 설명하지 않았는데, 앞 절에서 살펴 본 바 그의 율의 개념은 독특한 언어관을 토대로 하고 있었다. 황석우는 초기의 글에서 언어를 인어(人語)와 영어(靈語), 두 개로 구별했다. 그는 인어는 현실어이고, 영어는 시의 언어라며, "영어에 취(取)하여는 그 근근한 '밧침'의 용(用)에 밧겐 충(充)치 못하게 된다. 영어에는 영어로의 특별한 자모(字母)가 잇스나, 영어의 성(性)의 조화 강긴(强緊)의 보용(補用)에 예컨대 'ㅣ' 'ㅅ' 갓흔 자로 제공되는 자일다"(「시화」)라고 주장했다. 모호하고 비의적인 글이긴 하지만, 그는 명백히 김억의 이원론적 언어관을 공유하고 있는 것으로 보인다.

인간의 언어가 성어를 내포하기에는 한계가 있다고 여겼으며 이 언어의 한계 속에서 좌절했던 김억은 주어진 언어의 최대 한계를 시험하고자 했다. 김억에게 성어는 자연의 본성 그 자체이며, 그것이 자신의 본성을 전달하고자 한다는 점에서 언어일 뿐이지 인간의 언어로 구현되는 것은 불가능하다. 따라서 인간의 언어는 성어를 상실한 언어다. 김억에게 인간의 언어로 가능한 시의 최대치는 이 성어를 내포한 언어로, 자연의 본성과 일치하는 순간을 드러내는 것이다. 그러나 인간의 언어는 이러한 지점을 성취할 수 없으므로, 김억에게 성어는 언제나 드러나지 않음으로써만, 다시 말해 부재하는 것으로서만 인간의 언어에 나타난다. 그러니 김억에게 인간의 언어를 떠난, 순전히 성어로서 가능한 시는 존재할 수 없다. 절대적 시는 인간의 언어가 극도의 조화를 이루는 순간에조차 성취할 수 없다는 것으로서만 드러나는 것이다. 그러나 황석우에게 영어(靈語)는 자모(字母)를 가진 언어의 체계이기에 영어의 시는 현실 속에서 가능하다. 다만 시인 개인의 능력에 그에 미치지 못할 뿐이다.

이 둘의 언어관은 이러한 차이를 보이고 있지만, 인간의 현실적인 언어와 자연의 본성으로서의 언어가 근본적으로 분리되어 있다고 인식한다는 점에서 공명한다. 이러한 점에서 호흡률과 영률은 언어의 본질적 특성에 따른 예술의 표현 가능성이자, 예술의 현현(顯現) 그 자체로 이해된다. 호흡률과 영률에 대한 형식적 규정이 없었던 것은 자연의 본성을 언어로 포착할 수 없으며, 언어로 포착할 수 없는 것인 한에서 그것을 명확히 인식할 수 있는 방법이 인간에게 주어져 있지 않기 때문이다. 각 개인에게 고유한 개성으로써, 각 개인에게 주어진 언어로써, 모두가 다른 방식으로 창작할 수는 있으나 그것의 절대적인 규칙으로서의 율을 지정할 수는 없다. 그러므로, 이들에게 이 호흡률과 영률은 새로운 시가 갖추어야 할 형식이라기보다는 시가 지향해야 할 이념으로 발견된 것이다.

예술이 지향하는 바, 자연의 본성을 표현하는 것이 시라면, 시는 이 분리 사태와 언어의 한계를 어떤 방식으로 극복할 수 있을 있을 것인가. 황석우는 이 이상의 논의를 전개하지 않았으나 김억은 이를 본격적으로 전개했다. 그것은 언어의 본질적인 특성, 특히 조선어의 성격을 구명하여 조선어로 가능한 시의 형식을 탐구하는 것이다.

상징주의가 낭만주의가 다른 점은, 개인의 정체성이 자연의 본질이 아니라 언어에 의한 가상에 불과하다는 점을 깨달은 것이다. 이러한 점이 상징주의의 언어적 전회에 해당한다. 그렇다고 할 때, 언어는 '자아의 아픔'에 감염된 언어다.[59] 사물의 질서는 단지 언어적인 것이며, 그래서 다만 인간의 물질문명의 반영일 뿐이다. 자연의 본질이란 실재하지 않는 것처럼 여겨진다. 보들레르의 인공어의 의의는 전적으로 여기에 있다. 그는 언어의 가상에 절망하면서도, 인공어를 통해 그것을 역설적인 방식으로 자연의 본질을 지향하고자 한 것이다. 따라서 보들레르에게 음악성의 파괴는 필연적이다. 음악이 자연의 본질과 언어가 조화롭게 통일되는 지점에 위치한다고 할 때, 그것은 이미 언어의 가상으로 인해 불가능해진 것이기 때문이다. 그러므로 보들레르의 산문시에서 프로조디는 음악의 성취를 지속적으로 연기하며 서술적으로 확장된다.[60]

그러나 김억의 경우, 이러한 인공어의 인식까지 나아간 것 같지는 않다. 그는 자연과 언어의 결합을 보증해주는 '음악'의 가능성을 의심한 것 같지는 않다. 이 지점에서 김억의 '음악성'이 해명되어야 한다. 즉, 자연과 언어의 결합 현상으로서의 음악성, '정조(情調)'의 가능성이 존재하는 것으로 말이다.

이 詩 定義의 첨에 詩라는 것은 表現形式에 一定한 規正과 制限이 잇는 韻

---

59 William Frank, *op. cit.*, p. 27.
60 Jean-Christophe Bailly, "Prose and Prosody : Baudelaire and the Handling of Genres", Jan Plug trans., *Baudelaire and the Poetics of Modernity*, 2001, p. 132.

文이라고 하엿습니다. 이것은 詩歌를 表現形式으로만 보고 한 말이고, 한 거름 더 들어가서 內容으로 詩歌를 볼 째에는 感情의 高潮된 소리입니다. 다시 말하면 激動에 激動을 거듭한 感動 그 自身입니다.

그러나 感情의 熱烈한 激動 째문에 創作的 想像과 直觀이 업서々는 아니 됩니다. 이點에서 詩歌라는 것은 現實的 創作的 想像과 直觀을 文字가 音樂的 形式으로 表現된 感情이라고도 할 수 잇습니다. (…중략…) 詩歌라는 것은 高潮된 感情(情緒)의 音樂的 表現이라는 것이 넓흔 意味로 가장 穩當할 듯합니다.

— 「작시법 (1)」, 『조선문단』 7호, 1925.4

이 글에서 김억은 시를 무엇보다도 "고조된 감정(정서)의 음악적 표현"으로 정의한다. 이 정의는 김억의 초기 저술에서 격조시형에 기울었던 중기, 그리고 아예 유행가 창작으로 경도되었던 시기에 이르기까지 김억의 시에 대한 생각의 핵심을 이루는 것이다. 이 정의를 오해 없이 이해하기 위해서는, 두 가지 개념을 먼저 정의해야 한다. 하나는 '감정'이며 또 하나는 '음악적 표현'이 그것이다. 김억의 감정 개념에 대해서는 그것이 단순한 개인의 정서가 아니라 예술이 이를 수 있는 절대성의 세계임을 이미 논증하였다. "감동"은 이 절대성의 세계와 예술가의 생명이 합치되는 순간을 의미하는 것으로, 사물의 본성이 초월적인 절대성으로 이미 존재하는 것이 아니라 예술가의 포착 행위를 통해서만 비로소 드러나는 '행위' 개념으로 해석되어야 할 필요가 있다. 이 감동의 개념이 정서적 합일을 의미하는 것이라면 '음악적 표현'이란 감동의 언어적 사태에 해당한다.

김억은 시의 언어적 표현에 대해서, "표현형식에 일정한 규정과 제한이 잇는 운문"이라는 표현을 썼으며 이는 아무런 형식 없이 자유롭게 감정을 표현하는 자유시의 이념과 배치되는 것으로 이해되기 쉬웠다. 또한 김억의 격조 시형이 자유시의 이념을 배반하고, 엄격한 정형률을 성립시키는 것으로 나아갔다는 점에서 그가 음악성을 지나치게 강조한 나머지 외형적 운율에만 치우치게 되었다는 평가를 낳기도 했다. 그러나 이 점은 조심스럽게 고려되어야 한다. 그는 여기에 하나의 제한을 달고 있는데, "내용으로 시가를 볼 째에는 감정의 고조된 소리"임을 강조하고 있기 때문이다. 시가에 대하여 "형식적 정의인 '시가는 운문이다' 할 것이나 내용적 정의인 '시가는 감정의 고조된 소리이다' 한 것도 결국 다 갓치 시가의 정의를 형성함에는 쩌러저 잇을 것이 아니고 하나이 될 것입니다"(「작시법 (2)」, 5 : 290)라고 정의한 것 역시, 운문을 형식으로 감동을 내용으로 구별하기는 했지만, 둘은 언제나 결합해 있어야만 하는 것임을 명확하게 하는 것이다. 이를 결합하는 것이 표현이며, 특히 '음악적 표현'이다.

이를 이해하기 위해서, 일차적으로 이 '음악적 표현'이 "문자의 음악적 형식"임을 강조할 필요가 있다. 이는 앞서 김억의 언어관에서 도출되는 것으로, 절대적인 음악을 표현할 수 있는 '언어의 절대치'에 해당하는 것이 문자의 음악적 형식에 해당하는 것이기 때문이다. 여기서 문제가 되는 것은 '표현'이라는 표현이다. 앞서, 월탄과의 논쟁에서 이 표현은 단순히 월탄이 생각한 바, 언어를 배열하는 기교의 문제가 아님을 논의했다. 그것은 정의 리듬의 표현이기 때문이다.

표현이라는 개념은 본래 수사학의 개념으로, 연설가가 대중을 설득시키기 위해 사용하는 방법과 동일한 것으로 여겨졌다. 일반적으로 받아들여진 바, 표현이 개인의 감정과 사상을 다양한 장치로써, 즉 표정이나 몸짓 그리고 목소리의 톤과 발화와 글쓰기의 구성으로써 그 사상을 가능한 정확하게 전달하는 '사유의 표상 방법'으로 이해되기 시작한 것은 계몽주의 이후에 이르러서이며, 이를 시인의 느낌과 정서를 외부로 투사시키는 시적 방법으로 확립한 것은 낭만주의다.[61] 이러할 때 표현은 시인 주체의 감정을 언어를 통해서 나타낸 것을 의미한다. 그러나 이 간단한 정의에는 표현이 지닌 복잡한 성격이 잘 드러나지 않는다.

표현에는 네 가지 문제가 걸린다. 누가 표현하는 것인가, 무엇을 표현하는 것인가, 어떤 방법으로 표현하는 것인가, 누구에게 표현하는 것인가. 말하자면, 표현이라는 것 자체가 어떤 '대상'에 대한 주체의 '감정'을 '수신자'에게 '전달'하는 방법이다. 표현은 그것이 지시하는 실질적인 대상의 내용을 담고 있는 것이 아니라, '매개'에 불과하다.[62] 표현은 표현하고자 하는 대상과 전달 대상 사이에 존재하는 전달체라는 것을 의미하는 것이 아니다. 오히려, 표현은 표현하고자 하는 대상을 산출하며, 표현을 통해서 마치 그 대상이 원래 있었던 것처럼 전달한다. 여기에 개입되는 것은 무엇보다도 '표현하고자 하는 의식(expressive consciousness)'이다. 그래서 아브라함은 표현을 매우 능동적인 것으로 끌어 놓는다. '표현하는 행위(expressive acting)'를 통해서, 즉 이 '매개'를 통해서만 표현하고자 하는 의식은 표현하고자 하는 대상을 포착하며, 이 대상은 그런 매개를 통해서 새롭게 재구성되는 것이다. 그러할 때 표현은 의식이나 대상의

---

61 표현(expression)의 개념과 역사에 관해서는, *The New Princeton Encyclopedia of Poetry and Poetics*의 expression 항목 참조.
62 N. Abraham, *op. cit.*, p.10.

유비가 아니라 매개로 자리하며, 대상은 표현이 없으면 나타날 수 없다.

그렇다면 김억에게 그리고 당대의 조선 시인들에게 주어졌던 매개-언어란 어떤 것이었던가. 그것은 "침묵하는 문자"다. 그리고 이 문자가 리듬의 매개다. 김억은 「작시법」에서 "리듬(律)이란 영어의 rhythm으로 일정한 박자 잇는 운동의 뜻"(5 : 291)라고 정의하며, 리듬을 '운동성'으로 이해한다. 이 운동성은 대우주와 자연의 조화, 흐름을 추동하는 원리다. 그리고 그것은 동시에 음향으로도 이해된다. 무심하게 부는 바람에도 이 음향은 있다. 그러므로 그에게 리듬이란 시의 영역에 국한된 것이 아니라, 보편적 자연의 원리인 음향이자 "대우주의 자연적 운동"으로 이해된다. 그에게 예술은 이 리듬의 표현을 목표로 하는 것이다. 음악은 음향과 음향의 연결로써, 무용은 표정과 몸짓으로써 이를 표현한다. 그러나 시가가 지니고 있는 표현 수단은 문자인데, 이에 대한 김억의 설명은 이렇다. "쒸놀은 육체도 업고 소리를 내일 음성도 업기 때문에 엇지 할 수 업시 침묵하는 문자로 표현하는 것입니다"(「작시법 (2)」, 5 : 292) 그가 여기에 '어찌할 수 없이'라는 수사(修辭)를 붙인 것은 단순하게 보아 넘기기 어렵다. 앞서 우리가 가진 언어가 성어를 표현 / 재현하기에 한계를 가진 것이라고 여겼던 것처럼 여기서도 언어는 자연의 음악을 표현하기에는 부족한 것으로 간주된다. 이 글에서 그것은 '소리를 재현할 수 없는 문자'로서 이해되고 있다. 음향을 수단으로 삼는 음악, 몸짓을 수단으로 삼는 예술은 언어에 오염되어 있는 것이 아니다. 그것은 인간의 언어로 표현하지 않기 때문에 아마도 가장 자연의 본질에 가깝게 다가갈 수 있을 것이다. 그러나 시가에 주어진 것은 언어이며, 더구나 음향이 없는 문자, 소리를 낼 수 없는 문자인 것이다.

문자에 대한 인식은 김억의 율에 대한 인식을 이해하는 데 핵심적인 부분에 해당한다. 김억은 언제나 음조, 음향, 음성과 같은 언어의 소리를 강조했으며, 그것으로 시를 창작하기 위해 노력했다. 그러나 그에게 발견된 것은 이러한 대우주의 음향과 가장 거리가 먼 문자인 것이다. 이러한 김억의 문자에 대한 인식은 리듬의 표현에 관한 문제에서 가장 본질적인 측면에 접근한다. 자연의 음향에서 가장 먼 거리에 있는 문자가 시의 본질로서의 음악을 재현할 가능성을 전혀 가지지 못한 매체로서 시인에게 주어졌다. 이 지점에서 김억은 사실상 절망하고 있다. 그는 반복해서 강조한다.

> 文字와 言語의 表現을 비는 詩歌는 宇宙의 運動을 그대로 發表하지 아니하고 다만 文字와 言語의 沈默이 잇을 뿐입니다. 쮜놀지도 못하고 소리도 내지 못합니다.
>
> ─「작시법 (2)」,『조선문단』 8호, 1925.5

이렇게 소리를 잃은 문자를 강조하는 것은, 주어진 매체로서의 문자가 노래로서 향유되는 시를 창작할 수 없다는 점을 강조하는 것이다. 그런 측면에서 김억은 앞서 최남선이 발견했던 근대시의 조건을 인식하고 있다. 이는 최남선에게 절실한 문제가 아니었던 반면에, 김억은 새로운 시를 확립하여야 할 책무를 스스로에게 부여하고 있었던 만큼 이러한 문자의 한계는 더욱더 뼈저리게 다가왔을 것이다.

이 점이 김억의 표현 개념에서 중요한 이유는, 그가 절대적 시의 현전(presentation)으로서 시를 강조하지 않았기 때문이다. 시란 그것의 '나타남'이 아니라, 언어를 통해서 매개됨으로써 나타나는 것이다. 여기에서 김억이 언어의 형식을 확립하고자 했던 의도를 이해할 수 있을 것이다. 이 매개성이 없다면, 절대적 시는 표현될 수 없다. 오직 시의 절대성, 즉 제1의 시가는 시인의 표현에 의해서만 가능하다. 그것은 그가 지속적으로, 그리고 점점 강고하게 '언어의 율적 형식'을 확립하고자 했던 이유이기도 하다.

　이는 다만 언어적 기교의 차원이 아니며, 이 율적 형식을 가리키는 용어로서 그는 '정조(情調)' 개념을 제시했다. 시적 본질로서의 '정'이 리듬과 문자를 떠나서 존재할 수 없으며, 그것의 조화나 구성을 통해 떠오르는 형상이라고 할 때, 정의 존재 자체가 언어와 문자를 떠나서는 온전히 형상화될 수 없다. 이 언어의 조화를 그는 '조'로서 이해했다. 김억의 '정조' 개념이 정과 조의 결합이자 시상과 기교 / 리듬의 결합체 그 자체를 가리키며, 그것은 언어의 조화 / 배열 속에 내포되어 있는 이념적 형상이라는 점[63]을 고려할 때 그의 '정조' 개념은 율(律)의 다른 이름이다. 정조는 단순히 시 속에 내포된 사상도 아니며 언어적 기교에 해당하는 것이 아니라 문자로 쓰인 시가 내포해야 할 본질이기 때문이다. 이러한 점에서 그의 정조 개념은 시와 악의 근본인 정(情)에 관한 조선 후기의 시론과 악론에 연결되어 있다. 『악기』에서는 소리를 율로서 조화시킨 음(音)을 문자나 가락, 몸짓에 얹어서 표현한 것을 음악이라 규정했다. 이때 음악은 시와 노래, 춤을 통해 구현되는 것이며, 음악의 근

63　이에 대한 자세한 논의는 박슬기, 앞의 글, 2010.4, 참조.

원은 인간의 마음에 있는 것이었다. 이를 받아들인 조선 후기의 시가
론자들은 인간의 마음을 언어나 목소리로 나타내는 것이라는 점에서
시와 노래는 결코 다른 것이 아니며, 둘 사이에 매체의 차이만 있을 뿐
이라고 설명했다.[64] 그들에게 마음과 매체(가락, 문자)의 조화를 이루어
내는 것은 율(律)이었으며, 이는 김억에게서 정조(情調)의 개념과 상응
하고 있다.

이런 맥락에서 그가 사용했던 음조(音調)의 개념은 단순히 언어의 음
성효과의 배열과 배치에 해당하는 것이 아니다. 우리에게 주어진 것은
'침묵하는 문자'이기 때문이다. 말하자면 그에게 시의 본질인 율(律)은
시가 내포해야 할 이념으로서 주어졌다. 그러나 그것을 표현하는 매체
로 주어진 것은 '침묵하는 문자'다. 이 도저한 간극 속에서 그는 '격조시
형'으로 나아가게 된다.

3. 율의 언어적 형상으로서의 성률(聲律)과 향률(響律)

이러한 지점을 살펴보았을 때, 김억이 「작시법」에서 제기한 "표현형
식에 일정한 규정과 제한이 잇는 운문"이라는 구절을 정형률의 선언이
자, 격조시형의 예시(豫示)라고 보는 것은 김억의 예술론과 언어관, 문

---

64 이에 대해서는 이 글의 2장 1절 참조.

자에 대한 인식을 다소 간과한 평가다. 또한 「작시법」이 보여 주는 것은 그가 이전까지 전개해 왔던 '음악성의 표현'이라는 시의 이상에 적합한 형식론을 발견하지 못한다는 일종의 한탄이다. 문자가 소리를 담고 있지 못하므로, 이러한 리듬을 "엇더한 배열로써 동적 곡조를 표현할가"하는 것이 문제로 남겨진다. 시형은 이 문자의 한계 속에서 탄생한다.

김억은 어떻게 할 수 있을 것인가 하는 질문을 던져 놓고, 「작시법」에서는 결론을 내리지 못했다. 그는 「작시법 (3)」에서는 서양시와 한시의 운율을 살펴보았고, 「작시법 (4)」에서는 조선시의 시형을 제시하고자 했다. 그러나 「작시법 (4)」에서 그는 "구즌땀을 흘니면서도 조선의 시형은 말 할 수가 업스니, 이에서 더 어려운 일은 업습니다"(5 : 309)라고 고백하고, 대신에 조선시의 기원과 시형, 시격에 대해서 설명한다. 향가에서 시조에 이르기까지 그에게 전통적인 시가 양식은 함량 미달의 것으로 비춰진다. 향가는 그 내용이 너무 단순하고 평가하기가 어려우며, 시조는 중국의 음조를 빌려 왔으니 조선의 시라고 보기 어렵다는 것이다. 신체시와 자유시를 두루 검토한 다음에 그는 결론으로 "조선어의 성질과 조선사람의 사상과 감정을 가장 근대적 쏘는 현대적으로 표현할 수 잇는 통일된 시형은 업다하여도 과언이 안일 것"(「작시법 (4)」, 5 : 309)라고 말했다. 그에게 아직 시의 형식은 발견되지 않은 것이다.

그러나 다만, 마지막에 그가 유일한 시가다운 시가, 새로운 시가로 인정한 것이 주요한의 「불노리」라는 점은 유의할 필요가 있다. 단순히 「불노리」가 재래의 형식을 타파하고 나온 자유시, 산문시라는 점 때문이 아니다. 그것은 「작시법」에서 제기한 '침묵하는 문자의 배열'의 한 성공적인 예에 해당하기 때문이다. 그에게 리듬의 언어적 표현, 형식은 문자의 배열에서 찾아질 것이다. 그의 격조시형은 이 문자의 배열을 형식화한 것이다. 그가 음수율적 정형시를 주장한 것은 엄격한 정형시의 규칙을 창제하고자 했던 것이라기보다는, 조선어의 한계와 가능성에서 가능한 새로운 시형을 모색한 것으로 보인다.[65] 「격조시형론소고」를 관류하고 있는 것은 어떻게 '문자의 배열'로서 '음률'을 얻을 수 있을 것인가에 대한 고민이다. 이를 살펴봄으로써 이념으로서의 율의 언어적 형상에 대해 고찰할 수 있을 것이다.

「격조시형론소고」의 첫머리에서 그는 "시가를 언어예술의 정화니 극치니 하는 것이외다 쏘 시가 그 자신의 가진 황홀성은 언어의 극치적 정수에서만 발견되는 것이외다 그럿습니다. 시가는 한 자 한 구라도 고처놀 수 업는 절대성의 그것이외다"(5 : 421)[66]라고 말하며 시가에 대한 그의 기존의 견해를 반복해서 천명한다. 앞 절에서 살펴보았듯, 시가는 감정의 음악적 표현이며 그것은 신성한 언어의 영역에 해당하는 것이라는 점에서 절대적인 것이다. 문제는 우리에게 주어진 언어로 어떻게 이 시가를 창작할 수 있을 것인가 하는 것이다. 그는 다음 장면에서 "언어는 어떠한 것을 물론하고 그 민족의 숙명이라는 감을 금할 수가 업"다고 쓰면서, 이 언어가 우리에게 주어진 조선 민족의 언어이며,

---

65 김억의 격조시를 일괄적으로 음수율적 정형시 혹은 전통적인 정형시형의 창조가 아니라 자유시를 조선적 시형으로 정착시키기 위한 하나의 형식틀로서 보는 견해는 이 격조시형이 조선어에 대한 인식에서 나온 것임을 강조한다. 이러한 관점은 다음 논문들 참조. 박승희, 「근대 초기시의 '격조'와 '정형성' 연구」, 『우리말글』 39집, 2007; 곽명숙, 「김억의 "조선적 시형"에 대한 고찰」, 『인문연구』 55집, 2008; 서진영, 「한국 근대시에 나타난 '격조론(格調論)'의 의미 연구」, 『한국 현대문학연구』 29집, 2009.

66 김억, 「격조시형론소고 (1)」, 『동아일보』, 1930.1.16.

이 언어의 한계와 가능성에 가능한 최대치의 시 형태를 찾으려 하는 것이라는 점을 시사하고 있다. 이러한 논의는 김억의 시론을 관류하는 핵심적인 논의다.

즉, 그가 정형시형을 주장하였다 하더라도 그에게 문제는 언제나 "시가란 결국 시인이 사물에서 밧은 시적 감동을 여실하게 표현해 노흔 데 지내지 아니 하는 것이외다 그 시적 감동을 엇더케 하면 여실하게 표현해 노흘 수가 잇슬가 하는 문제는 한 마듸로 말하자면 그 감동을 엇더한 언어로 표현할 수가 잇는가 하는 것에 지내지 아니 하는 것"(5 : 470)[67]에 매달려 있다. 「시형의 음률과 호흡」에서 강조했던 민족의 숨결이나, 「조선심을 배경삼아」에서 강조하는 조선어, 조선혼은 김억에게 있어서 시와 언어의 관계에 대한 원론적인 확인에 해당한다. 앞 절에서 살펴보았던 표현, 감동, 언어와 같은 김억의 용법을 고려할 때, 「격조시형론소고」은 언어의 속성을 통해서, 언어의 배치에 골몰함으로써 어떤 규칙을 발견한 것이다.

김억이 번역론을 통해서 언어의 한계에 대해 강조했으나, 그것이 언제나 언어의 불가능성을 강제하는 것이었다면 「격조시형론소고」는 언어의 가능성에 고무되어 있다. 이 언어의 가능성이란 무엇인가? 이를 이해하기 위해서는 「격조시형론소고」를 둘러싸고 있는 언어론들을 검토해볼 필요가 있다. 「어의(語意) · 어향(語響) · 어미(語美) − 어감상관찰」(『조선일보』, 1929.12.18~19)과 「어감과 시가−어의와 음향의 양면」(『조선일보』, 1930.1.1.~2) 「시형 · 언어 · 압운」(『매일신보』, 1930.7.31~8.10)가 그

---

67 김억, 「詩形 · 言語 · 押韻 (4)」, 『매일신보』, 1930.8.3.

것인데, 이 언어론들은 구체적으로 시어, 특히 음조를 산출해내는 언어의 특성에 관해 탐구한 것이다.

① 사람에게 맘과 行動과 얼골, 이 세 가지의 一致를 求한다 하면 그와 마찬가지로 言語에도 意味와 音調와 字美를 보지 아니할 수가 업는 것이외다.
　　　　　　　　　　　— 「어의·어향·어미—어감상관찰」, 『조선일보』, 1929.12.19

② 우리가 使用하는 言語에는 語意와 語響(音調) 두 가지가 잇서 하나는 內部的이라 할 만하고 다른 하나는 外部的이라고 할 만한 것이외다.

③ 詩歌에서처럼 調和된 語感의 言語가 重要한 것은 업습니다(여긔에 語感이라 함은 言語의 語意와 語響과 語美를 니름이외다).

④ 다른 藝術品보다도 詩歌가 보다 더 根本的으로 그 生命을 感情의 世界에 잡앗기 째문이외다 그러기에 語意와 語響과 語美의 調和된 語感 잇는 言語를 選擇케 됩니다 그러치 아니 하고는 情調도 업서지고 感動도 잇슬 수가 업기 째문이외다.
　　　　　　　— ②, ③, ④ 「어감과 시가—어의와 음향의 양면」, 『조선일보』, 1930.1.1

　　김억은 언어의 속성을 설명하기 위해 다양한 어휘들을 사용했다. 어의, 어향, 어미, 음조와 같은 용어들이 그것인데, 위의 인용문은 김억이 뚜렷하게 설명한 부분에 해당한다. 이 용어법을 검토해 보면, 일단 언어는 의미의 측면과 음조의 측면을 가지고 있다. 이 중에 의미는 어의

(語意)와 같은 뜻으로 사용되며, 언어의 뜻을 가리키는 것으로 일관되게 사용된다. 이 중에서 작시에서 중요한 것은 언어의 '음조'적인 측면이다. 이 음조와 동일한 말로, 어향(語響)이 제시된다. 어향이라는 용어는 김억에게 매우 중요한 용어이지만, 뚜렷하게 설명되어 있지 않다. 음조와 같은 용어로 제시된 것, 그리고 제목에서 "음향(音響)"이라는 표현을 사용한 것으로 볼 때 어향(語響)은 언어의 음성적 측면을 가리키는 것으로 여겨진다.

그는 어향이라는 용어를 여기서 사용했지만, 이 용어는 인용한 두 개의 글 이외의 지면에서는 거의 발견되지 않는다. 대신에 음향이나 어음(語音)과 같은 용어로 대치되고 있다. 어향은 상당히 불분명한 용어임에 비해, 음향은 소리를 가리키는 것으로서 음악과 수사학에서 함께 쓰는 용어였다.[68] 당대의 논의에 의하면, 음향은 모든 소리의 상위 개념이었으며 또한, 언어의 소리를 가리키는 용어로는 어음(語音)이라는 용어가 통용되고 있었다. 현철은 어음(語音)과 같은 뜻으로 음향을 사용했다. 김억이 음향이나 어음과 같은 용어 대신에 굳이 어향(語響)이라는 개념을 사용한 것은, 단순히 언어의 소리를 가리키기 위한 것만은 아니었기 때문일 것이다.

이 어향(語響)의 개념이 문제적인 것은, 어향이 어감의 하위 요소로

---

68 음악에서 음향은 음의 소리를 가리키는 것으로, 홍난파는 음향을 악음(樂音)과 소음(噪音)으로 구별할 수 있다고 설명했다(홍영후, 「음향의 이대구별」, 『학지광』 20호, 1920.7, 51쪽). 이러한 구별은 신미사학에서도 볼 수 있는데, 시마무라 호게츠는 언어의 음을 성음으로 이해하고, 이 성음은 음향의 일부라고 설명했다. 음향은 噪音(noise)와 諧音(tune)으로 나눌 수 있으며, 소음이 정돈되지 않아서 시끄러운 소음을 가리킨다면, 해음은 사람의 소리, 음악의 소리, 곤충의 소리 등을 의미하는 것이라고 설명한다(島村胞月, 앞의 책, 34~35쪽).

제시되고 있기 때문이다. 그는 같은 글에서 어감(語感)이란 "언어의 어의(語意)와 어향(語響)과 어미(語美)"를 가리키는 것으로 설명한다. 이 세 가지의 요소가 잘 조화되었을 때, 시가에 감동이 있게 된다. 정조와 감동은 언어의 이 세 요소의 조화에서 그 형식적 형상을 얻게 되는 것이다. 여기서 어향을 음조로 치환하면, 언어의 어감은 의미와 음조, 그리고 어미(語美)의 조화에서 얻어지는 것으로 이해된다. 여기서 언어는 그가 정의한 바, 의미와 음조 두 개의 측면을 지니는 것일 뿐만 아니라, 어미(語美) 혹은 자미(字美)까지 지닌 것으로 설명되고 있다.

이 복잡한 용어법을 정리해 보면, 일단 김억에게 언어는 내용과 형식 혹은 외부와 내부라는 이원적 체계를 지닌 것이다. 그리고 이 형식은 문자의 측면과 음성의 측면을 지닌다. 음성적 측면은 어향, 음향이라는 용어로, 문자적 측면은 자미(字美), 어미(語美), 문자미(文字美)라는 용어로서 지칭한다. 김억의 용어법에서 언어의 표현 형식을 음성적, 문자적 측면으로 구별하는 것은 매우 중요한데, 음성적 측면이 음률로 이어지면서 격조시형의 창출의 토대가 되었던 반면에 문자적 측면은 결코 어떠한 정형을 이루지 못하면서도 격조시형을 위협하는 것으로서 남아 있기 때문이다. 그것은 두 측면이 김억에게 있어서 구별될 수 없는 것이었기 때문이었는데, 문자적 측면을 가리키는 용어는 이후의 저술에서 사라지고, 음조라는 용어로 통합되어 사용된다.

그는 「어의·어향·어미－어감상관찰」에서 어향과 어미를 구별하여 서술한다. 어향/음조의 측면에서는 종결어미 "다"에 대한 호오(好惡)로써 설명하고 있다. 가령, '간다' '온다' 할 때의 '다'는 싫은데, 그것이 "종결의 뜻을 가진 것과 가티 칼로 베여버리는 듯한 감을 주"어서 싫다는 것이다. 그렇지만, 같은 종결형이라도 "갑니다", "옵니다"와 같이 경어체에서 사용된 "다"는 싫지 않다고 한다. 또한 같은 "다"라고 하더라도, "해수는 펄펄 흰 거품 밀려든다"나 "바다엔 흰돗 녯길을 찾노란다", "송이송이 살구꽃 바람에 논다"와 같은 구절에서의 '다'나, "물결은 놉핫다 나잣다", "물우에 써돌아 흘너갑니다"와 같은 구절에서의 '다'는 매우 아름다운 것이라고 설명한다.

이로 볼 때, 어향(語響)은 '다'의 어음 자체를 의미하는 것이라기보다는, 이 '다'가 앞뒤의 다른 단어와 함께 발음될 때 일어나는 일종의 음성적인 변화와 관련이 있다. "갑니다"의 경우나 "놉핫다 나잣다"의 경우 '다'의 음은 앞뒤에 연결된 다른 음절의 음에 영향을 주고, 동시에 다른 음절의 음에 영향을 받는다. 이는 그가 언문일치체의 '다'가 "그 음향에 여운이 업는 것만큼 시작의 용어로는 생각할 여지가 잇는 줄 암니다"라고 말할 때 명확해진다. 또한, "써돌아"와 같은 경우에는 '떠돌다'라는 단어의 의미가 전달하는 어떤 쓸쓸한 감정의 문제와 관련이 있다. 즉 어향은 '다' 음이 다른 단어들 사이에 놓였을 때 다른 음절들에게 주고, 다른 음절에서 받는 음성적 영향을 모두 내포한 음성이라는 것이며, '다'의 어향은 이 영향 관계를 배제하고서는 나타날 수 없다. '다'의 어향은 다른 음에 반향되며, 다른 음은 또한 '다' 음에서 반향된다. 그러므로 어향과 같은 용어로 선택된 음조는 이 음들의 영향 관계로 성립되는 것으로 여길 수 있다.

두 번째로 어미(語美)의 경우에는 다음과 같이 설명한다.

이즘 新聞이나 雜誌에 흔히 '노래'를 '놀애'로 '하늘'을 '한울'로 고치는 일이

만습니다. 이 自身의 것에도 本文과는 달리 校正考가 고쳐 노흔 것을 내가 보고 文字美에 對한 不快를 늣긴 것이 한두 번이 아니엿습니다. (…중략…) 나는 '노래'를 '놀애'로 쓰고 십지 아니하외다. 그 音響은 가트나마 文學의 美感을 害하기 때문에 언제든지 '노래'라고 쓰고 십습니다.

— 「어의·어향·어미—어감상관찰」, 『조선일보』, 1929.12.19

'놀애'로 쓰든 '노래'로 쓰든 발음상 동일하지만, 문자미(文字美)의 측면에서는 '노래'가 낫다는 것이다. 이로 볼 때, 어미(語美)는 언어의 문자적 형식을 의미하는 것이지만, 문자의 조형성을 의미하는 것은 아니다. 김억은 어미(語美)에 대해서 이 이상 설명하지 않았고, 이후의 서술에서도 문자미(文字美)나 어미(語美)의 차원을 본격적으로 설명하지 않는다. 이는 이후의 김억의 관심이 어향/음조의 문제로 집중되었기 때문이기도 하지만, 앞서 논의한 김억의 언어론에 비추어 본다면 문자는 언제나 결여적인 것, 시의 언어로서는 한계가 명확한 것으로 인식되고 있었기 때문이다.

「격조시형론소고」 역시, 이 어향/음조의 측면에 집중되어 있으며 이를 해명하고 작시의 원리를 확립하기 위해서 그는 '음력(音力)'이라는 단위를 도입한다.

<table>
<tr><td>半달여울의 여튼물에</td><td>半달 여울 의 여튼 물 에 (221 22)</td></tr>
<tr><td>어갓챠소리 蓮자즐제</td><td>어갓 챠 소리 년자 즐제 (212 22)</td></tr>
<tr><td>금실비단의 돗단배는</td><td>금실 비단 의 돗단 배는 (221 22)</td></tr>
<tr><td>白日靑天에 어리윗네</td><td>白日 靑天 에 어리 윗네 (221 22)</td></tr>
</table>

이 가운대 한 音節로 音律單位가 된 '의', '챠', '의', '에'와 가튼 半音은 반듯시 두 音節로 單位가 된 '半달', '여울', '여튼', '물에' 가튼 것을 읽을 때에 虛費되는 꼭 가튼 時間이 必要한 것이 아니고 좀 느리게 읽든지 그러치 아니하면 읽은 뒤에 조금 休息을 하든가 또는 좀 긴 休息을 하든지 如何間音步에 調和가 되면 그만이외다. 그것은 웨 그런고 하니 音律的 律動이 音步의 等時性에서 생기기 때문이외다. (…중략…) 詩는 소리가 標準時間을 필요치 아니할 수 업는 唱歌와는 그 性質이 다른 것만큼 그것을 읽음에는 반듯이 時間을 標準할 것이 아니고 다만 그 時間과 서로 어울리기만 하면 그만이겟습니다. 그 보드랍게 어울리는 곳에 音律의 아름답은 曲調가 생깁니다.

— 「격조시형론소고 (6)」, 『동아일보』, 1930.1.21[69]

이 인용은 김억이 음률을 분석하기 위해 인용한 김소월의 「대숩풀노래」다. 김억은 여기서 한 음절을 반음(半音)으로, 2음절을 전음(全音)으로 놓고, 이 두 개의 음을 음률의 단위로 보았다. 반음과 전음은 우리말의 성질에 대한 고찰에서 도출된 것이다. 우리말에 고저장단은 없으나, 하나의 단위 음절을 발음할 때 걸리는 시간의 기본 단위가 있다는 것이다. 이를 김억은 음력(音力)이라고 불렀는데, 1음절이나 2음절은 한 음력으로 발음할 수 있으나, 세 음절부터는 한 음력으로 발음할 수 없고 반드시 두 음력이 필요하게 된다는 것이다. 가령, '해바라기' 같은 것은 '해바 라기' 두 음력으로, '격조시형론'과 같은 것은 '격조 시형 론' 세 음력으로 발음하게 된다.

---

69 괄호 안의 숫자는 김억이 분석하여 도출한 것으로, 원문에서는 별도로 표기되었으나 이 글에서는 독해의 편의성을 위해 인용문 바로 옆에 표기하였다(중략 — 인용자).

이 글에서 뚜렷하게 정의하지는 않았으나, 그는 2음절을 발음하는 시간을 1음력으로 하여 반음과 전음의 개념을 도출하고 있다. 이때 1음절은 2음절에 비해 시간이 부족하므로, '휴지음'을 가진다. 따라서 "半달 여울 의 여튼 물에"를 읽을 때 '의'는 '반달'이나 '여울'과 같은 발음시간을 가지게 된다. 그는 전음으로만 이루어진 음절을 우수음절(偶數音節)로, 반음과 전음이 결합된 음절을 기수음절(奇數音節)로 놓고, 여기서 음률적으로 뛰어난 것은 기수음절이라고 설명하고 있다.

위의 시를 김억의 관점에서 평가하자면, 앞의 5음은 기수음절로 뒤의 4음은 우수음절로 이루어져 있으며 이는 교차 배치됨으로써 음률미를 이루어내게 된다. 특히, 5음의 구성에 있어서 221의 구성을 기본으로 하되, 2행에서 212라는 파격을 둠으로써 같은 형태의 기수음절이 반복되는 단조로움을 피하고 있다. 그는 이 기수음절이 음률적으로 더 뛰어나다는 점을 증명하기 위해 다음과 같은 예를 들었다. "① 어느곳에 맘을두노 코스모스"와 "② 둘곳업네 나의맘 코스모스야"(22 21 22 1)가 그것이다. ①은 "어느 곳에 맘을 두노 코스 모스"(22 22 22) 로, ②는 "둘곳 업네 나의 맘 코스 모스 야"(22 21 22 1)로 분석되며, 동일한 12음절이지만 ①이 변화 없이 단조로운 반면 ②는 변화가 많아 음조가 대단히 좋은 것으로 여겨진다. 특히 '맘'의 뒤에 있는 '휴지음'이 음성상의 변화와 조화를 이루어내고 있다는 것이다.

이렇게 음력을 단위로 하는 음률, 기수음절과 우수음절과 같은 개념들은 그의 격조시형론을 이루는 핵심에 해당한다. 그가 4·4조나 6·6조 같은 우수음절보다 7·5조나 5·7조와 같은 기수음절이 더 음률적으로 뛰어나다고 평가한 것은 발음과 휴지 사이의 불규칙적 반복이 음성상 노래하는 듯한 효과를 더 낼 수 있다고 여겼기 때문이다. 같은 이유로 3 · 3조와 같이 기수음절의 동일한 패턴이 반복되는 것 또한 지양된다. 따라서, 「격조시형론소고」의 끝에 다양한 음 절수를 제시하면서 각각의 효과에 대해 설명한 것은, 음절의 단순 개수보다는 음절의 조화 · 배치가 더 중요한 것이기 때문이다.

이러한 점에서, 김억은 그가 「작시법」에서 제기했던 문제, "엇더한 배열로써 동적 곡조를 표현할가"에 대한 어느 정도의 해답을 얻은 것 같다. 그에게 음률은 기수음절과 우수음절의 배치가 조화를 이룰 때 창출된다. 그러나 이 음력의 단위 설정은 지나치게 자의적으로, 의미와는 별 관계가 없어 보인다. 본래 한 음절 단어인 경우가 아닌 이상, 전음과 반음을 구별할 수 있는 기준은 없기 때문이다. 김억의 분석을 들여다 보면, 하나의 음절 단위는 반드시 전음으로 시작한다. 그러나 "어갓챠 소리"는 "어 갓챠 소리"로 설정하지 않을 이유가 없다. 이렇게 되면 1 2 2가 되는데, 이렇게 반음이 처음에 오는 경우는 전혀 없다. 이는 그가 분석한 다른 시에서도 마찬가지인데, 자신의 시 「조올」의 한 구절 "동녹스런 그대의맘은"을 22 221로 분석하고 있다. 이는 "그대 / 의 맘 / 은"으로 분석한 것인데, 이는 "그대 / 의 / 맘은"(212)로 분석해도 된다. 즉, 이 전음과 반음의 구별은 상당히 자의적인 측면이 있다. 물론, 완전히 자의적인 것이라고 보기는 어려운데 여기에는 종지음을 반음으로 설정하고자 하는 의지가 개입되어 있기 때문이다.

그러나 일단 전음과 반음의 구별, 음률 단위의 설정의 타당성은 그렇게 중요한 문제가 아니다. 여기서는 일단 이 전음과 반음의 교차 구성이 어떠한 음률을 창출할 수 있는가가 더 중요해 보인다. 김억은 반음을 길게 끌어서 읽어야 한다고 설명한다. 이대로 읽어보면, 2와 2사이의 휴지와 1 다음의 휴지는 완전히 다르다는 것을 알 수 있다. 전음과 반음 사이의 휴지가 음의 중단을 의미한다면, 반음 뒤의 휴지음은 음의 지속을 의미한다. 인용한 바, 김억은 반음 뒤의 휴지음의 실행방식을 전음과 같은 시간을 소비하는 것이 아니라 "좀 느리게 읽든지 그러치 아니하면 읽은 뒤에 조금 휴식을 하든가 또는 좀 긴 휴식을 하든지"(「격조시형론소고 (6)」, 5 : 425)해서, 1음절이 2음절보다 긴 시간을 소비할 수 있도록 설정한다. 따라서, 김억의 이 기수 / 우수음절 단위가 현대의 음보 개념과 완전히 일치하는 것은 아니다. 말하자면 2음절이든 1음절이든 동일한 시간을 공유하도록 강제하지 않는다. "음률적 율동이 음보의 등시성에서 생기는 것"이라고 설명하기는 했지만, 시에서 더 중요한 것은 표준 시간을 꼭 맞춰서 지키는 것이 아니라 "다만 그 시간과 서로 어울리기만 하면 그만"(「격조시형론소고 (6)」, 5:425)이라고 주장하고 있기 때문이다. 1음절의 시간 길이는 2음절의 길이와 완전히 동일하지 않으며, 오히려 1음절에 수반되는 휴지음의 존재로 인해 1음절을 발음하는 시간은 훨씬 더 늘어날 수 있다.

따라서 김억은 시를 그 어떠한 담화나 산문, 연설체보다 느리게 읽으라고 권한다. 그가 "더 느리게 읽지 아니하야서는 아니될 줄 압니다. 웨 그런고 하니 그러치 아니하요는 맘에 어떤 환상을 그리며 암시바들 만한 여유가 업기 때문"(「격조시형론소고 (4)」, 5 : 424)라고 말할 때 시를 느리게 읽는 것이 무작정 모든 음절을 늘여서 읽는 것이 아님은 물론이다. 이 낭송에서 가장 중요한 것은 반음의 낭송 방식이며, 정확히는 반음에 수반된 휴지음을 얼마나 늘여서 읽느냐에 따라 시의 전체 낭송 시간이 달라진다. 시간의 차이는 감동의 차이로 이어진다. 그렇다면 시에서 독자가 받는 감동은 휴지음의 향유에서 얻어지게 된다.

반음의 낭송 방식을 준수할 때, 그의 격조시는 음영(吟詠)으로 실현될 수 있는 가능성을 얻는다. 일반적으로 음수율적 정형시에서는 각 음절과 휴지가 동등한 시간을 부여받는다. 음수율적 정형시의 낭송에서 음률은 정확하게 규칙적인 반복에서 실현된다. 그런데 격조시의 낭송 방식은 우리의 전통적인 어단성장(語單聲長)의 방식과 닮아 있다. 어단성장은 단어는 붙여서 발성하고 소리는 길게 끌어서 여음을 내는 것으로서 매우 느린 노래를 부를 때 가사를 정확히 전달하기 위해서 사용하는 시조의 창법의 원리다.[70] 평시조 「동창이 밝았느냐」의 초장의 첫 부분 "동창이 밝았느냐"는 "동창 / 이~ / 밝아 / 쓰느 / 냐~"로 부르는데 이는 "동창", "밝았"과 같이 뜻이 전달되어야 하는 부분을 짧게, 이, 느, 냐와 같은 음절은 길게 끌어서 여음을 냄으로써 가창하는 것이다.[71] 물론 이 전통적인 창법과 김억의 격조시의 낭송이 직접적으로 관련이 있는 것 같지는 않으며, 좀 더 본격적인 고찰을 요한다. 다만 여기서 중요한 것은 격조시의 낭송의 방식은 음절적 정형시와는 다르며, 김억이 지속적으로 강조하는바 유려한 음조를 창출할 수 있는 가능성을 지니고 있다는 점이다.

전음과 반음, 기수음절과 우수음절의 교차 배열로서 음률적 효과를

---

70 유세기, 『시조창법』, 문성당, 1957, 56쪽.
71 이에 대해서는 김영욱, 앞의 글, 130~135쪽 참조. 또한 평시조 「적설이 다녹도록」은 초장의 첫부분을 "적설 / 이~ / 다녹 / 도~록"으로 부르는데, 모든 시조가 동일한 방식으로 불려지는 것은 아니지만, 어단성장의 원칙은 대략적으로 지켜지고 있는 것으로 보인다(장사훈, 『시조음악론』, 서울대 출판부, 1986, 120~121쪽 참조).

창출하는 것이 격조시의 핵심이며, 이 논의는 「격조시형론소고」 전체를 관통하고 있다. 그에게 가장 중요한 것은 기수음절과 우수음절의 배치 그 자체인데, 사실상 동일한 5음절을 212로 분석하든 221로 분석하든 그 차이는 하나의 음절 단위에서는 크지 않다. 이 배치가 지속될 때 발생하는 반복, 즉 우수음절과 기수음절의 결합 단위의 일정한 반복이 이 배치의 핵심 원리에 해당한다. 그러므로 그가 주요한의 「사랑」을 예로 들어 아무리 행갈이를 하더라도 산문에 불과하다고 혹평한 이유는 음절의 배치가 음률을 창출할 수 없기 때문이다. 즉 "나는 사랑의 사도외다 사랑은 비뒤의 무지개처럼 사랑의 이상을 무한히 쓸어올리는 가장 아름다운 목표외다"를 기수／우수음절로 분석해 보면 '2 2122 21 21 221 21 21 21221 2 22 22'가 된다. 여기에는 기수음절과 우수음절의 일정한 교차 반복으로 인한 음률이 발견되지 않는다. 그러므로 그는 동일한 시의 "어느덧 녀름날은 혼자 점을고"라는 구절을 어떤 방식으로 배열하더라도 음률의 효과를 발견하기 어렵다고 설명하고 있다. 왜냐하면 이 음절의 배열 자체가 21 222 21로, 가운데 2음절의 연속이 그 앞뒤의 기수음절에 비해 지나치게 길기 때문이다. 이를 낭송하게 되면 가운데 우수음절 부분에서 음률의 긴장감이 사라질 것이다.

그런데 문제는 이 음절의 배치의 효과가 절대적이라고 하면, 사실상 시에서 행갈이와 같은 시각적 배치는 그다지 큰 의미가 없다는 것이다. 김억이 줄글로 늘어놓아도 시적 운율이 있게 된다고 주장한 것은 바로 이 때문이다. 그럼에도 불구하고, 이어지는 분석에서 '행갈이'의 문제는 매우 중요한 것으로 계속해서 언급된다.

自由詩는 別行을 잡을 것이 아니고 도로혀 散文式 그대로 配置할 것이라고 할 때에도 말한 것이외다만은 實際詩歌라는 것은 異常하야 別行을 잡든가 또는 繼續하든 句에서 숨을 쉬고 새롭히 읽어가는 데에도 그 意味와 律動이 달라지는 것이 잇습니다.

① 못미들건, 女子라 아네모네야
　　열다섯해깁흔情 니즈란말가
　　못보앗나, 梅花를쌔, 짖도하지
　　童貞女마리아도 고개숙으리

② 못미들건 女子라
　　아네모네야
　　열다섯해 깁흔情 니즈란말가,
　　못보앗나 梅花를 쌔짖도하지
　　童貞女 마리아도 고개숙으리

　　　　　　　　—「격조시형론소고 (8)」, 『동아일보』, 1930.1.24

이 시에서 그는 ①의 경우 아네모네를 질책하는 것이라기보다는 자기 마음에 묻는 듯한 감이 있으며, 이를 ②로 바꾸게 되면 아네모네에게 말을 거는 듯한 느낌이 있다고 설명한다. 왜 그런지에 대해서 설명하지는 않는데, 이는 "아네모네"라는 구절에 독립성을 부여함으로써 첫 절의 호흡에서 "아네모네"를 분리하고 있기 때문으로 보인다. 즉, 연속되는 시적 화자의 발화에서 "아네모네"를 분리함으로써 발화의 대상이라는 점을 시각적으로 명시하고 있기 때문이다. 그러나 음률의 측면에서 큰 차이가 있다고 보기는 어렵다.

행갈이가 산출하는 음률적 측면에 대한 김억의 분석은 앞에서 논의한 바, 기수 / 우수음절의 교차 배치에 대한 그의 확신과는 거리가 멀어 보인다. 가령, 김소월의 「왕십리」의 첫 3행, "비가 온다 / 오누나 / 오는 비는"은 "의미와 음률적 요구로 인해서 7 · 5조를 변화시킨 것"(「격조시형론소고 (8)」, 5 : 426)이라고 설명하며 매우 잘 된 것이라고 평가한다. 사실상 낭송의 차원에서는 이를 한 행으로 놓으나 3행으로 놓으나 큰 차이는 없을 것이다. 또한 자신의 시, 「눈」을 놓고서는 "황포바다에 / 내리는 눈은 / 내려도연해 / 녹고맙니다"가 같은 5음절로 되어 있지만, "황포바다에 내리는 눈은 / 내려도연해 녹고맙니다"로 한 줄에다 넣으면 그 율동이 좀 느려질 것이지만, 행갈이를 할 이유가 없고 5음절로 연달아 놓는 것이 낫다고 설명하고 있다. 반면에, "끗업는 / 구름길 / 어대를 / 향하고 / 그대는 / 가랴나"의 경우 3음절(21)을 행갈이 하여 나열했지만, 그럴 이유가 없다는 것이다.

이로 보면, 김억이 행갈이를 하는 데 대해 엄격한 기준을 적용한 것 같지는 않으며 이에 대해 그는 특별히 설명하지도 않는다. 그러나 여기에서도 반음이 매우 중요한 역할을 하고 있다. 앞서 인용한 「대숩풀 노래」에 대해 그는 "이 시의 음률적 음군에는 221과 212와 가튼 종지성이 잇고 22와 가티 연속성도 만히 잇는 것만치 단조롭으나마 변화도 또한 적지 안케 음률에 잇는 것이외다 도대체 한마듸로 말하면 음률적 변화는 기수조(奇數調)에 만히 잇고 우수조(偶數調)에는 적은 줄 압니다 웨 그런고 하니 기수에는 반음(음률적 단위)이 잇고 우수에는 전음(반음이

라는데 대하야보면)이기 때문이외다 그리하야 전자를 종지적이라하면 후
자는 연속적이 될 것이외다"(「격조시형론소고 (6)」, 5 : 425)라고 설명한다.
즉 반음은 휴지이면서 동시에 종지음이고, 또한 여음이기도 하다. 반
음이 지닌 이 복합적인 성격이 행갈이에 적용되어 있다.

　반음이 종지적 성격을 지닌 것이라는 지적은 앞에서 살펴본 격조시
의 음률적인 측면으로 보면 모순되는 것처럼 보인다. 앞서 살펴본 바,
반음에는 휴지음이 수반되며, 이 휴지음은 일종의 여음에 해당하는 것
이기 때문이다. 그러나 반음의 종지적 성격은 이 여음의 가능성을 차
단한다. 김억은 반음의 낭송 방식을 '길게 끌거나 쉬는 것'으로 정의해
놓고, 그 어느 쪽을 선택해도 상관없는 것처럼 설명했다. 격조시의 음
률은 낭송에서 산출되며 경험되는 것인데, 여음을 내는 것과 아예 음을
내지 않는 것은 전혀 다른 음률을 산출하게 된다. 어째서 이렇게 모순
되는 제안이 가능한 것인가?

　김억은 반음으로 끝날 수 있는 음절 조합 중에서 7·5조가 가장 훌륭
하다고 설명했는데, 이는 7음절도 5음절도 반드시 반음이 포함된 기수
음절로 구성되기 때문이다. 또한 4·4조나 6·6조와 같이 우수음절로
만 구성된 경우에는 이 '종지'가 없어서 음률상의 변화를 일으키지 못한
다고 설명한다. 말하자면, 반음(半音)의 종지성은 전음의 연속성에 대
립된다. 전음이 연속성을 가진다고 했을 때, 반음은 종결한다. 즉, 전음
과 반음의 교차 반복은 결국 연속과 종결의 반복과 같은 것이다. 이 지
점에서 중요한 것은 행과 행 사이에 존재하는 '빈 공간'이 종지의 역할
을 하고 있다는 것이다. 김억은 행과 행 사이에 휴지 혹은 종지가 있다
고 명확하게 설명하지 않았으나, 행갈이에 대해 설명하는 부분을 보면

반음의 종지성은 행의 종결에 상응한다. 말하자면, 행 사이에 들어가 있는 반음은 여음이다. 이는 전음의 연속성에 이어지는 것이다. 그러나 행의 끝에 있는 반음은 종지성을 지닌다. 이는 행의 종결에 상응한다.

이에 따라, 김소월의 「왕십리」의 첫 3행과 김억의 「눈」을 다시 비교해 보면, 반음의 상반되는 특성을 명확하게 알 수 있다. 「눈」에 대해 김억은 ① "황포바다에 / 내리는 눈은"의 음길이보다 ② "황포바다에 내리는 눈은"의 음길이가 훨씬 길다고 설명했다. 즉, ①의 경우 '에'나 '는'은 행의 끝에 사용되었으므로 한 행의 지속시간을 종결시켰지만, ②의 경우에 '에'와 '는'은 한 행 속에 포함됨으로써, 즉 여음을 수반하므로 행의 시간을 길게 만든다. 그런 이유로 김억은 ②의 경우 음률이 느려진다고 한 것이다. 그러나, 김소월의 "비가 온다 / 오누나 / 오는비는"과 같은 경우에, 이를 한 행에 넣으면 22 21 22가 된다. 이 경우, "나"라는 반음은 여음의 역할을 하므로, 이 행의 음률을 느리게 만든다. 그러나 이 시는 "온다"를 다른 방식으로 세 번 반복하고 있는데, 느린 음률에서라면 이 반복의 효과가 그다지 크지 않을 것이다. 따라서 이를 세 행에 나누어 넣으면, 각각의 "온다"가 행의 종결과 반음의 종지성에 의해 분절되며, 이를 통해 반복의 효과는 더욱 커지게 된다.

이로 볼 때, 김억은 사실상 연속과 중단(종결 / 휴지)의 반복을 음률의 원리로 보았던 것 같다. 행의 내부에서는 전음의 연속성에 더하여, 반음 역시 여음으로 실행되면서 전음의 연속성에 이어진다. 그러나 이 연속이 하염없이 이어진다면 이 음률은 단조로워지고 손상될 것이다. 여기에 행의 종결과 반음의 종지성은 연속성을 중단한다. 이 연속과 중단의 반복에 대한 감각이 행갈이에 대한 김억의 분석에서 나타나고 있다.

위의 인용시에서 김억은 아무런 설명을 붙이지 않고, 원시에서 쉼표를 제거했다. 즉, "못보앗나, 매화를ㅼㅐ,ㅼㅣㅅ도하지"를 "못보앗나 매화를ㅼㅐㅼㅣㅅ도 하지"로 바꾸어 놓은 것이다. 또, "열 다섯해 집흔정 니즈란말가"에는 행의 끝에 쉼표를 새로 추가한다. 쉼표는 강제적으로 종지시키며, 이 사이의 휴지를 도입한다. 종지와 연속이 일정하게 반복되며, 특히 시 행의 가운데에 연속이 있어야 한다고 보았던 입장에서는 이 쉼표를 용인할 수 없었을 것이다. 행의 연속성을 저해하는 것은 제거하고, 행의 종결을 쉼표로써 더욱 강조하는 것, 이러한 변형은 종결과 연속의 반복을 명확하게 하기 위해서 이루어진 것이다.

지금까지 이 글은 「격조시형론소고」가 "침묵하는 문자의 배열"로서 어떻게 음악성을 실현할 수 있을 것인가 하는 의문에 대한 김억의 대답이었다는 점을 전제로 논의했다. 김억은 「격조시형론소고」에서 그동안 추상적인 방식으로 말할 수밖에 없었던 율이 어떻게 구체적인 언어로 실현될 수 있을 것인지에 대해 펼쳐 보였다. 기수 / 우수음절의 배치를 통해 문자들은 유려하게 이어지는 음률을 얻는다. 그러나 이 음률은 김억의 설명에 전적으로 의지하여 시를 낭송할 때에만 나타난다. 이는 김억이 설정한 전음과 반음의 구별이 누구에게라도 객관타당한 것으로 받아들여질 수 없기 때문이다. 가령, 인용시의 "ㅼㅐㅼㅣㅅ도하지"는 212인가 221인가. 김억이 음률의 실험을 위해 의식적으로 창작했다고 밝힌 시 「고향」의 첫 행 "가벼운 발은 낫닉은 길 걸어도"에서부터 이 구별은 타당성을 획득하지 못한다. 그는 이 행을 "221 22 21"(가벼 / 운발 / 은 / 낫닉 / 은길 / 걸어 / 도)로 분석했다. 이는 이상해 보이는데, 일단 '가벼운발은'에서 '가벼'와 '운발'은 분리된 것으로 인식할 수 없다. 2행 "낫설

/ 은맘 / 둘곳 / 은 / 하나 / 도 / 업고(22 21 212)"도 마찬가지다.

바로 이 점이 그의 격조시가 실패하게 된 가장 중요한 이유이다. 낭송 혹은 율독은 언제나 독자의 감각에 맡겨지는 것이므로, 이 시가 어떻게 낭송될 것인지 시인이 가늠할 수 없기 때문이다. 일반적인 한국어 독자라면 이 시를 '가벼운 / 발은 / 낫닉은 길 / 걸어도', '낫설은 / 맘 / 둘곳은 / 하나도 / 업고'로 의미가 구별되는 단위를 중심으로 읽을 것이다. 또는 '가벼운 발은 / 낫닉은 길 걸어도', '낫설은 맘 / 둘곳은 / 하나도 업고'로 읽을 수도 있다. 김억의 전음과 반음에 대한 이론을 숙지하고 있는 독자라 하더라도, 어떤 음절을 반음으로, 어떤 음절을 전음으로 낭송할 것인지는 독자가 선택하는 문제다. 이 시가 김억이 원하는 대로 낭송되기 위해서는, 반드시 낭송의 규범을 시에 별도로 표기해야만 한다. 그러나 그 규범을 표기하였다 하더라도, 규범대로 시가 낭송될 것이라고는 아무도 확신할 수 없다. 그러니 독자들의 낭송 방식은 규제할 수도 없으며, 동시에 예측할 수도 없다. 그렇다면 그가 의도했던 음률은 아무래도 실현될 수 없을 것이다.

그러나 김억의 격조시형론은 율의 언어적 실현에 대한 가장 중요한 인식을 보여 주고 있다. '연속과 중단의 반복'이 그것이다. 연속의 감각은 노래에 접근한다. 그는 파인의 시의 한 행 "물새날고 파도치는 저기 저섬에"를 분석하면서, "이 시는 시라기보다는 노래에 갓 갑은 감"이 있다며, 그것은 "22 22 221과 가튼 연속적 음군이기 때문"(「격조시형론소고 (12)」, 5 : 429)라고 설명했다. 노래란 시간의 연속성에 해당하는 것이기 때문이다. 이 연속성은 반음에 수반되는 여음의 연속성에도 이어진다. 그는 또한 "원산기슭 감돌아나는 동해바다에"를 분석하면서 이 9 · 5조는 "22 212 221과 가티 종지와 연속음군"이 "고요하면서도 잔물살이 있는 듯한"(「격조시형론소고 (13)」, 5 : 40) 느낌을 자아낸다고 설명한다. 즉, 그에게 음률은 종지와 연속의 반복적 패턴으로 이루어지는 것이라고 확정할 수 있다.

인쇄되어 지면(紙面)에 제시된 문자로서는 그가 의도하는 음률을 실현할 수 없다. 낭송의 규범을 강제할 수 없을 뿐만 아니라, 이제 시는 낭송으로 향유되지 않기 때문이다. 이제 독자들은 시를 낭송하기 전에 독서한다. 김억이 강조했던 음조(音調)는 음성의 측면에서 실현될 수 없다. 그렇다면 남는 것은 이 연속과 중단의 반복을 '보여'주는 비음성적 표지들이다. 행갈이나 쉼표, 여백, 휴지 공간 등이 그 표지로서 여전히 텍스트 안에 남아 있다. 그러나 그가 정조와 감동이 실현될 수 있기 위해서 제시했던 세 가지 요소, "언어의 어의(語意)와 어향(語響)과 어미(語美)"는 여전히 유효한 원리다. 어미(語美)가 김억의 논의에서 더 이상 본격적으로 논의되지 않았으며, 어향(음조 / 음향)에 통합되었던 이유는 언어의 음성적 측면이 문자 언어에서 실현될 수 없으며, 문자는 이제 음성을 다만 반향하는 것으로 발견되었기 때문이다. 반음에 수반되는 여음은 실현될 수는 없으나, 텍스트 속에서 빈 공간으로 여전히 남겨진다. 빈 공간은 여음이 '있었던' 자리를 표시함으로써 여음을 상기시키고, 여음은 실현될 수 없다는 형식으로서만 실현된다. 문자가 지닌 음성의 반향, 이것이 김억이 제시한 어향(語響)이 격조시형론을 거쳐서 얻게 된 의미다.

1936년의 「작시법」에서 그는 사실상 격조시를 포기한 것 같다. 그는 다음과 같이 썼다.

音節(글字數) 수를 定하여 놓는 漢詩의 그것과 가치 起承轉結式 方法을 使用
한다면 作詩法을 만들지 못할 것도 아니외다. 그러나 詩란 무엇보다도 그 自信
의 固有한 言語를 尊重치 안아서는 아니되는 것이매 朝鮮말에는 朝鮮말로의
本質을 생각지 아니할 수가 업스니 形式으로의 起承轉結 가튼 것은 빌어온다
고 하더라도 音調美로의 音調 가튼 것은 엇더케 할 것인가 하는 問題와 결국
面接케되아 우리는 혼자로서 탄식을 發치 안을 수가 업게 되는 것이외다.

　　　　　　　　　　　　　　　　　　　— 「작시법」,『삼천리』70호, 1936. 2

　　시를 노래하는 것이 아니라, 시를 쓰는 시대에 그리고 시를 낭송하
는 것이 아니라 시를 읽는 시대에, 가능한 음악성이란 이 언어와 문자
의 한계에 매여 있을 수밖에 없다. 그리고 이러한 종이 위에 속박된 문
자 언어로서는 음악성의 완전한 실현이란 불가능하다. 여기에 '조선어'
가 지닌 언어적 한계도 그에게는 매우 중요한 문제였던 것으로 보인다.
어떠한 언어라도 완전한 음악의 실현은 불가능하지만, 그에게 주어진
언어는 조선어였으므로 조선어가 지닌 한계가 그에게는 더욱더 명확
한 것으로 보였다. 이 좌절의 경험에서 그는 두 가지 방향으로 나아갔
다. 하나는 시를 음악으로 실현하는 일, 유행가 창작이다. 또 하나는 조
선어를 버리고 에스페란토어로 시를 창작하는 것이다.
　　그러나 김억이 「격조시형론소고」에서 전개한 논의를 통해서 시의
이념으로서의 율이 언어에서 어떻게 구체적으로 실현될 수 있는가에
대한 시사점을 얻을 수 있다. 그가 제기한 '연속과 중단의 반복'은 두 가
지 차원에서 실현되는 것이다. 이는 언어의 음성적 측면을 통해 실현
될 때 유려한 음률을 산출한다. 그러나 이 음률을 낭송을 통해 실현할

수 없는 문자 언어 역시 어떤 율을 실현한다. 이 글에서는 앞의 측면을 성률(聲律)이라는 용어로, 뒤의 측면을 향률(響律)이라는 용어로 규정하고자 한다. 성률(聲律)은 언어의 음성적 효과와 그 지각에 근거한다. 성률(聲律)은 낭송을 통해 실질적으로 실현될 수 있다. 향률(響律)은 문자의 율이며, 문자의 시공간적 배열에 의거한다. 문자로서의 시의 언어가 소리 / 음성을 청각적으로 환기하지 않으므로 이는 음성적으로 실현될 수 없다. 향률(響律)은 문자의 배후에서 존재하는 음성을 반향하는 방식으로, 즉 음악 / 노래를 재현할 수 없다는 방식으로만 율을 실현한다.

5장

1920년대 시에 나타난 향률의 양상

　지금까지 이 글은 한국의 근대시의 형성 과정에서 작동하고 있는 율은 시형(詩形)의 규범이라기보다는 시와 음악의 조화로운 관계를 의미하는 것으로서, 문자로 창작된 시가 내포해야 하는 이념이라는 점을 논의했다. 우리의 시가 전통에서 이는 노래로 실현된 것이다. 1920년대 자유시론은 전대의 시적 실험이 남겨 놓은 문제에서 출발했다. 즉 우리말로 된 시는 노래와 다른 것이 아니라는 시가일도론의 전통을 계승하고 있으면서도 동시에 가창적 공동체로부터 분리되어 고립된 지면(紙面)에 놓여 있는 시의 존재 조건을 의식할 수밖에 없다는 것이다. 시는 음악의 언어적 표현이며 음악의 실현이지만 시는 이제 음악이거나 노래로서 향유될 수 없다는 한계가 1920년대의 율에 대한 담론, 특히 김억의 율론(律論)에 정초되어 있는 토대다. 이 지점에서 어떠한 방식으로 시의 배후에 있는 음악을 실현하며 궁극적으로는 노래의 가능성을 획득할 수 있을 것인가 하는 방법론적인 문제가 시인들에게 대두될 수밖에 없다.

앞 장에서 살펴본 바, 1920년대 율의 담론에서 발견되는 것은 율의 언어적 표현이 불가능하다는 인식이다. 율의 언어적 형식을 확정하지 못하고 당위적인 언술을 반복해 온 이유는 근본적으로 시의 언어가 문자로 주어졌다는 한계와 근원적 음악을 실현해야 한다는 당위 사이에 깊은 간극이 놓여 있었기 때문이다. 이 간극을 당대 누구보다도 깊이 인식했던 김억은 '침묵하는 문자의 배열'에서 시의 음악적 가능성을 발견하고자 했다. 그는 「격조시형론소고」를 통해 언어의 음성적 차원과 문자적 차원에서 실현되는 율의 언어적 형상에 대해 서술했다. 김억이 제시한 율의 기본 구조는 '연속과 중단의 반복'이며, 이 논의를 받아들여 이 글에서는 율의 언어적 실현태들을 성률(聲律)과 향률(響律)이라는 용어로 규정했다. 그러나 김억의 격조시론은 문자 언어에서 어떻게 음성적 율을 실현할 수 있을 것인가의 문제에 바쳐져 있었으므로, 향률에 대해서는 본격적으로 논의하지 않았다. 그의 글에서 향률은 성률의 실패 속에서 우연히 발견된 것이다.

이 장에서는 향률의 구체적인 구조를 당대 시인들의 시를 통해서 살펴보고자 한다. 성률에 대해서는 논의하지 않을 것인데, 이는 다음과 같은 이유에서다. 성률은 언어의 음성적 차원에서 실현되는 율이므로 낭송의 차원을 고려하지 않을 수 없다. 그러나 문자 텍스트로 제시되는 시가 낭송으로 향유되지 않는다면 성률의 실현은 확인할 수 없다. 또한 성률이 실현된다고 하더라도, 이는 개별 독자들의 주관적이고 개인적인 경험으로서만 실현된다. 이를 확인하는 것은 불가능하다.

향률의 구체적인 현상과 구조를 분석하기 위해서 이 글은 서구의 리듬론에서 논의된 타이포그라피의 개념을 도입했다. 김억의 '연속과 종결 / 휴지의 반복'이라는 율의 구조는 당대 시인들의 텍스트에서 '연속과 중단의 반복'으로 확대해서 살펴볼 수 있을 것으로 보인다. 즉 문장의 통사론적 배열, 문법론적인 관계, 의미의 조응성을 모두 고려하는 것이다. 특히 연속적인 문장의 배열 속에 끼어드는 공백들을 중요하게 여길 것이다. 문자의 배열에서 리듬은 통사론적이고 의미론적인 완결성을 중단하면서 그 속에 끼어드는 중단과 연쇄의 반복으로 이해할 수 있다. 통사론적 연쇄는 중단되고 그 중단의 지점에서 다시 시작되는 텍스트의 불균등한 지속이 향률의 기본 구조이다.

일단 '중단'은 두 가지 방식으로 실현되는 것으로 보인다. 하나는 종결이 계속적으로 반복되는 것인데, 이는 완결된 통사적 문장 혹은 의미가 끝나는 지점에서 다시 시작하는 것이다. 또 하나는 통사적 문장 자체가 완결되지 못하는 것이다. 통사론적 완결 속에 계속적으로 휴지가 도입되며, 이 휴지는 완결 자체를 방해한다. 이 경우에 어떤 것도 완성된 채로 진행되지 못한다. 이러한 입론에 따라 1920년대의 시를 이 두 가지 방법으로 살펴 볼 것이다.

1920년대 시에서 이 '중단'의 표지는 구두점으로 현상된 것으로 보인다.[1] 종결을 나타내는 마침표와 휴지를 나타내는 쉼표를 여기서는 핵심적인 요소로서 이해한다. 이를 위해 당대의 시인들, 특히 이 쉼표 /

---

1 구두점, 특히 쉼표는 개화기 시가에 처음 나타남으로써 근대시의 지표로 이해되었다(김용직, 앞의 책, 103쪽). 구두점이 개화기 시가에 처음으로 등장한 것은 1907년 2월 『태극학보』 7호에 실린 「찬축가」와 「제석만필」이다. 여기서 쉼표는 8음절 1구를 표시하기 위해 행의 중간 부분에 삽입되었던 것이다. 이는 1900년대의 시점에서 일반적이지는 않았으나 1910년대의 시조, 개화가사에서 쉼표의 사용은 급격히 확대된다(『한국 개화기 시가 연구』, 새문사, 2004, 140~141쪽. 개화기 시가에 나타난 구두점의 용례에 대해서는 김영철의 논의를 참고할 수 있다). 구두점이 본격적이고도 광범위하게 시에 나타나는 것은 1920년대에 이르러서다.

휴지와 마침표 / 종결을 가장 극적으로 시 속에 도입한 김소월과 이상화의 시를 살펴보고자 한다. 이는 이 시인들의 작품이 리듬의 측면에서 매우 적극적인 평가를 당대에 받았다는 점을 고려한 것이다.

1. 종결―문장의 통사론적 관계의 중단과 외부적 시간의 반복적 도입

김소월의 시에 대한 율격적 연구는 상당히 방대하게 축적된 편이다. 무엇보다도 그가 '형태적인 반복'을 다른 어떤 시인보다 뚜렷하게 보여주고 있기 때문이다. 그러나 그것을 압운으로 이해하거나 7·5조 율격의 특징으로 환원하는 것은 김소월의 시의 율의 이념상을 밝히는 데 별다른 도움을 주지 못한다. 가령, 기존의 율격론을 비판하면서 제기한 장철환의 연구 역시 김소월 시의 특징적인 '반복'을 동어반복적 압운으로 이해함으로써[2] 여전히 언어의 소리 효과에 집중한다. 그의 지적대로

---

2 장철환은 한국시에서 압운이 불가능하다는 견해를 비판하면서, 압운 불가능론자들이 압운을 동음이의어적 압운에 한정했기 때문이라고 주장한다. 한국시에서 압운은 동어반복적 압운을 포괄하는 개념으로, 다시 말해 하나의 음운에서 단어에 이르기까지 반복을 총칭하는 개념으로 사용해야 한다는 것이다(장철환, 「김소월 시의 리듬 연구」, 연세대 박사논문, 2009, 23쪽). 왜냐하면 우리말의 '음성'인식에 있어서 형태상의 동일과 음성상의 동일을 구분할 수 없기 때문이라는 것이다. 그러나 이는 압운을 '음성적 인식'에 있어서만 파악한 것으로 보인다. 반복이 주는 '음향'만이 압운의 효과는 아니다. 압운이란 무엇보다도, 한 행의 연쇄적 흐름에 절단면으로서 등장하는 음성이며, 이 리듬의 효과는 이 흐름과 중단 사이의 긴장관계에서 파악되는 것이기 때문이다. 그러므로 압운의 가능성만으로 율의 가능성을 시험할 수는 없다. 음성적으로 동일하더라도 단어의 반복의 경우에는 무엇보다도 그 의미와 동시적으로 파악해야 하기 때문이다.

김소월의 시에서 압운의 가능성은 상당히 현저해 보인다. 장철환은 '동어 반복적 압운'의 개념을 도입함으로써 김소월의 시에서 압운의 가능성을 발견했다. 그는 『진달내꼿』에서의 상세한 음운 분석을 통해, 압운의 여러 요소 중에서 각운의 존재가 현저함을 증명했으며, 김소월의 각운이 동일성과 비동일성이라는 두 가지 규제적 원리에 의해 작동하며, 이러한 원리는 연(stanza) 구성의 원리와도 밀접한 관련이 있음을 논증한다.[3] 특히 김소월이 "째"라고 종결할 것을 "제"라고 고쳐서 종결하는 것을 두고, 이것이 'ㅔ' 모음에 의한 압운을 의식했다는 것이다. 이는 김소월이 행의 종결에 있어서, 동일한 원리를 적용하려고 한 의도를 뚜렷하게 보여 준다. 그러나 그는 이러한 정형성이 그럼에도 불구하고, 제한되어 있으며 이러한 원칙이 적용되지 않는 시들이 많이 발견된다는 점을 들어, 소월 시의 압운 원리가 정형시에서 자유시로 이행하는 과도기적 징후를 보여 주고 있으며 소월 시의 각운은 동일한 위치에서의 규칙적 반복이 비규칙적 반복으로 전이해 가는 과정을 보여 준다고 설명한다. 이 종결형에서의 규칙적 반복, 즉 각운을 '운'의 차원에서 한정하고 그것의 정형성만을 추출할 때는 그러한 결론을 내릴 수 있으나, 더 중요해 보이는 것은 김소월이 지니고 있는 종결형에 대한 '의도'다. 많은 연구자들이 지적했듯, 김소월의 시는 '반복'을 특징으로 하고 있으며 이는 단순히 음운 혹은 단어에만 한정되지 않는 것이다. 앞에서 논의한 바, 물음은 다시 이렇게 돌려져야 한다. 김소월은 지속적으로 '반복'하고자 했다. 그는 '무엇'을 반복하며, 왜 '반복'하는가 하는 것이다.

---

3 위의 글, 28~39쪽 참조. 그에 의하면, 김소월 시에서 특징적인 각운은 스승 김억의 영향과 한시의 영향을 동시적으로 받아 성립된 것이다.

장철환이 지적한바, 김소월 시의 특징적인 반복은 행의 종결에서 생긴다. 말하자면, 그에게 행을 종결하고자 하는 의지가 있다는 것이다. 가령, 다음과 같은 시의 개작은 행의 종결의 의지를 설명해줄 수 있다.

Ⓐ
우리집뒤 山에는 풀이프르고
그아래숩 시닛물모러의흰멋이
팔한 그 그림자를 삼켜흘너요

그리운 우리님은 어데게신지
날마다 피여나는 우리님싱각
날마다 나는혼자 뒤山에안저
날마다 풀을쩌서 물에 던저요

시내의흘너가는물을 짤아서
내여던진 풀닙은 엿게 쩌갈째
물결이 해적 ^ 품을헤처요

그립은 우리님은 어데게신지
가엽슨 이내가슴 둘곳이업서 ＾
날마다 풀을짜서 물에던지고
흘너간 그풀닙을 맘해보아요.

Ⓑ

우리집 뒷山에는 풀이 프르고,

그알에 수풀, 시냇물의 힌모래밧엔

파란 풀그림자가 써서 흘러요.

그립은 우리님은 어대게신고,

날마다 피어나는 우리님생각,

날마다 뒷山에 홀로 안저서,

날마다 풀을 짜선 물에 던져요.

흘러가는 시내의 물길을 쌀해서

내여던진 풀닢이 엿게 써갈제

물쌀이 헤적헤적 품을 헤쳐요.

그립은 우리님은 어대계신고.

가업슨 이내맘을 둘곳이 업서

날마다 풀을 짜선 물에 던지고

흘러가는 풀닙들을 맘해보아요.

Ⓒ

우리집뒷山에는 풀이 푸르고

숩사이의 시냇물, 모래바닥은

파알한풀그림자, 써서흘너요.

그립은 우리님은 어듸게신고.

날마다 뛰여나는 우리님생각.

날마다 뒷山에 홀로안자서

날마다 풀을싸서 물에 던져요.

흘러가는시내의 물에흘너서

내여던진풀닢은 엿게써갈제

물쌀이 해적해적 품을 헤쳐요

그립은우리님은 어듸게신고.

가엽는이내속을 둘곳업서서

날마다 풀을싸서 물에썬지고

흘너가는님피나 맘해보아요.

—「풀짜기」 전문

김소월은『진달내쏫』을 상재하면서, 기왕에 발표했던 작품들을 많은 부분 수정했다. 의미가 크게 변한 부분은 거의 없으며, 주로 변화된 부분은 띄어쓰기나, 구두점과 같은 부분이다. 인용시는 총 세 번에 걸쳐 개작되었는데, 특히 구두점의 사용에서 의미있는 차이를 보여 준다. Ⓐ는 1921년 4월에『동아일보』에 발표된 것이고, Ⓑ는 1922년 8월『개벽』, 그리고 Ⓒ는 1925년『진달내쏫』에 최종 발표된 것이다. 『진달내쏫』에 실린 작품이 대개 1921년경부터 대략 4년간 창작된 작품임을 감안할 때, 이러한 구두점의 변화가 시간의 변화를 반영하는 것으로 보기는 어렵다. 또한 당시는 아직 공인된 표준어가 제정되지 않은 시기로, 문자 표기법이 한 번 정착되면 긴 세월이 지나도 바뀌지 않는 점을 고려할 때, 이 변화가 당대의 표기법의 영향을 받았다고 보는 것 또한 어려울 것이다.[4] 가장 중요한 것은 김소월은 자신의 시에서 구두점이 인쇄되는 과정에서 변형되지 않도록 매우 신경을 썼다는 사실이다.[5] 김동인은 이를 "소월의 작품에 대한 충실함과 자기 작품을 존경하는 경건한 태도와 긍지를 엿볼 수 있다"는 정도로 평가했으나 소월에게 구두점의 의의는 약소한 것이 아니다.

이 시에서 중요한 변화를 정리해 보면, Ⓐ에서는 한 행의 종결에서 구두점을 사용하지 않다가, 마지막 행에 이르러서 단 하나의 마침표를 사용하고 있는 반면에, Ⓑ에서는 각 행의 종결에서 쉼표와 마침표를 번갈아서 사용하고 있다. 쉼표를 한 행의 종결로서 사용하는 경우는 1연의 1행, 2연의 1, 2, 3행에 해당하며 마침표를 한 행의 종결로서 사용하는 경우는 각 연의 마지막 행과 4연의 1행이다. 그런데, 쉼표를 한 행의 종결로서 사용한 경우가 Ⓒ 개작본에서는 완전히 사라지고, 마침표만이 행의 종결로서 사용된다. 즉, 마침표가 종결로 사용되는 경우는 1연의 3행과 2연의 1, 2, 4행, 그리고 4연의 4행이다.

먼저 쉼표의 사용에 대해 논의해 보자. Ⓐ에서는 전혀 등장하지 않던 쉼표는 Ⓑ에서 대거 등장하고, 다시 Ⓒ에서 소멸되고 있는 과정을

---

4   이런 점을 근거로, 전정구는 이러한 개작 과정에 소월만의 '개작 의지'가 강하게 개입되어 있으리라고 추측한다(전정구, 『김정식 작품 연구』, 소명출판, 2007, 74쪽).
5   김동인은 자신이 『영대』를 편집할 때 김소월이 편지를 보내어 "구절점(句切點)들은 주의하여 원고와 틀림이 업도록 주의하여 달라"라고 당부했다고 회고한다(김동인, 「내가 본 김소월 군을 논함」, 『조선일보』, 1929.11.14. 여기에서는 김종욱 편, 『정본 소월 전집』, 419쪽에서 인용).

보여 주고 있다. 이 쉼표의 용법에서 중요한 부분은 "그아래숩 시닛물 모리의흰멋이 / 팔한 그 그림자를 삼켜흘너요"(ⓐ)가 "그알에 수풀, 시 냇물의 흰모래밧엔 / 파란 풀그림자가 써서 흘러요"(ⓑ)로, "숩사이의 시냇물, 모래바닥은 / 파알한 풀그림자, 써서흘너요"(ⓒ)로 변하고 있 는 장면이다. 한국어 문장에서 쉼표는 통사론적으로 조사나 어미 같은 연결 어구의 대용으로 사용된다.[6] 말하자면 쉼표는 그것을 연결하는 앞뒤의 어구가 서로 구별됨을 표시하는 것으로서, 특히 앞뒤의 어구가 문장의 순서상 전도된 경우 그 전도를 표시하여 의미가 혼동되지 않도 록 하는 역할을 한다. 음성론적으로 이해할 때, 쉼표는 발화에서 일종 의 휴지(pause)를 도입함으로써 호흡을 고르게 하며, 앞뒤의 어구를 구 별하는 지각적 지표로 작용한다고 할 수 있다.[7] 일반적인 청취자의 지 각 원리상 음성의 인식이 의미의 인식에 선행하므로, 음성에 휴지를 도 입하는 것은 앞뒤의 어구를 상호 별개의 의미로 인식하는 데 도움을 준 다는 것이다.[8]

이 말은 쉼표가 일반적으로 발화상의 휴지를 대리하는 문장 부호인

---

6 장소원, 「국어구두점문법 연구서설」, 『관악어문연구』 8집, 1983.
7 이는 물론 띄어쓰기와 함께 이해되어야 할 성질의 것이지만, 여기서는 쉼표의 도입에 관해 서만 논의하기로 한다. 우리말의 띄어쓰기가 기본적으로 단어의 형태를 기준으로 삼고 있는 반면에, 발화상에 휴지(pause)가 도입될 때 빈번히 띄어쓰기의 오류가 발생한다. 이는 일차 적으로는 구어와 문어의 혼동에서 비롯한 것이지만, 휴지(pause)에 의해서 띄어쓰기가 발생 한다는 것은 이 띄어쓰기의 준거가 단어의 형태가 아니라 휴지에 있다는 점을 간접적으로 보여 준다. 이런 점에서, 김상태는 '음운적 단어'의 개념의 도입을 주장하고 있다(김상태, 「음 운적 단어 설정에 대한 연구—띄어쓰기 오류 분석을 통하여」, 『한국어학』 32집, 2006).
8 최근의 국어 음성학에서의 '휴지' 개념에 대한 연구에 따르면, 통사구조는 운율 구조에 간접 적으로 영향을 미치며, 청취자는 어떤 발화를 들을 때 인식 과정에서 통사 구성소보다 운율 구성소를 먼저 인식하게 된다는 점이 증명되었다(안병섭, 「휴지(pause)의 역할에 대한 반성 적 검토」, 『우리어문연구』 28집, 2007, 69쪽).

동시에, 그것이 의미론적으로도 앞뒤 어구 사이의 분절을 도입한다는 것을 의미한다. 그렇다면, Ⓑ에서는 숲과 시냇물의 흰 모래 사이에 분절이 도입되었다가, 이 분절이 "숲사이의 시냇물, 모래바닥은"으로 해서, 숲과 시냇물을 하나로 하는 단위와 모래바닥 사이로 이동한다는 점을 보여 준다. 그러나 Ⓑ에서 숲과 시냇물 사이에 분절이 도입된다고 해서, Ⓐ에 없던 분절이 새로 생긴 것은 아니다. 휴지의 도입을 기준으로 삼는다면, 표기상 더 뚜렷해 보이는 것은 띄어쓰기에 해당하기 때문이다. 이렇게 숲과 시냇물이라는 한 단위와 모래바닥 사이에 분절을 도입하는 것은 뚜렷하게도, Ⓑ에서는 없었던 하나의 공간이 창출되었다는 것을 보여준다. 말하자면 숲과 시냇물의 공간을 하나로 엮으며 여기에서 모래바닥을 분리한 것이다. 이러한 점은 이 시의 전체 구조에 이어진다. 이 시는 내용상, 산의 공간과 물의 공간으로 나눌 수 있는데, 산은 내가 앉아 있는 공간이고, 흘러나는 시냇물은 님이 계신 공간이다. 즉, 이 시에서 쉼표는 님과 나의 공간을 분절하고 있다.

문장의 통사론적 결합은 앞에 오는 기호와 뒤에 오는 기호 사이에 의미론적 관계를 부여하는 역할을 한다. 가령 이 시에서 "파란 풀그림자가 떠서 흘러요"라고 했을 때, 시냇물에 비친 풀 그림자와 그것이 물 위에 떠서 흘러간다는 의미론적 결합이 창출되는 것은 그 결합을 조사 '가'가 보증하고 있기 때문이다. "파란 풀그림자"와 "떠서 흘러요"는 '가'에 의해서 결합된다. 즉, "파란 풀그림자"는 후행하는 '가'에 "떠서 흘러요"는 선행하는 '가'에 기대고 있는 것이다. 이 둘 사이에 아무런 의미론적 유사성이 발견되지 않는다는 점에서, 이는 전형적으로 환유적 관계다. 그런데 이 사이에 쉼표가 끼어들면 이러한 환유적 연쇄관계는 파괴된다. 이 둘 사이의 관계를 보증하는 것은 이 사이의 부재성 밖에 없기 때문이다. 말하자면, 이 둘의 연결 관계는 부재의 등장관계다.

이렇게 볼 때, 2연에서의 쉼표의 사용은 상당한 의미를 지닌다. Ⓐ에서는 없던 쉼표가 Ⓑ에서는 행의 종결에서 사용되고, 이 종결의 쉼표가 다시 Ⓒ에서 마침표로 변화하는 것은 무엇을 의미하는가? 쉼표가 분절의 도입을 의미한다면, Ⓑ에서의 쉼표의 사용은 각 행마다 분절을 도입하는 것을 의미한다. 그러나, 쉼표가 앞뒤 사이의 구별을 완전히 성취하는 것은 아닌데, Ⓒ에서 마침표를 도입한 것은 각 행의 완전한 종결을 의미하기 때문이다. 이는 역으로 "그리운 우리님은 어데게신지 / 날마다 피여나는 우리님 싱각"에서는 이 둘 사이에 분절도 종결도 도입되어 있지 않기 때문에 이는 서로 불가분의 관계가 있는 것으로 이해할 수 있다는 것을 의미한다. 말하자면 떠난 날마다 반복되는 님에 대한 생각은 그리운 우리님이 어디 계신지 '몰라서' 일어나는 것이다. 또한 마찬가지로, 이어지는 두 행에서 날마다 내가 풀을 따서 물에 던지는 것은 이 님에 대한 그리움으로 인한 행위로 연결된다. 그러나 이 사이에 쉼표가 도입되고, 종결의 "−지"가 "−고"로 바뀜으로써 그리운 님의 상실과 나의 반복적인 님의 상기 사이에는 분절이 도입된다. 즉 님의 상실과 반복적인 님에 대한 상기와 뒷산에 홀로 앉아 있는 것과 날마다 풀을 따서 물에 던지는 행위는 모두 개작 전에 비해 관련성이 미약해지고 있음을 의미한다. 이는 Ⓒ에서 마침표의 출현으로 확정되는데, Ⓒ에서는 님의 상실과 님의 상기가 완전히 별개의 흐름을 지니고 있음을 보여 준다. 다시 말해 "그립은 우리님은 어듸게신고"의 의미, 님의 상실의 의미는 이 행에서 종결된다. 그리고 "날마다 피여나는 우리님 생각"

은 님의 상실과는 별개로 일어나는 일이다. 여기서 ⑧와 중요한 차이는, 이 두 행에서 각각의 행의 흐름은 종결되고, 나머지 두 행의 경우 분절도 종결도 없음으로 해서 이어지고 있다는 것이다. 말하자면 날마다 뒷산에 홀로 앉은 것과 풀을 따서 물에 던지는 행위는 하나의 연관 행위로서 이어진다. 그러나 이것이 필연적으로 님의 상실로 인한 화자의 반복적 상기와 연결되는 것은 아닌 것이다.

이와 같은 2연의 분석에서 도출되는 것은, 님의 상실로 인해서 님에 대한 그리움이 출현한다는 선후관계의 불확정성이다. 시의 화자가 풀을 따서 물에 던진다는 행위를 반복한다는 것은 님의 상실과 시간적 선후 관계를 지닌다고 보기 어렵다. 그러나 님의 상기와는 관계를 맺게 되는데, 그것은 4연에서 보증된다. "가엽는 이 내속을 둘곳업섯서 / 날마다 풀을짜서 물에 썬지고 / 흘너가는 닙피나 맘해 보아요"에서 보이듯 이는 화자의 반복적인 생각이 반복적인 행동으로 이어진다는 점을 보여 주고 있는 것이다. 그러나, 그렇다고 해서 이 시가 님의 상실로 인한 님에 대한 그리움을 주제화하고 있지 않다고 확정할 수는 없는 것 같다. "그립은 우리님은 어듸게신고"가 두 번 반복되는 시 전체의 구조가 이를 뒷받침하고 있기 때문이다. 두 번째 연에서 처음 출현한 이 행은 마지막 연에서 한 번 더 출현함으로써, 님의 상실을 강조하고 있다.

님의 상실이라는 사태는 이러한 시의 구조에 '반복'적으로 '등장'한다. 뒷 산에 홀로 앉아서 풀을 따서 시냇물에 던진다는 행위의 흐름에, 지속적으로 분절과 종결이 도입됨으로써 님의 반복적 상기와 님의 상실이 시간적 선후 관계를 가지고 있지 않다고 논의했다. 님의 상실이라는 사태는 이 시의 시간적 흐름에서 '시간적으로 앞섬'이라는 지위를 가지는 것이 아니라, 시간의 흐름에 돌연적으로 끼어드는 것이다. "그립은 우리님은 어듸게신고"의 종결에 붙어 있는 마침표가 이 행의 외부적 지위를 보증하고 있다. 이 행의 시간은 행의 종결로써 행의 끝에서 종결된다. 이 시간은 이 시의 전체 시간의 흐름에서 아무런 선후관계를 지니고 있지 않은 것이다. 말하자면 이는 시간의 선 위에 있는 사건이 아니라, 시간의 선 '밖'에 있는 사건이다. 이러한 사건이 끼어듦으로써, 이 시의 구조 전체에 님의 상실이라는 사태가 도입되어 이 시의 전체 흐름은 님의 상실이라는 사태와 동질적인 것으로 변화된다. 그러나 이것이 동시에 님에 대한 그리움을 주제로서 확정하는 것은 아니다. 이에 대해서는 이러한 '바깥의 시간'의 반복성을 설명하면서 같이 논의할 것이다. 여기서 중요한 것은 이러한 사건이 '반복'되면서 시 전체의 구조를 동질화시키고 있다는 것이다.

김소월의 시에서 각운이 가능하다고 한다면, 그것은 이러한 '종결로서의 사태'가 반복적으로 등장하고 있는 데서 찾을 수 있을 것이다. 압운은 음운의 반복이거나 음성의 반복만이 아니다. 압운이 시에서 중요한 이유는 인접성에 의해서 한 행이 지속될 때, 그 행을 동일한 형태로 종결하는 것을 반복함으로써[9] 다만 시간적으로 근접하다는 관계만을 지니고 있을 뿐 아무런 의미론적 관계를 맺지 않고 있던 각각의 연쇄적

---

9 이는 압운(rhyme)에 대한 본래적 정의로 돌아간 것이다. 압운은 행의 끝에서 동일한 소리를 반복함으로써, 각 행의 이질적인 흐름을 동일화하고, 이를 다시 각 행에서 반복함으로써 시 전체를 하나의 구조로 동일화한다. 이에 대한 설명은, Philip Hobsbaum, *Metre, Rhythm and Verse Form*, Britain : Routledge, 2008(Second Edition), pp.34~36; Stephen J. Adams, *Poetic Designs : an introduction to meters, verse forms and figures of speech*, Peterborough : Broadview, 1997(reprint, 2003), pp.26~36 참조.

흐름을 동질화시킨다는 데 그 의미가 있기 때문이다. 영시에서의 압운의 구조를 분석하면서, 야콥슨이 압운에 부여한 지위란 정확히 이런 것이다. 그가 "압운은 반드시 문법적이거나 반문법적이어 하며, 무문법적이어서는 안 된다"[10]라고 한 것은 압운을 단순히 유사한 소리의 반복이라고 규정하지 않았음을 의미한다. 소리와 의미가 어떤 관계를 갖든 두 영역은 필연적으로 연결되어 있다. 그러므로, 이 동일한 것(압운)의 등장으로 인해서 이 시의 전체적인 의미 구조는 하나의 의미로 동일화되는 것이다. 시 「풀따기」에서 보여 주는 것은 이러한 휴지와 종결이 파생하는 효과에 해당한다.

이러한 휴지와 종결, 그리고 시간의 흐름의 밖에서 도입되는 은유적 구조가 김소월의 시에서 율의 구조를 형성하는 핵심 요소인 것으로 보인다. 그런데, 일단은 휴지와 종결의 차원에서 김소월의 시는 규범화할 수 있을 정도로 눈에 띄는 규칙적 경향을 보이지 않는다. 『진달내 꽃』에 발표되기 전의 판본을 개작하는 과정 속에서도 휴지와 종결의 구조 자체의 원리를 규범화할 수 있는 일관성은 발견되지 않기 때문이다. 이는 휴지와 종결의 구조가 그 자체로 독립되어 파악할 수 없는 것이기 때문에 그러하다. 시의 의미론적 차원과 밀접한 관계를 맺고 있으며, 무엇보다도 휴지와 종결은 은유적 구조의 반복적 도입에 의거하여 질서 지워지기 때문이다. 이러한 점을 전제로 하고, 「풀따기」의 경우처럼 복잡한 변화를 보이는 작품을 제외하고 이 분절과 종결의 양 극단을 보여 주는 작품들을 살펴보자. 본래 발표본이 있는 작품을 참고

---

10 R. Jakobson, 신문수 편역, 『문학 속의 언어학』, 문학과지성사, 1989, 76쪽.

하면, 쉼표로 인한 분절과 각 행의 종결로 인해 분절이 생긴 시들은 「山우혜」와 「옛니야기」, 「님의 노래」가 대표적이다. 그리고, 쉼표와 각 행의 종결로 인해 분절이 과도하게 도입되는 시의 대표작은 「바라건대는 우리에게 우리의 보섭대일 짱이 잇섯더면」을 꼽을 수 있다.

가령 시 「山우혜」에서는 『동아일보』 게재본과 『개벽』 게재본에서 나타나던 쉼표와 마침표가 모두 사라지고, 오직 마지막 연 마지막 행에서만 유일무이한 마침표가 나타난다. 「옛니야기」와 「님의 노래」의 경우에는, 마지막 행의 마침표조차 나타나지 않는다. 종결이 아예 없어지는 경우는 이외에도 「실제」, 「님의 말슴」, 「마른江두덕에서」가 있다. 『진달내꼿』 수록 총 126편의 작품 중에서, 분절과 종결을 사용하지 않은 작품은 5편에 불과하다. 그런데 이 시들은 본래는 전혀 띄어쓰기가 없었던 행을 세 어절로 띄어 써서 창작됨으로써, 김소월의 시가 전통적인 3음보격을 계승하였다는 점을 극단적으로 보여 주고 있는 작품들이기도 하다. 가령, 「실제」의 본래 발표본(『조선문단』 7, 1925.4)의 경우, 첫 연은 "동무들보십시오 해가집니다 / 해지고 오늘날은 가노랍니다 / 옷옷을 잽시빨니 닙으십시오 / 우리도山마루로올나갑시다"인데 이는 『진달내꼿』에서 "동무들 보십시오 해가집니다 / 해지고 오늘날은 가노랍니다 / 옷옷을 잽시빨니 닙으십시오 / 우리도 山마루로 올나갑시다"로 변한다. 다른 시의 경우에도 사정은 동일하다. 「님의 말슴」의 경우, "세월이 물과 갓치 흐른 삼년은 / 길어둔 독엣물도 찌엇지마는 / 가면서 함께가쟈 하든 말슴은 / 사라서 살을 맛는 표적이외다"라는 부분이 『진달내꼿』에서는 "세월이 물과가치 흐른 두달은 / 길어둔 독엣물도 찌엇지마는 / 가면서 함께가쟈 하든 말슴은 / 살아서 살을 맛는 표적이외다"로 변화되어

있다.[11]

이러한 개작이 눈에 띄게 한 행을 3개의 호흡 단위로 배열하는 데 중점을 두었다는 점에서, 김소월의 시가 전통적인 3음보를 계승하고 있다는 점의 근거로 제시되기도 하였다.[12] 성기옥은 이를 층량 3음보격으로 분석하고, 이 층량 3음보격은 김소월의 비정형적인 다른 시들을 규율하는 지배적 율격체계로 간주하였다. 그러나 이는 율독의 차원에서만 고려한 것으로, 무엇보다도 이렇게 엄격하게 한 행을 띄어쓰기를 통해 세 단위로 구별한 것은 『진달내꽂』 총 126편 중 단 5편에 지나지 않는다. 또한 「님의 말슴」의 "길어둔 독엣물도 찌엇지마는"과 같은 행은 3단위로 율독할 것인지 2단위로 율독할 것인지가 문제가 된다. 말하자면, 율독이란 기본적으로 낭송의 감각이기 때문에 여기에는 상당한 자의성이 개입될 수밖에 없다. 이런 문제 때문에 동량 3음보가 아니라 층량 3음보라는 개념을 도입한다고 하더라도, 이 호흡의 지속량은 지속적으로 낭송자의 감각에 의해 결정된다는 난점을 남긴다.

가령, 「님의 노래」의 "그립은 우리님의 맑은 노래는 / 언제나 제가슴에 저저잇서요"와 같은 연을 율독할 때, 이를 음절상 3・4・5의 정형이

---

11 『소월전집』의 편찬자인 김종욱은 「님의 말슴」에 대한 주석에서 『진달내꽂』에 수록된 「님의 말슴」의 본래 출처는 『조선문단』(1925.7)에 발표한 「그 사람에게」의 제 2연이라고 설명하고 있다. 약간의 어휘상의 변화는 있으나 전체적으로 거의 일치한다는 점에서 본래 발표본으로 보아도 무리는 없을 것이다.

12 대표적으로 성기옥은 김소월의 시가 전통적인 3음보 율격을 계승하였다는 점을 증명하면서, 이를 확대하여 김소월의 비정형적인 시를 분석하는 데 적용하였다. 또한 김소월의 시가 외형상 7・5조를 보이고 있다 하더라도, 이러한 음수율적인 측면보다는 층량 3음보격으로 해석하는 것이 더 타당하다고 주장한다(성기옥, 『한국시가율격의 이론』, 새문사, 1986, 366쪽). 여기서, 각 단위의 호흡 지속량을 보여 주는 음운적 표지가 모두 동일한 경우를 동량 3음보라 하고, 각 단위 내부의 율격적 자유를 허용하되 호흡의 지속량은 동일한 경우를 층량 3음보라 한다.

나 음량으로 보아 층량 4 · 4 · 5음 3보격이라고 볼 때는, '그립은'과 '언제나'의 3음절의 마지막 음절을 두 음절로서 낭독해야 하는데, 그렇게 지속량을 동일하게 낭독할 필연성이 텍스트 내부에는 존재하지 않는다. 그렇다고 한다면, "길어둔 독엣물도 씨엇지마는"과 같은 행은 어째서 두 단위로 낭독할 수 없는가. 배열상 '길어둔'과 '독엣물' 사이에 휴지가 도입되어 있지 않은데도, 이를 3단위로 낭독하게 되는 것은 이미 3단위 호흡이라는 규범 체계가 이미 낭독자의 낭독을 선규율하고 있기 때문이다. 즉, 김소월의 시가 3단위로 낭독하게 하는 것이 아니라, 낭독자의 낭독이 이 시를 3단위로 규정짓는다.

그러나 이는 동시에, 창작자 김소월이 이러한 낭독 규범 체계를 전혀 고려하지 않았다는 점을 의미하는 것은 아니다. 많은 연구들이 입증했듯, 김소월은 민요나 한시와 같은 전통적인 시가 작품에 익숙했고 이를 차용하여 시를 쓰기도 하였다.[13] 우리의 전통 시가에서, 특히 민요와 같은 작품들이 3음보적인 호흡단위를 보여 준다는 것이 정식화되었다는 점을 인정한다면, 이러한 작품들은 '의도적'으로 이를 고려하여 창작했다는 점을 보여 준다. 그러나, 문제는 이러한 시들이 쓰인 양식으로 존재한다는 점이다. 민요의 3음보격 전통 율격이 완강한 규범 체계로서 존속할 수 있는 것은 무엇보다도 이들이 노래로서 구전되었기 때문이다. 암송을 할 경우, 그것이 일정한 박자를 지니지 않는다면 기

---

13 대표적으로 전정구, 앞의 책; 박경수, 『한국 근대 민요시 연구』, 한국문화사, 1998. 김소월이 민요, 잡가, 한시뿐만 아니라 서구시의 영향도 받았다는 것은 이미 기정사실화된 것으로 보인다. 김소월의 시가 단순히 한 개인의 창작품이라기보다는 많은 전통과 영향에 의해 중첩된 것이라고 볼 수 있을 것이다.

억하기 어려워진다. 일정한 박자를 지닌 율격들이 대개, 기억의 편의성과 연결되는 것은 우연한 일이 아니다. 가령, "길어둔 독엣물도 써엇지마는"의 경우, 이를 "길어둔 / 독엣물도 / 써엇지마는"이라고 암송하게 되는 것은 암송자와 청자가 동시에 전제하고 있는 일종의 리듬 규칙이 존재하기 때문이다. 이 규칙을 위배한다면 암송자의 입장에서도, 청자의 입장에서도 그것을 기억해서 암송하기란 상당히 곤란한 일이 되지 않을 수 없다. 이러한 암송의 감각을 쓰기로 재현하고자 할 때, 호흡 단위의 분절을 '띄어쓰기'라는 시각적 기호로서 표시함으로써, 이러한 암송의 규칙을 강제하고자 하는 의지가 개입되는 것이다. 그러나 김소월의 시에서, 이렇게 소위 '율격적 자유'를 지니는 행이 많이 출현하는 것은 이 암송의 규칙이 강제되고 있지 않다는 점을 의미한다. 이는 또한 창작자 김소월이 암송의 규칙을 단순히 '재현'하고자 의도하지는 않았다는 점을 의미하는 것이기도 하다. 그럼에도 불구하고 이러한 규칙성을 확대하여 비정형적인 시들에까지 적용하는 것은 무리한 일이 아닐 수 없다.

　김소월의 이러한 3음보격 정형시들이 보여 주는 점은, '쓰기'의 양식으로 '노래'를 재현하고자 하고자 하는 의도가 개입되어 있지 않으며 동시에 이러한 '노래'의 양식을 전혀 배제하고 있지 않다는 모순적인 사태다. 그러할 때, 김소월의 3음보격 정형시가 보여 주는 노래의 양상이 어떻게 '활자화'되어 있는지 살펴볼 필요가 있다.

　Ⓐ
　고요하게도 어둡은밤이 오면은

어스러한燈불에 밤이 오면은
외롭게도 괴롭게 다만 혼자로
하염업는 눈물에 저는 웁니다.

제한몸도 예前엔 눈물모르고,
족으마한 세상을 보냇습니다,
그째엔 지낸날의 녯이악이도
다못설음 모르고 외앗습니다.

그런데 우리님이 가신뒤로는
아주도 저를 버리고 가신뒤로는
前날에 제게 잇든 모든것들이
가지가지 업서지고 말앗습니다.

그러나 그, 한째에 외아두엇든
녯이악이쑨만은 남앗습니다.
밤마다 생각나는 녯이악이는
부질업시 제몸을 울려줍니다.

Ⓑ
고요하고 어둡은밤이오면은
어스러한灯불에 밤이오면은
외롭음에 압픔에 다만혼자서

하염업는눈물에 저는 웁니다

제한몸도 예젼엔 눈물모르고
죠그만한卌上을 보냇습니다
그때는 지낸날의 옛니야기도
아못서름모르고 외앗습니다

그런데 우리님이 가신뒤에는
아주 저를바리고 가신뒤에는
前날에 제게잇든 모든것들이
가지가지업서지고 마랏습니다

그러나 그한째에 외아두엇든
엣니야기뿐만은 남앗습니다
나날이짓터가는 엣니야기는
부질업시 제몸을 울녀줍니다

— 「엣니야기」

ⓐ는 1923년 2월에 「녯이악이」라는 제목으로 『개벽』 32호에 발표되었고, ⓑ는 『진달내꼿』에 수록된 것이다. 이 시는 앞의 인용된 「풀싸기」와는 달리, 쉼표나 마침표가 완전히 소멸된 양식에 해당한다. 우선, 1연에서는 고요하게 어두운 밤이 오면 혼자 운다는 현재의 상황이 제시된다. 2연과 3연은 각각 과거의 상황인데, 2연에서는 님을 사랑하기

전의 상황이 제시된다. 3연에서는 님을 이별한 후에 그 자신이 지녔던 과거의 "다못설음 모르"던 시간을 상실한 상황이 제시된다. 즉, 2연과 3연은 님과의 이별이라는 상황을 중심으로서 해서 각각 그 이전과 그 이후라는 과거의 두 가지 사태를 제시하고 있다. 그리고 4연은 다시 현재의 상황이며, 님을 이별한 상황에서 '녯이야기'가 님을 상기하는 매개체이자 외로운 나를 위로하는 것으로 제시되고 있다.

그런데 Ⓐ에서는 각 연의 끝에 마침표가 존재함으로써, 각각의 시간이 별개로 존재하는 것임을 보여 준다. 또한, Ⓐ의 2연은 "제한몸도 예前엔 눈물모르고, / 족으마한 세상을 보냈습니다, / 그째엔 지낸날의 녯이악이도 / 다못설음 모르고 외얏습니다"라고 하여, 첫 두 행의 종결에 쉼표가 도입되어 있다. 이는 앞서 「풀짜기」에서 분석한 바, 눈물을 모르던 시간과 세상을 보내던 시간, 그리고 옛이야기를 외우던 시간 사이에 분절이 도입된다는 점을 의미한다. 더 중요한 것은, 각 연의 마지막 행에 마침표가 도입됨으로써, 각 연에서의 시간은 그 연 안에서 종결된다는 것이다. 이는 1연의 현재와 2연과 3연의 과거와 마지막 연의 현재의 시간이 서로 유기적인 관련을 맺으면서 동일한 시간선 안에 있는 것이 아니라 각각의 시간은 그 안에서 종결되며 이 종결된 시간이 시 전체의 시간 안에 개별적으로 존재하고 있음을 의미한다.

그렇다면 현재 내가 울고 있는 시간과 님을 만나서 이별하기 전의 시간, 그리고 이별한 이후의 시간은 시간적 선후 관계를 맺지 못하게 된다. 이 시간적 선후 관계를 보증하는 것은 "예전에", "가신뒤로는", "한때"와 같은 시간 부사들인데, 이 시간 부사들이 반복적으로 등장하면서 이 시 전체의 시간 구조를 하나의 동시적인 흐름으로서 이해하도록 강제하고 있다. 그럼에도 불구하고 이 마침표의 존재는 각각의 시간을 별개로 이해하도록 한다. 그러할 때, 이 시의 시간적 구조는 두 가지 흐름으로서 병존하게 된다. 하나는 각각의 시간이 종결되고 완료됨으로써 만들어진 네 개의 시간 단위가 병렬하고 있는 것이고, 또 하나는 이 시간 단위들을 선후관계로 이해하게 하는 시간 부사들로 인해서 시 전체적인 구조의 차원에서는 진행되는 시간으로서 지속되는 것이다. 말하자면 서로 별개인 4개의 시간 단위가 하나의 시간의 흐름 속에 도입되어 있는 것으로 이해할 수 있다. 이때 4개의 시간 단위를 별개로 인식할 수 있는 이유는 이 시간 단위가 마침표로서 종결되고 있기 때문이다. 우리의 일반적인 시간 감각은 자연스럽게 시간을 선후관계로 파악하게 되는데, 마침표는 이러한 시간 인식을 방해하는 것으로서 등장한다.

이 시의 개작본인 ⑧에서 이러한 마침표가 전부 소멸된 것은 이러한 시간의 병렬을 의도적으로 제거하고 하나의 시간적 흐름으로 흘러가도록 의도한 것이라고 할 수 있다. 이러할 때, ⑧는 시간적 구조의 차원에서 노래의 양상을 실현하게 된다. 노래란 지속되는 시간성의 가장 순수한 차원이기 때문이다. 노래의 중간 휴지란 완전히 빈 공간이 아니라, '채워진 휴지'라는 점에서 이 시간의 흐름은 분절되지 않는다. 간단한 예로, 악보의 가사에 붙여진 '－' 기호는 해당하는 음의 길이만큼 음을 지속하라는 뜻이며, 이때 '－'는 '채워진 휴지'의 기능을 한다. 개화기 시가의 경우만 보더라도 가사만을 텍스트로 제시할 때는 이 분절의 순간에도 노래는 계속되고 있음을 표시하기 위해 각종 연결 부호를 사용했다. 특히 노래와 시 사이의 분리에 대해 깊이 고민했던 최남선의 시에서 다량으로 사용되는 부호들은 이 휴지가 '빈 휴지'가 아니라

'채워진 휴지'임을 강조하며, 이 사이에서 앞뒤 구절 사이의 시간적 분리가 일어나지 않는다는 점을 강조하는 것이다.[14] 특히, 4연의 첫 행 "그러나 그, 한때에 외와두엇든"에 도입되었던 쉼표가 ⑧의 "그러나 그 한때에 외아두엇든"에서 소멸되면서, 마침표의 소멸이 시간과 공간의 분절의 소멸을 의미한다는 점을 보증하고 있다.

쓰인 시와 노래와의 사이에 근본적인 균열이 있다면, 이러한 시간의 차원이라고 할 수 있다. 그리고 시가 노래를 지향하고자 한다면, 필연적으로 발생할 수밖에 없는 쓰기에서의 균열을 최대한도로 소멸시켜 가야만 할 것이다. 그러나, 『진달내꼿』에 한정해서 말한다 해도, 전적으로 이러한 노래적 양식을 시험한 작품은 거의 없다. 오히려, 쉼표와 마침표와 같은 분절과 종결을 도입한 시가 압도적으로 많다. 이는 쓰인 시의 한계와 가능성을 시험하는 것이라고도 말할 수 있다. 지속적으로 도입되는 쉼표와 마침표는 이러한 시간적 차원을 계속으로 분절한다. 이는 「풀싸기」에서 본 바, 앞뒤의 선후관계에 불연속을 도입하는 것이다. 이러한 불연속은 각 행과 각 연의 의미론적이고 통사론적 분절로 인해 일어나는 것이며 이는 시간의 불연속적 진행을 야기한다. 이 시들에서 시간은 순탄한 하나의 흐름으로 진행되는 것이 아니라 끊임없이 단절되고 중단되면서 불연속적으로 진행된다. 그런데 이는 단순히 문자의 한계에 해당하는 일은 아닌데, 개작과정에서 보이듯 이는 이미 창작자의 '의도'에 해당하는 일이기 때문이다.

---

14 이에 대해서는 박슬기, 「최남선의 신시(新詩)에서의 율(律)의 문제」, 『한국 근대문학연구』 21집, 한국근대문학회, 2010 상반기, 참조.

나히차라지면서 가지게되엿노라
숨어잇든한사람이, 언제나 나의,
다시깁픈 잠속의꿈으로 와라
붉으렷한 얼골에 가늣한손가락의,
모르는듯한 擧動도 前날의모양대로
그는 야저시 나의팔우헤 누어라
그러나, 그래도 그러나!
말할 아무것이 다시업는가!
그냥 먹먹할쑨, 그대로
그는 니러라. 닭의 홰치는소래.
깨여서도 늘, 길쩌리엣사람을
밝은대낫에 빗보고는 하노라

— 「꿈으로오는한사람」, 전문

이 시는 3음보격으로 율독하고자 한다면 하지 못할 것도 없는 시에
해당한다. 그러나 그러한 율독은 이 시 텍스트상에 나타나는 무수한
분절을 전혀 고려하지 않는 것이다. 이 시는 지금은 이별한 사람에 대
한 그리움과 그를 다시 만날 수 없는 절망을 내용으로 하고 있다. 그는
이미 없기 때문에, 나는 "잠속의 꿈"으로 들어올 것을 요청한다. 그러나
그리운 그와 예전의 다정했던 사이로 돌아가는 것은 어려워 보이는데,
그는 나의 꿈속에 들어와 아무 말도 없이 그대로 일어나 가버렸기 때문
이다. 나는 닭의 홰치는 소리에 잠을 깨었으나, 그를 그리워하는 마음
에 다른 사람을 그로 착각하곤 한다. 다시 만나는 일은 불가능해 보인

다. 그가 꿈 속에 나타나지 않았거나 나타났더라도 그는 나에게 그 어떠한 말도 건네지 않기 때문이다.

이러한 시의 내용은 사실상 유추하기 어렵지 않은데도 시의 여러 가지 장치들이 해석을 방해하여 이러한 해석이 가능한지 의문스럽게 한다. "나히차라지면서"나 "야저시"의 어휘의 명확한 뜻을 파악할 수 없는 것은 논외로 하더라도, 자연스럽게 통사론적으로 연결될 수 없는 시어를 사용하는데다가 여기에 통사론적 분절마저 도처에 도입되어 있기 때문이다. 즉, 1행에서 "숨어잇든 한 사람이,"에서 이 끝에 도입된 '이'조사는 서술어의 주어에 해당하는데 이 주격 조사에 호응하는 서술어는 보이지 않는다. 쉼표의 일반적인 용법에 따라 "가지게 되엿노라"의 도치된 주어로서 해석할 수 있지만, 그렇게 되면 "되엿노라", "와라", "누어라", "하노라"의 숨겨진 주어인 시적 화자의 지위는 흔들리게 된다. 이는 "누어라"와 "니러라"에서도 마찬가지인데, "누어라"나 "니러라"의 문장에서 언술 상의 주어는 '그'인데, 누워라 / 일어나라의 서술어는 이 언술을 발화하는 주체의 서술어에 해당하기 때문이다. 즉 이시에서 통사론적으로 완결되어 제시되는 문장이 거의 없다. "한사람이와라", "그는 누워라", "그는 니러라"와 같은 문장들에서 주어와 서술어는 분리된 채로 제시되고, 주어와 서술어 사이에는 통합될 수 없는 간극이 생기게 된다. 즉, 이 시에서 언술 행위의 주체와 언술의 주체[15] 사

---

15 이 용어는 지젝이 사용한 맥락에 따른다. 그는 그 전형적인 예로 사회주의 법정에서 "나는 간첩이다"라고 발화할 것을 종용하는 장면을 소개한다. "나는 간첩이다"라고 발화하면 간첩의 혐의를 벗겨주겠다는 것이다. 이때 언술의 주체, 즉 문장의 주어는 '간첩'인 것이 되지만 언술 행위의 주체, 즉 발화자는 간첩이 아닌 것이 된다. 이는 언술의 주체와 언술 행위의 주체가 분열되는 지점을 가리키는 것이며, 이 발화 텍스트에서 언술 행위의 주체는 텍스트 바깥에 존재

이에는 분열이 발생한다. 이 분열이 발생하지 않는 경우란 "하노라"에 해당하는 한 행밖에 없게 된다. 이 시에서 언술 행위의 주체(발화자)는 "되엿노라", "와라", "누어라", "하노라"라고 말하는 순간에만 존재하며, 이 언술의 바같에 존재한다.

이 분열을 확정하는 것은 이 시에 도입된 쉼표, 즉 분절이다. 텍스트 상에서 주어와 서술어 사이에 무수한 쉼표가 도입되어 이 간극은 결코 통합될 수 없는 것으로서 제시된다. 이때 주어는 님이고 서술어의 숨겨진 주체(언술 행위의 주체)는 나라는 점에서 주어와 서술어 사이의 분절은 님과 나 사이의 만남의 불가능성을 표시한다. 그럼에도 불구하고 나는 계속해서 그가 올 것을 요청하고 명령한다. 즉 요청과 명령을 통해서 만남의 불가능성을 극복하려고 하는 주체의 의지가 여기에 개입되어 있는 것이다. 이 지점에서 문제적인 것은 "그러나, 그래도 그러나! / 말할 아무것이 다시업는가!"(7~8행)에 도입되어 있는 분절이다. "그러나"와 "그래도 그러나"에 도입되어 있는 분절은 시 전체의 의미적인 흐름인 만남의 불가능성을 부정하는 것이기 때문이다. 바로 다음 행 "말할 아무것이 다시업는가!"에서 이 언술의 주어는 '나'이면서 동시에 '그'라는 점에서 일치한다.

그러므로 이 시에서 분절은 매우 복합적이다. 한편으로는 주어와 서술어 사이에 간극을 도입함으로써 만남의 불가능성을 강조한다. 이는 문장의 표면에서 일어나는 것이다. 보다 심층적인 차원에서 분절은 반

하게 된다(S. Žižek, 이수련 역, 『이데올로기라는 숭고한 대상』, 인간사랑, 2002, 296쪽). 그러나 지젝의 예에서는 '나는'이라는 기표는 동일하지만 지시하는 대상이 다른 차원이었다면 김소월의 시에서는 기표도 다르다는 점에서 훨씬 복잡하다.

복적으로 도입되는 명령법과 함께 만남의 불가능성을 부정한다. 이 시에서 분절은 표면적 차원과 심층적 차원에서 각각 다른 역할을 수행하는 것으로 보이지만, 부정을 도입한다는 점에서 동일한 역할을 한다. 표면적인 차원에서는 '그가 꿈속에 왔다', '팔위에 누웠다' 등의 의미를 부정한다. 이 차원에서는 만남의 가능성을 부정하는 것이다. 그러나 심층적 차원에서는 이 부정된 만남의 가능성을 한 번 더 부정함으로써, 만남의 가능성을 열망한다. 이 부정의 반복이 이 시에서 계속되고 있다. 그런데 이 시의 마지막 부분에서 언술 행위의 주체와 언술의 주체는 마지막이자 단 한번 일치한다. "깨여서도 늘, 길꺼리엣 사람을 / 밝은 대낮에 빗보고는 하노라"(11~12행)에서 만남의 불가능성은 확정된다. 계속해서 만남의 불가능성을 부정했던 주체는 텍스트의 바깥에 존재하고 있었다. 11행과 12행에서 주체는 텍스트와 통합되면서 만남의 불가능성을 확정한다.

이 시에서 드러난바, 김소월 시에서의 주체는 텍스트 외부에 거주하며, 통사론적 질서에 반복적으로 휴지를 도입한다. 이로써 그리워하는 대상과 통합될 수 없다는 표면적 구조는 부정된다. 그러나 분절의 표면적 차원과 심층적 차원이 결합하는 순간 만남의 가능성은 또한 폐쇄된다. 주체는 반복적으로 분절을 도입함으로써, 부정을 도입하며 이는 김소월의 시에서 시간의 지위와 유사한 것으로 보인다.

이상과 같은 분석에서 살펴본 바, 김소월 시의 율의 구조는 기표의 흐름으로서의 시간적 연쇄와 이 연쇄적 흐름을 방해하고 종결하는 구조 사이의 반명제적 대조(antithesis)[16]로 되어 있다. 이는 변증법이지만, 둘을 통합하고자 하는 변증법은 아닌데 둘은 서로 모순되면서도 겹쳐 있는 상태로서 있을 뿐 양쪽을 극복하고자 하는 것은 아니기 때문이다. 그럼에도 불구하고, 두 구조는 하나의 상태에서 겹쳐진다. 그것은 '반복' 구조이다. 이 글은 이제서야 김소월의 율의 근본 구조로 여겨졌던 '반복'의 구조의 문 앞에 도달했다. 이는 기왕에 논의된 바, 등시적인 호흡량이라던가 음운의 반복이 아니다. 그렇다면 무엇인가.

먼훗날 당신이 차즈시면
그때에 내말이 『니젓노라』

당신이 속으로나무리면
『뭇쳑그리다가 니젓노라』

그래도 당신이 나무리면
『밋기지안아서 니젓노라』

오늘도어제도 아니닛고
먼훗날 그때에 『니젓노라』

― 「먼後日」 전문

『진달내쏫』의 첫머리에 실린 이 시(ⓒ)가 보여 주는 구조는 이 시집 전편의 율의 구조를 명시하고 있다. 이 시는 개작을 거치면서 행의 구성이

---

16 W. Benjamin, 조만영 역, 앞의 책, 53쪽.

뚜렷하게 정돈된 것 외에는 큰 변화는 보여주지 않는다. 그러나, 이 정돈은 매우 중요한 의미를 지니고 있다. 그것은 '니젓노라'라는 구의 반복이 행의 정돈을 통해 훨씬 중요한 의미를 띄게 된 데서 기인한다.

1920년에 『학생계』에 「먼后日」이라는 제목으로 처음 발표된 이 시는 1연 4행 구성으로, 각 행의 종결이 '니젓노라'의 반복으로 되어 있다. "먼后日 당신이 차즈시면 그째에 내 말이─니젓노라. / 당신 말에 나물어 하시면 무척 그리다가─니젓노라. / 그래도 그냥 나물어 하면 밋기지 안아서─니젓노라. / 오늘도 어제도 못닛는 당신 먼后日 그째엔 니젓노라"(「먼后日」, Ⓐ)으로 되어 있는데, 각 행에서 앞의 구와 '니젓노라' 사이에 기호 '─'가 도입됨으로써, 이 사이의 분절이 뚜렷하지 않다. 내용상으로 보자면, 화자의 '니젓노라'의 발화는 2행과 3행에서는 각각 "무척 그리다가"와 "밋기지 안아서"와 결합된 것인데, 첫 번째 발표본에서는 이 구별이 명확하지 않기 때문이다.

두 번째 발표본에서는 이러한 점이 시정된다. 첫 번째 발표본의 각 행은 두 번째 발표본에서 두 행을 단위로 하는 연으로 변화한다. 2행의 변화 부분을 보면 "맘으로 당신이 나무려하시면 / 그째에 내 말이 「무척 그리다가 니젓노라,"(「먼後日」, 『개벽』 26호, 1922.8 Ⓑ)로서 화자의 발화 부분은 명확히 기호 "「 」"로서 표시함으로써, 발화 이외의 부분과의 구별을 뚜렷하게 하고 있다. 이 점은 ⓒ에서도 그대로 계승되는데 Ⓑ와 ⓒ의 차이는 이 이외의 부분을 일정한 형식에 맞추어서 정돈한 것이다.

그렇다면, 화자의 발화를 이 시의 다른 차원과 구별하고자 한 것은 어떤 의미를 지니는가? 이 시의 일반적 해석에 따르면, 지금 현재 나는 당신과 이별한 상태이지만 당신을 잊을 수는 없는 상태다. 그러나 먼 미래에 "당신이 차즈시"는 그날이 오면, 나는 당신을 "니젓노라"라고 말할 것이라는 것을 다짐한다. 그러할 때 "니젓노라"의 반복은 오히려 지금 내가 당신을 잊을 수 없다는 것을, 그리고 먼 미래에도 당신을 잊을 수 없다는 것을 역설적으로 강조하는 것이다. 김소월의 역설의 시학은 바로 이러한 점을 근거로 규정된다.

문제는 단순히 이 님을 잊을 수 없는 화자의 절망과 괴로움 때문에 "니젓노라"가 반복되는가 하는 문제다. 이 반복은 지금 현재의 괴로움이 언젠가 도래할 미래에 소멸할 것이라는 것을 '강조'하기 위해 도입되는 것이 아니다. 왜냐하면 이 "니젓노라"를 시간적으로 이해할 때 일반적 시간의식에서는 표상할 수 없는 미래적 과거에 해당하는 것이기 때문이다. 말하자면, "니젓노라"에 걸려 있는 시간은 도래할 미래와 이 미래의 시점에서 보증되는 과거의 시간이 중첩된 시간이다.

많은 연구자들이 증명했듯, 이 "니젓노라"의 상태는 "오늘도어제도아니닛고"라는 구절에서 부정된다. 통상적인 시간에서 현재는 미래의 과거인데, 이 과거 시제 "니젓노라"는 현재의 상태를 가리키는 것이기 때문이다. 그러나 현재는 '잊지 못하는' 상태이므로, 이러한 현재의 상태에서는 미래의 "니젓노라"라는 발화가 나올 수 없다. 그러므로 "니젓노라"가 현재를 부정하는 것이 아니라, "니젓노라"라는 미래가 현재에 의해 부정되는 것이다. 이 시의 주제가 님을 결코 잊지 못한다는 화자의 마음을 역설적으로 강조하고 있다는 것은 이러한 지점에서만 타당하다.

문제는 "니젓노라"의 시제가 과거라는 점이다. "니젓노라"의 상태가 현재에 의해 부정되는 것이라면, "니젓노라"의 시제는 사실상 성립하기 어렵다. "니젓노라"의 시간이 위치할 수 있는 곳은 통상적인 연대기적 시간에서는 결코 없기 때문이다. 연대기적 시간에서는 과거는 현재의 원인으로서, 그리고 현재는 과거의 결과로서 놓여진다. 그러므로 사건의 인과를 보증하는 유일한 기준은 시간으로 이해되는 것이다. 그렇다면, "니젓노라"라는 미래적 과거는 이러한 연대기적 시간의 밖에서 도입되는 것으로 이해해야만 한다. 그러할 때 현재에 의해 부정된 시간인 "니젓노라"의 시간은 역으로 현재를 부정하는 것이 된다. 그런데 문제는 이것이 한 번 도입되는 것이 아니라, 반복적으로 도입되고 있다는 것이다.

"니젓노라"는 미래의 상황과 관계를 맺을 때, "무척 그리다가"와 "밋기지 안아서"와 결합한다. "무척그리다가"가 지금 현재의 상황을 가리키며, 이는 앞에서 본 바 현재에 의해 부정되는 미래의 상황을 가리키는 것이다. 또한 "밋기지 안아서"는 당신이 떠났다는 사실을 가리키는데 이는 고석규가 지적한 바, "믿음의 약속을 부정"[17]하는 것을 의미한다. 이는 사실은 "먼훗날 당신이 차즈시"는 미래가 도래하지 않을 것이라고 믿는 것이다. 말하자면, 지금 현재 당신은 나를 떠났으며, 미래에도 당신은 돌아오지 않을 것이다. "니젓노라"는 이러한 시간적 흐름에 지속적으로 끼어들며, 이 반복이 명시하는 바는 미래를 도래시키지 않는 것이다. 즉, "니젓노라"의 발화의 표면적 의미는 현재의 부정이지만, 이 부정의 반복을 통해 미래의 잊음을 부정하는 차원이 열리며 그러할 때, 먼 훗날에 당신이 찾으시면 '잊었다'라고 발화할 수 있는 미래 자체의 도래를 부정하고 있는 것이다.

---

17 고석규, 「시인의 역설」, 『여백의 존재성』, 책읽는사람, 1993, 174쪽.

"니젓노라"의 미래적 과거는 시간의 흐름 속에 지속적으로 끼어 들어서, 미래의 도입 자체를 연기한다. 이 도입이 산출하는 것은 다만 '반복되는 현재'다. "니젓노라"라는 문자 기호는 '잊었다'를 지시하지만, 실상은 '잊지 않았다'라는 본연적 의미를 드러낸다. 그러므로 이를 '반복'하는 것은 반복적으로 기억하는 행위를 통해서 '잊지 않았다'는 차원에서 '잊지 않는다'는 차원을 산출한다.[18]

그렇다면 이는 이러한 시간적 흐름에 '분절'을 도입하는 것을 의미한다. 이는 앞서 살펴본 바, 쉼표와 마침표가 행했던 분절과 종결의 역할을 하고 있는 것이다. "잊지 않는다"라는 현재를 지속적으로 반복하는 것은, 흐르는 시간을 부정하고 이를 지속적으로 분할함으로써 어떤 '영원한 현재'의 시간을 만들어 내는 것이라고 할 수 있다. 이는 벤야민적인 의미에서 시간을 정지시키는 것의 진정한 의미에 해당한다. 시간의 정지는 단순히 시간을 폐기하는 것이 아니라, 지금 현재의 시간을 붙잡는 것이다.[19] 이를 통해서, 연대기적인 시간을 무화시키고 지금의 순간을 통해 인과론적 시간에 포획되지 않는 새로운 시간의 차원을 여는 것이다. 이를 벤야민은 메시아적 시간이라 불렀으며, 아감벤은 이 시간이 분할의 분할을 통해 창출된 '남겨진 시간'[20]이라고 설명한다. 말하자면,

---

18 이 점에 대한 자세한 논의는 박슬기, 「1950년대 시론에서 '서정' 개념의 논의와 '새로운 서정'의 가능성」, 『한국 현대문학연구』 28집, 2009 참조.

19 W. Benjamin, 최성만 역, 「역사의 개념에 대하여」, 『역사의 개념에 대하여 / 폭력비판을 위하여 / 초현실주의 외』(발터 벤야민 선집 5), 도서출판 길, 2008 테제 16·17 참조. 여기서 벤야민은 이러한 시간의 정지의 순간을 혁명의 시간과 연결시킨다. 이는 균질적이고 공허하게 이어지는 역사의 시간을 파괴하는 순간인 것이다. 이 테제 16·17에 대한 논의는 Wener Hamacher, "'Now': Walter Benjamin on Historical Time", Andrew Benjamin ed., *Walter Benjamin and History*, New York : Continuum, 2005 참조.

20 G. Agamben, 강승훈 역, 『남겨진 시간』, 코나투스, 2008, 116쪽.

이 시에서 도입되는 이 '니젓노라'는 역사적 시간이 아닌, 그 외부에 있는 시간이며, 이 반복은 지속적으로 이러한 '시간'을 도입하는 것이라고 할 수 있다. 이러한 '외부적 시간'의 반복적 도입, 이것이 김소월의 율의 구조라고 할 수 있을 것이다. 이는 「진달내꽃」을 통해서도 알 수 있다.

나보기가 역겨워
가실째에는
말업시 고히 보내드리우리다

寧邊에 藥山
진달내꽃
아름짜다 가실길에 쑤리우리다

가시는거름거름
노힌그꽃츨
삽분히즈려밟고 가시옵소서

나보기가역겨워
가실째에는
죽어도아니 눈물흘니우리다

— 「진달내꽃」 전문

이 시는 미래의 상황을 가정하고 있다. "나보기가 역겨워 / 가실째"

가 미래의 시간이라는 것은 "보내드리우리다"라고 하는 미래 서술어가 보증하는 것이다. 이 시에서는 "보내드리우리다", "뿌리우리다", "눈물 흘니우리다"와 같은 미래의 상황이 반복된다. 그런데 이 시를 발화하는 주체는 '지금 현재'의 시간에 있다. 당신과 이별하는 상황이 미래라고 한다면, 지금의 나는 당신과 이별하지 않은 상태에 있는 것이다. 그럼에도 불구하고, 그는 이별의 상황을 가정하고 이것을 반복적으로 도입한다. "나보기가 역겨워 / 가실째에는"은 1연과 마지막 연에서 반복되면서 이러한 미래적 이별을 확정하는 것을 의미하는 것이다. 이는 무엇을 의미하는가? 지금 이별하지 않았는데, 미래의 이별을 반복적으로 도입하고 있다는 것이며 이를 통해서 지금의 만남의 상황을 부정하는 것이다. 현재와 미래가 인과론적으로 연결되어 있다고 여기는 연대기적 시간관에서 보자면 이러한 미래의 시간은 본래 없는 것이다. 그러므로 이 시는 반복적으로 '부재하는 시간'을 도입하고자 하는 것이다. 그리고 '반복'으로 인해서 부재하는 시간은 영속하는 것으로 된다. 그러할 때, 도래하지 않은 동시에 도래하지 않을 미래의 시간은 지금 현재의 시간마저 부정하게 된다. 님과 나는 현재 만나 있는 상태이지만, 미래의 시간이 현재의 만남의 시간을 부정하기 때문이다.

이는 김소월의 시가 님과 이별한 현재 상태를 부정하고, 님과 만나는 상태를 지향한다는 일반적 통념과는 달리, 오히려 '이별의 영속성'을 지향한다는 점을 의미한다. 「먼후일」에서 "니젓노라"의 반복이 사실상 '잊지 않는다'라는 현재를 영속화시킴으로 해서 지금의 이별의 상태를 영속화시키는 것과 마찬가지로, 「진달내꼿」은 지금 님과 만난 상태인 현재를 부정함으로써 이별의 상태를 영속화시키는 것이다. 이 두 시에서 반복적으로 도입되는 시간이 각각 미래이거나 현재라는 점에서 다르지만, 이 두 시간은 모두 일반적인 시간의 흐름 안에서는 그 지위를 보증받을 수 없는 '바깥의 시간'이며 동시에 둘 다 '부정적' 시간이라는 점에서 동일한 것이다. 그렇다고 할 때, 이 시간은 시간을 초월한 무시간으로서의 영원한 시간이 아니라 순수한 '부정성'으로 이해될 수 있다.

　말하자면 김소월의 시에서 이별의 사태는 주체에게 좌절을 유발하며 그 상태를 지양하도록 하는 사태가 아니라 오히려 이 주체가 반복적으로 불러오는 사태다. 미래의 부정적 시간은 주체의 구성에 의해 존재하는 것으로, 이 시간을 불러옴으로써 그는 연대기적 시간을 파괴하고, 그 위에 새로운 시간적 질서를 세우려 한다. 그가 반복적으로 불러오는 시간이 주로 '님의 도래 혹은 부재'와 관계되어 있다고 할 때, 주체의 사랑의 대상으로서의 '님'의 실질적 지위는 의문스러운 것이 된다. 이 점을 고석규는 정확히 지적했는데, 그는 "임은 선재한 것이 아니라 어디까지나 「못」, 「아니」 하는 의식의 부정화 끝에 비로소 명명되고 형상된 것"[21]이라며, 사실상 이 님은 소월 자신이라는 결론에 이르게 된다.

　이 '임'은 원래 존재하는 것이 아니라 주체의 부정을 통해서 산출되며, 또한 부재하는 임의 존재에 반복적으로 매달리고 있는 주체를 만들어 낸다. 즉, 이때의 주체는 세계를 객관으로서 인지하는 상식적인 의미에서의 주체가 아니라 객관을 부정함으로써 존재하게 되는 주체이다. 이러한 주체는 기존에 운위되었던 서정적 주체가 아니다. 왜냐하면, 근본적으로 자기의 근원을 외부에 두고 있는 주체이며, 오직 대상

21　고석규, 앞의 글, 174쪽.

의 출현으로 인해 비로소 출현하는 주체이기[22] 때문이다. 또한 이는 오직 쓰기에 걸려 있는 주체다. 김소월의 시에서 이러한 '님'의 대상적 실제성을 부정한다면 이러한 외부성을 반복적으로 호출하는 주체의 '충동'밖에 남지 않는다. 이 반복 충동이 리듬의 주체적 근원이며[23] 이는 쓰기-주체로서의 스스로를 보증받지 못하는 주체의 끝없는 '자기 불러오기'에 해당한다. 동시에 외부적 시간의 반복적 도입을 통해, 통사론적-역사적 시간을 벗어나고자 하는 것이다.

2. 휴지－문장의 의미론적 관계의 중단과 기원적 공간의 반복적 도입

이 글은 지금까지 김소월의 시가 '종결'의 반복임을 증명했다. 김소월의 시는 음성적으로도 매우 유려한 편에 속하며, 그의 시의 형식은 연단위의 구조가 명확한 편에 속한다. 김소월의 리듬에 관한 연구가 활발했던 것은 그의 시가 유려한 리듬의 형식을 다채롭게 보여 주고 있었기 때문이다. 그러나 어떠한 음조(音調)의 묘미를 찾기 어려운 시들, 특히 1920년대 초반에 등장했던 자유시들의 예에서 우리는 어떠한 리듬적 형식을 찾을 수 있을 것인가. 이를 위해, 발표하자마자 그 리듬의 차원에서 경탄을 받았던 이상화의 시를 살펴보고자 한다.

---

22 S. Žižek, 이성민 역, 『부정적인 것과 함께 머물기』, 도서출판 b, 2007, 134쪽.
23 P. Lacoue-Labarthe, *Typography*, Stanford : Stanford University Press, 1989(reprint, 1998), p. 129.

김기진은 이상화가 "환상과 열정의 시인"이며, 그 환상과 열정이 새로운 광명에 대한 강렬한 열망을 낳는다며 그것이 이 시인을 "반역의 시인"이라고 말할 수 있는 이유라고 평가한다.[24] 이러한 평가는 『백조』파 시인들의 데카당한 깊이가 열렬한 계급 운동으로의 헌신의 정도와 정비례한다고 한 김윤식의 평가[25]와 동궤에 놓이는 것으로, 무엇보다도 김기진은 이상화의 시가 강렬한 열정과 환상을 들고 문단에 나왔음을 지적하고 있는 것이다. 그러나 그가 이 영탄만으로 이상화의 시를 고평하는 것이 아님은, 이러한 영탄만으로는 시가 될 수 없음을 주장하고 있기 때문이다.

글의 서두에서 그는 "너는 '오오'— '아—'하는 말을 써가며 '사랑아' '님아' '그리워' 하야가며 줄글로 써노흐나 행수(行數)를 잘나서 느리여 노흐나 맛찬가지인 그 소위 '신시'라는 것을 산출하는 부류를 들어서 '시단'이라 하느냐?'라고 하며, 과도한 영탄을 경계한다. 그는 시가란 노래할 수 있어야 하는 것이므로, 단순히 한 개의 음의 음향적 효과로서는 시가 될 수 없다고 주장했다. "그 리듬을 시적 형식으로 배열"해야만 한다고 주장하는데, 그가 이상화의 시에서 찾아낸 리듬이란 '구두점'에서 현상되는 것이었다. 그는 "숨이 막히게 격(激)하는 리듬을 가지고 놀랠만큼 기이한 환상을 노래한 것이다. 시험 삼아서 이 시를 구두점 찍은 곳을 똑똑 끈어가며 낭독하여 보라, 얼마나 그 율격이 격(激)한가?'라고 썼다. 1925년의 시점에서, 그가 이상화의 시에서 「나의 침실로」에서 나타난 환상이 많이 사라졌으며, 이는 "그 조자(調子)가 또한

---

24 김기진, 「현시단의 시인」, 『개벽』 58호, 1925.4, 27∼28쪽.
25 김윤식, 『한국 근대문학양식논고』, 아세아문화사, 1980, 61쪽.

격하지 못함"때문이라고 평가한 이유는 그가 이상화 시의 감정의 차원과 언어의 차원을 함께 이해하고자 했기 때문이다.

김기진이 「나의 침실로」의 특징으로 구두점을 지적한 것은 이상화 시에서의 구두점의 과도한 사용이 리듬을 형성하는 한 방법임을 지적한 것이다. 그러나 구두점의 사용이 이상화의 고유한 방법은 아니었는데, 『백조』나 『금성』과 같이 당대의 동인지에 실린 많은 작품들이 구두점을 사용하여 시의 행을 분절하는 방법을 사용하고 있었기 때문이다. 이는 이러한 구두점이 산문과 구별되는 시의 표지로서 일반적으로 채용되고 있었음을 의미한다. 그러나 구두점 그 자체가 리듬의 증표는 아니다. 구두점 사용에 관해 상반된 평가를 내린 김억의 견해에서 이를 알 수 있다.

김억은 『백조』 3호에 실린 회월의 「월광으로 짠 침실」을 평가하면서, "한데 이 작자의 구두점은 함브로 찍는 듯합니다"(「시단의 일년」, 5 : 213)라고 부정한 반면에 비슷한 정도로 많은 구두점이 나타나는 「나의 침실로」에 대해서는 "씹으면 고소한 맛이 년다라 나오는 가뵈얍으면서도 무쭐한 곱은 시"라고 평가하며, 「이중의 사망」에 대해서는 "쓰겁음과 힘의 표백에 정조와 리듬은 을숨쉬며 뛰놉니다, 살아 뛰놉니다"(「시단의 일년」, 5 : 214)라고 상반되게 평가했다. 그의 견해는 구두점을 '어떻게 사용하느냐'가 중요한 문제임을 간접적으로 드러낸다.

일단 중요한 것은 구두점을 사용하는 데 있어서, 이상화의 시가 당대의 누구보다도 뛰어났으며 당대의 자유시인들이 지향했던 율의 문제를 언어적으로 표현하는 데 성공하고 있다고 당대인들이 평가한다는 것이다. 가령, 「이중의 사망」에서 김억이 상찬한 구절은 "죽음일다!

/ 성낸 해가 닛발을 갈고 / 입술은, 붉으락 푸르락, 소리업시 홀적이며, 유린바든 게집가티 검은 무릅헤 곤두치고, 죽음일다!"인데, 여기에도 구두점은 회월의 시에서 만큼이나 많이 등장하고 있다.

즉, 당대의 시에서 리듬의 증표는 표기된 구두점이다. 김소월의 시에서 그것은 마침표이며 종결의 역할을 하고 있었다면, 이상화의 시에서 그것은 쉼표이며 휴지의 역할을 한다. 일단 이 구두점과 율의 관계를 살펴보기 위해서는 먼저, 「나의 침실로」의 구조를 이해할 필요가 있다.

> 「마돈나」지금은밤도, 모든목거지에, 다니노라疲困하야돌아가려는도다,
> 아, 너도, 먼동이트기전으로, 水蜜桃의네가슴에, 이슬이맷도록달려오느라.
>
> 「마돈나」오렴으나, 네집에서눈으로遺傳하든眞珠는, 다두고몸만오느라,
> 쌜리가자, 우리는밝음이오면, 어댄지도모르게숨는두별이어라.
>
> 「마돈나」구석지고도어둔마음의거리에서, 나는두려워썰며기다리노라,
> 아, 어느듯첫닭이울고- 뭇개가짓도다, 나의아씨여, 너도듯느냐.
>
> 「마돈나」지난밤이새도록, 내손수닥가둔寢室로가자, 寢室로!
> 낡은달은쌔지려는데, 내귀가듯는발자욱- 오, 너의것이냐?
>
> 「마돈나」짧은심지를더우잡고, 눈물도업시하소연하는내맘의燭불을 봐라,
> 羊털가튼바람결에도窒息이되어, 얄푸른연긔로써지려는도다.

「마돈나」오느라가자, 압산그름애가, 독갑이처럼, 발도업시이곳갓가이 오
도다,

아, 행여나, 누가볼는지 ─ 가슴이쒸누나, 나의아씨여, 너를부른다.

「마돈나」날이새련다, 빨리오렴으나, 寺院의쇠북이, 우리를비웃기전에

네손이내목을안어라, 우리도이밤과가티, 오랜나라로가고말자.

「마돈나」뉘우침과두려움의외나무다리건너잇는내寢室열이도업느니!

아, 바람이불도다, 그와가티가볍게오렴으나, 나의아씨여, 네가오느냐?

「마돈나」가엽서라, 나는미치고말앗는가, 업는소리를내귀가들음은─,

내몸에피란피 ─ 가슴의샘이, 말라버린듯, 마음과목이타려는도다.

「마돈나」언젠들안갈수잇스랴, 갈테면, 우리가가지, 쓰을려가지말고!

너는내말을밋는「마리아」 ─ 내寢室이復活의洞窟임을네야알년만…….

「마돈나」밤이주는꿈, 우리가얽는꿈, 사람이안고궁그는목숨의꿈이다르지
안흐니,

아, 어린애가슴처럼歲月모르는나의寢室로가자, 아름답고오랜거긔로.

「마돈나」별들의웃음도흐려지려하고, 어둔밤물결도자자지려는도다,

아, 안개가살아지기전으로, 네가와야지, 나의아씨여, 너를부른다.

                                      ─「나의 寢室로」 전문(『백조』 3호, 1923.9)

이상화의 대표작으로 꼽히는 이 시는 1920년대의 낭만적 유미주의의 대표작으로도 여겨진다. 그것은 김억이 이 시를 상징시로 평가한 바, '침실'이라는 기호가 "아름답고 오랜 거긔", 초월적 세계의 상징 기호라는 점 때문이다. 이 시는 "마돈나"와 함께 "침실"로 돌아가기를 희구하는 시적 화자의 열망을 노래한 것으로, '침실의 세계'에 대한 동경을 지니고 있으나 그에 결코 도달할 수 없는 절망적인 현실 사이에서의 갈등을 노래하는 것이라 평가받았다.

이는 '침실'과 '마돈나'의 기호가 정확히 무엇을 의미하는지는 논외로 하더라도, 구조적으로 타당한데 '마돈나'의 호명과 '오라'의 요청의 반복이 이를 보증하고 있기 때문이다. 다시 말해 "이슬이 맺도록 달려오느라", "다두고 몸만 오느라", "내 손수 닥가둔 침실로 가자", "마돈나 오느라 가자", "빨리 오렴으나"와 같이 '－오라'의 요청이 다양한 형태로 반복됨으로써, 이 시는 마돈나를 향한 끝없는 요청으로 이루어지고 있는 것이다. 이 반복의 구도는 이상화의 시에서 각 행의 무질서함을 상쇄하는 시적 장치로 주목을 받았다. 각 연의 행의 수를 일치시킨다든가, 혹은 처음에 도입한 구도로서 끝맺는 수미상관적 구조를 지니고 있다던가 하는 점이 각 행에서 상실한 리듬을 시의 전체 구도로서 성취하고 있는 것으로 평가했던 것은 이 시에서의 이러한 반복이 매우 중요한 역할을 하고 있음을 인정하는 것이다.

그러나 이러한 반복이 완전히 동일한 형태의 반복은 아니라는 점에서, 김소월의 시에서 나타나는 구문 혹은 문형의 반복과는 다르다. 이 시에서의 반복의 형상을 이해하기 위해서는 오세영의 분석을 참고할 수 있다. 그의 정밀한 분석이 보여 준 바, 총 12연으로 구성된 이 시는 순서대로 세 개의 연을 한 단위로 하는 4개의 의미 단위로 구분될 수 있다. 오세영은 각 단위가 님과 화자가 지향하는 존재의 공간, 님과 화자의 삶의 조건, 그리고 화자를 둘러싼 운명적 상황으로서의 시간을 모두 포함하고 있으며, 이 구성이 4번에 걸쳐 반복된다고[26] 파악하였다. 여기서 님과 화자가 지향하는 존재의 공간은 각 단위에서 "가자", "침실", "오랜나라", "부활의 동굴"로 나타나며, 님과 화자의 삶의 조건은 '밝음이 오면 숨는 두 별', '꺼져가는 촛불', '미쳐버린 자', '꿈꾸는 자'로, 화자를 둘러싼 운명적 상황으로서의 시간은 '닭의 울음', '독갑이', '사원의 쇠북', '흐려지는 별'로서 표상된다고 설명한다. 다소 도식적으로 각각의 표상을 추출한 점이 없지 않으나, 오세영이 추출한 이러한 표상은 기왕의 다른 해석에서도 동일한 토대로 작용한다는 점에서 그의 표상 해석은 일반화된 것이라고 간주할 수 있다.

이러할 때, 이 시는 최초의 1연에서 성립시킨 밤과 낮의 대립, 그리고 그 경계적 시간이라고 하는 은유적 구조가 행을 지속하면서 확장해가는 것이라 이해할 수 있다. 가령, 1연에서 "빨리가자"라고 마돈나를 부를 때, 그가 지향하는 공간은 "침실", "오랜나라", "동굴"로서 반복된다. 사실상 침실과 오랜 나라, 동굴이라는 기호는 그 자체로서는 아무런 유사성을 지니지 않는 것인데, '침실'이 '오랜 나라'와 '동굴'과 동일한 공

---

26 이에 대한 자세한 논의는 오세영, 『한국 현대시 분석적 읽기』, 고려대 출판부, 1998, 59~67 쪽 참조. 그가 산출한 도표는 다음과 같다.

연 / 단락	가	나	다	라
지향하는공간 : (1연)	가자[未知]	침실	아름답고 오랜나라	부활의 동굴
삶의 조건 : (2연)	밝음이오면 숨는별	꺼져가는촛불	미쳐버린 자(3연)	꿈꾸는 자
시간의 한계성 : (3연)	닭의 울음	도깨비	쇠북(1연)	흐려지는 별

간으로 간주될 수 있는 이유는 그것들이 모두 낮의 활동성에 대비되는 공간이라는 점에서 동일하기 때문이다. 가령, "오랜나라"는 "이밤과가티"의 수식을 받으면서, 그것이 어둠의 공간이라는 것을 드러낸다. 또한, "동굴"은 빛이 전혀 들어오지 않는 공간이다. 말하자면, 침실, 오랜나라, 동굴은 모두 그 사이에는 아무런 유사성이 없지만, 낮과 빛의 활동성과 대립하는 것이라는 그 관계의 유사성을 공유하고 있는 것이다.

마찬가지로, 1연 1행에서 보인 바, '밤이 사라지기 직전', '새벽이 오기 전'이라는 급박한 시간의 표상은 '첫 닭이 울고 개가 짖는 것'으로, '앞산의 그림자가 늘어나는 것'으로, '쇠북이 새벽을 알리기 직전'으로, '별들의 빛이 사라지기 직전'으로 진행된다. 이 역시 밤과 낮의 대립이라는 전체 구조에 의지하고 있는 은유라고 할 수 있다. 즉, 이는 일반적인 은유와는 달리 그 유사성을 비례의 위계성에 근거하는 것이며, 이은유의 타당성은 낮과 밤의 대립이라는 이 시의 전체 구조에 의지한다. 그러므로 각 기호들은 이 시의 전체 구조 속에서 '위치'의 동일함을 공유하고 있다.

그렇다고 한다면, 이 시에서의 반복이란 사실 처음에 성립한 은유의 구조의 반복이지만, 동일한 층위에서 반복되는 것이 아니다. 정확히는 은유가 시간적으로 연장되고 있는 것이라고 할 수 있다. 말하자면, 각각의 행을 구성하고 있는 기호들 사이에는 아무런 유사성이 없으므로 각 행은 인접성의 원리에 의해 진행된다. 이러한 환유 구조에, 최초에 성립한 은유의 구조가 반복적으로 도입되고 있는 것이다. 이러한 구조는 퀸틸리안이 처음으로 정의했던, '연장된 은유(metaphora contiunal)'[27]로서의 알레고리의 구조와 상응한다. 퀸틸리안은 이러한 은유의 확장을 은유의 나열로서 이해하여 '양의 개념으로 설명했지만, 르네상스를 거치면서 이 은유들 사이에 일종의 시간적 연속성이 부여되었다.[28]

그런데, 이 시를 이러한 알레고리의 구조로 설명하는 것은 이상해 보인다. 오히려 이들 기호가 기반하는 수직적 구조, 즉 침실이라는 기표와 초월적 세계라는 기의는 상징의 구조에 상응하기 때문이다. 그러므로 사실상 이 시는 지금 여기의 현실에 대한 상징과 초월적 세계에 대한 상징의 이중 구조로 보인다. 괴테가 정식으로 부정한바, 알레고리에서는 특수가 단지 보편의 사례일[29] 뿐이라는 점에서, 알레고리적 기호에서는 침실 혹은 동굴이라는 기표 자체의 형상은 소멸해버린다. 그러나 이 시에서 침실의 이미지, 혹은 동굴의 이미지는 결코 소멸되지 않고 지속적으로 남아서 그 같은 계열적인 은유를 지속해 나간다. 이 시에 나타난 강렬한 관능적 분위기는 침실의 이미지의 강력한 잔상에 해당하는 것이다. 그런 의미에서, '침실'은 오히려 상징으로 보인다. 상징이란 기표의 형상이 자신의 너머의 그 무엇을 지시하면서 그것과 동일화되지만, 기표의 형상 자체는 항상 살아남는 것이기 때문이다. 상징의 기호가 성취하는 총체성은 기표 내부에서, 즉 기표 내부에 기의가 존재함으로써 성립할 수 있다.

그러나 기표가 자신의 내부에서 기의와의 통일성을 성취한다면 기표는 소멸할 수밖에 없다. 그것은 자신이 지시하는 다른 무엇이 될 수

---

27 Quintilian, H.E. Butler trans., *The Institutes of Oratory*, London and Cambridge : Mass, 1953, Book 8.6.
28 Joel Fineman, "The Structure of Allegorical Desire", *Allegory and Representation*, Baltimore : The Johns Hopkins University Press, 1981, p.30.
29 W. Benjamin, 조만영 역, 앞의 책, 210쪽.

밖에 없는 것이기 때문이다. 이는 상징적 총체성이 사실상 완전히 실현되지 않으며, 늘 동일화할 수 없는 잔여가 남는다는 점을 의미한다. 이는 언어 자체가 지니고 있는 한계성 때문이며, 그럼에도 불구하고 완전한 통일이 형성된다고 하는 것은 이 총체성이 기반하는 '자기'를 집요하게 신비화하는 것일 뿐이다.[30] 여기에 이 통일성을 성취하는 낭만적 주체가 거주한다. 현상의 아름다움이 초월적이고 절대적 미를 내재한 것이라는 확신, 그것은 주체의 확신에 불과한 것이기 때문이다.[31]

그러나 이러한 확신을 이 시의 주체는 성취하고 있는가? 이를 언술 상에서 보증하는 것은 10연 2행의 "너는 내 말을 믿는 「마리아」 ─내 寢室이 復活의 洞窟임을 네야알련만 …… "이다. 즉, '나의 침실은 부활의 동굴'이라는 은유적 등치가 이 구절에서 성립하고 있기 때문이다. 그러나 이 구절에 선행하는 것은 "너는 내 말을 믿는 「마리아」,"이며 후행하는 것은 "네야알련만……"이다. 즉, '침실 = 부활의 동굴'이라는 등치가 성립할 수 있기 위해서는, 너가 내 말을 믿는다는 전제가 성립해야 하는 것인데 이는 이 등치를 보증하는 것은 주체가 아니라, '너'다. 그런데, "네야알련만……"에서의 말줄임표에 의해서, 너의 믿음은 부정된다. 즉, '침실 = 부활의 동굴'임을 보증하는 너의 믿음의 확실성을 나는 알 수 없으므로, 사실 '침실 = 부활의 동굴'의 등치는 확신하기 어려운 상태에 놓이는 것

---

30 Paul de Man, "The Rhetoric of Temporality", *Blindness and Insight*, Minneapolis : University of Minnesota Press, p.208.
31 그러므로, 사실 이러한 확신을 배제한다면 상징과 알레고리는 '다른 것을 지시'하는 것이라는 동일한 차원을 갖는다. 문제는 상징적 기호가 총체성을 성취하는 것이 아니라, 총체성을 성취한다는 잘못된 믿음인 것이다. 이런 점에서, 벤야민이 알레고리를 복권하면서 상징을 배척했던 것은 아니다. 그는 상징이 근본적으로 잘못 구성된 것이라고 주장했다(B. Cowan, "Walter Benjamin's Theory of Allegory", *New German Critique* No.22, Winter 1981, p.111).

이다.

 이는 단지 '침실 = 부활의 동굴' 사이에서만 발생하는 문제가 아니다. 1행에서, "밤도" "피곤하야 돌아가려는도나" 사이에는 "모든 목거지에, 다니노라"가 개입되어 있다. 즉, '돌아간다'와 '피곤하여'라는 의인법이 성립할 수 있기 위해서는 먼저 '모든 목거지에 다니는'이라는 선행구절에서 밤의 의인화가 성립해야만 가능한 것이다. 2행에서, 마돈나의 가슴을 "수밀도"에 비유하고 나서야, "이슬이 맺도록"이라는 비유가 성립된다. 또한, 우리가 "숨는두별"로 은유될 수 있는 것은 그것이 "밝음이 오면"이라는 선행 기표에 의존하고 있기 때문이다.

 앞에서 논의한 바, 후행하는 은유가 성립할 수 있는 것은 최초의 은유와 관계적으로 동일하기 때문이다. 그러나 이는 이 관계를 성취하는 주체의 확신을 보증해 주지는 않는다. 오히려 은유의 연쇄가 주체보다는 기표의 흐름에 맡겨져 있다고 보는 것이 타당할 것이다. 말하자면, 각각의 은유의 의미를 결정하는 것은 각각의 기표가 지닌 본질적인 의미도 아니며 외적인 도그마도 아니다. 이 의미는 다만 그것과는 전혀 만나지 않는 선행하는 기호의 반복에 의해 구성되며, 이러한 기호의 본질은 다만 순수한 선재성(先在性)[32]일 뿐이다. 이러할 때, 이 모든 기표들은 서로 간에 시간적 차이만을 현상한다. 앞에 나온 기호는 다만, 뒤에 나온 기호의 '앞에 있다는 것, 즉 시간적으로 앞선다는 것 외에는 아무런 관련성을 맺지 않기 때문이다. 이렇게 볼 때, 이 시에 만연하는 쉼표의 기능은 이러한 기표들 사이에 분절을 도입함으로써,[33] 이 무관계

---

32 Paul de Man, *op. cit.*, p.207.
33 이러한 부호의 도입이 단순한 문제가 아님을 그의 첨언을 통해 알 수 있다. 그는 『개벽』 55호에

성을 강화하고자 하는 것이다.

김소월 시에서의 분절이 통사론적 시간을 파괴하는 역할을 하고 있었다고 할 때, 이상화 시에서의 분절은 김소월 시와는 그 용법이 다르다. 김기진이 지적한 바, 이 시에서의 구두점의 사용은 매우 인상적인 것이라 할 수 있는데 김기진은 이를 다만 '율독'의 단위로만 보았으며 쉼표 역시 단순한 '호흡적 휴지'의 표시로만 이해하였다. 그러나 이 시의 쉼표를 '호흡적 휴지'로 이해하더라도, 쉼표를 중심으로 율독하는 일은 대단히 난감한 일이 아닐 수 없다. 단적으로 "마돈나"라는 호명과 "지금은 밤도" 사이에 쉼표가 들어가 있지 않았다는 것은, "「마돈나」지금은 밤도"가 한 호흡으로 율독되어야 한다는 점을 뜻한다. 그러나, "「마돈나」"는 통사적 인접성을 전혀 가지지 않은 기호로, 말하자면 이는 후행하는 문장과는 별도로 존재하는 독립어이므로 한국어 문장에 대한 감각을 지니고 있는 독자라면 당연히 '마돈나'와 '지금은 밤도' 사이에서는 호흡적 휴지를 넣을 수밖에 없는 것이다. 그렇다고 한다면, 쉼표를 호흡적 휴지로서 이해할 경우, 율독은 상당히 자의적일 수밖에 없게 된다. 또한 더 중요한 문제는 호흡적 휴지란 발음의 시간적 지속량과 밀접한 관계를 지닐 수밖에 없다는 점이다. 다시 말해, 율독을 위한 것이라고 한다면 이 호흡적 휴지는 일정한 호흡의 지속량마다 반복적으로 삽입되어야 하며, 이에 따라 호흡의 일정 지속량이 규칙적으로 반복되어야 한다. 이 휴지에 의해 호흡의 지속량이 규칙적인 것으로

실린 「어머니의 웃음」의 말미에 첨언을 붙였는데, 전 호에 실린 「방문거절」에서 "네가 누냐?이어둔 밤에"는 "네가 누냐 이어둔 밤에?"의 오인이며, 「지반정경」에서는 "생각에 겨운 눈물과 가티"는 "생각에 겨운 눈알과 가티"의 오인이라고 정정하고 있다(『개벽』 55호, 1925.1, 66쪽).

결정된다면, 텍스트상에서는 규칙적인 배열로 나타나야 한다.

그러나, 이 시에 이러한 호흡적 지속량을 배려하는 규칙적 배열은 전혀 보이지 않는다. 쉼표가 율독을 방해하는 것임에도 불구하고, 이 시에서의 쉼표는 율독을 강제하는 시각적 기호로 보인다. 쉼표라는 기호가 지니고 있는 일반 언어적 합의에 따라, 읽는 사람은 그 자리에서 말 그대로 '쉬게' 되는 것이다. 쉼표는 기표들 사이의 시간적 차이를 벌려놓으며 이 공간을 늘여놓는다. 그러나 이 시를 소리내어 읽는다 하더라도, 낭독자는 마치 산문을 읽듯이 읽을 것이다. 말하자면 낭독에서 제 역할을 하지 못하는 쉼표는 텍스트상에서 선행하는 기호와 후행하는 기호 사이에 아무것도 '없음'이 '있음'만을 가리킨다. 이 부재의 존재가 선/후행하는 기호의 유일한 연결고리인 것이다.

이런 점에서 최초의 은유적 구조를 다시 검토해볼 필요가 있다. 밤과 낮의 대비가 이 시에서 은유를 성립시키는 구조라고 할 때, 밤과 낮의 대립이 결여적 대립이라는 점을 주의할 필요가 있다. 트루베츠코이에 의해 성립된 결여적 대립이란, 일종의 유무 대립으로 대립의 한 항에 표지가 나타나고 다른 항에는 표지가 나타나지 않는 것을 의미한다.[34] 말하자면 빛이라는 변별항이 낮이라는 기호에 위치하고 있다면, 이 '빛'을 지니지 않기 때문에 밤은 낮과 대립되는 것으로 여겨진다. 그러나 이 두 항은 밤과 낮의 경계, 즉 "먼동이 트기 전"이라고 하는 시간으로 지양되는데, 이 시간은 오히려 밤으로 규정될 수 있는 시간이다. 즉, 이 변별 표지를 가지고 있지 않은 항이 이 두 항의 총체로서 기능하는 것이다.

---

34 N. Trubetskoï, 한문희 역, 『음운론의 원리』, 지만지, 2009, 65쪽.

그렇다고 한다면 밤은 빛이 결여된 항, 기호의 결여의 기호로써 낮이 결여하고 있는 것이면서 동시에 이 빛의 현전이 영도(zero degree)의 차원에서 '있다'라고[35] 나타나는 것이다. 말하자면 이 밤은 다만 '빛의 부재'라는 차원만을 현상하지만 이것은 '빛의 부재'를 통해서 '빛의 있음', 즉 낮의 상태를 결정하는 것으로 기능하고 있는 것이다.

그렇다고 한다면 이 시의 지금-현재는 '낮의 상태다. 왜냐하면 '빛의 부재'란 현전할 수 없는 상태이기 때문이다. 그러나 이 시의 시간적 배경은 밤이다. 1행에서부터, 화자는 "지금은 밤도, 모든 목거지에, 다니노라 피곤하야 돌아가려는 도다"라고 말하며, "지난밤이새도록", "구석지고도어둔마음의거리"등으로 지금 화자가 처한 시간적 배경이 '밤'이라는 점을 강조하고 있다. 여기에 문제가 생기는데, 화자가 처한 상태는 '밤'의 시간이지만 그가 돌아가자고 요청하는 시간 또한 '밤'이기 때문이다. 그렇다고 한다면, 지금-현재의 물리적 시간으로서의 '밤'과 그가 요청하는 '밤'은 다른 것이 아닐 수 없다. 현재 밤 속에 있으면서 밤을 요청한다는 것은 현재의 상태를 '밤의 결여'로서 간주하고 있다는 것을 보여 주는 것이다. 이러할 때, 이 화자는 요청하는 '밤'이 없는 것으로서 지금의 상태를 이해하며 지속적으로 부재하는 '밤'을 요청함으로써 지금의 결여 상태를 보충하고자 하는 것이다.

그러므로 이상화의 시는 데카당한 절망의 깊이에 도달했다고 할 수는 있지만, 낭만적 동경을 품고 있다고 할 수는 없다. "아름답고 오랜 거긔"라는 초월적 세계와 그에 도달하지 못하는 주체의 지금-현재 사

---

35 G. Agamben, op. cit., p.169.

이에는 결코 넘을 수 없는 심연이 있으므로, 이 심연의 깊이를 감지한 자의 절망이 이 시에 있다. 그러나 낭만적 동경이라고 할 수는 없는데 왜냐하면, 낭만적 동경은 기본적으로 초월적 세계가 현상적 세계에 현현하지는 않지만 '있다'라고 여기는 데서 출발하기 때문이다. 낭만주의가 상징에서 이러한 심연의 깊이를 간과하고 오직 노스탤지아적 향수만을 남겨놓은 것은[36] 그 세계를 '있는 것'으로, 다만 우리가 돌아갈 수 없는 공간으로 간주하기 때문이다. 그러나 이상화의 시에서 이러한 밤은 본래 없는 것, 근원적으로 부재하는 것이다. 원래 없는 것인데, 어떻게 그곳으로 돌아갈 수 있겠는가. 데리다가 기원이 사후적으로 대리보충된 것이라고 했을 때, 그는 기원의 지위를 부정한다. 그것은 기표의 연쇄에 의해 끊임없이 대리 보충되는 것이기에 남는 것은 오직 이 기원을 향한 기표의 연쇄밖에 없는 것이기 때문이다.

여기서 다시 이러한 은유의 연쇄를 지탱하는 또 하나의 구조인 '마돈나여 가자'라고 하는 최초의 호명을 다시 검토해볼 필요가 있다. '가자'라는 끊임없는 화자의 요청은 그가 가고자 하는 공간이 원래 없는 것이라는 인식과 동시적으로 일어나는 일이다. 그러므로 그는 '가자'라고 요청함과 동시에 그 지향의 공간을 창출해야 한다. 이 시에서의 은유의 연쇄는 이러한 이중 구조를 내포하고 있다. 이 이중 구조란, 이러한 '밤'의 공간이 없는 것인데 동시에, '가자'라는 반복을 통해 만들어 내는 것이기도 하다는 것이다. 말하자면, 이 시의 언어 즉 기표의 연쇄와 빈 공간의 지속적 도입을 '반복'하는 것은 동시에 이러한 기원을 '창출'하

---

36 B. Cowan, *op. cit.*, p.111.

는 것과 동일한 일이다. 그런 의미에서, 이 시에서 은유는 다만 기원의 흔적이지만, 동시에 기원을 창출하는 것이라는 점에서 기원의 기원[37] 이라고 할 수 있을 것이다.

즉 그는 '가자'라고 요청했지만 그곳은 없는 공간이므로, 이 공간을 직접 지시하지 못한다. 이 지점에서 은유가 동원된다. 그러나 이 은유는 완전히 그 세계와 총체성을 성취하지 못한다. 여전히 그에 도달하지 못하는 기표의 형상이 남아 있기 때문이다. 그러므로, 그는 다음 은유를 도입한다. 이런 방식으로 은유는 계속되지만, 결코 여기에 도달하지 못한다. 기원이 부재하다면, 화자는 아무리 요청해도 결코 그곳에 도달할 수 없을 것이다. 그럼에도 불구하고 화자는 계속해서 요청한다. 이 지속적인 반복으로 인해 이 시는 필연적으로 서사화된다. 알레고리의 서사적 특성은, 이런 지점 때문에 발생하는 것이다. 총체성이 하나의 표상에서 성립한다면, 반복할 필요가 없을 것이다. 그러나 표상에서 성립된 총체성은 가상에 불과하다. 알레고리적 충동은 이러한 반복을 지속할 수밖에 없다.

여기서 "마돈나"의 의미가 결정된다. 마돈나는 단순한 성애의 대상도 아니며, 종교적 신성의 기호도 아니다. 또한, '영원한 여성성'으로 표상된 문학 / 예술이라는 절대 타자라고[38] 보기도 어렵다. 마돈나는 지금 여

---

37 J. Derrida, 김웅권 역, 『그라마톨로지에 대하여』, 동문선, 2004, 116쪽.
38 조영복, 「동인지 시대의 시의 관념성과 은유의 탄생」, 『1920년대 초기 시의 이념과 미학』, 소명출판, 2004, 152쪽. 조영복은 이 '마돈나'가 은유이며 기표와 기의 사이의 수직적 동일성을 성취하는 은유의 구조가 1920년대 동인지 문학에서 예술의 절대성을 지향하는 담론적 구조라고 지적했다. 그러나, 논의한바 이 은유의 구조가 실제로 기표 내부에서 통일적으로 형성되는 것이 아니라는 점에서 전통적인 은유라고 보기는 어렵다. 오히려 이 은유의 '연쇄'의 측면이 더 중요하다고 보아야 할 것이다.

기에 없는 것, 오직 현재의 나의 결여 상태만을 나타내 주는 것이기 때문이다. 이 시에서 마돈나는 결코 오지 않는다. 그는 마돈나를 반복해서 부르지만 실제로는 이 마돈나의 자리를 언술의 '빈 공간'에 위치시킴으로써 그것이 실제로 도래되는 것을 막고 있다고도 할 수 있을 것이다.[39]

「나의 침실로」의 구조를 통해 분석한 바, 이상화 시에서 율의 특징을 드러내는 것은 이러한 은유의 연쇄적 반복과 기원의 도래를 지연시키는 쉼표의 도입이다. 은유적 구조는 기원을 도입하고자 하나, 쉼표는 이를 지연시키므로 시행들은 필연적으로 내러티브로 확산된다. 이상화에게 있어서, 기원은 부재하는 것이므로 그것을 지향하거나 표상할 수 없다. 그러할 때, 이 기원의 결여 상태로서의 지금-현재라는 순수한 현재성만이[40] 나타나게 된다. 이 현재성은 주체의 문제와 밀접하게 관련이 되어 있다. 말하자면 지금-현재에 있는 주체의 반복적 충동만이 존재하는 것이기 때문이다.

지금까지 이 글은 「나의 침실로」가 어떠한 율의 구조를 지니고 있는

---

39 이 지점은 이상화 시에서의 후기적 전환, 즉 1925년을 전후로 하여 민족주의적인 경향으로 되돌아섰다는 일반적 평가에 대해 중요한 참조점을 제공할 수 있을 것이다. '마돈나' 기표의 기의가 퇴폐적이고 개인적인 열정에 사로잡힌 주체가 추구하던 '절대적 예술'에서 '민족'으로 전환된 것이 아니다. 이 시의 구조에서라면, 기의가 중요한 것이 아니라 이 기표가 어느 지점에 위치하고 있느냐가 더 중요한 것으로 기의의 전환이 기표의 위치의 전환에 앞설 수는 없다. 즉, 절대적 예술이든 민족이든 그 기의가 중요한 것이 아니라, 이 시의 주체가 요청하고 거부하는 '무엇'의 기표가 위치하는 자리가 중요하다. 이에 대해서는 「빼앗긴 들에도 봄은 오는가」와 함께 논의할 것이다.

40 이 시의 시간이 항상 현재라는 점은 조동일에 의해 이미 지적되었다. 그는 이 시에서의 좌절은 마돈나가 현재도 과거도 아니라, 미래에만 있으며, 그럼에도 그의 시간은 현재에 고정되어 있다는 점에서 나타난다고 지적했다. 그러나 그는 이러한 현재성이 주체의 절망을 더욱 강화하는 역할을 하며, 이에서 벗어날 모색을 하지 않는다는 점이 이 시의 한계이며, 이 한계는 「빼앗긴 들에서 봄은 오는가」에서 극복되고 있다고 평가한다(조동일, 「이상화의 「나의 寢室로」 분석과 이해」, 『이상화의 서정시와 그 아름다움』, 새문사, 1981, 37~39쪽).

가를 분석하면서 '주체의 위치'에 대해서는 논의하지 않았다. 그것은 「나의 침실로」에서 '마돈나'와 '가자'라고 하는 반복적 호명 속에서 주체는 '가려져' 있었기 때문이다. 가려져 있다는 표현은 이상해 보인다. 이상에서 분석한 바, 내러티브화를 추동하는 원동력 자체는 주체에게 있는 것이기 때문이다. 말하자면 그는 이 상실된 기원을 욕망하는 주체인 것처럼 보이며 이 욕망의 운동을 유지하기 위해 반복적으로 도래의 중단을 야기하고 있는 것처럼 보인다.

이러한 주체를 이해하기 위해서는, 이상화 시에서의 '풍경'의 문제와 함께 논의할 필요가 있다. 이상화는 예외적일 정도로, 풍경을 시화(詩化)했는데, 이러한 풍경이 서정적 주체의 내면 풍경이 아니라는 점이 문제다. 그의 첫 발표작인 「말세의 희탄」(『백조』 1호, 1922.1)에서, 이러한 풍경과 주체의 관계가 잘 드러나 있다. 이 시는 "저녁의 피무든 洞窟속으로 / 아―밑업는, 그 洞窟속으로 / 꼿도 모르고 / 꼿도 모르고 / 나는 걱구러지련다 / 나는 파뭇치이련다. // 가을의 병든 微風의품에다 / 아 꿈꾸는 微風의 품에다 / 낫도 모르고 / 밤도 모르고 / 나는 술취한 집을 세우련다 / 나는 속압흔 우슴을 비즈련다"와 같이 단순한 대립 구조가 두 번 반복되는 것으로 되어 있다. 즉, "저녁의 피무든 동굴"과 "가을의 병든 미풍의 품"이라는 외부 대상과 이에 대응하는 주체의 관계로 되어 있는 것이다. 이 시는 저녁과 가을을 "피무든" 혹은 "병든" 것으로 파악하는 주체의 시선, 그리고 이에 도달하고자 하는 주체의 태도가 '죽음'의 비유법이라는 점에서 이상화의 퇴폐적 경향을 대표적으로 드러낸 시로 평가받았다. 그러나 여기서 '피무든'과 '병든'이라는 감상적 수사에 가려져 있는 것은, 이 풍경을 대하는 주체의 태도다.

이 "저녁"과 "가을"의 풍경과 나는 전적으로 절연한 상태에 있다는 인식에서 이 시의 대립구조가 성립한다. 말하자면, '걱구러지련다 / 파뭇치이련다' 혹은 '세우련다 / 비즈련다'와 같은 의지의 서술어는 주체의 의지를 나타내며, 이러한 의지는 이 분리 상태에 대한 인식이 없이는 나타나기 어려운 것이기 때문이다. 그런데 풍경과 나 사이의 분절에 더하여 그는 풍경 자체도 분절해 놓는다. 즉, "脈풀린해ㅅ살에, 번적이는, 나무는, 鮮明하기東洋畵일너라 / 흙은, 안악네를 감은, 天鵝絨허리 씌갓치도, 짜습어라"(「가을의 풍경」)에서 보이듯, 풍경을 묘사함에 있어서 그는 끊임없이 이 사이에 빈 공간을 도입한다. 풍경 사이에 도입된 이러한 분절은 풍경을 온전히 하나의 대상으로서 인지할 수 없게 한다. 풍경은 분절에 의해 파편화되고, 이 조각들 사이에서 전면화되는 것은 사물들 사이에 존재하는 빈 공간일 뿐인 것이다. 주체는 외부 대상으로서의 풍경에 도달하고자 하는 의지를 보였지만 이 풍경은 온전한 대상으로서 존재하지 않는다. 그렇다면 이 의지는 어디로 도달할 수 있겠는가. 나아가 문제는 이 분절은 주체의 의해서 도입되고 있다는 점이다. 즉, 주체는 도달하고자 하지만, 동시에 도달하지 않고자 한다. 이러한 점은 초기 시에 만연하는 '죽음'에의 지향을 설명할 수 있는 참조점을 제공한다.

죽음일다!
성낸해가, 니ㅅ발을갈고
입슐은, 붉으락푸르락, 소리업시훌적이며,
蹂躪바든계집가티 검은무릅헤, 곤두치고, 죽음일다!

晚鐘의소리에 마구를그리워 우는소ー

避亂民의마음으로 보금자리를 찾는새ー

다ー검은濃霧속으로, 埋葬이되고,

大地는 沈默한뭉텅이구름과, 가티되다!

「아, 길일흔, 어린羊아, 어대로, 가려느냐

아, 어미일흔, 새새끼야, 어대로, 가려느냐」

悲劇의序曲을 뢰쓰래인하듯

虛空을지나는, 숨결이말하더라.

아, 도적놈의죽일숨, 쉬듯한, 微風에부듸쳐도,

설음의실패쑤리를, 풀기쉬운, 나의마음은,

하늘끗과, 地平線이, 어둔秘密室에서, 입마추다,

죽은듯한그벌판을, 지내려할째, 누가알랴,

어여쑌계집의, 씹는말과가티,

제혼자, 지즐대며, 어둠에끌는여울은, 다시고요히,

濃霧에휩사여, 脈풀린내눈에서, 썰덕이다.

바람결을, 안으려나붓기는, 거믜줄가티,

헛웃음웃는, 미친계집의머리털로묵근ー

아, 이내신령의, 낡은 거문고줄은,

靑鐵의녯城門으로 다친듯한, 얼싸즌내귀를쑬코,

울어들다ー울어들다ー울다는, 다시웃다ー

惡魔가, 野虎가티, 춤추는깁흔밤에,
물방아ㅅ간의風車가, 미친듯, 돌며,
곰팡스런聲帶로 목메인노래를하듯…!

저녁바다의, 씃도업시朦朧한머―ㄴ길을,
運命의악지바른손에씃을려, 나는彷徨해가는도다,
南風에, 돗대쎅긴木船과가티, 나는彷徨해가는도다.

아, 인생의쓴饗宴에, 불림바든나는, 젊은幻夢의속에서,
靑孀의마음우와가티, 寂寞한빗의陰地에서,
柩車를쌀흐며 葬式의哀曲을듯는 護喪客처럼―
털쌔지고힘업는개의목을 나도드리고,
나는, 넘어지다―나는,걱굴어지다!

죽음일다!
부들업게쒸노든, 나의가슴이,
줄인牝狼의미친발톱에, 찌저지고,
아우성치는 거친어금니에, 깨물려죽음일다!

　　　　　　　　　—「二重의 死亡」전문(『백조』3호, 1923.9)

　　이 시는 「나의 침실로」처럼 정제된 형식미를 지니고 있지는 않지만,
유사한 구조를 공유하고 있다. 최초에 성립한 "죽음일다!"의 호명이 시
의 끝에서 한 번 더 반복됨으로써, 이 죽음의 선언이 이 시에서 펼쳐지

는 무수한 기표들의 유희를 하나의 죽음으로의 지향으로 동일화하고 있다. 그러나 최초의 죽음과 마지막의 죽음 사이에는 격차가 있는데, 최초의 죽음이 부제에서 드러난 바, 친우 박태원의 죽음을 가리킨다면 마지막의 죽음은 자신의 죽음을 가리키는 것이기 때문이다. 즉, 이 시는 동일한 죽음의 반복이 아니라 처음의 죽음과 마지막의 죽음 사이의 과정을 거쳐서, 처음의 죽음이 마지막의 죽음으로 이행하는 과정을 보여 주고 있다. 그러한 의미에서 이 시는 「나의 침실로」가 보여 주듯, 처음에 성립한 호명이 연쇄적으로 반복되면서 점점 다른 무엇이 되어가는 것이라고 할 수 있다. 이 시에서의 기표의 흐름은 죽음에 도달하지만, 처음과 동일하지 않은 죽음이라는 점에서 확산과 연쇄를 포함한다.

1연의 죽음은 '해의 죽음'으로서 비유된다. 이 은유가 친우 박태원의 죽음이라는 것을 알려주는 것은 텍스트 외부에 존재하는 부제, "—가서 못 오는 박태원의 애틋한 영혼에게 바침—"인데, 이 텍스트 외부에 의존하지 않고서는 해의 죽음이 친우의 죽음이라는 것을 이해하기는 쉽지 않다. 이 시는 최초의 '해의 죽음'이라는 비유법에 의해서 성립하는데, 이는 해라는 자연적 대상을 의인화하여 그것을 죽음에 이르는 생명체로서 이해한 것이다. 그런데 해의 죽음이라는 비유법이 성립하는 근거가 외부에 있다는 점에서 이는 전형적으로 알레고리에 해당한다. 이 최초의 구조는 다른 기표들에서도 반복된다. "그리워 우는 소"나, "피란민의 마음으로 보금자리를 찾는 새", "하늘곶과, 지평선이, 어둔 비밀실에서, 입마추다", "제혼자, 지즐대며, 어둠에 끌는 여울"과 같이 사실상 이 시에서 만연하는 이 비유법들은 모두 사실상 알레고리에 해당하게 되는 것이다. 이러한 알레고리적 기호는 그것이 지시하고자 하는 진짜 대상을 가리키지 않는다.

이렇게 볼 때, 이상화의 시에 만연한 비유법에 대해 설명할 수 있게 된다. 비유법을 거의 사용하지 않은 김소월과 달리, 이상화 시의 언어는 수사법의 백과라 할 수 있을 정도로 많은 비유법을 사용한다. 이는 최초 발표작인 「말세의 희탄」에서부터 명증하게 드러나는 것이다. 저녁을 피묻은 동굴에, 가을을 병든 미풍에 비유하는 이 시에서도 "저녁"과 "피묻은 동굴", "가을"과 "병든 미풍" 사이에는 아무런 유사성이 없다. 「이중의 사망」에서, 죽음을 해의 죽음에 비유하는 등, 이상화의 시에서 성립하는 비유법들은 대개 지시 대상 사이에 아무런 유사성이 없는데도, 그 둘을 폭력적으로 연결함으로써 성립한다. 특히 이러한 비유법이 상당히 생경한 관념과 아무런 매개 없이 결합한다는 점에서, 이상화 시의 은유는 상징보다는 알레고리에 가깝다.

그러한 추상성이 가장 극명하게 드러나는 것은 「금강송가」나, 「지반정경」 등과 같이 풍경의 대상성은 완전히 소멸하고 오직 관념의 나열만이 드러나 있는 시들이라고 할 수 있다. 「금강송가」는 금강산에 대한 예찬을 시화한 것인데, 여기에 실로 각종 미사여구가 동원된다. "서색의 영화와 여일의 신수", "열정과 미의 원천인 청춘", "광명과 지혜의 자모인 자유", "생명과 영원의 고향인 묵동"으로서 금강산은 비유되는데, 만연한 비유법은 오히려 금강산이라는 대상 자체의 물질성은 소멸시키고 순수히 추상적인 관념으로 변화시킨다. 알레고리적 기호 속에서 진짜 대상은 사라지는 것이다.

그렇다면 초기 시에 만연하는 '죽음'에의 지향은 주체성을 결락시킴으로써 대상이 가리키는 초월적 세계와 합일을 이루고자 하는 것이 아니다. 죽음이 낭만적 초월과 밀접한 관계를 지니고 있다는 평가는 이러한 지점에서 나오는 것이었지만, 오히려 주체는 이 대상을 알레고리 기호로서 표상하고, 여기에 분절을 무수히 도입한다는 점에서 대상의 실재성(實在性) 자체를 지워버리고 있는 것이다. 이는 죽음으로써, 즉 죽음 속으로 몰락함으로써 그가 동일화하고자 하는 대상이 부재하다는 인식에서 나온다. 그가 죽음의 언술을 '반복'하는 것은 그럼에도 불구하고 이 죽음을 성취하고자 하는 것이다.

처음의 죽음이 마지막의 죽음으로 가는 과정은 알레고리적 기표의 연쇄이며, 이 연쇄를 통해서 마지막의 죽음이 도입된다. 강렬한 죽음에의 반복은 주체의 의지다. 그러나 이는 주체의 지향에서 나오는 것이 아니라, 기원을 회복하지 못하는 언어의 연쇄 속에서 '도출'되는 것이다. 죽음에의 지향은 죽음에 대한 낭만적 동경이 아니라, 주체의 소멸 자체를 겨냥한다. 이것이 낭만적 동경과 구별되는 것은, 이러한 알레고리적 기호들이 표현 '형식'이 되었기 때문이다. 죽음에 대한 지향을 '표현'하는 것이 아니라, 사실상 이 기표의 연쇄 속에서 이미 주체는 죽은 것으로 나타난다. 왜냐하면 기표의 연쇄를 통어할 수 있는 초월적 언어 주체가 없기 때문이다. 말하자면, 경험은 파편화되었다. 통일적인 경험을 성취하는 것이 불가능할 때, 할 수 있는 것은 다만 파편적으로 대상을 나열하는 것밖에 없다. 이때, 기호는 단순히 무엇인가를 지시하는 것이 아니라 그 자체로서 등장하며, 남는 것은 오로지 '문자' 그 자체다. 이는 데리다주의와도 일맥상통하는데, 기원과의 만남이 불가능한 것이라면 남는 것은 이러한 문자 자체의 배열밖에 없는 것이기 때문이다.

이상화 시에서의 율은 이러한 차원에서 성립한다. 그의 시에서의 문장이 통일적인 기의를 형성하지 못하는 것처럼 경험도, 대상도 통일적으로 형성되지 못한다. 그럼에도 불구하고, 이상화의 시에서 분절은 반복적으로 수행되며, 이는 기원을 회복하고자 하는 충동의 강렬함에 상응한다. 이 분절의 문제성, 통사론적 연쇄에 반복적으로 도입되는 휴지의 문제성은 그것이 일종의 '부재성'을 반복적으로 도입한다는 것에 있다. 말하자면, 논리적이고 인과적인 통사론적 연쇄는 어떤 '부재하는 것'의 도입을 통해 중단된다. 그리고 이 중단에서 다시 연쇄는 시작된다. 리듬은 이러한 부재하는 것이 도입된 이 분절의 공간에서만 사실상 존재한다고 할 수 있는 것이다. 이는 부재성의 현현이자, 언어적 구조에 단절을 도입하는 것이다.

이러한 점이 이상화 시에서의 알레고리의 구조이며, 이 구조에서 율이 성립한다. 그런 의미에서 「빼앗긴 들에도, 봄은 오는가」는 매우 중요한 작품이라 할 수 있다. 이 작품에 대해 논의할 때, 연구자들은 초기 『백조』 시절의 시가 상징주의 혹은 낭만주의 혹은 데카당스의 사조의 영향권 아래에 있었으나, 그가 신경향파 문학으로 전회하면서 이러한 영향권에서 벗어나서 조선과 민족의 정치적 현실에 대해 사유하게 되었다는 점을 강조한다.[41] 이러한 논의는 대개 1925년에 파스큘라에 가

---

41 이상화의 시를 세 단계로 구별한 김학동은 "초기 시작의 퇴폐적 경향과 전환기 시작의 저항적 주제, 그리고 후기 시작의 자연과 향토적 정서 등과 같이 세 단계로 시적 주제를 유형화할 수 있다"라고 평가하며, 그럼에도 불구하고 이 단계를 관통하고 있는 것은 "민족관념과 저항정신"이라고 주장하였다(김학동, 「이상화의 문학사적 위상」, 『이상화』, 서강대 출판부, 1996, 8쪽). 또한 두 단계로 구별한 경우에는 이상화가 1925년을 전후로 하여 초기의 개인적인 감상시에 현실시에로의 변화를 보였다고 하며, 이를 발전적인 과정으로 본다. 이러한 관점에서 박철희는 1920년대 초반의 시인들의 "개인적 감상시가 민요지향성으로 기울어진(박철희, 「이

담하고 그해 8월에 KAPF의 발기인이 되었다는 이상화의 자전적 사실에 의거한다. 또한 이를 배제한다고 하더라도, 「빼앗긴 들에도, 봄은 오는가」에서 '빼앗긴 들'을 일괄적으로 식민지 조선의 현실로서 이해함으로써 전 단계인 퇴폐적 개인주의가 청산되는 것으로 본 것이다. 그러나 이 글에서는 「나의 침실로」의 율의 구조가 이 시에서도 유지되고 있으며, 「나의 침실로」와는 달리 분절적 쉼표가 거의 소멸되어 있다는 점에 주목하여 이 시를 보고자 한다.

지금은 남의짱─빼앗긴들에도 봄은오는가?

나는 온몸에 해살을 밧고
푸른한울 푸른들이 맛부튼 곳으로
가름아가튼 논길을짜라 꿈속을가듯 거러만간다.

상화 시의 정체」, 같은 책, 15쪽)" 것이 한국시사에서 매우 중요한 변화라고 보았다. 그러나 이는 이상화의 시 세계의 전반적인 검토라기보다는 「나의 침실로」와 「빼앗긴 들에도 봄은 오는가」가 지니고 있는 대조적인 주제에 대한 평가를 시 전반에 확대한 것(조두섭, 「이상화 시의 율격양상과 미적 특질」, 『동북아문화연구』 18집, 2009, 7쪽)이라는 비판을 견딜 수 있는 것인지 의문스럽다. 더 중요한 것은, 이러한 주제론적 단계 구별의 타당성은 논외로 하더라도, 전 단계의 퇴폐적 경향을 부정적인 것으로 간주하고 민족주의적인 것만이 시의 올바른 주제라고 하는 담론적 판단을 이상화의 시에 적용한 것이 아닐까 하는 의문이다. 이러한 연구 경향은 최근에 지양되고 있으나, 주제론적 이분법의 좌장에서 얼마나 벗어났는지는 미지수이다. 가령, 이상화의 시를 동인지 『백조』, 그리고 당대의 동인지 문단의 일반적 경향과 연계할 때 이상화의 시는 여전히 낭만적 영탄과 미학적 절대성을 현상한 것으로 이해된다. 이러한 경우, 「빼앗긴 들에도 봄은 오는가」의 세계의 주제는 이해하기 어려운 것이다.
이상화의 시에서 변모가 존재한다고 가정하는 것은 문학사적 담론의 시각을 이상화의 시에 적용한 것이라 볼 수 있다. 이를 비판하고, 이상화의 시의 '형식'의 차원에서 일관성을 찾으려고 했던 연구들은 주로 이상화의 시의 '율격'에 대해 논의한 것들인데, 그러나 이들 또한 지나치게 단순하게 이상화의 율격을 이해함으로써 이 괴리를 해명하지 못했다.

입슐을 다문 한울아 들아
내맘에는 내혼자온것 갓지를 안쿠나
네가끌엇느냐 누가부르드냐 답답워라 말을해다오.

바람은 내귀에 속삭이며
한자욱도 섯지마라 옷자락을 흔들고
종조리는 울타리넘의 아씨가티 구름뒤에서 반갑다웃네.

고맙게 잘자란 보리밧아
간밤 자정이넘어 나리든 곱은비로
너는 삼단가튼머리를 쌈앗구나 내머리조차 갑븐하다.

혼자라도 갓부게나 가자
마른논을 안고도는 착한도랑이
젓먹이 달래는 노래를하고 제혼자 엇게춤만 추고가네.

나비 제비야 쌉치지마라
맨드램이 들마꼿에도 인사를해야지
아주까리 기름을바른이가 지심매든 그들이라 다보고십다.

내손에 호미를 쥐여다오
살찐 젓가슴과가튼 부드러운 이흙을
발목이 시도록 밟어도보고 조흔쌈조차 흘리고십다.

강가에 나온 아해와가티

쌤도모르고 꿋도업시 닷는 내혼아

무엇을찻느냐 어데로가느냐 웃어웁다 답을하려무나.

나는 온몸에 풋내를 씌고

푸른웃슴 푸른설움이 어우러진사이로

다리를절며 하로를것는다 아마도 봄신령이 접혓나보다.

그러나 지금은— 들을쌔앗겨 봄조차 쌔앗기것네

— 「쌔앗긴들에도, 봄은오는가」 전문(『개벽』 70호, 1926.6)

이 시는 「나의 침실로」와는 전혀 다른 구조를 지닌 것처럼 보인다. 「나의 침실로」가 최초의 은유적 구조, 밤과 낮의 대립이라는 결여적 대립에서 성립한 것이라면, 이 시에서는 이러한 대립 구조가 성립하지 않는 것처럼 보이기 때문이다. 그러나 여기에서도 최초의 구조가 연쇄적으로 확장된다. 이때 성립하는 최초의 구조는 나와 남의 대립이다. 즉, '남의 땅 = 빼앗긴 들'이라는 등치구조는 사실상 '남의 땅 = (본래 내 것이었던) 빼앗긴 들'의 등치구조이기 때문이다. 여기에는 지금—현재의 '남의 땅'과 과거의 '나의 땅'이라는 시간적 대립이 개입한다. 이렇게 최초의 행에서 시간적 대립을 성립시켰다면, "봄은 오는가?"라고 하여 이 시간적 격차에 '봄'을 도입한다. 여기서 부호 '—'는 이러한 시간적 격차를 나타낸다.

「나의 침실로」가 순수한 현재성만을 시화하고 있었다면, 이 시에서는 시간적 격차가 도입됨으로써 과거와 현재 사이의 대립 구조가 나타나고 있다. 그러할 때, "봄은 오는가?"라는 의문은 과거의 봄을 지금의 현재로 끌어들이는 '호명'의 역할을 하고 있다. 이 호명은 3연에서 구체적으로 나타나는데, 3연은 "입술을 다문 한울아 들"에게 "답답워라 말을 해다오"라고 해서 자연을 의인화하는 것으로 시작된다. 이러한 의인화는 거의 마법적인 효과를 나타내고 있는데, "말을 해다오"라는 요청으로 인해, 4~7연에 이르는 봄의 풍경이 펼쳐지는 것이다.

그러할 때 이 시에서는 세 층위의 주체가 나타난다. "지금은 남의 땅"이라고 인식하는 현재의 주체와 현재에서 과거로 이행하는 주체, 그리고 과거에 존재하는 주체다. 이는 과정 중에 있는 것으로 존재하는데, 현재의 주체는 그 자신을 무화시키고 지금-현재의 풍경까지 무화시키면서 과거로 들어간다. 말하자면, "꿈속을 가듯 거러만간다"의 주체는 지금-현재의 풍경을 소멸시키고, 이를 인식하는 그 자신을 소멸시키는 과정을 밟아가는 것이다. 이 과정을 통해, 완전히 자신이 결락되는 지점이 '과거의 봄의 풍경'이다.

이 시에서의 봄의 풍경의 생생함은 "말을 해다오"라는 요청에 의해 사실상 자연이 살아 움직이는 것으로서 활력화된다는 데서 나온다. 내 귀에 속삭이는 바람, 반갑게 웃는 종달새, 어깨춤을 추는 도랑과 같이 이 '봄'의 풍경은 온통 의인화된 자연으로 넘쳐난다. 이는 사실상 활유법이라고 할 수 있다. 의인법과 활유법의 구별은 상당히 모호한데, 가령 '종달새가 웃네'를 인간화로 할 것인지, 생물화로 할 것인지는 무엇을 인간의 속성으로 할 것인지에 따라 결정되는 문제이기 때문이다. 그러나 이 구별은 근대 이후의 일이며, 사실상 인간이 아닌 것들이 목소리를 얻는 동시에 말하는 사람이 제거된다는 점에서[42] 둘은 근본적으로 같은 것이라고 할 수 있다. 말하자면, 이 시에서 성립한 봄의 풍경은 말하는 사람을 삭제하고서 성립하는 풍경이다. 이는 자연의 사물이 각각 생생하게 살아나 움직이는 풍경으로, 지금-여기의 주체의 결락을 통해서만 가능해진다. '과거'의 봄은 지금-현재의 결여 상태를 '채우기' 위해 도입되는 것이 아니라, 지금은 없는 기원에 대한 생생한 묘사다.

이러할 때, 이러한 알레고리의 언어는 비로소 「나의 침실로」에는 없거나 미약했던 역사성을 획득한다. 기원의 결여로서의 현재만을 내러티브화한다면 여기에는 순수한 현재성만 있었다. 많은 연구자들이 「나의 침실로」를 퇴폐적 개인의 내면의 절망이라며 비판적으로 보았던 것은 이런 점 때문이지만, 그것은 퇴폐적인 감상이어서가 아니라 돌아갈 곳을 알지 못했기 때문이다. 기원은 부재하는 것으로서 계속 도입되며, 그런 한에서 기표의 연쇄 사이에 놓이는 것이었다.[43] 그런 의미에서 「빼앗긴 들에도, 봄은 오는가」가 역사성을 획득했다고 한다면, 이전 시에는 없었던 '조선 민족의 현실에 대한 깨달음'이 나타났기 때문이 아니다. 그것은 기원이 현재에 결여된 것으로서가 아니라, '지금-여기'에 부재하는 것으로 이해했기 때문이다. 이는 기원이 존재하는 장소의 문제이지, 없다는 것은 아니다. '지금-여기'에 부재하는 것으로, 결여(lack)가 아니라 상실(loss)로 이해한 것이다. 결여의 경우 완성으로

---

42 Quintilian, *op. cit.*, Book 9.2.
43 이러한 점 때문에, Kelly는 폴드만의 알레고리 개념이 개별적 인간의 행위와 역사적 사건으로부터 분리한 신고전주의를 승인하고 있다며, 그의 개념의 초역사성을 비판했다. 물론 그의 비판은 폴드만이 알레고리를 몰역사적으로 이해했다는 것이 아니다. 오히려 폴드만은 알레고리의 구조를 역사적 구성물로 보았지만, 역사의 지평 위에 구축되는 초역사적인 지평에 놓음으로써 역사에서 빠져나가버렸다는 것이다. 이에 관한 자세한 논의는, T. M. Kelly, "Introduction", *Reinventing Allegory*, pp.10~11.

나아간다면, 상실의 경우 회복으로 나아간다. 이 시에서는 '과거'의 풍경이 '과거성', 즉 이미 지나가 버린 상태로 복귀하는 것이 아니라, 지금 −현재에 생생하게 살아 있는 것으로 나타난다. 이러한 점에서 과거는 구원되고, 동시에 이와 연결된 현재도 구원된다. 다시 말해, 과거의 구원을 통해서 현재의 구원의 가능성이 열린다고 할 수 있을 것[44]이다. 그러나 이러한 과거의 활력화는 마지막 행, "그러나 지금은−들을 빼앗겨 봄조차 빼앗기것네"에 의해 부정된다. 그러니 이상화의 시는 이러한 알레고리적 충동을 지속해 나갈 수밖에 없다. 그러나 이러한 알레고리적 서사화는 상실과 회복을 반복해 나가는 율의 구조를 띄고 있으며, 이는 율을 상실한 산문 언어의 나열이 아니라 기원에 대한 가상적 통일에 만족하지 않고 나아가는 '해방된 산문'[45]의 율에 해당한다.

　　김소월과 이상화의 시의 분석을 통해서 이 글은 향률(響律)의 텍스트적인 구조와 그 구조를 추동하는 주체의 충동에 대해 논의했다. 텍스트의 표면적인 차원에서 나타나는 향률의 요소는 구두점, 즉 마침표와 쉼표다. 이는 통사론적 연쇄를 중단하고 어떤 공백의 지점을 열어 놓는다. 그러나 이 공백은 또다시 시작되는 통사론적 연쇄에 의해 소멸된다. 나아가 공백의 순간 / 공간에 어떤 '부정성'이 반복적으로 도입된다는 것을 확인할 수 있었다. 김소월의 시에서는 그것이 연대기적 시간의 바깥에 있는 시간, '외부적 시간'이었다면 이상화의 시에서는 지금 여기의 현실에 없는 '기원적 공간'이다. 텍스트의 차원에서 나타나

44　W. Benjamin, 최성만 역, 「역사의 개념에 대하여」, 앞의 책, 테제 5, 6 참조.
45　W. Benjamin, 최성만 역, 「역사의 개념에 대하여 관련 노트들」, 위의 책, 새 테제들 k, 361쪽.

는 향률은 이러한 중단과 연쇄의 반복, 순수히 외부적인 시 / 공간의 반복적 도입이라는 구조로 이해될 수 있다.

　이 표면적 구조를 추동하는 것은 지금-여기에 없는 시 / 공간을 반복적으로 불러 오는 주체의 충동이다. 그는 통사론적 / 의미론적으로 완결된 서술을 의도적으로 거부함으로써 이 공백을 열어 놓고 전적으로 언어의 외부에 있는 부정성을 도입한다. 그것은 근대적 언어가 잃어버린 '어떤 것'이며, 언어의 외부에 있는 것이라는 점에서 '알 수 없는 것'이다. 그러니 도입되는 '부정성'은 사실상 존재 여부를 알 수 없다는 점에서 '부재성'과 동일하다. 다만 시에서의 율의 이념이 근본적으로 음악 / 노래를 회복하고 재현하고자 하는 것이라는 점을 감안할 때 이는 기원적 음악이자 언어와 음악이 결부되어 있던 리듬의 공동체로 추정할 수 있다.

6장

노래의 반향(反響), 시와 공동체

한국 근대시의 원천

    지금까지 이 글은 당대에 효과적으로 리듬을 산출하고 있다는 평가를 받은 시들을 검토하면서 시-쓰기와 시-노래하기의 차원이 언어 텍스트들에 복합적으로 스며들어 있다는 것을 발견할 수 있었다. 이 텍스트들에서 의미의 논리적인 연관관계나 통사론적 완결성은 휴지와 종결에 의해 중단된다. 중단된 지점은 통사론적 완결성에 '공백'을 도입하며, 이 공백은 어떤 '무엇'을 지시할 수 없다는 방식으로 지시하고 있다. 이 중단 속에 도입되는 것은 기원적 음악과 언어와 음악이 결합되어 있던 시원적 공동체일 것이라는 가정을 했다.

    이러한 판단은 율의 이념이 한국 근대시의 형성 과정을 추동하는 원리라는 전제에서 연역적으로 추론한 결과이며 동시에 개화기에서 1920년대에 이르기까지 노래 / 음악은 시인들에게 가장 강력한 영향을 미쳤다는 점을 고려하여 도출한 결과이다. 이 지점에 대해 주목할 만한 사유를 보여 준 신범순은 당대의 시인들이 노래의 전통에 완강하게 서 있음을 증명했다.[1] 인쇄된 언어, 쓰인 문자, 소리를 잃은 문자들은 그 이면에 음악을 반향한다.

김소월의 시에서 율의 구조는 외부적 시간을 반복적으로 불러오는 주체의 충동에 의해 성립된다. 김소월에게 이는 노래의 문제와 관련이 있다. 앞서 논의한 바, 노래란 지속성의 시간을 가리킨다. 그러나 이는 인과론적 연쇄로 흘러가는 역사의 시간을 가리키는 것이 아니다. 노래의 시간은 한 단위의 종결이 반복됨으로써, 즉 중단된 시간이 끊임없이 순환되어 돌아옴으로써 연대기적인 시간에서 일탈한다. 그러나 창작자 김소월이 시를 쓸 때 대면하는 것은 '노래', 순수한 음성의 양식으로서의 노래가 글쓰기의 양식으로 전환될 때 가질 수밖에 없는 필연적인 균열이다. 문장의 통사론적 연쇄가 견고하게 각각의 기표들을 연결하고 의미를 산출한다는 점에서 이는 역사의 시간과 닮아 있다. 김소월의 시에 도입된 분절은 이러한 통사론적 질서를 파괴한다. 그러나 그는 파괴에 그치는 것이 아니라, 이 파편적 요소들 사이에 지속적으로 동일한 '시간'을 반복적으로 도입함으로써 새로운 시간적 질서를 성립시키고자 하는 것이다. 이러한 율의 구조가 보여 주는 것은 김소월의 시 쓰기가 지향하는 바, 역사의 시간 속에서 이미 상실한 어떤 '기원'의 지점이다. 이상화는 그가 도입하고자 하는 지점을 순수하게 '결여'적인 것으로, 즉 '없는 것'으로 인식한다. 그는 의미에 도달하지 못하는, 지시 대상을 정확히 붙잡을 수 없는 기표로서의 언어에 민감했다. 이러한 언어로는 중단과 연쇄의 반복을 계속한다고 해도 그 지점을 붙잡기는 어렵

---

1   신범순, 『노래의 상상계』, 서울대 출판부, 2012, 229~236쪽 참고.

다. 그의 시가 필연적으로 서사화되는 것은 이 점 때문으로 보인다.

그럼에도 불구하고, 두 시인의 시는 현실의 언어를 통해서, 이 언어를 넘어서는 근원적 자리를 추구하고 열망한다는 점에서 공통된다. 이 '근원적 지점'이 두 시인 모두에게 부정성으로 존재하는 것, 즉 부재하는 것이라는 점에서 두 시인의 율의 구조는 이 지점에 도달하고자 하는 주체의 반복적인 충동에서 발생하는 것이다. 이 지점은 근대적 언어가 상실한 음악, 문자가 재현하지 못하는 노래의 기원이다. 이런 점에서 시쓰기는 노래하기의 양식과 그 지향점을 공유한다. 그것은 근원적 공동체를 회복하는 것이다. 이 근원적 지점이 정확히 무엇을 의미하는가는 '민요시'[2]의 의미를 검토하면서 발견할 수 있을 것이다.

민요시라는 용어로 규정된 최초의 시는 김소월의 「진달내꽃」(『개벽』 25호, 1922.7)으로, 이 용어는 김억이 붙인 것이다. 김소월은 민요시라는 명칭을 사용한 적이 없고, 그 자신이 민요시인으로 불리는 것을 싫어했던 만큼 김소월이 의식적으로 민요시를 창작한 것은 아니다. 김억은 김소월에게 끊임없이 민요시 창작을 권했거니와 그 자신 역시 민요시를 창작하기 위해 노력했다.

---

2 이 개념에 대해서는 의견이 분분하다. 대표적으로 김용직은 민요시가 시경에서 악부체 한시, 고려 속요, 경기체가 등 각 시대마다 나타나는 민요 채록시를 통칭하는 개념이며, 이를 근대시의 양식으로서 이해하기는 어려울 것이라며 민요시를 민요의 가락을 수용한 근대시 양식으로서의 서정시로 보아 민요조 서정시로 칭해야 한다고 주장한다(김용직, 앞의 책, 308쪽). 그러나 이 개념은 이들 민요시가 민요조의 가락, 즉 형식을 차용한 것으로 이해되며 실제로 김용직의 서술은 이에 방점을 두어서 서술되고 있다. 이 글에서 민요시는 민요의 가락, 즉 외적 형식을 차용한 것이라기보다는 민요의 노래로서의 성격을 수용한 것이라는 점을 중요하게 여긴다. 이는 오세영이 밝힌바, "종국적으로 민요화되기를 기대하는 시의 한 유형(오세영, 『한국 낭만주의 시 연구』, 일지사, 1980, 42쪽)"이며, 노래와 시의 결합관계를 효과적으로 드러내 주는 용어라는 점, 그리고 당시의 논자들이 스스로 '민요시'라고 일컬었던 점을 감안해서, 이 글에서는 민요시라는 용어를 사용하기로 한다.

그러나 김억은 민요시 창작을 그토록 권하면서도 민요시의 본격적인 창작론이라 할 만한 글을 한 번도 발표한 적이 없다. 그는 언제나 민요적 기분, 민요의 정조를 강조했다. 가령, 그는 김소월을 민요시인으로 호명했던 글에서 "우리의 재래의 민요조 그것을 가지고 어떻게도 아름답게 길이로 짜고 가로 역시 곱은 조화를 보여 주었다"라고 평가했으며, 같은 글에서 홍사용의 시를 두고는 "저무는 밤에 하소연하게도 떠도는 곱고도 설은 정조를 잡아서 아릿아릿한 민요체의 고운 리듬으로 얽어맨 시작입니다"(「시단의 일년」, 5 : 210)라고 평가했다. 4장에서 논의했던 김억의 정조의 함의를 생각해 보면 이러한 '민요조' 혹은 '민요체의 고운 리듬'은 민요를 닮은 형식을 의미한다기보다는 노래 그 자체를 반향하는 시라고 이해할 수 있다.

물론 그들이 접한 민요는 전통적인 의미에서의 민요라기보다는 잡가다.[3] 그러나 민요인가 잡가인가 하는 구별이 크게 중요한 것은 아니다. 왜냐하면 그들은 민요를 따라 시를 창작하고자 선언했음에도 불구하고 그들이 접하고 있는 노래가 민요가 아니라는 사실은 애초에 명확하게 알고 있었기 때문이다. 가령, 주요한은 「노래를 지으시려는 이에게」에게서 시의 재료인 민요가 매우 부족하다고 말했고,[4] 김억은 1927년에 가서야 처음으로 민요다운 민요를 들었다고 고백하고 있다.[5] 말하자면 그들이 민요를 모방하여 시를 짓자고 주장했던 시점에 민요는 조

---

3 이에 대한 상세한 서지적 연구로는 류철균, 「1920년대 민요조 서정시 연구」, 서울대 석사논문, 1992.
4 주요한, 「노래를 지으시려는 이에게」, 『조선문단』 3호, 1924.12, 45쪽.
5 김억, 「수심가 들닐 제」, 『삼천리』 76호, 1936.8.

선인이 많이 부르는 노래의 양식을 포괄하는 의미로 이해된 것이다.

그들이 지칭하는 민요는 당대 유행하던 노래, 잡가로 통칭되던 모든 노래를 가리킨다.[6] 창가나 일본에서 들어온 유행가뿐만 아니라 전통적인 노래 양식들은 당대에 광범위하게 향유되고 있었다. 대개는 조선 말기부터 유행한 잡가이거나 판소리였지만, 한시, 시조, 가사 등도 꾸준히 유성기 음반과 라디오 방송으로 향유되었다. 이는 1930년대에도 마찬가지였는데 한 연구자의 조사에 따르면, 1930년대의 음반 발매 목록에서 전통 양식이 차지하는 비율은 유행가의 비율과 거의 유사할 정도로 여전히 인기가 높았다.[7] 〈황성옛터〉의 대대적인 히트로 유행가가 본격적으로 대중의 인기를 끌기 시작했던 시기가 1932년이라는 점에 비추어 볼 때, 그 이전에는 전통적인 노래 양식들이 훨씬 큰 인기를 누리고 있었던 것으로 보인다. 이 노래들은 당대의 사람들이 어렸을 때, 그리고 성장하면서 들었던 노래라는 점에서 일종의 원체험을 이루는 것이다.

그런 의미에서 근대시에서 노래는 가장 근본적인 지점에 놓여있는

6　잡가가 노래의 장르라기보다는 정가(正歌)에 속하지 못하는 모든 노래를 가리킨다는 것은 여러 논자들에 의해 지적된 바 있다. 김대행은 당대에 잡가가 격이 떨어지는 모든 노래, 두루 부르는 노래를 가리킨다고 지적했다(김대행, 『시조유형론』, 이화여대 출판부, 1986, 333쪽). 손태도는 정가가 무엇인가에 따라 잡가에 속한 노래는 달라지며, 따라서 시대마다 지방마다, 혹은 집단마다 달라질 수 있다고 설명한다(손태도, 「1910년대~1920년대 잡가에 대한 시각」, 『고전문학과 교육』 2권 1호, 2000).

7　고은지, 「20세기 초 시가의 새로운 소통 매체 출현과 그 의미」, 『어문논집』 55집, 2007, 49~53쪽. 그는 이 조사에서 고전 시가 양식들이 유성기 음반이라는 새로운 소통 매체를 통해서 20세기에도 여전히 광범위하게 향유되고 있었다고 하면서, 주로 잡가와 판소리를 그 대상으로 삼고 있다. 그는 시조와 가곡이라는 정악은 주변부로 밀려 났으며, 그 자리를 속악이 채웠다는 점을 중요한 변화로 여기고 있다. 이 글의 맥락에서는, 그럼에도 불구하여 시조는 여전히 노래의 일부로서 수용되었다는 점이 중요하다.

것이다. 그것은 시인이 지니고 있는 원체험이자, 독자가 지니고 있는 원체험들을 환기하는 것이다. 홍사용은 "나는 시방도 어머니의 불으시든 그 보드러운 음조를 휘돌처 늣기고 잇다. 내가 엇지하기로서니 그것이야 설마 니즐 수가 잇스랴"[8]라고 고백했다. 그에게 민요는 조선 민족의 노래이기도 했지만, 그 전에 자신의 원체험에 아로새겨져 있는 노래로 여겨진다. 어머니가 불렀고, 내가 불렀던 노래는 나의 원체험인 동시에 이 노래를 공유하는 사람들의 원체험이기도 하다. 김소월이 「옷과 밥과 자유」, 「배」 등의 2편을 처음에 '서도여운(西道餘韻)'이란 제목으로 발표한 사실은 자신의 시를 서도 지역의 오랜 시가적 전통의 메아리로 인식했던 면모를 보여 준다.[9]

말하자면 시인 자신이 경험했던 노래는 개인이 골방에서 고립되어 듣던 노래가 아니라, 고향의 사람들이 동시대의 사람들이 모두 경험했던 그리고 공유하는 노래인 것이다. 홍사용이 메나리를 듣는 경험을 "모다 마음이 통하고 늣김이 갓다. 조타ㅅ 소리가 저절로 난다. 대체 조타는 그것이 무엇이냐. 우리의 마음의 거문고가 우리의 마음ㅅ속에서 저절로 울리여지는 그 까닭이다"[10]라고 설명한 것은 노래의 공동체가 성립할 수 있는 원리를 보여 주는 것이다. 그런 의미에서 신범순은 노래가 시인 개인을 고립된 개인 주체를 넘어서서 옛 조상들과 동시대의 사람들과 교유하고 공감하는 장으로 이끈다고 평가했다.[11]

---

8 홍사용, 「민요자랑—둘도 업는 보물, 특색잇는 예술, 조선은 메나리 나라」, 『별건곤』 제 12·13호 , 1928.5.1, 170쪽.
9 김윤식, 『한국 근대문학의 이해』, 일지사, 1973, 251쪽.
10 홍사용, 앞의 글, 174쪽.
11 신범순, 앞의 책, 549~551쪽 참조.

류철균이 상세한 비교 분석을 통해 밝힌바, 이 민요시들은 서도 잡가의 내용과 구성을 많은 부분 차용했다.[12] 그러나 이는 형식적인 차원에 한정되는 것이 아니라 노래의 원체험을 환기하려는 시도에 해당한다. 근대시는 노래를 그 배후에서 울리는 것으로서 수용한다. 잃어버린 고향, 유년 시절의 기억들과 같은 원체험들을 환기함으로써 근대시는 이를 읽는 독자에게 그 시공간에 대한 어떤 인상을 상기시킨다. 즉시를 읽는 과정에서 노래의 감각을 경험하게 하는 것이다. 이를 의미론적으로 가능하게 하는 것은 시 속에 나타난 당대의 지명들이다.

실제 지명의 사용은 근대적인 민족 경계를 설정하는 데 기여한다. 즉, 실제 지명의 사용은 그 지역에 대해 잘 알고 있는 사람들, 그리고 그 지역명을 학습하는 사람들에게 그들이 살고 있는 장소의 경계를 확정하고, 이 장소에 대한 애착을 부여하는 것이라고 할 수 있을 것이다. 지리 학습, 지리의 교육이 민족 공동체라는 관념을 명확하게 형성하는 데 큰 역할을 담당한다는 것은 이미 최남선의 지리학이 증명한 바 있다. 그러나, 영변이나 동대와 같이 시들에서 사용되는 지명들은 단순히 민족 경계를 확정하는 것을 넘어서서 이 지역에 전승되는 혹은 이 지역이 지니고 있는 역사와 그곳에 사는 사람들의 역사를 한꺼번에 환기시키는 역할을 한다. 그것은 근대 이전에는 노래와 설화로서 전승되었던 것이며, 이 지명을 시 속에 가져올 때 그것은 노래와 설화의 공동체를 새롭게 형성한다. 노래와 설화를 낭송하거나 듣지 않아도 독자 혹은 청자는 지명을 통해 이 공동체에 동참한다.

---

12 류철균, 앞의 글, 44~82쪽 참조.

그러므로 시는 노래의 방법을 수용하고, 노래의 효과를 그 배후에 들여오면서 노래가 수반하는 공동체 형성의 역할을 하게 된다. 그러나 이 지점에서 노래와 시의 근본적인 차이가 동시에 발견된다. 그것은 앞서 최남선이 발견했듯, 근대시가 놓일 수밖에 없는 고립된 지위다. 가창의 공동체가 소멸하고, 시가 고립된 인쇄지면에 들어가 시와 독자 사이에 장벽이 놓였을 때, 시인이 노래를 모방한다고 하여 그것을 독자가 시인의 방식대로 수용할지는 확신할 수 없다. 말하자면, 노래는 공동체를 지향하고 이 노래를 모방하는 시는 역시 그 공동체를 산출하기를 희망하지만, 그것은 시인의 의도이자 창작 원리에 해당하는 것이지 독자가 이를 동일한 방식으로 수용할 것이라고 가정할 수는 없다.

김소월은 김억에게 보낸 편지에서, "우리들의 노래가 과연이 세상에다 바늘끗 만한 광명이라도 던저 줄 수가 잇을 것입닛가. 저는 그럿케 생각지 아니합니다. 우리는 쓸데업시 비인 하늘을 향하고 노래하는데 지내지 아니하는 것입니다. 조곰도 이 얄망구즌 세도인심(世道人心)에 줄 바가 업는 것이지요"[13]라고 썼다. 노래가 집단에게 공유될 수 있었다면, 시는 고립된 개인과 개인의 관계로서만 향유된다. 인쇄된 지면에 실린 시에서, 시인과 독자의 교감은 노래에 비해 간접적이다. 시인은 서도의 시가적 전통을 시 속에 반향시키지만, 이 반향이 독자에게 그대로 전달될 가능성은 확신할 수 없다. 다만 시인은 노래의 보편적 울림을 시 속에 담아냄으로써, 이 울림이 독자에게서 또한 반향될 것임을 기대하는 것이다.

---

13 김억, 「작가연구―소월의 생애와 시가」, 『삼천리』 7권 1호, 1935.1, 217쪽.

시가 쓰인 텍스트로 제시되는 순간 시인은 어떤 모험을 감행해야 한다. 시인과 독자는 종이를 사이에 두고 완벽하게 단절되어 있다. 누가 읽을지, 누가 내 말을 읽고 무엇이라고 말할지 모르는데, 그 익명의 누군가에게 읽으라고 글을 쓰는 것, 즉 안팎으로 고립되어 있는 자신의 위치를 인식하고 전혀 알 수 없는 타자와의 교감을 시도해야 하는 것이다. 시인과 독자 사이의 단절 때문에 시 텍스트는 노래와 달리 집단적 공동체를 창출하지 못한다. 다만 시인 개인과 독자 개인의 일회적인 만남만이 가능하며, 이 시인-독자의 공동체를 블랑쇼는 문학적 공동체[14]라고 불렀다. 그러나 이 공동체는 사실상 시인과 독자 자신이 서로 알지 못하는 타자를 향한 도약을 통해서, 즉 주체의 죽음을 통해서만 형성되는 것이다. 그러므로 이 공동체는 공동체가 아니라는 점에서만 공동체이며, 오히려 집단적 공동체의 결집과 단결에 균열을 내는 공동체이다.[15] 그러므로 노래를 환기하고자 하는 시 텍스트들은 무수히 많은 문학적 공동체를 산출할 수는 있으나, 이 공동체가 민족과 국민의 공동체로 수렴되는 것은 아니다.[16]

---

14 Maurice Blanchot · Jean Luc Nancy, 박준상 역, 『밝힐 수 없는 공동체 / 마주한 공동체』, 문학과지성사, 2001, 27~48쪽 참조.

15 이러한 공동체의 성격 때문에, 낭시는 이를 '작동하지 않는 공동체(inoperative community)'라고 불렀다. 공동체인 순간 공동체는 파괴된다(Jean Luc Nancy, *The Inoperative Community*, Minnesota : University of Minnesota Press, 1991, p. 16).

16 이 점에서 김소월의 시적 주체가 조상의 혼과 맞닿아 있는 영(靈)을 불러옴으로써 주체 내부의 또 다른 자아를 불러오고, 근대성 담론에 동화될 수 없는 이질적인 목소리를 표출하는 주체라고 평가한 남기혁의 견해는 주목할 만하다(남기혁, 「김소월 시에 나타난 근대인의 내면 풍경」, 『국제어문』 31집, 2004.8). 그는 이를 근대와 전통 사이의 길항 관계 속에 위치시켰으나, 노래의 지향과 회복이라는 측면은 근대 / 전통의 범주에 일괄적으로 포섭될 수 있는 것은 아니다. 오히려 근대적 공동체에 포섭될 수 없는, 모든 개별적이고 고유한 목소리(singularity)의 회복과 관련이 있다고 보아야 할 것이다.

김억이 에스페란토 문학으로 나아간 것은 언어 속에 있는 어떤 '보편적 감정'이 에스페란토어 속에 내포되어 있다고 여겨졌기 때문이다. 에스페란토어는 민족의 경계를 넘어서는 보편성을 담고 있을 뿐만 아니라, 동시에 자연어에 있는 불규칙을 모두 없애고 발음과 문법을 통일시켜 놓은 것이기 때문에 시의 언어로 발견된 것이다(「에쓰페란토문학」, 5 : 432). 여기에는 조선어의 한계뿐만 아니라, 자연어의 한계 또한 없는 것으로 여겨진다. 이것이 뜻하는 바는 무엇인가? 에스페란토어 속에 내재한 '보편성'은 그 언어 자체의 규제성 때문에 모든 독자에게 동일한 방식으로 향유될 것이라는 것이다. 같은 의미라도 한국어 화자, 중국어 화자, 일본어 화자들은 모두 다르게 느낀다. 이들이 같은 언어를 공유할 수 있다면, 시의 감동은 모두에게 같은 것으로 전달될 것이 틀림없다. 말하자면 언어가 반향하는 노래는 이 노래를 근저로 하는 공동체의 창출이라는 문제와 밀접한 관계를 맺는다.

그러나 이 지점들은 한국 시사에서 섬세하게 탐색되지 못했으며, 이 노래의 공동체는 1920년대 중반 이후로 문학사의 서술 속에서 묻혀 갔다. 민요와 시조가 민족문학의 전통으로서 수용되는 과정이 전통시가의 형식에서 노래를 탈각시켜 '문학화'한 과정이라는 점은 이를 잘 보여 주고 있다.

민요가 계승해야 할 전통으로서, 긍정적으로 수용되기 시작한 시점은 1920년대 이후다. 민요 수집의 열풍 속에서 가장 대표적인 민요로 꼽힌 〈수심가〉, 〈난봉가〉, 〈아리랑〉, 〈흥타령〉 등은 1900년대의 시점에서는 활달하고 진취적인 시대정신에 역행하는 부정적인 가요로 여겨졌다.[17] 그것은 개화기의 담론이 추구했던 민족 공동체의 노래로서는 부적절한 것으로 보였고 동시에 이는 민족 공동체의 '문학'으로서도 함량 미달의 것이었다.

이광수는 「부활의 서광」(『청춘』, 1918.3)에서 조선에는 문예가 없다고 한탄했다. 민요는 조선 민족의 정신과 생활을 담고 있지만 예술로 칠 수 없다는 것이다. 그러나 「민요소고」(『조선문단』, 1924.12)에 이르러서는 "민요에 나타난 리듬과 사상은 그 민요를 부르는 민족의 특색을 드러낸 것이니, 그러므로 그 민족의 문학은 민요(전설도 포함하여)에 기초하지 아니치 못할 것"[18]이라고 주장한다. 아직 민요가 새로운 문학은 아니지만, 새로운 문학을 지으려면 민요에 토대해야 할 것이라는 것이다. 이광수가 '문학'을 literature의 역어로부터 '조선의 문학'으로 이행하며 규정했던 과정, 즉 이광수의 문학관이 정립해 가는 과정은 조선의 문학을 내포를 규정하는 방식이 아니라 조선문학의 외연적 범주를 설정하는 과정이었으며, 이는 민요와 시조를 배제하고 포섭하는 과정이었다고 할 수 있다. 이 배제와 포섭의 과정에서 '조선의 문학'이라는 개념은 탄생한다.[19]

시조를 조선문학의 일부로서 인정했던 최남선의 경우에도 마찬가지 과정을 보여 주고 있다. 최남선이 시조를 조선문학으로서 확정한 것은 「조선 국민문학으로서의 시조」(『조선문단』, 1926.5)의 글이며, 연달

---

17 임경화, 「민족의 소리로서의 민요-식민지하 조선의 '민요' 개념 도입과 전개」, 임경화 편저, 『근대 한국과 일본의 민요 창출』, 소명출판, 2005, 157쪽. 임경화에 의하면, 〈아리랑〉 등은 부정적인 정신을 담고 있는 통속 민요로 간주되었으며 이는 1900년대의 신문, 잡지 등에 널리 공유된 인식이기도 했다. 시가의 개량이란 내용과 사상의 개량에 걸린 문제였다.
18 이광수, 「민요소고」, 『이광수 전집』 10권, 삼중당, 1971, 395쪽.
19 이에 대한 자세한 논의는 박슬기, 「이광수의 문학관, 심미적 형식과 조선의 이념화」, 『한국문학이론과 비평』 30집, 한국문학이론과 비평학회, 2006.3 참조.

아 그는 「시조태반으로서의 조선 민성과 민속」(『조선문단』, 1926.6)을 발표함으로써 시조를 조선문학의 일부로서 포함시켜야 할 필요성에 대해 강조했다. 그런데 그가 시조를 조선문학으로서 인정했던 것은 그것이 "실로 조선에 있어서 구조(句調), 음절, 단락, 체제의 정형을 가진 유일한 성형문학"[20]이었기 때문이다. 말하자면, 그것이 "조선인의 손으로 인류의 음률계에 제출된 일시형"이었기 때문이라는 것인데, 여기서 그는 시조를 하나의 시형(詩形)으로서 확립하고 있다. 그러나 시조를 문학의 한 형식으로 인정하기 위해서는 시조에서 노래적 성격을 배제하는 과정을 거쳐야만 했다.

최남선은 이 글들 이전에는 시조를 시의 형식으로 인정하기보다는 조선인의 심성을 담은 가락으로서 인정했다. 1913년에 고래의 시조를 모아 시조집 『가곡선』을 출판했을 때 그는 예언(例言)에서 "시조는 조선문학 중에서 자못 중요한 지위에 거하는 자"이며, "차(此)를 수집하고 연구함은 문학 부식상(扶植上) 절요(切要)하고 또 흥미 있는 사(事)라"[21] 라고 밝혔다. 시조는 아직 최남선에게 완전히 갖추어진 시형(詩形)으로 이해되기보다는, 조선문학을 형성하는 데 꼭 필요한 토대였던 것이다. 그의 시조 선택 기준은 "족히 일상 음영에 공(供)할 것"이었으며, 이를 통해 "특히 청년 사인(士人)의 일상 송독에 공(供)하려"하는 것을 『가곡선』의 발간 목적으로 삼았다. 이 예언에서 중요한 것은 그는 시조를 두 가지 방식, 노래하는 것과 읽는 것을 둘 다 시조의 향유 방식으로 여기

---

20 최남선, 「조선 국민문학으로서의 시조」, 여기에서는 육당전집간행위원회 편, 『최남선 전집』 9권, 현암사, 1974, 388쪽.
21 최남선, 「가곡선 예언」, 『최남선 전집』 13권, 128쪽.

고 있다는 것이다. 특히, 『가곡선』이 당대의 활자집 가곡집과는 달리 음악적 표지를 중시하고 있다는 점과[22] 『가곡선』이 당대의 유통되던 가곡을 편하는 데 있어서 작품의 내용적 표지와 더불어 악곡의 측면을 고려하고 있었다는 점을 감안하면,[23] 최남선에게 있어 시조가 지닌 음악적 의미는 결코 적은 것이 아니다. 실제로 『가곡선』의 편집은 우조(羽調), 계면조(界面調) 등 악곡의 분류법을 따르고 있으며 이는 『가곡원류』의 편찬법을 따르는 것이다. 사실상 악곡의 표지를 사용하지 않았던 당대의 다른 가곡집이 유통되고 있었음에도 불구하고, 최남선이 『가곡선』에서 이러한 편집 방식을 사용한 것은 명백히 그가 시조를 노래하는 것으로서 이해했던 조선의 전통을 따르고 있다는 것을 의미하는 것이다.

이 편집 방식이 변하는 것은 1928년에 출간된 『시조유취』에서인데, 그는 범례(凡例)에서 악곡에 대한 짧은 설명을 붙였을 뿐 내용이나 소재에 따라 시조를 분류했다.[24] 그는 이 서문에서 "시조는 조선문학의

---

22 이는 19세기 『가곡원류』에 반영된 가창의 문화를 계승하고 있다고 할 수 있는데, 동시기 활자본 가집인 『대동풍아』나 『정선조선가곡』에서는 음악적 표지를 생략하고 있다는 것과는 다른 방식이라고 할 수 있다. 당시에 이 가곡선들이 음악적 표지를 생략한 것은 노래와 동시에 보고 읽는 방식으로 가집이 소통될 수 있음을 보여 주는 증거라고 할 수 있다(윤설희, 「20세기 초 가집 『정선조선가곡』 연구」, 성균관대 석사논문, 2008, 96~97쪽). 이는 최남선이 의도적으로 19세기 말의 가곡의 체계를 계승하고자 하고 있다는 점을 의미한다.

23 송안나는 『가곡선』에 수록된 가곡들의 분류를 통해, 육당이 농, 락, 편 계열의 소가곡보다는 가곡의 정격으로 인식되는 이삭대엽 계열을 우선하여 선택했음을 밝혔다(송안나, 「20세기 초 활자본 가집 『가곡선』의 편찬 특징과 육당의 시조 인식」, 『반교어문연구』 27, 2009, 195쪽). 그는 기존에 개화기의 시대적 성격에 따라 음란하고 퇴폐적인 내용을 지닌 가곡을 탈락시킨 것이라는 견해를 반박하며, 그의 선정 기준에 악곡이 중요한 비중을 차지하고 있다는 점을 논증한다. 그러나 물론 기존의 가사를 고치거나 지나치게 퇴폐적인 가곡은 수록하지 않았다는 점을 볼 때, 내용을 고려하지 않은 것은 아니지만 그것은 개화기의 시대적 분위기의 반영이라기보다는 조선 국민 문학으로서의 위상에 걸맞도록 손질한 결과라는 것이다.

24 물론 그는 각 목차 하위의 세부 분류에서는 곡조 순서를 따랐다고 밝히고 있으나, 곡조를 우

정화며 조선시가의 본류입니다. 시방 조선인이 가지는 정신적 전통의 가장 오랜 실재이며 예술적 재산의 오직 하나인 성형(成形)"이라고 명백하게 규정했다. 그렇다면 가곡선과의 편집 체계에서 차이를 보인 이유는 무엇이었을까. 그는 이에 대해 재래의 가곡집이 곡조로써 종류를 나누었으며 자신의 가곡선도 이에 따랐으나 "창(唱)을 위하던 전일(前日)에는 이것이 무론 편한 방법이었겠지마는 감상과 고험(考驗)을 주로 하는 시방에는 도리어 신체례(新體例)를 베풂이 가할듯"[25]하다고 설명한다. 즉, 이는 시조가 가창의 장르에서 읽고 감상하는 장르로 이동했다는 것을 선명하게 밝혀 놓은 것이다.

물론, 이는 최남선이 시조에서 노래로서의 성격을 완전히 배제한 것을 의미하지는 않는다. 김동환이 적은바, 그는 연회에서 시조창을 즐겨 했으며[26] 또한 『시조유취』에서도 악곡의 표기를 완전히 배제한 것은 아니다. 그러나 『가곡선』에서처럼 지배적인 위치를 차지하지는 못한다. 시조를 읽는 것으로서의 감상하는 것 외에 더 선명한 이유는 다른 곳에 있다. 『가곡선』은 상당한 인기를 얻었던 것 같다. 일찌감치 절종되고 재간에 대한 요구가 끊이지 않았다고 육당은 적고 있다. 그런데 『가곡선』을 재간하지 않고 새로운 편집 체계를 사용했던 이유로 최남선은 시조의 "정로(正路) 대방(大方)을 알게 할 길을 만들"어야겠다고 결심한 것을 들고 있다. 말하자면, 시조 부흥의 열기 속에서 활발히 창

선시했던 『가곡선』에 비해 그 곡조의 위상은 현저히 약화된다(『시조유취』, 『최남선 전집』 13권, 10쪽).
25 최남선, 「시조유취 서」, 『최남선 전집』 13권, 8쪽.
26 김동환, 「시조배격 소의」, 『조선지광』 68호, 1927.6.

작되고 있는 시조가 "시조의 정격(正格)을 얻지 못하고 그 기조(基調)와 외형(外形)조차 알지 못하"고서 창작되고 있다는 것이다. 이 시조의 "정격(正格)"이란 최남선이 여기기에 3장 구조의 확립이다. 그는 "편, 농 등 장시조(노래, 사설이라고도 하는 것)은 5장이라고도 하지만, 초장과 종장 외에 나머지 장을 합하여 중장으로 하고자 한다"라고 밝혔다.

최남선의 편찬 시조집 『가곡선』과 『시조유취』 사이에는 15년의 거리가 있으며, 이 가운데에 소위 국민문학 운동이라고 불리는 시조부흥운동과 민요시 운동이 놓여 있다. 말하자면 최남선은 처음에 조선의 가락으로서 인정했던 노래인 시조를 국민 '문학'의 한 범주로서 옮겨놓았고, 이를 위해 시조가 지닌 음악적 성격을 약화시켰던 것이라고 할 수 있다. 최남선이 「조선 국민문학으로서의 시조」에서 시조를 국민 '문학'으로서 인정했던 것은 그것이 완성된 시형(詩形)을 지니고 있었기 때문이었으며, 이는 당시의 시점에서는 완결된 것이 아니라 하더라도 시조의 형식에 대한 연구를 촉발하기에는 충분했다. 이 글이 나온 이후에, 시조는 본격적으로 음성 언어의 장르라기보다는 문자 언어의 장르로서 그 형식을 확립해 가게 된다. 그러나 3장 6구체, 종장 첫 구의 고정 등 정형화된 시조 형식이 확립되기까지, 이 형식에 대한 논의는 상당한 진통을 거친 것이었다. 시형을 확립하기 위해서는 시조에서 '노래'로서의 성격을 배제할 필요가 있었던 것이며, 이 과정을 거쳐 시조의 노래로서의 기원은 서서히 잊혀져갔다.[27]

---

27 이에 대한 자세한 논의는 배은희, 「1920년대 시조론 형성 과정 고찰」, 『시조학논총』 32집, 2010 참조. 그는 이 글에서 최영년, 손진태 등이 노래로서의 시조를 강조했던 논의가 이병기, 이은상 등의 시조의 형식을 강조한 논의에 묻혀졌음을 고증하고, 이것이 시조를 문학 형식

시조가 조선 국민 문학의 한 장르로서 국문학사에 유입되는 과정은 시조에서 노래의 성격을 배제하고 문자 텍스트로서의 엄격한 시형(詩形)을 확립함으로써 민족문학의 전통을 확립하고자 하는 의지에 따르는 것이다.[28] 이 지점에서 시조의 문학 형식화와 민요시의 창작은 근본적으로 다른 것으로 이해된다. 즉 시조는 형식으로 확립될 수 없는 것을 배제하고 모든 민족 구성원들이 공유할 수 있는 규칙을 확립함으로써 국민 문학으로 성립할 수 있었다면, 민요시는 그 어떠한 형식적 규정 없이 창작됨으로써 통일된 공동체를 창출하기 어렵다는 점이다. 무엇보다 민요의 창작 주체가 누구인가, 혹은 수용 주체가 누구인가에 대한 논쟁이[29] 활발히 벌어졌다는 사실은 하나의 단일한 공동체를 형성하기가 어려웠다는 점을 증명한다. 즉, 시조를 민족의 것으로 정립하기 위해서는 민족의 외부만을 부정하면 되었지만, 민요를 민족의 것으

으로서 정립하고자 했던 과정임을 논증하고 있다.

28 윤영실 또한 『가곡선』에서 『시조유취』에 이르는 과정이 최남선의 국민 문학의 확립 과정과 일치한다고 평가하고 있다. 그의 논의는 민족과 문학이 결합하는 과정에서, 시조라는 전통적 장르를 민족의 문학으로 확립하고자 했던 최남선의 의지의 일관성에 초점에 맞추어져 있다. 따라서 『가곡선』 편찬에서 드러난 시조의 노래적 성격은 시조 형식에 관한 최남선의 규정이 명확하지 않았기 때문에 '아직' 제거되지 못한 것으로 간주된다. 이는 시조를 근대적 문학론의 '대상'으로서 간주하고자 하는 최남선의 의도 자체에 초점을 맞춘 것으로 시조라는 양식 자체를 다룸으로써 발생하게 된 '노래'와 '시' 사이의 균열과 통합의 과정에 대해서는 논의하지 않는다(윤영실, 「최남선의 근대적 글쓰기와 민족담론 연구」, 서울대 박사논문, 2009, 116~122쪽 참조).

29 김억, 주요한, 김동환은 같은 민요시파라 불리지만, 김동환은 김억과 주요한과는 그 견해가 달랐으며 특히 '시조'를 부정한다는 점에서 차이를 보였다. 나아가 민요를 '민족'의 시형으로서 본 김억과 주요한과는 달리 그는 민족을 피지배계급과 지배계급으로 나누고 있다. 김동환은 경복궁 건축에서 두 가지 종류의 노래가 나왔다면서, 하나는 지배층에 영합하는 노래, 그리고 또 하나는 저항적인 민중의 노래인 민요라는 두 가지 노래가 나왔다고 보면서, 민요란 민족일반의 것이 아니라 특정한 피지배층의 노래라는 점을 명시(김동환, 「조선민요의 특질과 기장래」, 『조선지광』, 1929.1, 73쪽)했다. 또한 여기서 그는 같은 피지배층의 노래라도, 패배적이고 봉건적 내용을 담은 민요는 부정하고, '야생적 그대로의 표현과 내용을 가진 민요만을 긍정하고 있다.

로 정립하기 위해서는 민족 공동체 내부의 타자성을 인식하지 않으면 안 되었던 것이다. 민요와 시조를 둘러싼 소위 국민문학파들의 논의들은 두 가지 종류의 공동체를 상정하지 않고서는 이해하기 어렵다.

이 지점에서 국민 문학 운동이라고 불리었던 1920년대 중후반의 담론이 정치적으로 상실된 국가를 상상적으로 구축하려는 시도인지는 재고해 볼 필요가 있다. 1900년대에서 1910년, 1920년대로 이어지는 조선의 역사적 전개에서, 국가 건설 — 국가 건설의 좌절 — 국가 건설의 불가능성으로 이어지는 논의는 무엇보다도, 이 공동체를 '국민 국가'에 한정시키고 있다.

그러나 이 전제를 타당한 것으로 승인하기 위해서는 다음과 같은 점을 고려해야 한다. 조선의 역사적 전개에 있어서 '국민 국가'라는 것이 모두에게 타당한 정치적 이념이었는가 하는 점이다. 말하자면 타 국가 일본에 속박되지 않는, 독립체로서의 공동체가 과연 근대적 의미에서의 '국가'인지는 다시 고려해 보아야 하는 문제다. 이러한 정치적 과제가 당대의 모든 구성원에게 당연한 것으로서 요청된 '정치적 이념'이었다는 것은, 일종의 진보주의 역사관의 보편타당성에 의존하고 있다. 그리하여, 이들은 당대의 텍스트에서 나타나는 '민족'과 '조선'이라는 여러 가지 핵심어들을 당연하게 '국민 국가'로서 등치시킨다.

여기서 두 가지 문제가 발생한다. 하나는 문학의 미적 차원을 이미 상실한 '국민 국가'를 상상적으로 건설하기 위해, 조선과 민족을 심미화시킨 것으로만 이해한다는 것이다. 또 하나는 국민 국가 건설의 과제에 문학을 복무시킴으로써 문학의 내적인 연속성은 간과하게 된다는 것이다. 이 두 관점은 모두 같은 결론에 이르게 되는데, 그것은 국가 건설이라는 정치적 과제는 미적인 차원에서 산출되며, 이는 정치의 심미화라고 하는 파시즘의 내적 논리에 사로잡히게 된다는 것이다. 물론, 이러한 연구가 식민지 지식인들이 내면을 밝혀내었다는 점에서는 상당한 의의가 있지만, 적지 않은 경우 이미 전제된 '국민국가 담론'을 '적용'함으로써 당대의 다양한 공동체의 모색을 '국민국가'로 일괄 포획해 버린 점이 없지 않다. 이는 다양한 공동체가 모색되던 현상의 토대에 조선의 식민지화를, 다시 말해 근대 국민국가의 건설 가능성 상실이라는 사태를 놓음으로써, 모든 문학적 실천을 '국가 상실'에 대한 대응으로 환원시켜 버렸기 때문이다.

조선의 식민지화라는 역사적 차원을 모든 내면의 원인으로 놓아 버릴 때, 문학을 그 근본에서부터 사유하려고 했던 지식인들의 노력은 역사와 정치의 발전론에 속박되어 버린다.[30] 시문학의 경우에 한정한다면, 시와 언어와 음악성의 존재와 가능성에 대해 깊이 사유하고자 했던 1910년대 후반에서 1920년대 초반의 담론의 지형이 다만 '조선'의 특수성과 보편성으로 환원되는 것은 아니다. 현상적으로 그렇지 않기 때문에, 이러한 관점에서는 자유시의 전개와 전통문학으로의 복귀 사이에는 인식론적 단절이 놓인다.

그러나 앞서 논의한바, 그들의 시와 시론이 쓰인 시로써 노래하기의

---

30 가령, 이러한 평가가 대표적이라 할 수 있을 것이다. "1920년대 근대시는 중세적 규범으로부터의 자유나 경험의 개별성과 정의 긍정, 개아의 욕구 및 일상적 삶 자체의 가치 추구 등의 심화와 함께, 그들을 유기적으로 통합한 삶과 세계의 전체상으로 나아가야 할 역사적 국면에 놓여 있었다"라고 평가하는 것을 역사 정치적 발전 과정을 당연한 것으로 전제하고, 이에 미달한다고 여겨지는 담론들은 폐기해 버린다(김홍규, 「부서진 세계 안의 자유와 절망」, 임형택·최원식 편, 『전환기의 동아시아 문학』, 창작과비평사, 1985, 205~206쪽 참조).

차원을 획득하고자 했다는 점을 감안하면 자유시에서 민요 / 시조에 이르는 과정이 단절적인 것은 아니다. 1920년대 동인지 문학이 전대의 계몽주의 문학이 지녔던 과도한 정치성을 예술성으로 전환하고, 이 전환을 통해 '문학적인 것'과 '미적인 것'을 새롭게 가치화했으며 이로써 예술을 이상화하고 그것에 초월적 지위를 부여하는 '미학주의'가 성립되었다고 보는 관점은[31] 동인지 문학에 내재한 공동체의 지향을 간과하고 있다. 1920년대의 시적 지향을 이해하기 위해서는 저 너머의 세계가 '없는 세계'이며, 또한 그것이 상실된 노래의 공동체에 해당한다는 점을 고려해야한다. 고립된 개인이, 불가능성을 인식하면서도 계속해서 호출하는 노래의 공동체는 시의 율의 문제와 관련을 맺는다. 이 노래의 공동체를 회복하고자 하는 충동은 이 시인들이 지니고 있었던 '정치적'인 측면이다. 그러나 이 노래의 공동체는 결코 민족 공동체, 혹은 국민 국가와 완전히 동일한 것은 아니다. 오히려 이러한 정치적 공동체는 국가의 공동체의 내부이자 외부의 '균열'로서 존재하며 이는 성립하는 순간 파괴되는 공동체이기[32] 때문이다.

이 지점에서, '조선'이라는 기표에 대해 논의할 필요가 있다. 지금까지 이 글은 '조선'이라는 말로서 공동체를 논의하는 것을 피해 왔다. 그것은, '조선'이라는 기표가 발휘하고 있는 강력한 담론적 영향 때문인데, 이 기표로써 '공동체'를 규정하는 순간 그것은 그대로 '민족' 혹은 '국가'를 지시하는 것으로 변하고 만다. 물론 '조선'이라는 기표가 이와는 완전히 별개의 것은 아니다. 그것은 조선어를 사용하는 사람들의

---

31 차혜영, 「1920년대 초반 동인지 문단 형성 과정」, 상허학회, 『상허학보』 7집, 2001.8, 127쪽.
32 Jean Luc Nancy, *op. cit.*, p.17.

집단, 그들의 삶이 토대하는 한반도라는 땅, '조선'으로 지칭되었던 구 왕국에 대한 긍정적인 혹은 부정적인 계승 의식까지 모두 포괄하고 있는 것이기 때문이다. 그것은 애초에 일본 혹은 서구라는 타자에 대타적인 것으로서, 일종의 구별 짓기에 의해 성립한 것으로[33] 국가의 건설이라는 과제와 맞물려 새롭게 발견된 것이라는 점에서 '민족 국가'와 별개의 것은 아니기 때문이다.

그러나, 이렇게 한정할 때 '조선'이라는 기표와 그것이 지시하는 '민족 국가' 사이에는 결코 통합될 수 없는 잔여가 남는다. 그것은 '조선'이라는 말을 수식하는 '생명' 혹은 '혼'과 같은 이질적인 수사들이 표상하는 것이다. 가령, 이상화가 "조선이란 그 생명 덩어리의 엇더한 것과 얼마만한 것(아즉은 희미하게라도)을 보앗다고 하리만큼 조선의 생명이 표현되엿슬까?"[34] 물었을 때, '조선'은 조선어를 사용하는 사람들의 '생활'을 의미하고 있다. '조선'이라는 기표를 둘러싼, 조선혼, 조선심과 같은 추상적인 개념들에서 '조선'이 근대적 의미에서의 국가 체계가 아니라, 그 구성원들의 생명의 통합체이면서도 그것을 초월한 어떤 것으로 이해되고 있다. 이는 단순히 구 왕국을 의미하는 것은 아니며, 왕국의 흥망성쇠에도 여전히 흔들리지 않고 계승되는 어떤 '생명 체계'를 의미하는 것이다.

이 글은 '조선'과 '국민 국가' 사이에 남아 있는 잉여를 모두 포괄하는 '공동체'가 무엇인지에 대해서 논의하는 지점까지 나아가지 못했다. 다만 이 공동체가 노래의 공동체일 것이며, 노래를 반향하는 시가 지향하

---

33 황호덕, 『근대 네이션과 그 표상들』, 소명출판, 2005, 157~159쪽 참조.
34 이상화, 「문단측면관, 창작의의 결핍에 대한 고찰과 기대」, 『개벽』 58호, 1925.4, 38쪽.

는 '부재하는 지점'일 것이라는 가능성만을 제시할 수 있을 뿐이다. 그리고 이 지점은 근대시의 형성 과정에서 작동하는 율(律)의 정치적 자리이며, 근대적 자유시의 원천이다.

근대적 자유시는 전대의 노래적 전통을 부정하고 성립한 것이 아니며 개인의 고립된 내면을 언어화한 것도 아니다. 개화기 시가에서 자유시, 그리고 민요시와 시조의 창작에 이르기까지 이 모든 시적 양식은 모두 율(律)이라는 하나의 원천에서 발생하고 소멸한다. 그리고 부재하는/기원적인 공동체를 창출하고자 하는 시인 주체의 충동을 통해 율(律)은 그 언어적 형태를 얻는다. 성률과 향률이라는 개념을 통해 이 글은 율의 언어태를 설명하고자 했다.

이러한 공동체는 국민 국가 혹은 민족이라는 용어로서 포섭될 수 있는 것은 아니다. 다시 말해, 민족이라는 이념, 국민 국가라는 이상이 시인들로 하여금 조선의 전통으로 되돌아가게 한 것은 아니다. 결과적으로 민족, 조선, 국가라는 근대적인 경계와 영역이 발생된 것일 수는 있으나, 애초에 그것이 시 창작의 본질적인 의도는 아니었다는 점이다. 자유시 창작에서 민요시/시조의 창작에 이르는 과정은 시쓰기와 노래하기의 간극을 좁혀 놓으려는, 그 토대에서 조선어로 된 조선시를 창작하려는 의도의 산물이다. 또한, 그 결과로서의 공동체는 반드시 민족이거나 조선이 아닐 수 있다. 이미 시인과 독자과 분리된 상황에서 가능한 것은 시인 주체와 독자 주체가 서로를 알지 못하는 상태에서, 아무런 상호관계도 없이 만나는 개별 공동체, 모든 텍스트를 둘러싼 공동체의 무수한 생성이다. 이는 시의 텍스트가 배후에 지니고 있으며 언어를 통해 산출하는 근원적 음악의 공동체라고 할 수 있을 것이다.

참고문헌

1. 기본 자료

단행본

김수현·이수정 편, 『한국 근대음악기사자료집』 1권, 민속원, 2008.

김영직 편, 『파인 김동환 전집』, 국학자료원, 1995.

김용직 편, 『김소월 전집』, 서울대 출판부, 1996.

김종욱 편, 『정본 소월 전집』 상·하, 명상, 2005.

김학동 편, 『개화기시가집』 1~4권, 새문사, 2009.

박경수 편, 『안서 김억 전집』, 한국문화사, 1987.

박종화 외편, 『이광수 전집』, 삼중당, 1971.

육당전집간행위원회 편, 『최남선 전집』, 현암사, 1974.

이상규 편, 『이상화시전집』, 정림사, 2001.

이종린 편, 『언문풍월』, 고금서해간, 1917.

정기 간행물

『독립신문』, 『대한매일신보』, 『대한민보』, 『신한민보』, 『태서문예신보』, 『동아일보』, 『조선일보』, 『태극학보』, 『대동학회월보』, 『대한협회보』, 『대한흥학보』, 『소년』, 『청춘』, 『학지광』, 『금성』, 『창조』, 『백조』, 『폐허』, 『개벽』, 『조선문단』, 『신흥』 등 1910년대와 1920년대 신문·잡지

2. 단행본

강홍기, 『현대시 운율 구조론』, 태학사, 1999.

고석규,『여백의 존재성』, 책읽는사람, 1993.

고정옥,『조선민요연구』, 수선사, 1979.

구인모,『한국 근대시의 이상과 허상』, 소명출판, 2008.

권도희,『한국 근대음악 사회사』, 민속원, 2004.

권오만,『개화기시가연구』, 새문사, 1989.

김교봉・설성경,『근대전환기 시가연구』, 국학자료원, 1996.

김대행,『한국시가구조연구』, 삼영사, 1976.

_____,『시조유형론』, 이화여대 출판부, 1986.

김문기・김명순,『조선조 시가 한역의 양상과 기법』, 태학사, 2005.

김병선,『창가와 신시의 형성 연구』, 소명출판, 2007.

김병철,『한국 근대번역문학사연구』, 을유문화사, 1975.

김승룡 편역주,『악기집역』, 청계, 2002.

김영철,『한국 개화기 시가 연구』, 새문사, 2004.

김용직,『한국 근대시사』, 학연사, 1986.

김윤식,『한국 근대문학의 이해』, 일지사, 1973.

_____,『한국 근대문학양식논고』, 아세아문화사, 1980.

_____,『한국 현대시론비판』, 일지사, 1986.

김윤식・김현,『한국문학사』, 민음사, 1997.

김학동 편,『이상화』, 서강대 출판부, 1996.

_____,『한국 개화기시가연구』, 시문학사, 1981.

김행숙,『문학이란 무엇이었는가』, 소명출판, 2005.

노동은,『한국 근대음악사』1권, 한길사, 1995.

도남학회 편,『도남 조윤제 전집』, 태학사, 1988.

민족문학사연구소 기초학문연구단,『한국 근대문학의 형성과 문학 장의 재발견』, 소명출판, 2004.

박경수,『한국 근대 민요시 연구』, 한국문화사, 1998.

_____,『한국 민요의 유형과 성격』, 국학자료원, 1998.

박성의,『한국가요문학론과 사』, 집문당, 1974.

백 철,『신문학사조사』, 신구문화사, 1983.

성기옥,『한국시가율격의 이론』, 새문사, 1986.

성무경,『조선 후기 시가문학의 문화담론 탐색』, 보고사, 2004.

성호경,『한국시가의 유형과 양식 연구』, 영남대 출판부, 1995.

손팔주,『신위연구』, 태학사, 1983.

송방송,『한국 근대음악사연구』, 민속원, 2003.

송 욱,『시학평전』, 일조각, 1963.

송지원,『정조의 음악정책』, 태학사, 2007.

신동욱 편,『이상화의 서정시와 아름다움』, 새문사, 1981.

신범순,『한국 현대시사의 매듭과 혼』, 민지사, 1992.

_____,『노래의 상상계』, 서울대 출판부, 2012.

안 확,『시조시학』, 교문사, 1949.

_____, 김세종 편역,『조선음악의 연구』, 보고사, 2008.

열상고전연구회 편,『한국의 서・발』, 바른글방, 1993.

오세영,『한국 낭만주의 시 연구』, 일지사, 1980.

_____,『20세기 한국시 연구』, 새문사, 1989.

_____,『한국 근대문학론과 근대시』, 민음사, 1996.

_____,『한국 현대시 분석적 읽기』, 고려대 출판부, 1998.

유세기,『시조창법』, 문성당, 1957.

이기동 역해,『서경강설』, 성균관대 출판부, 2007.

이능우,『고시가논고』, 선명문화사, 1966.

이유선,『한국 양악 80년사』, 중앙대 출판부, 1968.

이혜구 역주,『신역 악학궤범』, 국립국악원, 2000.

임경화,『근대 한국과 일본의 민요 창출』, 소명출판, 2005.

임종욱 편,『동양문학비평용어사전』중국편, 범우사, 1997.

임형택・최원식 편,『전환기의 동아시아 문학』, 창작과비평사, 1985.

장사훈,『시조음악론』, 서울대 출판부, 1986.

전정구,『김정식 작품 연구』, 소명출판, 2007.

전정임,『초기 한국 천주교회음악』, 한국예술종합학교 한국예술연구소, 2001.

전통예술원 편,『조선 후기 문집의 음악사료』, 민속원, 2002.

정병욱,『한국고전시가론』, 신구문화사, 1983.

정병호,『실용주의 문화사조와 일본 근대문예론의 탄생』, 보고사, 2003.

정우택,『한국 근대 자유시의 이념과 형성』, 소명출판, 2004.

_____,『황석우 연구』, 박이정, 2008.

정한모,『한국 현대시문학사』, 일지사, 1974.

조규익,『가곡창사의 국문학적 본질』, 집문당, 1994.

조동일, 『한국민요의 전통과 시가율격』, 지식산업사, 1996.

_____, 『한국문학통사』, 지식산업사, 2005.

조영복, 『1920년대 초기 시의 이념과 미학』, 소명출판, 2004.

조창환, 『한국 현대시의 운율론적 연구』, 일지사, 1986.

조해숙, 『조선 후기 시조한역과 시조사』, 보고사, 2005.

차상원 역주, 『신완역 서경』, 명문당, 1984.

최　철·안대회 역주, 『역주균여전』, 새문사, 1986.

최현배선생 환갑기념 논문집간행회 편, 『최현배선생 환갑기념논문집』, 사상계사, 1954.

한계전·홍정선 외, 『한국 현대시론사 연구』, 문학과지성사, 1998

한국시가학회 편, 『시가사와 예술사의 관련 양상』 I·II, 보고사, 2000·2002.

한수영, 『운율의 탄생』, 아카넷, 2008.

향천김용직박사 화갑기념논문집 간행위원회 편, 『한국 현대시론사』, 모음사, 1992.

홍재휴, 『한국고시율격연구』, 태학사, 1983.

황순구 편, 『시조자료총서』 1권, 한국시조학회, 1987.

황호덕, 『근대 네이션과 그 표상들』, 소명출판, 2005.

황희영, 『운율연구』, 형설출판사, 1969.

王　力, 배규범 역, 『한시 율격의 이해』, 보고사, 2004.

劉　勰, 최동호 역, 『문심조룡』, 민음사, 2008.

Agamben, G., 강승훈 역, 『남겨진 시간』, 코나투스, 2008.

Benjamin, W., 조만영 역, 『독일 비애극의 원천』, 새물결, 2008.

_____, 최성만 외역, 『발터 벤야민 선집』 1~5권, 도서출판 길, 2008~2009.

Benveniste. É, 황경자 역, 『일반 언어학의 제문제』 1권, 민음사, 1992.

Blanchot, M.·Nancy, J. Luc., 박준상 역, 『밝힐 수 없는 공동체 / 마주한 공동체』, 문학과
　　　지성사, 2001.

Deleuze, G., 이정우 역, 『의미의 논리』, 한길사, 2000.

Dürscheid, C., 김종수 역, 『문자언어학』, 유로, 2007.

Flusser, V., 윤종선 역, 『디지털 시대의 글쓰기』, 문예출판사, 1996.

Gilmore, G. W., 신복룡 역주, 『서울풍물지』, 집문당, 1999.

Jakobson, R., 신문수 편역, 『문학 속의 언어학』, 문학과지성사, 1989.

Nietzsche, F., 박찬국 역, 『비극의 탄생』, 아카넷, 2007.

Trubetskoĭ, N., 한문희 역, 『음운론의 원리』, 지만지, 2009.

Žižek, S., 이수련 역, 『이데올로기라는 숭고한 대상』, 인간사랑, 2002.
_____, 이성민 역, 『부정적인 것과 함께 머물기』, 도서출판 b, 2007.

Abraham, N., B. Thigpen and N. T. Rand trans., *Rhythms : On the Work, Translation, and Psychoanalysis*, Stanford : Stanford University Press, 1995.

Adams, S., *Poetic Designs : an introduction to meters, verse forms and figures of speech*, Peterborough : Broadview, 1997(reprint, 2003).

Aviram, Amittai, F., *Telling Rhythm*, Ann Arbor : The University of Michigan Press, 1997.

Benjamin, A. ed., *Walter Benjamin and History*, New York : Continuum, 2005.

Benjamin, W., Marcus Bullock and Michael W. Jennings ed., *Walter Benjamin : Selected Writings* Volume 1-5, Cambridge : Belknap Press of Harvard University Press, 1996.

Buck-Morss, S., *The Origin of Negative Dialectic*, USA : Free Press, 1977.

De Man, *Blindness and Insight*, Minneapolis : University of Minnesota Press, 1983.

Hobsbaum, P., *Metre, Rhythm and Verse Form*, Britain : Routledge, 2008(Second Edition).

Jakobson, R. & Linda, R. W., *The Sound Shape of Language*, Berlin : Mouton de Gruyer, 2002.

Kelley, T. M., *Reinventing Allegory*, Cambridge : Cambridge University Press, 1997.

Kirby-Smith, H. T., *The Origins of Free Verse*, Ann Arbor : The University of Michigan Press, 1996.

Lacan, J., B. Fink trans., *Écrits*, New York : W.W. Norton & Co, 2005.

Lacoue-Labarthe, P., *Typography*, Stanford : Stanford University Press, 1989(reprint, 1998).

_____, A. Tarnowski trans., *Poetry as Experience*, Stanford : Stanford University Press, 1998.

Nancy, J. L., *The Inoperative Community*, Minnesota : University of Minnesota Press, 1991.

Perloff, M. & Dworkin, C. ed., *The Sound of Poetry / The Poetry of Sound*, Chicago : The University Chicago Press, 2009.

Preminger, A. & Brogan, T. V. F., *The New Princeton Encyclopedia of Poetry and Poetics*, Princeton : Princeton University Press, 1993.

Quintilian, H. E. Butler trans., *The Institutes of Oratory*, London and Cambridge : Mass, 1953.

Ward, Patricia A. ed., *Baudelaire and the Poetics of Modernity*, Nashvile : Vanderbilt University Press, 2001.

Withman, *Allegory : the dynamics of an ancient and medieval technique*, Cambridge : Harvard University Press, 1987.

Wordsworth & Coleridge, edit. R. L. Brett, and A. R. Jones, *Lyrical Ballads*, London : Methuen, 1968.

島村抱月, 『新美辭學』, 早稻田大學出版部, 1922.
白鳥省吾, 『現代詩の研究』, 新潮社, 1924.

3. 논문

고은지, 「20세기 초 시가의 새로운 소통 매체 출현과 그 의미」, 『어문논집』 55집, 민족어문학회, 2007.
곽동기, 「운율단위에 의한 국어 음운현상의 분석」, 서울대 박사논문, 1992.
곽명숙, 「1920년대 초기시의 미적초월성과 상징주의」, 『한국문화』 40집, 서울대 규장각한국학연구원, 2007.
_____, 「김억의 "조선적 시형"에 대한 고찰」, 『인문연구』 55집, 영남대 인문과학연구소 2008.
구인모, 「국문운동과 언문일치」, 『국어국문학논집』 18집, 동국대 국어국문학부, 1998.
_____, 「시, 혹은 조선시란 무엇인가−김억의 작시법에 대하여」, 『한국문학연구』 25집, 동국대 한문학연구소, 2002.
_____, 「한국의 일본 상징주의 문학 번역과 그 수용−주요한과 황석우를 중심으로」, 『국제어문』 45집, 국제어문학회, 2009.
권보드래, 「1910년대 이중어 상황과 문학 언어」, 『한국어문학연구』 54집, 한국어문학연구학회, 2010.
금장태, 「성재 유중교(省齋 柳重敎)의 음악론(樂論)」, 『종교와 문화』 13집, 서울대 종교문제연구소, 2007.
김남형, 「조선 후기 악률론의 일국면」, 『한국음악사학보』 2권 1호, 한국음악사학회, 1989.
김상원, 「한자의 변천과 '소리'의 재발견」, 『중국어문학논집』 46집, 중국어문학연구회, 2007.
김상태, 「음운적 단어 설정에 대한 연구−띄어쓰기 오류 분석을 통하여」, 『한국어학』 32집, 한국어학회, 2006.
김석연, 「한국시가의 압운연구」, 『서울대논문집(인문과학편)』 10집, 서울대학교, 1964.
_____, 「시조율격의 과학적 연구」, 『아세아연구』 32집, 고대아세아문제연구소, 1968.

_____, 「소월시의 운 · 율 분석」, 『서울대 교양과정부 논문집』 1집, 서울대 교양과정부, 1969.

김선풍, 「고려가요의 형태적 고찰－속요의 압운율을 중심으로」, 『어문논집』 12집, 고대국어국문학연구회, 1970.

김영미, 「한 근대시인의 오뇌와 궤적－안서의 경우」, 『현대문학이론연구』 33집, 현대문학이론학회, 2008.4.

김영욱, 「조선 후기 악론 연구」, 영남대 박사논문, 2002.

김영철, 「한국 개화기 시가 장르의 형성과정 연구」, 서울대 박사논문, 1986.

_____, 「언문풍월의 장르적 특성과 창작 양상」, 『한중인문학연구』 13집, 한중인문학연구, 2004.12.

김정화, 「율격 단위의 분할에 대한 객관적 해명」, 『어문학』 93집, 한국어문학회, 2006.

_____, 「음수율과 '음보율', '음량율'의 거리」, 『민족문화논집』 34집, 영남대 민족문화연구소, 2006.

김정훈, 「백대진 비평연구」, 『국제어문』 11집, 국제어문학회, 1990.

김제현, 「시조와 한시의 비교 연구」, 『어문연구』 29권 2호, 한국어문교육연구회, 2001.

김춘식, 「초창기 잡지의 시 월평과 신시론의 전개」, 『한국어문학연구』 50집, 한국어문학연구학회, 2008.

김태엽, 「이상화 시어에 나타나는 경북방언」, 『우리말글』 41집, 우리말글학회, 2007.

김현기 외, 「한국 현대시 운율의 음향 발현」, 『음성과학』 11권 3호, 한국음성과학회, 2004.

남기혁, 「김소월 시에 나타난 경계인의 내면 풍경」, 『국제어문』 31집, 국제어문학회, 2004.8.

남상숙, 「율학의 연구성과와 연구방향」, 『한국음악사학보』 32집, 한국음악사학회, 2004.

류철균, 「1920년대 민요조 서정시 연구」, 서울대 석사논문, 1993.

박명희, 「旅菴 申景濬의 詩論考」, 『한국언어문학』 35집, 한국언어문학회, 1995.

박미영, 「「대동풍요 서」에 나타난 홍대용의 歌論과 의미」, 『진리논단』 6집, 천안대학교, 2001.

박슬기, 「이광수의 문학관, 심미적 형식과 '조선'의 이념화」, 『한국문학이론과 비평』 30집, 한국문학이론과 비평학회, 2006.3.

_____, 「1950년대 시론에서 '서정' 개념의 논의와 '새로운 서정'의 가능성」, 『한국 현대문학연구』 28집, 한국현대문학회, 2009.

_____, 「김억의 번역론, 조선적 운율의 정초 가능성」, 『한국 현대문학연구』 30집, 한국현대문학회, 2010.4.

_____, 「최남선의 신시(新詩)에서의 율(律)의 문제」, 『한국 근대문학연구』 21집, 한국근

대문학회, 2010 상반기.

_____, 「한국 근대시의 형성과 최남선의 산문시」, 『한국 근대문학연구』 26집, 한국근대문학회, 2012. 10.

박승희, 「1920년대 민요의 재발견과 전통의 심미화」, 『어문연구』 35집, 한국어문교육연구회, 2007.

_____, 「근대 초기시의 '격조'와 '정형성' 연구」, 『우리말글』 39집, 우리말글학회, 2007.

박영준, 「한일시가의 율격 비교연구」, 『어문논집』 40집, 중앙어문학회, 2009.

박은미, 「일본 상징주의의 수용 양상 연구」, 『우리문학연구』 21집, 우리문학연구회, 2007.

박인기, 「한국 현대시와 자유 리듬」, 『한국시학연구』, 한국시학회, 1998.

박지홍, 「한문본 훈민정음의 번역에 대하여」, 『한글』 164집, 한글학회, 1979.

배은희, 「1920년대 시조론 형성 과정 고찰」, 『시조학논총』 32집, 한국시조학회, 2010.

서영채, 「최남선 시가의 근대성에 관한 연구」, 『민족문학사연구』 13권 1호, 민족문학사학회, 1998.

서진영, 「소월의 '魂'과 그 공동체적 의미 고찰」, 『한국문화』 37집, 서울대 규장각한국학연구원, 2006.

_____, 「한국 근대시에 나타난 '격조론(格調論)'의 의미 연구」, 『한국 현대문학연구』 29집, 한국현대문학회, 2009.

손태도, 「1910년대~1920년대 雜歌에 대한 시각」, 『고전문학과 교육』 2권 1호, 청관고전문학회, 2000.

송안나, 「20세기 초 활자본 가집 『가곡선』의 편찬 특징과 육당의 시조 인식」, 『반교어문연구』 27집, 반교어문학회, 2009.

스즈키 사다미, 「일본 근대에 있어서의 언어의식─識字率과 언어내셔널리즘을 중심으로」, 『일본문화연구』 7집, 동아시아일본학회, 2002.

신지연, 「신시논쟁(1920~1921)의 알레고리」, 『한국 근대문학연구』 18집, 한국근대문학회, 2008.

심원섭, 「한·일 시 율성의 동질성에 관하여」, 『현대문학의 연구』, 한국문학연구학회, 1995. 8.

_____, 「유암 김여제의 「만만파파식적」과 「세계의 처음」」, 『문학사상』, 문학사상사, 2003. 7.

안병섭, 「휴지(pause)의 역할에 대한 반성적 검토」, 『우리어문연구』 28집, 우리어문연구, 2007.

안상수, 「타이포그라피의 관점에서 본 이상(李箱) 시에 대한 연구」, 한양대 박사논문, 1995.

양근용, 「언문일치의 관념과 국문연구소의 훈민정음 변용 논리」, 『동아시아문화연구』 42
　　　집, 한양대 한국학연구소, 2007.
양태순, 「한국고전시가와 악곡과의 관계」, 『논문집』 17집, 서원대학교, 1986.
예창해, 「한국시가운율의 구조연구」, 『성대문학』 19집, 성균관대 국어국문학과, 1976.
오문석, 「1920년대 초반 동인지에 나타난 예술이론 연구」, 상허학회, 『상허학보』 6집, 2000.
_____, 「한국 근대시와 민족담론」, 『한국 근대문학연구』 4권 2호, 한국근대문학회, 2007.
윤설희, 「20세기 초 가집 『精選朝鮮歌曲』 연구」, 성균관대 석사논문, 2008.
윤영실, 「최남선의 근대적 글쓰기와 민족담론 연구」, 서울대 박사논문, 2009.
윤승후, 「국어문장부호 연구」, 명지대 박사논문, 2002.
윤영옥, 「『青丘永言』의 序·跋과 『昭代風謠』」, 『시조학논총』 16집, 한국시조학회, 2000.
윤장근, 「개화기 시가의 율성에 관한 분석적 고찰」, 『아세아연구』 39집, 고려대 아세아문제
　　　연구소, 1970.9.
이규호, 「개화기 한시의 양식적 변모에 대한 연구」, 서울대 박사논문, 1986.
이능우, 「우리 율문(律文)의 형식(形式) 헤아림(to Measure)에 있어 그 자수고적(字數考的)
　　　방법(方法)에 대하여」, 『국어국문학』 17집, 국어국문학회, 1957.
이동환, 「조선 후기 '천기론'의 개념 및 미학이념과 그 문예, 사상사적 연관」, 『한국한문학연
　　　구』 28집, 한국한문학회, 2001.
이병기, 「시조란 무엇인고」, 『동아일보』, 1926.11.24~12.13.
_____, 「율격과 시조」, 『동아일보』, 1928.11.28~12.1.
_____, 「자수고대계」, 『서울대학교논문집』 7집, 1958.
이복규, 「우리의 옛 문장부호와 교정부호」, 『고문서연구』 9권 1호, 한국고문서학회, 1996.
이승복, 「이상화 시의 율격 양상과 미적특질」, 『동북아문화연구』 18집, 동북아시아문화학
　　　회, 2009.
이연숙, 「일본에서의 언문일치」, 『역사비평』 70집, 역사비평사, 2005.
이은상, 「시조단형추의」, 『동아일보』, 1928.4.18~25.
이정찬, 「근대적 구두법이 읽기와 쓰기에 미친 영향-근대전환기를 중심으로」, 『작문연
　　　구』 7집, 한국작문학회, 2008.
이제우, 「聲律과 중국고전산문의 감상」, 『중국어문논역총간』 8집, 중국어문논역학회, 2001.
이찬욱, 「吟誦의 淵源과 樣相」, 『시조학논총』 33집, 한국시조학회, 2010.
이철호, 「근대적 자아의 비의-1910년대 후반기 근대문학에 나타난 '영(靈)'의 문제」, 상허
　　　학회, 『상허학보』 19집, 2007.
이현복 외, 「한국어의 운율 리듬에 관한 연구」, 『한글 및 한국어 정보처리 학술발표 논문

집』, 한국정보과학회 언어공학연구회, 1993.

장소원, 「국어구두점문법 연구서설」, 『관악어문연구』 8집, 서울대 국어국문학과, 1983.

장철환, 「1920년대 시적 리듬 개념의 형성 과정」, 『한국시학연구』 24집, 한국시학회, 2009.

_____, 「김소월 시의 리듬 연구」, 연세대 박사논문, 2009.

전승주, 「1920년대 민족주의 문학과 민족담론」, 『민족문학사연구』 24집, 민족문학사학회, 2004.

전형준, 「'신문학운동'시기의 언문일치론에 대한 검토」, 『중국어문학지』 4권 1호, 중국어문학회, 1997.

정 광, 「한국시가의 운율연구시론」, 『응용어문학』 7권 2호, 서울대언어연구소, 1975.12.

정병호, 「일본 근대문학에서의 문학장르의식의 탄생과 그 주변」, 『일본문화연구』 4집, 동아시아일본학회, 2001.

_____, 「한일근대문예론에 있어서 '정'의 위치」, 『아시아문화연구』 8집, 경원대 아시아문화연구소, 2004.

정영호, 「권점법과 운율 기호에 대하여」, 『한민족어문학』 25집, 한민족어문학회, 1994.

조동일, 「한국시가의 율격과 정형시」, 『계명대학보』, 1975.9.16.

_____, 「한시의 율격에 대한 민족어시의 대응」, 『대동문화연구』 33집, 한국고전문학회, 1998.

조두섭, 「이상화 시의 근대성」, 『우리말글』 25집, 우리말글학회, 2002.

_____, 「이상화 시의 율격양상과 미적 특질」, 『동북아문화연구』 18집, 동북아시아문화학회, 2009.

차승기, 「'폐허'의 시간—1920년대 초 동인지 문학의 미적 세계관 형성에 대하여」, 상허학회, 『상허학보』 6집, 2000.

차혜영, 「1920년대 초반 동인지 문단 형성 과정」, 상허학회, 『상허학보』 7집, 2001.8.

최신호, 「申景濬의 「詩則」에 대하여—聲의 問題」, 『한국한문학연구』 2집, 한국한문학회, 1977.

최진묵, 「중국 고대 樂律의 운용과 禮制」, 『동양사학연구』 89집, 동양사학회, 2004.

최현식, 「민족과 국토의 심미화—이상화의 시를 중심으로」, 『한국시학연구』 15집, 한국시학회, 2006.

최현희, 「1920년대 초 한국문학과 동인지 『폐허』의 위상」, 『규장각』 31집, 규장각한국학연구소, 2007.

한홍섭, 「혜강의 「성무애락론」 연구」, 홍익대 박사논문, 1995.

허미자, 「현대시의 압운에 대하여—한국시의 분석을 중심으로」, 『한국문화연구원론집』 15집, 이화여자대학교, 1970.

허호구, 「'譯注' 旅菴 申景濬의 「詩則」」, 『한문학논집』 4집, 근역한문학회, 1986.

홍정선, 「근대시 형성과정에 있어서의 독자층의 역할 연구」, 서울대 박사논문, 1992.

Astrachan, G. D., "Dionysos. Mainomenos. Lysios : Performing madness and ecstasy in the practices of art, analysis and culture", *Journal of Jungian Scholarly Studies* Vol.4 No.4, 2009.

Beaver, J. C., "A Grammar of Prosody", *College English* Vol.29 No.4, 1968.1.

Bedetti, G., "Henri Meschonnic : Rhythm as Pure Historicity", *New Literary History* Vol.23 No.2, Spring 1992.

Cowan, B., "Walter Benjamin's Theory of Allegory", *New German Critique* No.22, Winter 1981.

De Man, P., "The Double Aspect of Symbolism", *Yale French Studies* No.74, 1988.

Fineman, J., "The Structure of Allegorical Desire", *Allegory and Representation*, Baltimore : The Johns Hopkins University Press, 1981.

Halle, M. and Keyser, Samuel Jay, "Chaucer and the Study of Prosody", *College English* Vol.28 No.3, 1966.12.

Mitchell, W. J. T., "Spatial Form in Literature : Toward a General Theory", *Critical Inquiry* Vol.6 No.3, spring 1980.

Weeks, R. M., "Phrasal Prosody", *The English Journal* Vol.10 No.1, 1921.12.

服部嘉香, 「詩のリズムと呼吸」, 『早稲田文學』, 早稲田文學社, 1911.1.